Leo Hunt

Dreizehn Tage Mitternacht

Leo Hunt ist 25 Jahre alt und studierte Kreatives Schreiben und Amerikanische Literatur an der University of East Anglia (England). Zurzeit lebt er in London. »13 Tage Mitternacht« ist sein erster Roman.

Leo Hunt

DREIZEHN TAGE MITTERNACHT

Aus dem Englischen von
Bea Reiter und Imke Walsh-Araya

Arena

Für meine Großeltern

FSC
www.fsc.org
MIX
Papier aus verantwortungsvollen Quellen
FSC® C110508

1. Auflage als Sonderausgabe 2016

Die Originalausgabe ist 2015 unter dem Titel *Thirteen Days of Midnight*
bei Orchard Books erschienen.

Umschlaggestaltung: Maria Proctor
Umschlagtypografie: KCS GmbH · Verlagsservice &
Medienproduktion, Stelle/Hamburg
Gesamtherstellung: Westermann Druck Zwickau GmbH
ISSN 0518-4002
ISBN 978-3-401-50866-5

Besuche uns unter:
www.arena-verlag.de
www.twitter.com/arenaverlag
www.facebook.com/arenaverlagfans

DER KREIS ÖFFNET SICH

Es fängt damit an, dass ich einen Umschlag aufreiße und Dads Tod auf den Frühstückstisch fällt. Ich dachte immer, ich würde es aus der Zeitung erfahren oder Nachrichten wie diese würden vielleicht von einem Engel überbracht werden, der einem eine vergoldete Schriftrolle entgegenhält, das makellose Gesicht von Trauer gezeichnet. Stattdessen sitze ich hier mit ungekämmten Haaren, habe meinen Schlafanzug verkehrt herum an und lese einen Brief, der mit ganz gewöhnlicher schwarzer Tinte auf weißes Büropapier gedruckt ist. Auf dem Briefkopf steht »Berkley & Co.«. Die Kanzlei hat eine kurze Mitteilung geschickt, in der sie uns über seinen Tod informiert. Ich werde gebeten, mich heute Nachmittag mit seinem Rechtsanwalt zu treffen, »bezüglich meiner Erbschaft«.

Mum wird gar nicht erwähnt, was merkwürdig ist. Der Brief ist nur an mich adressiert. Ich weiß nicht so richtig, was ich fühlen soll. Ich hatte die Hälfte meiner Vollkorn-Cornflakes aufgegessen, als ich den Brief geöffnet habe, und inzwischen haben sie sich zu etwas aufgelöst, das wie nasser brauner Sand aussieht. Ich nehme die Schale mit den Resten meines Frühstücks und gehe zur Spüle. Draußen, im Garten hinter dem Haus, winselt Ham und wirft sich gegen die Tür. Ich habe ihn rausgeschickt und dann vergessen; inzwischen muss er völlig durchnässt sein. Nachdem ich die Schale in das Spülbecken gestellt habe, gehe ich durch die Küche und lasse ihn herein. Ich öffne die Tür und er schießt an mir vorbei, als hätte er den Teufel im Leib, wobei er nasse Pfotenabdrücke auf den Fliesen hinterlässt.

Seit ich sechs war, habe ich Dad nur noch im Fernsehen gesehen. Er ist - war - nicht richtig berühmt, aber die meisten Leute würden ihn vermutlich trotzdem erkennen. Sein Gesicht begegnet einem ziemlich oft, wenn man im Supermarkt in der Kiste mit den heruntergesetzten Büchern wühlt oder sich am späten Abend eine Wiederholung seiner Fernsehshow ansieht, in der es um übersinnliche Phänomene geht. Bis vor ein paar Jahren habe ich zu meinem Geburtstag immer eine Karte von ihm bekommen, aber das hat dann irgendwann aufgehört. Ich glaube, ich hätte am Telefon mit ihm reden können, wenn ich mir richtig viel Mühe gegeben und jede Menge Nachrichten in seinem Büro hinterlassen hätte, aber ich habe es nie versucht. Es war klar, dass er nicht viel mit uns zu tun haben wollte. Ich bin immer davon ausgegangen, dass es irgendwann, wenn ich älter bin, ein etwas peinliches Wiedersehen geben würde, aber jetzt sieht es so aus, als würde ich nicht einmal mehr das bekommen. Ich starre in den Garten hinaus, wo rote Herbstäpfel an den Bäumen hängen. Hinter den Bäumen verläuft eine Trockensteinmauer und dahinter kommen Gras und Schafe. Der Himmel ist grau, die Wolken hängen durch und sind aus der Form geraten.

Ich höre Mum auf der Treppe, und bevor ich richtig darüber nachdenke, was ich da tue, bin ich auch schon durch die Küche gerannt und habe den Brief des Anwalts in meinem Rucksack versteckt. Natürlich sollte ich es ihr sagen. Es hätte das Erste sein müssen, das mir über die Lippen kommt. *Dad ist tot,* drei kurze Wörter, aber ich spreche sie nicht aus. Ich stehe da und tue so, als würde ich meinen Orangensaft untersuchen, als sie hereinkommt, in dem ponchoähnlichen Ding, das sie jeden Morgen trägt, und anfängt, nach Eiern zu suchen. Weiß sie es schon? Es sieht nicht so aus. Sie ist kaum mit der Trennung fertiggeworden; wenn sie wüsste, dass er tot ist, würde sie wohl nicht mehr aufrecht stehen. Ich frage mich, wie sie damit zurechtkommen wird. Er war zumindest so berühmt, dass die Meldung von seinem Tod irgendwo in den Nachrichten auftauchen wird. Sie wird es herausfinden. Ich sollte es ihr wirklich sagen.

»Guten Morgen«, begrüße ich Mum vergnügt, als wäre nichts Ungewöhnliches geschehen.

»Guten Morgen, Schätzchen«, sagt sie, während sie sich halb umdreht und mich verschlafen angrinst.

Mum zerschlägt ein Ei am Rand der Pfanne. Die vegane Phase ist eindeutig vorbei. Der Moment, um mit ihr zu sprechen, verstreicht und ich stehe da und tue nichts. Ham kommt wieder, seine Krallen klicken bei jedem Schritt, den er auf dem Fliesenboden macht. Er ist ein Jagdhund, eine zusammengedrückte Sprungfeder aus grauem Fell und Sehnen. Seine Schnauze ist lang und majestätisch, aber oben auf seinem Kopf wächst eine Krone aus hellem Flaum, die mich immer an ein frisch geschlüpftes Küken erinnert.

Er drückt seinen feuchten Kopf an meine Hand. Trotz der vielen Verbrechen, die ich gegen ihn begangen habe – die Besuche beim Tierarzt, die Wurmkuren und das Gassigehen im Regen –, hält mich Ham für einen guten Menschen. Er grummelt leise, während ich seine Schultern knete.

Mum heißt Persephone, allerdings hat sie ein Faible dafür, sich neu zu erfinden, daher glaube ich, in ihrer Geburtsurkunde steht etwas ganz anderes. Zu meinem Großvater hat sie kein enges Verhältnis. Mum ist groß und drahtig, mit blonden Haaren, die wie ein ausgefranstes Seil aussehen. Ich glaube, am besten beschreibe ich sie, wenn ich sage, dass sie nicht viel *tut,* oder besser, dass sie vieles anfängt und nichts zu Ende bringt, egal, ob es ein Brief ist oder ein Buch oder eine Mahlzeit oder ihr langjähriger Plan, einen Laden für Kristalle zu eröffnen. Sie interessiert sich für die heilende Wirkung von Kristallen. Sie interessiert sich auch für Tarotkarten, Zahlensymbolik, Reinkarnationstherapie, Reiki, Theorien über Raumfahrer im Altertum und Bücher von Leuten, die Engeln begegnet sind oder ihr Leben durch positives Denken verändert haben – die perfekte Partnerin für einen professionellen Geisterexperten wie Dad. Zumindest hätte es so sein sollen. Mum interessiert sich weniger dafür, einen Job zu suchen oder das Haus zu putzen oder zu den Elternabenden meiner Schule zu gehen. Ich glaube, dass Dad sich trotz der Trennung um sämtliche finanziellen Angelegenheiten kümmert, daher wäre es falsch zu denken, ich hätte es schwer gehabt – abgestellter Strom, keine Geschenke zu Weihnachten, solche Sachen. Wir sind gute Kunden bei den örtlichen Bioläden, und seit ich in die Oberstufe gehe, habe ich immer die richtigen Sportschuhe, den gerade angesagten Haarschnitt, Klamotten mit dem korrekten Logo, was wichtig ist, wenn ich mit Leuten wie Kirk und Mark und dem Rest von ihnen befreundet sein will. Ich weiß nicht, wie es jetzt, wo Dad tot ist, mit unserer finanziellen Lage aussieht. Mum starrt mit glasigem Blick in den Garten hinaus, was mich vermuten lässt, dass sie vielleicht schon eine ihrer Schmerztabletten eingeworfen hat.

Es ist nämlich so: Mum hat etwas, das man Clusterkopfschmerzen nennt. Mir geht es schon ziemlich schlecht, wenn ich normale Standardkopfschmerzen habe, als würde mir jemand ein Seil um den Schädel wickeln, aber Clusterkopfschmerzen sind die erste Liga der Kopfschmerzen. Sie sind so schlimm, als würde einem jemand einen glühenden Nagel ins Gesicht bohren, jedenfalls steht das in den Broschüren, die Familienangehörige bekommen, damit sie die Krankheit besser verstehen. Wenn Mum einen Schub hat, muss sie in ihr Schlafzimmer gehen, die Vorhänge zuziehen und tagelang dort drinbleiben, mit einer Augenbinde und Eis auf der Stirn.

So läuft das also mit Mum. Um ehrlich zu sein, ich finde sie gar nicht mal so übel. Wir verstehen uns ziemlich gut, weil sie wirklich kein allzu großes Interesse daran hat, wie ich in der Schule bin oder wer meine Kumpels sind und bis wann ich mit ihnen unterwegs bin, was genau das ist, worüber meine Freunde mit ihren Eltern streiten. Sie ist schon ein bisschen seltsam, aber wenigstens trinkt sie unter der Woche keinen Alkohol wie Kirks Mutter und sie hat auch kein eingefrorenes Grinsen und kein Flussdiagramm höflicher Fragen wie Marks Mutter, die ich für einen Roboter halte, den sein Vater aus dem Bausatz eines Versandhauses zusammengebastelt hat.

»Ziemlich deprimierender Tag«, sagt Mum. Der Tag hat absolut nichts Deprimierendes an sich, aber ihr Kommentar bestätigt mir, dass sie es noch nicht gehört hat. Ich habe keine Ahnung, wie ich das Thema ansprechen soll.

»Ja«, erwidere ich, während ich Ham auf Schultern und Rücken klopfe. Mir ist klar geworden, dass ich heute die Schule schwänzen muss. Wegen des Briefes bin ich sowieso schon viel zu spät dran, aber das ist Mum natürlich nicht aufgefallen. Die Besprechung mit Dads Anwalt ist am frühen Nachmittag, aber die Busse in die Stadt fahren die lange Strecke, daher ist es einfacher, gar nicht erst in die Schule zu gehen, als zu versuchen, mich in der Mittagspause wegzuschleichen. Wenn jemand fragt, wo ich gewesen sei, habe ich eine unschlagbare Trumpfkarte. Die Lehrer werden sich überschlagen und mir alles recht machen wollen, wenn sie erfahren, was passiert ist. Die nächsten Monate werden sie mir aus der Hand fressen.

»Ich hoffe, wir sehen heute ein paar Vögel«, sagt Mum, während sie auf ein Futterhäuschen in einem der Apfelbäume zeigt. Das ist eines ihrer neuesten Projekte.

»Die werden eine harte Nuss zu knacken haben«, sage ich.

Sie schiebt ihr Ei auf einen Teller.

»Du weißt schon ... weil Nüsse im Futter sind.«

Mums Lächeln braucht Zeit, aber es kommt. Sie dreht

sich nicht um, aber ich kann es schemenhaft in ihrem Spiegelbild erkennen. Es hält nur für einen Moment.

Ich gehe zu ihr. Ham folgt mir schnaubend und drückt sich an meine Beine. »Ich muss mich jetzt für die Schule fertig machen«, sage ich, »und ich bin erst spät wieder zurück. Ich habe heute Abend noch Rugbytraining.«

Habe ich nicht, aber ich weiß nicht, wie lange die Besprechung dauern wird.

»Tu Gutes heute«, meint sie. »Du bist etwas Besonderes.«

Als ich sie umarme, spüre ich sämtliche Knochen in ihrem Rücken.

Ich heiße Luke Manchett und bin sechzehn Jahre alt. Ich lebe in einer kleinen Stadt namens Dunbarrow in der Hügellandschaft im Nordosten Englands. Geboren wurde ich in den Midlands, aber nachdem das mit der Trennung klar war, hatte Mum die romantische Idee, in ein Haus auf dem Land zu flüchten, was sich dann nach zehn Jahren Dauerregen und Kleinstadttratsch als viel weniger romantisch herausgestellt hat. Damit wir uns nicht falsch verstehen: Ich bin sicher, dass der Ort hervorragend für eine Besichtigung geeignet ist, wenn man an einem Feiertag eine Bustour macht und sechzig Jahre alt ist. Es gibt jede Menge historische Kirchen und Hügelgräber und keltische Opfersteine und so Zeug. Aber wenn man sechzehn ist, besteht Dunbarrow aus einer geschmacklosen Einkaufsstraße, einem Pub, in dem sie manchmal keinen Ausweis von einem haben wollen, nassen Weiden voller Schafe und einem Viertel mit roten Backsteingebäuden voller Sozialwohnungen, in dessen Straßenlabyrinth man sich besser nicht erwischen lässt, es sei denn, man kennt jemanden von dort. Ich wohne mit Mum zusammen im Wormwood Drive, einer ziemlich vornehmen Gegend, weil wir einen Garten vor unserem Haus und einen dahinter haben. Unser Haus steht ganz am Stadtrand und von den Schafkoppeln, die sich praktisch bis in alle Ewigkeit hinziehen, trennt uns nur die Gartenmauer. Mum ist ganz begeistert davon, weil alles Natur und bio ist, und die Schafe sind auch so unglaublich bio und ländlich und bringen einen auch überhaupt nicht dazu, an Selbstmord zu denken, wenn man ihnen mal aus Versehen in die ausdruckslosen toten Augen blickt.

Die Tatsache, dass in Dunbarrow rein gar nichts los ist, entschuldigen wir damit, dass wir näher an der einzigen größeren Stadt der Gegend – Brackford – liegen als Throgdown und Sheepwallow und all die anderen mickrigen kleinen Ortschaften weiter draußen im Moor. Brackford ist ein rostender Riese aus Eisen, der gefallen ist, aber Jahrzehnte nach der Schließung der Bergwerke und Werften immer noch versucht, wieder auf die Beine zu kommen. Der Himmel ist ständig grau; der Wind bläst heftig vom betongrauen Meer herüber und stürmt durch die von Reihenhäusern gesäumten Straßen.

Als Nächstes laufe ich jedenfalls wie immer bei uns den Hügel hinunter, mit meinem Rucksack und meinen anderen Sachen, und dann gehe ich zum Busbahnhof und ziehe dort auf der Toilette meine Schuluniform aus. Nach fünfundvierzig Minuten bin ich in Brackford. Ich esse etwas (einen Hamburger mit Pommes frites) und schlendere durch ein paar Musikgeschäfte, ich sehe mir DVDs und teure Rugbyschuhe an. Die Geschäfte haben sich schon alle auf Halloween eingestellt; die Schaufenster sind mit Papierskeletten, knallroten Blutflecken und Plastikhexen dekoriert.

Wenn wir die Schule schwänzen, dann für gewöhnlich, weil Kirk sturmfreie Bude hat und wir ein paar von den Bierflaschen seiner Mutter aufmachen und Xbox spielen können. Das wäre mir lieber gewesen als eine Besprechung mit den Anwälten meines Dads. Ich hätte mit Mum reden sollen. Sie hätte jetzt bei mir sein sollen. Ich sage mir, dass ich nach Hause gehen und es ihr erzählen und dann einen Termin für einen anderen Tag vereinbaren sollte, aber um 13.45 Uhr sitze ich im Empfangsbereich von Berkley & Co. An dem Schreibtisch mir gegenüber sitzt eine blonde Sekretärin, die den Monitor ihres Computers mit den hektischen Kopfbewegungen eines gefangenen Vogels absucht. Nach einer halben Stunde nickt sie mir gestresst zu und ich gehe hinein.

Mr Berkleys Büro sieht genau so aus, wie ich es mir vorgestellt habe – steril und geschäftsmäßig. Die Einrichtung besteht lediglich aus einem schweren schwarzen Schreibtisch mit zwei Stühlen, einigen Aktenschränken und einem Wandkalender voller handschriftlicher Anmerkungen. Der Schreibtisch ist bis auf einen Füller und eine antike goldene Uhr mit einem schwingenden Pendel komplett leer. Familienfotos gibt es nicht.

Mr Berkley hat eine Menge Falten im Gesicht, aber auf mich wirkt er trotzdem ziemlich beeindruckend. Er ist einer dieser alten Leute, bei denen man sofort weiß, dass sie früher mal extrem gut ausgesehen haben, mit schlohweißen Haaren, die er mit Pomade aus dem Gesicht gekämmt hat, wie der Hauptdarsteller eines Films aus den 1930ern. Er hat einen adretten kleinen Bart und große, gleichmäßige Zähne, die vermutlich mehr gekostet haben als ein Mittelklasseauto. Er trägt einen hellgrauen Anzug zu einem rosafarbenen Hemd, keine Krawatte und kritzelt gerade etwas in ein kleines Notizbuch, das er in eine Schreibtischschublade steckt, als ich den Raum betrete. Er steht auf und blendet mich fast mit seinem Lächeln, bevor er sich über den Schreibtisch beugt, um mich mit einem kräftigen Händeschütteln zu begrüßen und auf den Stuhl ihm gegenüber zu drücken, alles gleichzeitig. Sein Rasierwasser riecht irgendwie beißend. Es ist ein bisschen zu aufdringlich.

»Luke«, sagt er und grinst, als hätte er gerade im Lotto gewonnen. »Luke A. Manchett, nehme ich an? Sohn und Erbe des verstorbenen Dr. Horatio Manchett?«

»Ähm ... Hallo«, sage ich. Seine Augen sind so blau, dass die Iris künstlich aussieht, als wäre sie aus Plastik. Er ist freundlich, aber ich spüre seinen abschätzenden Blick auf mir. Ich rutsche unruhig auf meinem Stuhl herum.

»Bitte entschuldige, dass du warten musstest«, fährt er fort. »Ich hatte heute eine Menge um die Ohren. Unerwartete Eingaben, alte Freunde, die mich bitten, Verträge neu auszuhandeln ... Ich ersticke in Arbeit. Ich hoffe doch, du verzeihst mir.«

»Schon in Ordnung. Wirklich.«

»Danke, mein Junge. Die Fähigkeit, jemandem verzeihen zu können, ist eine wahre Tugend, findest du nicht auch? Die unbeschwerte Seele schwimmt so leicht im kalten Fluss.«

»Ist das aus einem Gedicht?«, frage ich.

»Nein, eigentlich nicht«, erwidert er. »Eher ein Sinnspruch. Aber ich habe vergessen, von wem er stammt. Sei's drum! Bevor wir zu den Details kommen, möchte ich noch sagen, dass ich deinem verstorbenen Vater, wie ich glaube, sehr nahegestanden habe. Horatio war ein großartiger Mann. Auch für mich ist sein Tod ein großer Verlust.«

Ich bin mir nicht so sicher, ob man als Moderator einer geschmacklosen Fernsehshow zu übersinnlichen Phänomenen das Prädikat »großartig« verdient, aber jetzt scheint mir nicht der richtige Zeitpunkt zu sein, um das zu bestreiten.

»Eigentlich habe ich ihn nicht sehr gut gekannt«, sage ich stattdessen.

»Er hat es sehr bedauert, dass ihr euch so fremd geworden seid. Darauf gebe ich dir Brief und Siegel.«

»Ich würde lieber ... Ich kenne Sie doch gar nicht. Ich würde lieber nicht darüber sprechen. Tut mir leid.«

»Oh, Entschuldigung, Entschuldigung. Nun ja, Luke, wie du weißt, haben wir dich wegen der dringenden Angelegenheit deiner Erbschaft hergebeten. Es war der ausdrückliche Wunsch deines Vaters, dass du so schnell wie möglich verständigt wirst. Mir ist klar, dass der Termin recht kurzfristig war und vielleicht ungelegen kam. Ich hoffe, deine Lehrer hatten Verständnis.«

Ich zucke mit den Schultern.

»Wie auch immer. Kommen wir zur Sache. Luke, ich habe dich heute hergebeten, um dir mitzuteilen, dass du der einzige genannte Begünstigte in Horatios Testament bist. Du wirst seinen Besitz im In- und Ausland erben sowie sämtliche zukünftigen Tantiemen aus dem Verkauf von Büchern und digitalem Videomaterial. Außerdem gibt es da noch ein Bankkonto, das für deine persönlichen Ausgaben vorgesehen ist und zurzeit ein Guthaben von über sechs Millionen Dollar aufweist, was in britische Pfund umgerechnet …«

Er redet weiter, aber seine Stimme dringt nur noch als Flüstern zu mir durch, weil in meinem Kopf gerade ein ohrenbetäubend lautes Feuerwerk explodiert. Ich habe das Gefühl, als hätte der Stuhl unter meinem Hintern gerade zehntausend Volt durch meinen Körper gejagt. Ich bin immer davon ausgegangen, dass Dad mit seiner Fernsehshow ganz gut verdient hat, aber ich wusste nicht, *wie* gut. Ich bin Millionär. Nicht nur das – ich bin Multimillionär. Mir schießen Bilder aus Hochglanzmagazinen durch den Kopf: VIP-Tische, Champagnerflaschen, Penthouse-Suiten. Ich kann einfach nicht glauben, dass ich mir erst gestern wieder Sorgen wegen meiner Prüfungen gemacht habe. Die sind jetzt so was von egal. Jetzt brauche ich Mum auch nicht um ein Auto zu bitten, was cool ist, weil sie meine mehr als deutlichen Hinweise einfach nicht verstehen will und die Autozeitschriften, die ich seit sechs Monaten im Wohnzimmer herumliegen lasse, einfach ignoriert. Ich stelle mir vor, wie ich am Steuer eines knallorange Ferrari sitze, mit Holiday Simmon auf dem Beifahrersitz neben mir, und ihr Haar schimmert im Licht eines tropischen Sonnenuntergangs, als wir ...

»Luke?«

»Ja?« Ich habe kein Wort von dem gehört, was Mr Berkley gerade gesagt hat.

»Dann verstehst du, was ich dir erkläre?«

»M-mhm. Dads Nachlass. Sechs Millionen Pfund. In- und ausländischer Besitz. DVD-Verkäufe.«

»Das ist in etwa die Zusammenfassung, ja. Als einziger Begünstigter des Testaments gibt es allerdings einige Formalien, die du erfüllen musst, um erben zu können, und ...«

»Außer mir gibt es niemanden, dem er etwas hinterlassen hat?« Ich habe immer gedacht, da müsste noch eine andere Frau sein – blond, dünn, halb so alt wie er.

»Wie ich schon sagte, Luke, du bist der einzige Begünstigte. Er hat verfügt, dass nur du wegen dieser Angelegenheit kontaktiert wirst, nicht deine Mutter und auch niemand sonst. Er hat das sehr deutlich gemacht. Als Erstes musst du einige Dokumente unterzeichnen, in denen du versicherst, dass du das, was ich dir heute sage, zur Gänze verstehst und dass du dich bereit erklärst, die volle Verantwortung für den Nachlass deines Vaters zu übernehmen.«

Her damit, will ich ihn anschreien. Mir ist egal, was ich tun muss. Zeig mir das Geld. Ich bin davon ausgegangen, dass ich Manschettenknöpfe oder eine Uhr erbe. Berkley kramt kurz in einer Schreibtischschublade. Ich beobachte, wie das Pendel der Uhr hin und her schwingt.

»Bitte schön«, sagt er, während er mehrere Blatt Papier auf den Schreibtisch legt. Ich sehe sie mir an. Die oberen

Blätter sind ganz normale juristische Schriftstücke, am Computer getippt, auf A4-Papier ausgedruckt. Ich unterschreibe sie mit Berkleys Füller. Das unterste Blatt ist anders und ich zögere. Vor mir liegt ein raues, vergilbtes Stück Pergament und der Text darauf ist handgeschrieben, mit einer seltsamen braunen Tinte. Die Schrift ist winzig und verschnörkelt, ein hektisches Durcheinander in Fraktur. Ich kneife die Augen zusammen, kann aber kein einziges Wort lesen.

»Was ist das denn? Ist das Englisch?«, frage ich Berkley.

»Latein, mein Junge. Gibt es ein Problem?«

Meine Finger streichen über das Pergament. Es fühlt sich rau an, faserig.

»Vellum«, sagt Mr Berkley. »Aus Ziegenhaut. Heutzutage sehr schwer zu bekommen, wie du dir vorstellen kannst. Dafür haben wir einen Mann in Cumbria.«

Ich setze die Spitze des Füllers auf die leere Stelle am unteren Rand der Seite. Berkley beugt sich auf seinem Stuhl vor. Ich ziehe die Schreibfeder zurück. Die goldene Uhr tickt, ein gleichmäßiges, sprödes Geräusch.

»Was unterschreibe ich da?«, frage ich.

»Luke, wie ich dir bereits erklärt habe, hat dein Vater ...«

»Was unterschreibe ich da genau? Warum wurde das in Latein auf Ziegenhaut geschrieben?«

Berkley fährt sich mit der Hand durch die pomadigen Haare und bläst Luft aus der Nase.

»Luke, ich weiß, dass das ein wenig ... ungewöhnlich sein mag, aber Horatio war eben kein Durchschnittsmensch. Es gibt einige Bedingungen, die du erfüllen musst, bevor du etwas von seinem Geld oder Besitz bekommst. Die erste davon schreibt vor, dass dieses Dokument da von dir unterzeichnet wird, und zwar hier und jetzt. Das ist eine eindeutig formulierte Voraussetzung und Bestandteil eines rechtskräftigen Testaments. Für den Fall, dass du das Schriftstück heute nicht unterschreibst, bin ich angewiesen worden, den Nachlass des verstorbenen Dr. Manchett aufzulösen und die Einnahmen aus dem Verkauf an diverse gemeinnützige Organisationen zu spenden. Du und deine Mutter werdet keinen Penny bekommen. Alles sehr nobel und großzügig, da wirst du mir sicher zustimmen, aber vermutlich nicht das, was du dir vorgestellt hast, und ehrlich gesagt auch nicht das, was ich mir von dem heutigen Tag erwartet habe. Wenn du die Anweisungen deines Vaters bezüglich dieser Sache lesen möchtest – die Papiere habe ich hier.«

Berkley greift in eine andere Schreibtischschublade und schiebt ein paar Dokumente mit Spiralbindung zu mir. Sie enthalten so viele Absätze und Unterabschnitte, dass ich sie nicht einmal dann lesen könnte, wenn ich den ganzen Tag hier sitzen bleiben würde, aber das ist eindeutig die Unterschrift meines Vaters auf jedem Schriftstück. Ich kenne sie von den Geburtstagskarten, die er mir geschickt hat.

Ich starre nach unten auf meine Sportschuhe. Die Sache gefällt mir nicht. Mein Vater hinterlässt alles, aber auch wirklich alles, einem Sohn, mit dem er seit zehn Jahren nicht mehr geredet hat? Warum nicht Mum? Hat er geglaubt, dass sie mit so viel Geld nicht umgehen kann? Ist das einer der Gründe, warum sie sich getrennt haben? Und dann beschließt er einfach so, mich zum Multimillionär zu machen? Wenn ich es nicht besser wüsste, würde ich jetzt nach einer versteckten Kamera suchen, als wäre das hier die Kulisse für eine Fernsehshow. Und Mr Berkley fängt langsam an, mir Angst zu machen. Er lächelt entschieden zu viel und dann verlangt er auch noch von mir, meinen Namen auf ein Stück *Ziegenhaut* zu schreiben ...

Ich komme zu dem Schluss, dass ich eigentlich keine Wahl habe. Die ganze Zeit muss ich an Holiday und mich im Ferrari denken, das Bild hat sich viel zu tief eingebrannt. Ich soll mehr Geld bekommen, als ich in meinem ganzen Leben verdienen könnte, und das ist erst der Anfang. Ich brauche keine Prüfungen mehr zu machen, ich brauche mir keinen Job zu suchen, ich brauche nicht mehr bei Mum zu wohnen ... Wer würde da Nein sagen? Ich drücke die Spitze von Berkleys Füller in das Vellum und schaffe es, eine lesbare Version meiner Unterschrift hinzubekommen. Die Feder bleibt in den Fasern stecken und ich muss mehr Druck aufwenden als sonst. Als ich den Füller hochhebe, scheint die Uhr einen Moment länger als normal bis zum nächsten Ticken zu brauchen und das goldene Pendel bleibt kurz in der Luft stehen, als würde es für einen Schlag aussetzen.

Mr Berkley entspannt sich merklich und lehnt sich zurück. Zum ersten Mal erreicht sein Lächeln die Augen.

»Ich glaube, du hast die richtige Entscheidung getroffen«, sagt er. »Ich muss dich darauf hinweisen, dass es noch einige andere Bedingungen gibt, die du erfüllen musst, bevor eine Übertragung von Vermögenswerten stattfinden kann.

Über diese Bedingungen darf ich zurzeit allerdings noch keine Auskunft geben. Ich werde mich diesbezüglich innerhalb von vierzehn Tagen bei dir melden und dir die Details mitteilen. Oh, und da sind noch ein paar Dinge, die du geerbt hast und die ich dir sofort geben soll.« Er greift in eine andere Schreibtischschublade und holt einen mit einem Band zusammengeschnürten Stapel Papiere, ein Etui aus matt schimmernden Metall, das wie etwas aussieht, in dem man eine Brille aufbewahren würde, und ein grünes Buch heraus.

»Was ist das?«, frage ich, während ich das Buch in die Hand nehme. Es ist klein und dick und nur ein bisschen größer als die Bibeln, die immer in den Nachttischschubladen von Hotels liegen. Es riecht alt, fast stechend, und das Papier ist so gelb wie die Zähne eines Rauchers. Es ist in hellgrünes Leder gebunden und trägt keine Angaben zu Titel und Autor. Auf den Einband ist ein goldener Stern mit acht Zacken geprägt. Das Buch wird von zwei Schließen aus mattem Metall zusammengehalten. Ich versuche, sie zu öffnen, aber sie klemmen irgendwie und das Metall gräbt sich schmerzhaft in meine Finger.

»Eine Antiquität, wie man mir zu verstehen gegeben hat«, sagt Berkley. »Was das Buch deinem Vater bedeutet hat, weiß ich nicht, aber er bestand darauf, dass ich es dir sofort gebe. Es ist – sei vorsichtig – ziemlich wertvoll. Ich schlage vor, du gehst sehr sorgsam damit um.«

Ich lege das Buch hin und greife nach dem Metalletui. Es klappert, als ich es bewege, als wären eine Menge kleiner, loser Gegenstände darin. An einem Ende lässt es sich öffnen. Ich halte das Etui schräg und plötzlich fallen lauter Ringe auf das dunkle Holz des Schreibtisches: goldene Ringe, Ringe, die mit roten, blauen oder schwarzen Steinen besetzt sind. Ein Ring in Form eines Löwen, ein anderer, der mit einem grinsenden Schädel verziert ist. Ich zähle insgesamt neun. Ich nehme ein paar der Ringe und wiege sie in der Hand. Sie fühlen sich kühl und schwer an. Ich habe Dad nie ohne sie gesehen; sie waren so eine Art Markenzeichen von ihm. Jemand muss sie ihm nach seinem Tod von den Fingern gezogen haben.

Ich lege die Ringe wieder hin.

»Er erwartet doch nicht von mir, dass ich sie trage, oder?«, frage ich.

»Er hat gewollt, dass du sie bekommst«, erwidert Berkley. »Was du mit ihnen machst, ist ganz allein deine Entscheidung.«

»Was ist damit?« Ich deute auf die losen Blätter.

»Die stammen, glaube ich, vom Schreibtisch deines Vaters. Korrespondenz et cetera. Du sollst sie lesen.«

Ich starre den unordentlichen Stapel Papier an.

»Sie wissen, dass ich gerade Prüfungen habe, oder?«, protestiere ich.

»Dein Vater würde sich sicher sehr freuen, wenn er wüsste, wie fleißig du in der Schule bist«, sagt er lächelnd und ohne jede Spur von Ironie. »In ihrem jetzigen Zustand sind sie etwas umständlich zu transportieren ... Moment, ich hole dir eine Dokumententasche.« Mr Berkley steht auf und geht zu einem Schrank hinten im Raum. Er kommt mit einer braunen Aktenmappe aus dickem, schwerem Karton zurück. »Ich wüsste gar nicht, was ich in meinem Metier ohne diese Mappen anfangen würde. Man weiß nie, ob man nicht plötzlich einen Vertrag aufbewahren muss ... Bitte schön. Alles bestens geschützt.«

Der Anwalt stopft Dads Papiere in die Mappe, dann legt er das grüne Buch und das Etui mit den Ringen daneben. Er schiebt mir die Sachen herüber.

»Ist das alles?«, frage ich. Meine Gedanken richten sich wieder auf das Geld und dann frage ich mich zum zweiten Mal, ob das Ganze nicht vielleicht doch so eine Art Trick ist. Fast hoffe ich, dass er jetzt einen Aktenkoffer voller Fünfziger als Preis herausholt.

»Vorerst ja. Das Geld bekommst du nicht sofort, aber das sagte ich ja bereits. Es gibt noch einige andere Bedingungen, die erfüllt werden müssen, außerdem Verhandlungen mit dem Finanzamt und solche Sachen. Details, Details. Sobald das alles geklärt ist, werde ich mich bei dir melden.«

»Okay«, sage ich, während ich Dads Ringsammlung in das Etui zurückschiebe. Ich stehe auf und stecke das Buch und die Ringe in meine Jackentasche. Die Aktenmappe klemme ich mir unter den Arm. Mr Berkley springt auf und streckt mir seinen Arm entgegen. Ich schüttle ihm die Hand.

»Luke, es tut mir sehr leid, dass du deinen Vater verloren hast, wenn ich das noch einmal sagen darf. Horatio stand mir sehr nahe. Es war überaus interessant, endlich seinen Erben kennenzulernen. Ich hoffe doch sehr, dass du dich mit mir in Verbindung setzt, wenn du etwas brauchst oder wenn es irgendetwas gibt, bei dem ich dir helfen kann.«

»Ich habe mich auch gefreut, Sie kennenzulernen«, sage ich, während ich ihm meine Hand entziehe. Sobald ich Dads Geld habe, werde ich nie wieder mit diesem Mann sprechen, egal, aus welchem Grund. So sicher war ich mir noch nie in meinem Leben. Ich möchte so viel Abstand wie möglich zwischen mich und seine tickende goldene Uhr und seinen gruseligen, starren Blick bringen. Ich gehe ein paar Schritte rückwärts, weg von ihm, und winke ihm zum Abschied mit meinem freien Arm zu.

»Es war mir ein Vergnügen, Luke«, sagt Mr Berkley. »Ich bin sicher, dass wir uns wiedersehen.«

Hinterher lasse ich mir viel Zeit und gehe noch einmal in Brackford spazieren, damit es so aussieht, als wäre ich nach der Schule beim Training gewesen, und um sechs Uhr steige ich in den Bus zurück nach Dunbarrow. Während ich auf dem Oberdeck sitze und den dunkler werdenden Himmel beobachte, der sich endlos über die Autobahn zieht, schießen Bilder von meinem Tag wie Flipperkugeln durch meinen Kopf. Goldene Träume von Reichtum, von Schuhen, neuen Jeans, Autos, Häusern, in die sich dunklere Gedanken mischen: Mum, die am Spülbecken steht und sagt, heute sei *ein deprimierender Tag.* Berkley, der mich abschätzend ansieht, mich ohne jede Wärme mit seinen durchdringenden blauen Augen anstarrt. Das Stück Pergament, auf das ich meinen Namen setze, das grüne Buch, das in der Tasche meiner Regenjacke steckt. Ich fühle mich, als hätte man mir etwas angeboten, das ich unmöglich ablehnen konnte, und als hätte ich deshalb einer Sache zugestimmt, die ich nicht verstehe. Warum hat Dad nur mich in seinem Testament bedacht? Was ist mit Mum? Wie ist er gestorben und warum scheint niemand außer mir und Berkley etwas davon zu wissen? Was genau ist mit Dad passiert?

Als ich ihn das letzte Mal gesehen habe - nach dem Tag, als er uns verließ, und abgesehen von kurzen Blicken auf sein Gesicht, das auf der Titelseite von heruntergesetzten Taschenbüchern prangte –, war ich fünfzehn und erkältet, weshalb ich nicht in die Schule gegangen war und vor dem Fernseher herumhing. Auf meiner Stirn standen Schweißtropfen und mein Körper fühlte sich aufgedunsen und wund an, als hätte mich jemand mit einer Fahrradpumpe aufgeblasen. Ich zappte durch die Kanäle und plötzlich hatte ich Dads Gesicht vor mir.

Er hatte gut gegessen, das sah man ihm an, und sein weißer Anzug schien ihm eine Nummer zu klein zu sein. Sein Bart ähnelte etwas, das man aus dem Abfluss gezogen hatte, seine Finger waren mit Ringen überladen.

Mein Vater redete mit einer alten Frau, die fest davon überzeugt war, dass ihr toter Ehemann sich immer noch in ihrem Haus aufhielt. Sie habe ihn in seinem Lieblingssessel gesehen, sagte sie, oder genauer, sie habe ihn nicht gesehen, aber gespürt. Es habe nach seinem Rasierwasser gerochen, das er jeden Tag getragen habe, seit seiner Zeit in der Armee. Das erwähnte sie mehrmals, dass er in der Armee gewesen sei, was wichtiger zu sein schien als die Tatsache, dass er gestorben war. Ein Mann mit Gewohnheiten, sagte Dad mitfühlend, und sie stimmte zu. Die Frau sagte, sie habe gesehen, wie Kissen zusammengedrückt wurden, als würde sich ein unsichtbarer Kopf dagegenlehnen. Und jeden Morgen, so sagte sie, würden seine Schuhe neben der Fußmatte liegen – *obwohl sie sie immer auf den Dachboden zurückbrächte.* Das Letzte sagte sie mit der atemlosen Nachdrücklichkeit von jemandem, der komplett durchgeknallt war.

Dad nickte und sagte, er würde sich gern den Sessel ansehen, wenn möglich. Die Kamera folgte ihnen ins Wohnzimmer. Die Frau zeigte mit ernstem Gesicht auf den Sessel, den ihr Ehemann angeblich immer noch benutzte, woraufhin Dad ein großes goldenes Amulett an einer Kette aus seinem Anzug holte. Er ließ es über dem Sessel baumeln und sagte: »Ja, ja, ich spüre, dass sein Geist immer noch hier ist. Er ist noch nicht hinübergegangen.« Dann nahm er die Hand der Witwe, sah ihr tief in die Augen und sagte einer trauernden alten Frau, dass ihr Ehemann Hilfe dabei brauche, ins Jenseits zu gelangen, und dass er genau der Richtige für diese Aufgabe sei.

Als ich den Ausdruck geheuchelter Liebe und Anteilnahme auf seinem Gesicht sah – weil er mich genauso angesehen hatte, wenn ich auf dem Spielplatz hingefallen war oder mit ihm über die Monster in dem Schrank unter der Treppe reden wollte, damals, bevor er ging –, tat das erstaunlich weh, als würde mir jemand ein Messer zwischen die Rippen rammen. Daher schaltete ich auf einen anderen Kanal um und achtete darauf, mir nie wieder seine Show anzusehen.

Als ich die Einfahrt zu unserem Haus hinaufgehe, ist es stockdunkel. Plötzlich fällt mir auf, dass ich weder schmutzig bin noch meine Sporttasche dabeihabe, was meine Ausrede mit dem Rugbytraining unglaubwürdig erscheinen lässt, aber Mum bemerkt es überhaupt nicht. Sie sitzt auf dem Sofa, eine mit Eis gefüllte Maske vor dem Gesicht, was nie ein gutes Zeichen ist. Ham liegt wie ein lebender Teppich vor ihren Füßen.

»Hallo, Luke.«

»Hi, Mum.« Ich drücke ihre Hand.

»Wir hatten heute ein paar Spatzen im Garten. Ich bin immer noch so froh, dass wir hergezogen sind. Es waren richtige Vögel, nicht nur Tauben. Wie war dein Tag?«

Ich habe erfahren, dass mein mir fremd gewordener Vater – dein Exmann – tot ist. Ich habe Dads äußerst merkwürdigen Rechtsanwalt kennengelernt und im Gegenzug für sechs Millionen Pfund etwas unterschrieben, von dem ich keine Ahnung habe, was es ist. Ich weiß nicht, ob ich das Richtige getan habe.

»Schule war okay. Sonst ist nichts passiert.«

Mum lächelt etwas unkonzentriert.

»Alles in Ordnung mit dir?«, frage ich.

»Ich habe in der letzten Stunde mehrmals Glühwürmchen gesehen, aber mach dir keine Sorgen.«

Die »Glühwürmchen« sind Lichtpunkte und Blitze, die Mum in den Augenwinkeln sieht, wenn sich eine heftige Kopfschmerzattacke nähert. Ich hätte heute Morgen etwas zu ihr sagen sollen. Für den Rest der Woche wird sie kaum aufrecht stehen können. Von ihr kann ich keine Hilfe erwarten. Ich beschließe, mit ihr über Dad zu reden, wenn es ihr wieder besser geht. Mit der neonblauen Eismaske auf dem Kopf sieht sie irgendwie merkwürdig aus, wie eine Statistin in einem billigen Superheldenfilm.

»Ruh dich ein bisschen aus, Mum. Ich mache mir selbst etwas zu essen.«

»Das ist nett von dir. Und vergiss bitte nicht, Ham zu füttern, ja? Er geht mir schon den ganzen Tag auf die Nerven, ständig kratzt er an der Tür und jault.«

»Geht klar.«

Ich kippe eine Dose Mr Paws' Doggy Deluxe in Hams Napf und schicke ihn dann vor die Tür. Danach koche ich mir ein paar Nudeln, und als sie fertig sind, hat sich Mum schon nach oben in ihr Bett geschleppt. Vermutlich hat sie das schon vor ein paar Stunden tun wollen, aber ich weiß, dass sie immer wartet, bis ich wieder da bin, damit ich nicht in ein leeres Haus komme. Draußen beginnt es, heftig zu regnen, und als ich Ham wieder hereinlasse, ist er bis auf die Haut nass. Das flaumige graue Fell klebt an seinem schmalen Rücken und den dünnen Beinen. Als ich lache, wirft er mir einen gequälten Blick zu und verzieht sich dann unter einen Heizkörper. Ich sehe nach, ob ich neue SMS bekommen habe. Kirk hat am Nachmittag eine geschickt, in der er schreibt, dass er und Mark im Chemieunterricht heute Nick Alsips Krawatte mit einem Bunsenbrenner in Brand gesetzt hätten. Kirk fand es »legendär«. Offenbar habe ich einen denkwürdigen Tag an der Dunbarrow High versäumt. Ich erledige den Abwasch und dann, nur so aus einer Laune heraus, gehe ich in den Flur und hole Dads grünes Buch aus meiner Regenjacke. Der Wind draußen wird immer stärker. Ich inspiziere das Buch im dämmrigen Licht der Flurlampe. Berkley hat gesagt, es sei sehr wertvoll. Was ist so besonders daran? Ich fahre mit dem Finger über den achtzackigen Stern auf dem Einband. Das Leder fühlt sich weich und kalt an.

Ich setze mich auf das Sofa im Wohnzimmer, wo der Fernseher immer noch im Hintergrund läuft. Ich schalte ihn auf stumm und versuche, die Schließen an dem Buch zu öffnen. Sie klemmen und sind so steif wie eine Leiche. Sie bewegen sich nicht einmal einen Millimeter. Ich überlege, wie ich sie aufbrechen könnte, aber ich will das Buch nicht beschädigen. Es sieht so alt aus. Ich will es auf keinen Fall mit Gewalt öffnen, das würde es wertlos machen, falls ich mich jemals dazu entschließen sollte, es zu verkaufen. Ich lege es weg und sehe mir ein Rugbyspiel im Fernsehen an. Der weiße Ball ist ein winziger Fleck vor grünem Gras.

Ich weiß nicht, wie spät es ist. Die Fenster sind schwarze Augen in der Wand. Der Fernseher ist im Standby-Modus und strahlt blaues Licht aus. Ham liegt schlafend davor, sein Brustkorb hebt und senkt sich, während er im Traum winselt. Der Wind dringt als gedämpftes Rauschen von draußen herein und ich höre etwas - ein Rohr vielleicht - in den Wänden klappern. Ich liege auf dem Sofa, Dads grünes Buch auf der Brust, die Schließen intakt.

Ich setze mich langsam auf und fühle mich dabei, als würde ich noch schlafen. Ich schiebe das Buch von meiner Brust herunter auf die Armlehne des Sofas. Der Heizungskessel muss sich abgeschaltet haben, denn ich kann meinen weißen Atem sehen. Ich stehe auf und gehe leise durchs Wohnzimmer in die Küche. Bis auf das schwache Leuchten des Bedienfelds an der Mikrowelle ist alles dunkel. War das Licht nicht an, als ich mich auf das Sofa gesetzt habe? Ist Mum runtergekommen und hat es ausgemacht? Als sich meine Pupillen erweitern, dringt die Dunkelheit in mich ein und ich kann mehr erkennen, was immer so ist, wenn kein Licht brennt. Ich sehe die Küche in gedämpften Grautönen. Vor dem Fenster, im Garten draußen, werden die Zweige der Apfelbäume hin und her gepeitscht. Hier drin ist der Wind lauter. Der Himmel besteht aus schwarzen Strudeln, der Horizont wird von weit entfernt stehenden Straßenlampen in ein schmutziges Orange getaucht.

Die Kälte der Steinfliesen kriecht an meinen Beinen nach oben und bewegt sich auf meine Eingeweide zu. Ich will das Licht einschalten, aber irgendetwas hält mich davon ab und sagt mir, dass mich, wer oder was immer auch vor unserem Haus ist, dann sehen kann.

Das ist doch bescheuert. Ich habe Angst, weil es dunkel und kalt ist und mein tief vergrabenes Affenhirn vor mehreren Millionen Jahren Evolution darauf programmiert wurde, im Finstern auszuflippen, weil meine Augen im Dunkeln nicht so gut sehen können wie früher die Augen unserer Feinde. Deshalb habe ich Angst. Vor dem Haus ist nichts. Ich horche, ob Mum sich bewegt oder hustet, aber von oben dringt kein Laut zu mir.

Behutsam schleiche ich mich aus der Küche und stelle mich in den Flur. Hier gibt es keine Fenster, und obwohl es dadurch noch dunkler ist als in der Küche, werde ich ruhiger. Das ist doch lächerlich. Ich bin sechzehn, kein Sechsjähriger mit einem Nachtlicht.

Bevor ich noch weiter darüber nachdenken kann, gehe ich mit großen Schritten wieder in die Küche und schalte sämtliche Lampen ein. Und aus lauter Trotz stelle ich auch noch den Wasserkocher an. Das Geräusch von sprudelndem Wasser und zornigem Dampf hallt durch das Haus. Ich bin jetzt völlig ruhig, gehe zum Kühlschrank und hole eine Packung Putenwurst heraus. Während ich eine der leckeren, aber ziemlich zähen Scheiben esse, beglückwünsche ich mich selbst. Es ist völlig normal, sich unwohl zu fühlen, wenn man in der Dunkelheit allein ist, aber solch animalischen Ängsten nachzugeben, ist beschämend. Ich bin eine Kerze der Vernunft in einer von Dämonen beherrschten Welt und so weiter.

Diese Gedanken werden durch einen ohrenbetäubend lauten Krach im ersten Stock unterbrochen, als hätte jemand eine Bowlingkugel durch das Dach geworfen. Ham beginnt zu jaulen. Er kommt in die Küche gerannt und drückt sich an mein Bein.

Ich lege die Wurstpackung in den Kühlschrank zurück – ich möchte betonen, dass meine Hände dabei ganz bestimmt nicht zittern –, greife in die Besteckschublade und nehme den schärfsten Bratspieß heraus, den es in unserem Haushalt gibt. Jetzt, mit einer Waffe in der Hand, fühle ich mich mutiger und zwinge mich, durch die Küche nach draußen in den dunklen Flur zu gehen. Ham folgt mir mit gesenktem Kopf und grummelt leise.

»Halt die Klappe«, sage ich zu ihm und er gehorcht. Ich versuche, das mulmige Gefühl in meinem Magen zu ignorieren, obwohl ich mir vorkomme, als würde ich von einer Brücke springen und auf schwarzes, gefrorenes Wasser zustürzen. Ich konzentriere mich auf den Bratspieß. Ich bin ein Alpha-Männchen, dem das Testosteron nur so aus den Schweißdrüsen tropft. Ham, mein treues, unterwürfiges Rudelmitglied, erwartet in einer solchen Situation von mir, dass ich mit gutem Beispiel vorangehe.

»Mum?«, rufe ich fragend nach oben.

Die Bäume knarren.

»Mum!«

Ham drückt seinen Kopf noch fester an meine Beine. Es sähe ihr ähnlich, das Ganze einfach zu verschlafen, aber die Stille oben macht mich wahnsinnig. Ich muss wissen, ob mir ihr alles in Ordnung ist.

Ich hole tief Luft, drücke den Rücken durch und setze leise einen Fuß nach dem anderen auf die Treppenstufen und dann in den Flur oben. Ich kann nicht genau sagen, wo das Geräusch hergekommen ist. Aus dem Bad? Ham trottet an mir vorbei und richtet seine Nase auf Mums Zimmer.

»Bist du sicher?«, flüstere ich. Er jault.

Heftig atmend starre ich auf das weiß gestrichene Holz vor mir.

In diesem Haus ist nichts ...

Ich lege die Hand auf die Tür.

Ham tritt von einer Pfote auf die andere und winselt.

Ich schließe die Augen und stelle mir vor, dass Holiday

Simmon, blond und wunderschön, mich irgendwie beobachten kann, im Fernsehen vielleicht. Sie will mich siegen sehen. Jetzt muss ich beweisen, dass ich ihrer würdig bin.

Ich packe den Bratspieß fester und dann, bevor ich darüber nachdenken kann, stürme ich in Mums Zimmer, wild entschlossen, so viele Einbrecher wie möglich mit meinem Bratspieß zu erstechen, bevor sie mich überwältigen.

Im Zimmer ist niemand.

Blitzschnell drehe ich mich um, für den Fall, dass sich jemand hinter der Tür versteckt hat, aber es ist einfach niemand hier.

Außerdem fällt mir auf, dass Ham mir gar nicht in den Kampf gefolgt ist. Er steht immer noch draußen im Flur und steckt nur seinen struppigen Kopf durch die Tür.

»Judas!«, schleudere ich ihm entgegen, während ich meinen Bratspieß schwenke. »Du haariger kleiner Judas.«

Er trottet ins Schlafzimmer und leckt meine Hand.

Abgesehen davon, dass Ham ein Feigling ist, scheint er richtig gelegen zu haben. Die Fenster sind aufgerissen, der Wind stürmt herein. Das muss das Geräusch gewesen sein, das ich gehört habe. Mums grün und orange gemusterte Vorhänge flattern im Wind, aber sonst scheint alles in Ordnung zu sein. Ihre afrikanischen Masken hängen immer noch an der Wand, die Sternkarte ist immer noch an Ort und Stelle. Meine Mutter liegt im Bett, die Haare in einem wirren Knäuel auf dem Kissen.

»Mum?«

Sie hebt den Kopf wie ein Schwimmer und holt Luft.

»Ja ...?«

»Mum, das Fenster ist gerade aufgegangen. Hast du denn nichts gehört?«

»Nein, nein. Du meine Güte ... was für eine Unordnung ...«

»Du hast das Fenster nicht ...«

»Luke ... bitte. Ich muss mich ausruhen.«

»Okay.« Ich kann nicht glauben, dass sie es nicht mitbekommt, wenn bei einem Sturm ihr Fenster aufgeht. Allerdings sind ihre Ärzte nicht gerade zimperlich, wenn es darum geht, ihr Medikamente zu verschreiben.

Sie lässt sich schon wieder auf das Bett sinken.

Ich schließe das Fenster und achte darauf, den Riegel vorzuschieben. Dann starre ich in den Garten hinaus, der von dem Licht aus der Küche erhellt wird. Mums Atemzüge werden tiefer und langsamer. Da draußen ist niemand, oder besser gesagt, nichts deutet darauf hin, dass da jemand ist. Ich weiß nicht, wonach ich suche, ob ich erwartet habe, Mr Berkley auf dem Rasen ausmachen zu können oder was auch immer. Es beginnt zu regnen und die Tropfen auf dem Fensterglas sehen ein bisschen aus wie kleine Diamanten. Bald sind es so viele, dass ich nichts mehr erkennen kann.

»Vermutlich war es nur der ...«, sage ich zu Ham und breche dann ab. Immer, wenn jemand in einem Film sagt *Das ist nur der Wind,* wird er sofort ermordet.

»Wir müssen wachsam bleiben.«

Ham reibt seinen Kopf an meinem Oberschenkel. Draußen heult der Sturm. Mum seufzt und dreht sich um. Zwei von ihren Tabletten und sie steht völlig neben sich. Von ihr ist keine Hilfe zu erwarten.

»Hör zu«, sage ich zu Ham, als wir den Raum verlassen, »das wird eine einmalige Sache sein, aber was hältst du davon, heute Nacht in meinem Zimmer zu schlafen? Selbstverständlich auf dem Boden.«

SPIEGELEI

Als ich aufwache, habe ich Kopfschmerzen und klebrigen grauen Flaum im Mund. Auf meinem Rücken ist ein warmes Gewicht, das sich als Ham herausstellt. Irgendwann in der Nacht ist er zu dem Schluss gekommen, dass er mit dem Fußboden den Kürzeren gezogen hat. Er jault ganz erbärmlich, als ich ihn vom Bett schiebe.

Jetzt, wo die Sonne scheint, kommt mir die letzte Nacht wie ein seltsamer Traum vor. Dads grünes Buch liegt auf dem Nachttisch neben mir. Ich erinnere mich daran, wie ich es zu öffnen versucht habe, dann bin ich wohl eingeschlafen, irgendwann aufgewacht und dann war da die Sache mit Mums Fenster ... Ich bleibe liegen, starre an die Decke und denke an Dad. Ich beschließe, dass es mir nichts ausmacht. Was hatte ich denn erwartet? Dass er zurückkommt und sich bei mir entschuldigt? Dass er mich bittet, ihm zu verzeihen? Auch wenn er jetzt nicht mehr vor mir zu Kreuze kriechen wird, es ist vermutlich besser so. Er ist tot und hat mir sein ganzes Geld hinterlassen, das ist alles, worüber ich jetzt nachdenken muss. Mum und mir wird es gut gehen.

Ich brauche ein bisschen länger als sonst in der Dusche, um jede Spur von Ham aus meinen Haaren zu waschen, dann wickle ich mich in ein Handtuch und sehe mir mein

Gesicht ganz genau an – das Gesicht eines Millionärs, wie ich mir mit einem wohligen Schauer ins Gedächtnis rufe. Allerdings muss ich zugeben, dass ich nicht wie ein Millionär aussehe. Mein mitternächtliches Abenteuer hat Spuren hinterlassen. Meine Augenlider sind dunkel und geschwollen und auf meinen Zähnen ist ein pelziger Belag, weil ich vergessen habe, sie vor dem Schlafengehen zu putzen. Ich spüle zweimal mit Mundwasser anstatt wie sonst nur einmal und dann verbringe ich zehn Minuten damit, meine Haare mit Gel in Form zu bringen. Ich probiere zurzeit einen neuen Pony aus, der nicht mehr nach links, sondern nach rechts fällt, aber ich weiß noch nicht, ob er mir steht.

Als ich der Meinung bin, dass mein Gesicht in Ordnung ist, gehe ich wieder in mein Zimmer und ziehe meine Schuluniform – schwarze Hose, grauer Pullover – und meine neuen Sportschuhe an. Sie sind von Lacoste, weißes Leder mit grünen Akzenten. Im Unterricht darf man natürlich keine Sportschuhe tragen, aber man kann morgens nicht in seinen Schulschuhen aufkreuzen, das geht einfach nicht. Man kommt in seinen Sportschuhen, kickt ein bisschen rum, sorgt dafür, dass die anderen sie sehen. Meine Schulschuhe sind in meinem Spind. Da ich früh genug aufgewacht bin, habe ich noch Zeit, die neuen Schuhe in meinem großen Standspiegel von allen Seiten zu bewundern, bevor ich nach unten gehe, um Ham zu füttern und zu beruhigen. Ich muss schon wieder an das Geld denken, das Dad mir hinterlassen hat. Wenn ich will, kann ich jetzt jeden Tag meines Lebens neue Schuhe haben.

Ich betrete die Küche und plötzlich ist meine gute Laune weg, als hätte jemand einen Eimer voll Angst über mir ausgekippt. Die Küche ist leer. Die Sonne fängt gerade an, die Sturmwolken am Horizont anzustrahlen. Alles ist völlig ruhig.

Ich bin deshalb so aus der Fassung, weil auf dem Küchentisch, an der Stelle, an der ich immer sitze, ein komplettes englisches Frühstück steht. Es sollte kein komplettes englisches Frühstück auf dem Tisch stehen. Es sollte nirgendwo in diesem Haus ein komplettes englisches Frühstück stehen, weil ich gerade erst aufgestanden bin und Ham meines Wissens nach weder mit dem Herd noch mit einem Dosenöffner umgehen kann. Mum dürfte heute kaum aus dem Bett kommen, außerdem kocht sie nie Fleisch für mich, daher kann sie es auf keinen Fall gewesen sein. Ich bewege mich vorsichtig auf das Frühstück zu, als wäre es mit dem Stolperdraht einer Bombe verbunden. Ich starre auf die Eier, den Speck, die Tasse mit Tee. Es gibt sogar einen Beilagenteller mit Toast, eine zu einem Dreieck gefaltete Serviette und ein kleines Glas Orangensaft.

Hypothese: Ich habe mit Schlafkochen angefangen.

Ich gehe an dem haarsträubenden Frühstück vorbei und versuche, Ham zu finden, der das andere Puzzleteil ist. Warum hat er das Frühstück nicht gefressen? Ham verschlingt ausnahmslos alles, es sei denn, man behält es die ganze Zeit im Auge. Er ist jetzt seit über einer halben Stunde hier unten.

Ich finde ihn in seinem Korb in der Waschküche. Er sieht mich an, als ich hereinkomme, steht aber nicht auf, um mich zu begrüßen. Er zittert, ja krümmt sich fast vor Kälte.

»Ham?«

Er bewegt sich immer noch nicht. Ich renne nach oben und hole meinen Bratspieß. Dann werfe ich einen Blick in sämtliche Räume oben und unten im Haus, aber es ist alles dort, wo es sein sollte, und es fehlt auch nichts. Ich verstehe das nicht. Warum sollte jemand hier einbrechen und Frühstück für mich machen? Ist das so eine Art Butler-Service, den ich nie in Auftrag gegeben habe?

Hypothese: Es gibt kein Frühstück. Ich werde verrückt.

Ich laufe wieder in die Küche, aber das Frühstück ist immer noch da und dampft vor sich hin. Der Tee hat genau den Braunton, den ich am liebsten habe.

Ich will bei der Polizei anrufen, weiß aber nicht so richtig, was ich sagen soll. Kann ich ein gegen meinen Willen zubereitetes Frühstück melden? Ich will kein Opfer sein, auch wenn ich nicht einmal genau weiß, welches Verbrechen begangen wurde. Ich tippe dreimal auf die Neun, dann stehe ich mit dem Finger auf der Ruftaste da. Ich stelle mir verschiedene Gespräche mit der Polizei vor, von denen keines besonders produktiv ist. Vielleicht könnte ich einfach sagen, dass jemand eingebrochen ist? Aber dann wird die Polizei fragen, was gestohlen wurde, und ich werde erklären müssen, was passiert ist, und dann werden sie mich auslachen.

Das geheimnisvolle Frühstück wird langsam kalt. Ich weiß nicht, was ich tun soll. Ich gehe nach oben und stoße die Tür zu Mums Zimmer auf. Sie schläft immer noch und liegt völlig verdreht unter der Bettdecke. Ich beuge mich zu ihr hinunter und ergreife ihr blasses Handgelenk.

»Hast du heute Frühstück für mich gemacht? Hallo?«

Sie macht die Augen auf, aber ihr Kopf bewegt sich keinen Millimeter.

»Luke«, sagt sie, »mir geht es heute gar nicht gut ...«

»Mum, ich weiß, aber ...«

»Es ist ziemlich schwierig, dir zuzuhören.« Sie legt beide Hände auf das Gesicht.

»Nein, im Ernst jetzt ...«, fange ich an.

»Kannst du mir ein Glas Wasser bringen ...«, sagt Mum. Dann schließt sie wieder die Augen.

Das ist alles, was von ihr kommt. Ich mache den Mund zu.

Sie sollte *mir* helfen, nicht andersherum.

Schließlich rufe ich doch nicht bei der Polizei an. Was sollen sie denn tun? Jemand wird mir ein paar Fragen stellen, dann wird irgendwo mein Name in einen Computer eingegeben und die Datei gespeichert, mit dem Vermerk GEISTESGESTÖRT. Und dann vergessen sie mich wieder.

Stattdessen kippe ich das Frühstück in den Abfalleimer und stecke dann alle Teller in den Geschirrspüler, bei dem ich die Temperatur höher stelle, nur für den Fall, dass das Essen mit Zyankali versetzt war. Ich esse noch ein paar Scheiben Putenwurst aus dem Kühlschrank und spüle sie mit Mangosaft hinunter, den ich direkt aus dem Karton trinke. Dann gerate ich für einen Moment in Panik, als mir einfällt, dass der Eindringling vielleicht auch den gesamten

Inhalt des Kühlschranks vergiftet hat, aber ich bekomme keine Magenkrämpfe, daher ist vermutlich nichts passiert. Ich gehe nach oben, hole meinen Rucksack und trete aus der Tür hinaus in den grauen Morgen.

Vierzig Jahre nach ihrem Bau krümeln die Gebäude der Dunbarrow High School wie ein alter Butterkeks. Das frische Grün der Eingangstüren ist zu einem fahlen Erbsengrün verblasst. Es gibt fünfmal so viele Schüler wie ursprünglich geplant und das Kollegium ist die obligatorische Mannschaft aus Diktatoren und Geschiedenen.

Meine Freunde sind auf dem hinteren Pausenhof, wie jeden Morgen, und kicken mit einem Ball rum. In der Mitte des Hofs findet gerade ein Fußballspiel der elften Klasse statt und die kleinen Maden aus der Unterstufe müssen mit dem Rand vorliebnehmen, dort, wo die Mülltonnen stehen und es matschig wird. Kirk Danknott trifft den Ball so geschickt mit der Fußspitze, dass er in einem hohen Bogen durch die Luft fliegt und genau vor Mark Ellsmith landet. Mark setzt die Ferse auf den Ball und lässt ihn dann zu mir rollen.

»Manchett«, sagt Mark.

»Hallo, Jungs«, erwidere ich.

Kirk grummelt etwas.

Mark ist groß und breit, mit Augen so blau wie ein Swimmingpool. Er ist der Kapitän der Rugbymannschaft, was bedeutet, dass ich über seine Witze lachen muss.

Ich kicke den Ball zu Kirk hinüber.

»Hast du das Spiel gesehen?«, fragt er.

»Nö, ich hatte zu tun. Hab mir gestern Abend die Highlights angeschaut.«

Kirk und ich haben mit acht Jahren angefangen, Rugby zu spielen. Kirk ist ziemlich stämmig, mit raspelkurz geschorenen Haaren, die wie Flaum auf seinem Schädel aussehen. Er trägt schmutzige Sportschuhe in Orange mit ungebundenen Schnürsenkeln.

»Wo warst du gestern?«, will Mark wissen.

»Familienkram«, sage ich, weil ich weiß, dass dann keine weiteren Fragen zu dem Thema mehr kommen. Je weniger Mark und Kirk und die anderen Jungs über die Sache mit Mum und meinem Vater wissen, desto besser, das war bis jetzt immer meine Strategie gewesen. Dass Dad nicht mehr bei uns wohnt, hat wenigstens den Vorteil, dass niemand auf die Idee kommt, ich sei ein Verwandter von dem Typ mit dem weißen Anzug und dem goldenen Amulett aus dem Fernsehen – er sah nicht mal so aus wie ich, weil er so zugenommen hatte –, was völlig okay für mich ist. Um an der Dunbarrow High zu überleben, muss man so normal wie möglich sein, und das heißt: keine kranke Mutter, keinen Geisterjäger-Vater, nur ein ganz gewöhnlicher Luke Manchett, der Fußball und Rugby mag und Schule hasst. Ich spiele in den richtigen Mannschaften, trage die richtigen Schuhe und habe die richtigen Freunde.

Mark nickt und dreht sich weg.

»Kommst du heute Abend in den Park?«, fragt Kirk. Dienstag ist der einzige Tag, an dem keiner von uns Training hat, daher hängen wir an dem Abend meistens zusammen rum.

Ich denke an den Anwalt, an das Testament meines Vaters und an Mum, die in ihrem Bett liegt, als wäre sie ertrunken. Ich denke an Fremde, die ein englisches Frühstück in meiner Küche zubereiten und irgendwie verschwinden, bevor ich aufwache.

»Ach, weiß nicht«, sage ich.

»Soll das ein Witz sein? Ich seh dich kaum noch. Außerdem kommt Holiday auch. Sicher.«

Holiday Simmon ist das beliebteste Mädchen unseres Jahrgangs, ohne Wenn und Aber. Sie hat honigblonde Haare und die Art von Gesicht und Körper, die man normalerweise nur in einem Modemagazin zu sehen bekommt. Sie ist seit Kurzem wieder auf dem Markt, nachdem sie mit ihrem Freund Schluss gemacht hat, angeblich jemand aus der Abschlussklasse eines College in Brackford. Seitdem habe ich sie ein paarmal bei unseren Rugbyspielen gesehen, wo sie in diversen perfekten Outfits am Rand des Spielfelds stand. Kirk ist sofort aufgefallen, dass sie mir aufgefallen ist, und seitdem fängt er immer wieder davon an.

»Na und?«, sage ich zu Kirk, während ich Marks Gesicht beobachte. Er zeigt keinerlei Interesse.

»Ich will einfach nicht, dass du was verpasst, Alter.«

»Ich habe ... Hausaufgaben.« Meine lahme Entschuldigung bereue ich sofort. Mark und Kirk grinsen mich beide voller Verachtung an, als wollten sie sagen: *Wer bist du und was hast du mit Luke gemacht?*

»Bist du sicher, dass mit dir alles in Ordnung ist?«, fragt Mark. »Die Rektorin hat dich doch nicht etwa mit diesem

Zeug über ›die wichtigste Zeit in eurem Leben‹ eingefangen, oder?«

»Schule ist ein Witz«, fügt Kirk hinzu. »Sie bringen dir nichts bei, was du wissen musst, um einen richtigen Job zu kriegen. Das, was sie uns hier beibringen, können wir doch eh nie gebrauchen.«

»Kirk«, sage ich, während ich versuche, wieder Boden gutzumachen, »stimmt es, dass Mr Richmont einen Kotz-Smiley auf deinen letzten Test in Geschichte gemalt hat?«

»Jetzt hör mir mal gut zu«, meint er. »Ich kann tausend Pfund die Woche verdienen, wenn ich Breitband an der Haustür verkaufe. Das läuft alles auf Provision. Ich bin von Natur aus ein Verkaufstalent. Man muss nicht auf die Uni gehen, um einen Job zu kriegen. Her mit dem Ball.«

Ich spiele Kirk den Ball zu. Er nimmt den Pass an und dann, mit einer einzigen, fließenden Bewegung, holt er mit dem Bein aus und schickt den Ball über den Hof, in Richtung des mit einer Glasfront versehenen Sekretariatsbaus. Der Ball trifft Elza Moss, Schulspinnerin Nr. 1, voll in den Rücken, mit einem dumpfen Knall, den ich fast spüren kann. Sie dreht sich mit fliegenden Haaren um.

Elza Moss ist die Art von Mädchen, die man vor ein paar Hundert Jahren auf dem Scheiterhaufen verbrannt hätte. Ich weiß, das klingt grausam, aber es stimmt. Man braucht sie nur anzusehen, schon weiß man, dass sie hier nicht reinpasst: groß und blass, mit ein paar Sommersprossen unter den Augen. Sie hat den Teint einer Rothaarigen, färbt ihre Haare aber tiefschwarz, sodass der Kontrast ihr Gesicht so weiß wie Wachs aussehen lässt. Ihre Haare toupiert sie mit einer Tonne Spray nach oben, sie ragen über ihr auf wie eine eingefangene Sturmwolke.

Eigentlich habe ich ja gar nichts gegen Elza, aber an der Dunbarrow High School gibt es sehr strenge Regeln, zumindest unter den Schülern. Mädchen müssen glänzende, gepflegte Haare haben, keine meterhohen Gewitterwolken. Schmuck ist okay, aber bloß nicht zu viel. Man trägt keine Sachen, die man in Secondhandläden kaufen kann, von der Verwandtschaft vererbt bekommt oder irgendwo auf dem Dachboden eines Schlosses findet, was eine treffende Beschreibung für den Inhalt von Elzas Kleiderschrank sein dürfte. Mädchen dürfen, sollen sich sogar die Augen schminken, aber nirgendwo steht, dass sie wie Kleopatra aussehen müssen.

Sie könnte damit durchkommen, wenn sie sich nur ein bisschen anstrengen würde, sich anzupassen, aber sie macht nicht mal das Minimum. Sie trägt Armeestiefel, wenn sie in die Schule kommt, liest zu viele Bücher, benutzt zu viele Wörter und raucht Zigaretten vor dem Schuleingang. Allein. Ich könnte darauf wetten, dass sie in ihrem Zimmer mehrere Meter Gedichte rumstehen hat, von denen sich kein einziges reimt.

»Ein Schuss, ein Treffer«, jubelt Kirk. Die jüngeren Jahrgänge kichern, weil sie scharf darauf sind, von einem aus der elften Klasse bemerkt zu werden. Ich lache nicht mit, weil Elza Haare auf den Zähnen hat und kräftig austeilen kann, doch in dem Moment, in dem sie anfangen will rumzubrüllen, treffen sich unsere Blicke und ihr Gesicht verändert sich. Sie wird ganz ruhig und wirkt fast neugierig, während sie mich anstarrt. Dass irgendein Loser eine krankhafte Schwärmerei für mich entwickelt, hat mir jetzt gerade noch gefehlt. Ich sehe sie finster an und sie zuckt mit den Schultern, bevor sie den Ball anstupst, ihn in den Oktobermatsch rollen lässt, der hier als Blumenbeet durchgeht, und sich so lange mit dem vollen Gewicht eines Beins auf ihn stellt, bis er fast völlig im Schlamm versunken ist. Dann zieht sie eine Augenbraue hoch, glotzt mich noch einmal an und geht.

»Ach, was soll's«, sagt Mark. »Kirk, du holst den Ball da raus.«

»Was für ein Freak ...«

Der Morgen ist so trüb, dass in allen Klassenräumen Licht brennt. Ich sitze im Matheunterricht, tief über mein Pult gebeugt, und sehe zu, wie der Lehrer lange Zahlenreihen ans Whiteboard schreibt. Normalerweise habe ich kein Problem mit Mathe, aber heute kann ich mich einfach nicht konzentrieren. Jede Spalte mit Zahlen lässt mich an meine Erbschaft, die sechs Millionen und Mr Berkley denken. Ganz zu schweigen davon, dass letzte Nacht noch etwas passiert ist, das mir einfach nicht in den Kopf will. Ich weiß, dass ich Dads Buch auf dem Sofa unten gelassen habe. Dann bin ich mit Ham zusammen nach oben in Mums Zimmer gestürmt und anschließend ins Bett gegangen. Heute Morgen lag das Buch auf meinem Nachttisch. Normalerweise würde ich einfach davon ausgehen, dass ich das Buch selbst nach oben mitgenommen und das dann vergessen habe, aber das geheimnisvolle Frühstück heute

Morgen lässt darauf schließen, dass jemand Sachen in unserem Haus herumschleppt.

Mir läuft ein Schauder über den Rücken. Es kommt mir bizarr vor, dass jemand bei uns einbricht und so etwas tut, und ich ziehe die Möglichkeit in Erwägung, dass einer von uns beiden mit Schlafwandeln angefangen hat – entweder Mum oder ich. Man hört ja eine ganze Menge über Leute, die verrückte Sachen anstellen, während sie schlafen. Manche von ihnen begehen sogar einen Mord.

Ich versuche, mich auf die Algebraprobleme der heutigen Unterrichtsstunde zu konzentrieren, aber immer wieder zucken Gedankenfetzen durch meinen Kopf: das Geld, das geheimnisvolle Frühstück, und dann dauert es nicht lange, bis ich an Dad denke.

Über seine Kindheit und frühe Jugend weiß ich nicht viel. Mum hat er auf einer Esoterikmesse kennengelernt, damals, als sie noch in einem Kleinbus lebte und nie Schuhe trug. Dads Mutter starb, als er noch sehr jung war, und sein Dad – mein Opa Archie – fing dann an, eine Menge zu trinken. Opa starb etwa ein Jahr nach meiner Geburt, daher kann ich mich überhaupt nicht an ihn erinnern. Dad hat schon sehr jung auf dem Bau gearbeitet, bevor er beschloss, Medium und Exorzist zu werden, aus Gründen, die Mum mir nie richtig erklärt hat. Irgendwann fing er mit der Show im Fernsehen an, die für so ein Format ziemlich erfolgreich war, heiratete Mum, bekam mich und dann, als ich sechs war, verließ er uns.

Wenn Dad nie bei uns gewohnt hätte, wäre alles viel einfacher zu ertragen. Nur ich und Mum, wie wir unser Ding durchziehen. Aber ich habe nur gute Erinnerungen an ihn. Ich hatte ihn wirklich sehr gern. Damals lebten wir in den Midlands, in einem schönen Haus, viel größer als das, was Mum und ich jetzt haben. Dads Show (ich durfte sie nie sehen: »nichts für Kinder«) war zu der Zeit erst ein paar Jahre gelaufen, aber er verdiente schon ganz gut damit, und Mum hatte auch einen Job. Dad war meistens in seinem Arbeitszimmer, bei geschlossener Tür, und machte irgendetwas für seine Show, aber er hatte immer Zeit für mich: Im Winter baute er mit mir zusammen Schneemänner und im Sommer füllten wir ein aufblasbares Planschbecken mit Wasser und spielten mit einem Plastikkrokodil, das ich ganz toll fand – total normale Sachen eben. Ich erinnere mich noch daran, dass wir abends einmal an den Strand gegangen sind, wo Dad und ich Möwen gejagt und sie wie einen umgedrehten Schneesturm in die Luft gescheucht haben.

Ich weiß nicht, wann alles schiefgegangen ist. Ich war noch ziemlich jung, daher glaube ich, dass es schon eine ganze Weile schlecht lief, bevor mir bewusst wurde, was los war. Ich kann mich noch daran erinnern, dass Mum sehr krank wurde – es war das erste Mal, dass sie diese Kopfschmerzen hatte –, und danach lag sie noch wochenlang im Bett. Sehr viel später hat sie mir dann erzählt, sie sei so krank gewesen, dass für ein paar Stunden alle geglaubt hätten, sie würde sterben. Jedenfalls ist Dad fast durchgedreht, als das passierte. Er blieb die ganze Nacht in seinem Arbeitszimmer wach, telefonierte den ganzen Tag, sagte Dinge, die ich nicht verstehen konnte, in Sprachen, die ich noch nie vorher gehört hatte. Außerdem trank er zu viel. Ich weiß noch ganz genau, dass ich eines Abends aufwachte und draußen im Garten jemanden brüllen hörte. Ich sah aus dem Fenster und da war Dad, in Hemdsärmeln, der am Teich auf und ab ging. Es war Vollmond, daran kann ich mich erinnern, und Dads Gesicht und Hände leuchteten geradezu im Halbdunkel. Ich verstand nicht, was er da tat, denn es klang, als würde er sich mit jemandem streiten, aber mit jemandem, der nicht da war. Immer wieder machte er ein paar Schritte, blieb stehen und schien dem dunklen Garten zuzuhören, dann drehte er sich um und fing an, mit den Armen herumzufuchteln und wieder loszubrüllen. Ich kann mich erinnern, dass ich nicht wusste, was ich tun sollte. Dad sollte auf keinen Fall mitbekommen, dass ich gesehen hatte, wie er mit sich selbst redete. Ich ging wieder ins Bett und machte die Augen zu.

Nach dieser Nacht dauerte es dann nicht mehr lange, bis sie sich trennten, so viel weiß ich noch. Sobald Mum das Bett wieder verlassen konnte, fingen sie zu streiten an – meistens ziemlich laut, aber spätabends nur noch als wütendes Zischen. Ich kann mich noch daran erinnern, dass beide viel telefonierten. Etwa um diese Zeit herum gab es mal ein Wochenende, an dem wir irgendwohin sollten, und Mum brauchte eine Ewigkeit, um sich fertig zu machen. Und dann, als sie die Treppe runterkam, begann sie zu weinen und setzte sich hin. Nichts, was Dad sagte, konnte sie dazu bringen, sich von dort wegzubewegen, bis sie dann irgendwann wieder in ihr Zimmer ging und die Tür verriegelte. In dem Moment setzte sich Dad selbst auf die Treppe und sagte zu mir, dass er und Mum bald nicht mehr im selben Haus wohnen würden.

Danach blieb er nicht mehr lange bei uns und wir sind dann nach Dunbarrow gezogen. Mum hat nach einem Job gesucht, aber aus irgendeinem Grund nie einen bekommen und angefangen, sich für positives Denken zu begeistern und Bücher darüber zu lesen, wie man innerhalb von zehn Tagen sein Leben ändert, was aber auch nicht geklappt hat. Alles blieb, wie es war. Ich dachte, Dad würde irgendwann wieder zurückkommen, aber er kam nie, und bis zu seinem Tod ist dann auch alles genauso weitergegangen.

Ich bin nervös, als ich aus der Schule komme und die Einfahrt entlanglaufe. Der Himmel wird schon dunkel, aber im Haus ist es warm und es ist alles noch dort, wo es heute Morgen war, als ich gegangen bin. Ham, der sich freut, mich zu sehen, läuft im Flur hin und her und ich höre, dass Mum oben eine ihrer CDs mit Walgesängen abspielt. Ich mache mir Tee und dann gehe ich eine Runde mit Ham, bis zur nächsten Weide und zurück. Mir wird klar, dass ich doch gern etwas unternehmen würde, dass ich etwas ganz Normales mit Mark und Kirk zusammen machen will, vielleicht Holiday etwas besser kennenlernen, alles vergessen, was mit Frühstück und Büchern und Dad zu tun hat, und am Ende beschließe ich, mit dem Bus zum Park zu fahren.

Ich sitze vorn, auf dem Oberdeck, damit ich das bisschen Aussicht genießen kann, das es in der Dunkelheit noch gibt. Der Bus ist innen beleuchtet, die Fenster sind schwarz, und da sich die anderen Fahrgäste im Glas spiegeln, kann ich sie ganz gut erkennen, ohne mich umdrehen zu müssen. Außer mir sind nur noch zwei andere Leute hier oben, die schon im Bus waren, als ich die Treppe hochgekommen bin, und beide sehen so merkwürdig aus, dass sie mich neugierig machen. Es sind Männer, älter als ich. Sie sitzen ganz hinten. Ich glaube, sie unterhalten sich miteinander, aber wegen des dröhnenden Motors kann ich nichts hören.

Der Typ, der auf der linken Seite sitzt, ist groß und stämmig, mit einem kahl geschorenen Kopf und einem flachen Gesicht. An einem Ohr schimmern drei goldene Ohrringe und auf seinen Armen und dem Hals hat er jede Menge Tattoos, die ich aber nicht im Detail sehen kann. Er liegt fast auf seinem Platz und hat die Füße an die Kopfstütze vor sich gestemmt. Er trägt ein rot kariertes Hemd, das bis zum Hals zugeknöpft ist, ausgewaschene Jeans und kirschrote Doc Martens. Über seine Brust ziehen sich strahlend weiße Hosenträger. Ich habe nicht gewusst, dass man Skinheads heutzutage noch in freier Wildbahn begegnen kann.

Sein Freund ist noch seltsamer; er sitzt kerzengerade mit durchgedrücktem Rücken da, als würde er gleich ein Klavierkonzert geben. Er hat schwarze, fettige Haare und einen spitz zulaufenden schwarzen Schnurrbart. Vermutlich würde er ganz gut aussehen, wenn da nicht diese üblen roten Flecken auf seiner Stirn und an seinem Kinn wären. Er trägt einen marineblauen Anzug, ein weißes Hemd und ein zerknittertes violettes Halstuch. Für jemanden, der in Dunbarrow einen trinken gehen will, ist so ein Aufzug nicht zu empfehlen, es sei denn, man hat eine ausgesprochene Vorliebe dafür, Biergläser ins Gesicht zu bekommen.

Offenbar habe ich die beiden zu lange angestarrt, denn sie hören auf zu reden und sehen mich an. Der Skinhead steht auf. Er muss mindestens zwei Meter groß sein und sein Oberkörper strotzt nur so vor Muskeln. Das Hemd spannt an Brust und Armen. Er macht drei kurze Schritte den Mittelgang hinunter. Die roten Docs knallen auf den Boden.

Soll ich mich umdrehen und etwas sagen? Der Typ steht jetzt in der Mitte des Busses, hält sich an den Sitzen fest und starrt mich an. Kirk sagt, wenn man sich mit jemandem prügeln muss, der größer ist als man selbst, sollte man einfach versuchen, ihn in die Eier zu treten, und dann wegrennen. Wenn der Skinhead noch näher kommt, werde ich mit dem Fuß direkt in den Schritt seiner Levis zielen. Ich lasse mich auf keinen Fall von Leuten ärgern, die es nicht schaffen, aus einer Jugendkultur herauszuwachsen, die vor dreißig Jahren mal aktuell war.

Der Typ macht noch einen Schritt auf mich zu.

Ich drehe mich um und sehe ihn mir genau an. Mein Gesicht ist ernst, das Kinn trotzig vorgeschoben, um zu zeigen, dass ich mir nichts gefallen lasse. Unsere Blicke treffen sich und plötzlich ist mir klar, dass ich einen Fehler gemacht habe.

In echt ist er sogar noch hässlicher, mit einem unrasierten Gesicht, das die Farbe von Käse hat. Auf seine Stirn ist ein Kreuz tätowiert und über seine linke Wange zieht sich eine lange weiße Narbe. Seine Augen sind graue Tümpel. Was auch immer normale Menschen an sich haben, das einem das Gefühl gibt, es mit jemandem zu tun zu haben, der anständig, zurechnungsfähig und noch in der Lage ist, Denkarbeit zu leisten, in dem Mann vor mir ist nicht einmal ein Funken davon vorhanden.

Ich halte seinem Blick stand, weil ich nicht wegsehen kann.

In ein paar Sekunden wird er mich anspringen und meinen Kopf wie einen Champagnerkorken verdrehen. Ich höre schon, wie in der Schulaula mein Tod verkündet wird. *Mit tiefem Bedauern muss ich euch mitteilen, dass einer unserer beliebtesten Schüler am Dienstagabend auf dem Oberdeck des X45 zerstückelt wurde …*

Der Skinhead grinst mich an und zeigt mir einen Mund voller krummer gelber Zähne. Dann blinzelt er und geht zu seinem Freund zurück.

Ich könnte schwören, er sagt etwas, das ungefähr so klingt wie: »Tut mir leid, Boss.«

Heute Morgen muss ich so was wie ein siebenblättriges Kleeblatt gefunden und nichts davon gemerkt haben.

Meine Beine zittern immer noch wegen des Adrenalinschocks, als ich im Zentrum von Dunbarrow aus dem Bus steige. Auf dem Marktplatz ist nicht viel los, aber obwohl noch nicht Wochenende ist, stehen ein paar Grüppchen von Männern vor den Pubs rum und rauchen. Ich laufe an ihnen vorbei, wobei ich Augenkontakt vermeide, und gehe über die Brücke am Fluss in Richtung Park.

Es ist dunkel und ruhig hier, Licht kommt nur von ein paar Straßenlampen, aber ich weiß, wo ich meine Freunde finde. Es sind die, die immer kommen – Mark und der Rest der Rugbymannschaft, Kirk und ein paar Jungs aus seiner Siedlung, die kahl geschorene Köpfe und Brandlöcher von Zigaretten in ihren Trainingsanzügen haben. Sie sitzen alle auf den Spielgeräten für Kinder: Einige haben es sich auf dem Klettergerüst bequem gemacht und ein paar von den Mädchen lachen, als einer von Kirks Freunden das Karussell anstößt und sie herumwirbelt. Jemand wirft einen Ball durch die Gegend. Vorhin hat es geregnet, und während ich auf den Spielplatz zugehe, sehe ich die Grashalme im Licht einer Straßenlampe glänzen, als hätte jemand die Böschung am Fluss lackiert. Als Kirk, der schon betrunken ist, mich entdeckt, torkelt er auf mich zu und hält mir eine große Plastikflasche mit Cider hin.

»Luke, Alter.«

»Hallo, Kirk«, sage ich. Er prallt gegen mich und umarmt mich zu fest.

»Luke, alles gut, Alter?«

»Geht so.«

»Nein, alles gut, alles gut.«

»Ja, alles gut«, wiederhole ich. Ich fühle mich aber nicht so. Ich habe zu viele Geheimnisse. Ich habe jetzt mehr Geld, als Kirks Eltern vermutlich je in ihrem Leben verdienen werden, und ich weiß nicht, wie ich es ihm sagen soll. Was würde er davon halten? Was wäre, wenn ich ihm erzählen würde, wer mein Vater war? Ich kenne Kirk seit acht Jahren, habe aber keine Ahnung, wie ich durchblicken lassen soll, was mir seit Montagmorgen alles passiert ist. Er hält mir immer noch die Flasche Cider entgegen. Ich nehme sie, trinke, so viel ich kann, und gebe sie ihm zurück.

»Holiday ist da«, sagt er und nimmt ebenfalls einen großen Schluck aus der Flasche.

»Echt jetzt?«, erwidere ich. Als Kirk behauptet hat, sie würde kommen, habe ich das nicht so richtig ernst genommen. Ich bin davon ausgegangen, dass Holiday Simmon an einem Dienstagabend Besseres zu tun hat, als im Park Cider zu trinken, aber allem Anschein nach habe ich mich geirrt. Ich sehe ihre blonden Haare von hinten. Sie sitzt auf dem Spielplatz vor der Rutsche, neben einem anderen Mädchen.

»Na los«, sagt Kirk. »Geh rüber.«

»Meinst du wirklich?«

»Über... überleg nicht so viel. Mach's einfach.«

»Alles klar«, sage ich. Dann nehme ich noch einen großen Schluck aus der Ciderflasche. Ich weiß nicht, warum Kirk immer dieses Zeug mitbringt. Er bezahlt einen Obdachlosen dafür, dass er uns Alkohol kauft, und vermutlich nimmt der Typ auch sonst immer Cider. Ich gehe zu Holiday hinüber. Ich habe sie zwar bei unseren Spielen an der Seitenlinie stehen sehen und hatte auch schon mal ein paar Kurse und so mit ihr zusammen, aber bis auf ein kurzes Hallo haben wir uns eigentlich noch nie so richtig miteinander unterhalten. Sie hat ihren eigenen Freundeskreis, der sich nicht mit meinem überschneidet, und da war ja auch noch ihr Freund aus Brackford, ganz zu schweigen davon, dass ich im Grunde genommen schon immer einen Riesenbammel vor ihr hatte. Ich bin nervös, während ich über den Spielplatz gehe und ihre blonden Haare immer näher kommen. Ich weiß nicht so genau, was ich sagen werde. Ich erinnere mich selbst daran, dass ich Millionär bin. Millionäre haben keine Probleme mit Mädchen, nie. Ich versuche, wie ein Millionär zu denken, und gehe die letzten paar Schritte wie ein Millionär. Unterwäschemodels und französische Schauspielerinnen stehen schon Schlange, wenn sie mich nicht will. Allerdings nur, wenn derjenige, der mir heute Morgen Frühstück gemacht hat, mir nicht die Eingeweide herausreißt, bevor Berkley das Geld überweisen kann ... Wenn ich es mir recht überlege, dann haben mich diese Typen im Bus doch eindeutig beobachtet ... Sie wissen etwas ... Nein, hör auf, darüber nachzudenken ... Du wirst gleich mit Holiday reden ... Jetzt sagt sie etwas zu mir. Ich muss antworten. Ich muss aufhören, über hypothetische Französinnen und hypothetische Morde nachzudenken, und Holiday antworten.

»Hallo!«, sage ich. Ich klinge eher schockiert als froh darüber, sie zu sehen.

»Na ja, ich habe zwar gefragt, wie dein Tag war«, meint Holiday, »aber Hallo reicht auch.« Sie lächelt. Ich war im Prinzip schon sprachlos, aber ihr Lächeln gibt mir endgültig den Rest.

Sie trägt Jeans und eine Jacke von North Face, was man jetzt nicht als fein gemacht bezeichnen kann, aber sie sieht unglaublich aus. Sie strahlt die Art von lässiger Schönheit aus, die man nicht vortäuschen kann, sondern einfach hat. Ihre Haare sind zu einem Knoten zusammengesteckt und sie trägt eine Brille mit einem dicken Rahmen, die ich noch nie an ihr gesehen habe. Sie lächelt immer noch, erwartungsvoll.

»Luke Manchett«, sage ich schließlich. »Ich bin in der Mannschaft. Der Rugbymannschaft.«

Irgendjemand muss mich jetzt erschlagen. Sofort.

»Wir wissen, wer du bist«, sagt das Mädchen, das neben Holiday sitzt – sie heißt Anna oder so ähnlich. Sie ist dünn und sieht ziemlich verbissen aus und nach einem Blick auf sie ist klar, dass sie für alle »Holidays Freundin« ist.

»Alice«, sagt Holiday. »Luke, kennst du Alice Waltham?«

»Nein«, sage ich. »Hallo.«

»Hi.« Alice sieht mich mit einer Überdosis Desinteresse an, dann holt sie eine Zigarettenpackung aus der Tasche und fängt an, daran herumzufummeln.

»Rauchst du, Luke?«, fragt Holiday

»Nein«, erwidere ich. »Training. Ich meine, ich kann nicht. Wegen des Trainings.«

»Ich rauche auch nicht«, meint sie. »Meine Mum hat eine Nase wie ein Bluthund. Ich würde nie damit durchkommen, selbst wenn ich wollte. Aber ich glaube, mein kleiner *Bruder* raucht, und der ist gerade mal zwölf. Findest du das nicht krass? Wenn man mit zwölf raucht? Ich kann es zwar nicht beweisen, aber ich bin ziemlich sicher, dass er raucht. Und Mum sagt *gar nichts.«*

»Selbst Zwölfjährige wissen nicht, was Zwölfjährige tun sollten«, sage ich, was, glaube ich, nicht viel Sinn ergibt, aber Holiday lacht trotzdem. Ich kann es einfach nicht fassen, dass wir uns tatsächlich unterhalten. Das hätte ich die ganze Zeit schon tun können. Ich hätte einfach zu ihr rübergehen und mit ihr reden müssen.

»Hast du Brüder?«, fragt Holiday.

»Nein, keine.«

»Das hätte ich eigentlich wissen müssen«, meint Holiday.

»Meine Mum kennt deine. Sie waren zusammen bei einem Reiki-Retreat oder so was in der Art. Meine Mum steht auf diese verrückten Sachen.«

»Oh«, sage ich. »Das habe ich nicht gewusst.« Es überrascht mich wirklich, dass Mum mit jemand anderem in Dunbarrow geredet hat. Sie hatte noch nie viel Interesse daran, sich unter die Einheimischen zu mischen. Sie lebt gern auf dem Land, aber das ist auch schon alles. Ich glaube nicht, dass sie weiß, wie das Ehepaar heißt, das rechts von uns wohnt. Plötzlich durchzuckt es mich eiskalt und ich frage ich mich, ob Mum Holidays Mutter von Dad und der Trennung erzählt hat, ob Holiday weiß, dass ich Dr. Horatio Manchetts Sohn bin. Falls ja, lässt sie sich jedenfalls nichts anmerken.

Wir unterhalten uns noch ein bisschen, über die Schule und Prüfungen und gemeinsame Freunde, und irgendwann schnaubt Alice besonders heftig vor lauter Verachtung, steht auf und lässt uns allein. Ich setze mich auf ihren Platz am Fuß der Rutsche, neben Holiday. Es läuft gut und unsere Knie fangen gerade an, sich zu berühren, als ich den Kopf hebe und drüben bei den Bäumen, oben auf der Böschung, etwas sehe, bei dessen Anblick mir fast das Herz stehen bleibt.

Unter der am weitesten von uns entfernten Straßenlampe stehen die beiden Typen aus dem Bus, der Skinhead und der Mann mit den roten Flecken im Gesicht. Der Skinhead lehnt an einem Baum, fast völlig im Schatten. Ich kann das Glimmen einer Zigarette in seinem Gesicht erkennen. Das Fleckengesicht steht da, als hätte es einen Stock verschluckt, genau unter der Lampe, und starrt direkt in meine Richtung, als wollte es, dass ich mich beobachtet fühle.

»Luke?«, sagt Holiday.

»Ja?«

»Alles in Ordnung mit dir? Du zitterst ja.«

Sie hat recht: die Hand auf meinem Knie zuckt heftig. Ich packe sie mit meiner anderen Hand und versuche, beide ruhig zu halten.

»Ich glaube ...« Ich überlege, wie ich es sagen soll. »Ich glaube, ich werde verfolgt.«

Sie zieht eine Augenbraue hoch.

»Von zwei Typen ... zwei ziemlich schrägen Vögeln. Sie sind da drüben, oben auf der Böschung. Nicht hinsehen. Dreh ganz langsam den Kopf. Unter der Straßenlampe. Sie haben mich schon im Bus beobachtet und jetzt sind sie hier. Das meine ich ernst.«

»Was für Typen?«, fragt Holiday lächelnd.

»Die Typen da«, sage ich. »Ich kann nicht mit dem Finger auf sie zeigen. Sie stehen beide unter der Lampe.«

»Da ist niemand!« Holiday schlägt mit der Faust auf mein Bein. »Ich weiß, dass bald Halloween ist, aber hör auf, mir so einen Schrecken einzujagen! Mein Dad macht das die ganze Zeit mit mir. Auf so was fall ich nicht rein.«

»Holiday!« Ich sehe ihr direkt in die Augen. »Ich meine das total ernst. Wir werden gerade von zwei Männern beobachtet. Da drüben auf der Böschung.«

»Da ist niemand«, beharrt Holiday. »Ich weiß, dass du mich verarschst!«

Sie hat genau in Richtung der beiden Typen gesehen.

Braucht sie eine neue Brille? Das Fleckengesicht steht immer noch an derselben Stelle und beobachtet uns jetzt beide. Er ist zwei Meter groß und steht direkt unter der Straßenlampe, man kann ihn unmöglich übersehen. Während ich die Männer anstarre, beugt sich der Skinhead aus dem Schatten heraus und sagt etwas, das nur das Fleckengesicht hören kann.

»Verarschst du *mich?«*, frage ich. »Du musst sie doch sehen ...«

»Wen soll sie sehen?«, höre ich Marks Stimme hinter mir. Er schlägt mir auf die Schulter, was mich zusammenzucken lässt, als hätte jemand direkt neben meinem Ohr eine Pistole abgefeuert. Holiday hat sich ebenfalls erschrocken, kichert dann aber.

»Luke ist ein Idiot«, sagt sie. »Er versucht, mir Angst einzujagen.«

Sie sagt es beiläufig, scherzhaft, aber in ihren Augen kann ich noch etwas anderes erkennen, als würde ihr langsam klar werden, dass ich wirklich Angst habe.

»Ich bin doch nicht verrückt geworden«, sage ich zu Mark. »Da drüben auf der Böschung sind zwei Typen, die uns beobachten. Da ...«

»Hm«, meint er. »Ich weiß ja nicht, ob sie tatsächlich da waren, aber jetzt sind sie jedenfalls weg.«

Er hat recht. Auf der Böschung ist niemand mehr – nur eine einsame Straßenlampe mit orangefarbenem Licht und eine riesige dunkle Eiche, deren Äste im aufkommenden Wind schwanken.

Danach ist der Abend praktisch gelaufen. Das bisschen

Vertrautheit zwischen mir und Holiday ist weg und Mark steht die ganze Zeit hinter uns, während er redet, sodass ich mir den Hals verrenken muss, um ihn anzusehen. Ich warte darauf, dass er wieder geht, aber er scheint Wurzeln geschlagen zu haben. Ich bin immer noch nervös, ich muss an die beiden Männer und an das Frühstück denken und frage mich, ob sie es auf den Tisch gestellt haben, frage mich, ob sie Dad kannten. Nach einer Weile beginnt es zu regnen, was ich als Entschuldigung nehme, um zu gehen. Holiday sagt etwas von einer Halloween-Party bei ihr zu Hause und ich nicke, ohne sie richtig zu verstehen. So spät fährt kein Bus mehr und ich nehme den langen Weg zum Wormwood Drive, während Nieselregen auf Schultern und Kapuze meiner Regenjacke fällt und am Straßenrand ein schimmerndes kleines Rinnsal neben mir herläuft. Bei jedem Schritt denke ich an das Fleckengesicht und den Skinhead und versuche herauszufinden, was passiert ist. Vielleicht wissen sie von dem Geld und versuchen, es irgendwie in die Finger zu bekommen? Was genau sind diese Bedingungen, von denen Mr Berkley gesprochen hat? Kirk ist mal wegen zwanzig Mäusen überfallen und ausgeraubt worden und ich will gar nicht darüber nachdenken, was mir jemand antun würde, wenn es um mehrere Millionen geht. Ich brauche einen Leibwächter oder so etwas in der Art. Oben auf unserem Hügel angekommen bin ich fest davon überzeugt, dass aus den Schatten neben mir jeden Moment der Skinhead rausspringen wird, und als ein Auto vorbeifährt, drücke ich mich flach gegen einen Zaun und frage mich, ob es jetzt gleich anhält und ich von skimaskentragenden Männern gekidnappt werde. Als ich unsere Straße erreiche, befürchte ich, dass sie schon bei mir zu Hause sind. Mum ist allein und Ham ist ein Feigling – er würde sich winselnd in der Waschküche verstecken.

Der Wind hat sich gelegt und die Bäume am Wormwood Drive bewegen sich nicht, aber das verstärkt mein Unbehagen nur noch. Ich habe das Gefühl, als würde die ganze Straße den Atem anhalten. Ich gehe auf unser Haus zu und lausche dabei angestrengt auf jedes ungewöhnliche Geräusch, während ich bedaure, meinen Bratspieß nicht dabeizuhaben. Die dunklen Fenster erinnern mich an leere Augenhöhlen. Ich halte die Luft an und rechne jeden Moment mit einer Bewegung. Als ich die Eingangstür öffne, wird meine Angst größer und ich weiche vor der Dunkelheit in unserem Haus zurück, fest davon überzeugt, dass gleich die Silhouette eines Mannes im Flur auftauchen wird.

Ein leises Geräusch in der Küche lässt mich fast aus der Haut fahren und dann taucht Hams graue Silhouette aus dem Schwarz vor mir auf. Er drückt seinen warmen Kopf gegen meine Beine und wartet darauf, dass ich ihn streichle. Ich muss lachen und schiebe ihn weg.

Im Haus selbst ist alles in Ordnung. Auf dem Tisch steht kein geheimnisvolles Abendessen. Fernbedienung für den Fernseher, Trainingsschuhe, Rucksack, Mums Hausschlüssel, Bratpfannen, die Obstschale im Wohnzimmer, Dads Papiere auf meinem Schreibtisch – alles ist dort, wo es sein soll. Mum schläft oben in ihrem Bett, anscheinend ist sie den ganzen Tag nicht aufgestanden. Falls jemand hier reingekommen ist, das Fleckengesicht oder der Skinhead oder sonst jemand, hat er keine Spuren hinterlassen. Ich werfe einen Blick in alle Zimmer und vergewissere mich, dass die Fenster verriegelt sind. Dann gehe ich ins Bad, fülle ein Glas mit Wasser und trinke, gehe in mein Schlafzimmer, mache die Augen zu.

DAS GEFOLGE

Ein bleigrauer Mittwochmorgen. Als ich die Tür meines Zimmers öffne, liegt Ham wie ein Zugluftdackel davor. Ich hätte ihn am Montag nicht bei mir schlafen lassen sollen. Damit habe ich einen gefährlichen Präzedenzfall geschaffen.

»Geh nach unten«, sage ich zu ihm, aber er rührt sich nicht vom Fleck.

Die Kälte, die ich gestern im Haus bemerkt habe, ist wieder da und kriecht in meine Zehen. Die Erleichterung, die ich gestern Abend beim Nachhausekommen gespürt habe, ist vollständig verflogen, jetzt habe ich ein flaues Gefühl im Magen, eine dunkle Vorahnung. Ich bin mir sicher, dass ich diese Männer nicht zum letzten Mal gesehen habe. Ich muss die Küche überprüfen. Ich gehe so leise wie möglich die Treppe hinunter und stoße mit einem Finger die Tür auf.

Es hat wieder jemand Frühstück für mich gemacht. Ich starre es an, während sich mein Magen zusammenkrampft. Der geheimnisvolle Koch ist zurück. Dieses Mal ist das Essen nicht so aufwendig zubereitet: ein paar Scheiben Putenwurst und ein Glas Mangosaft. Die Wurst ist fächerförmig auf einem blauen Teller angerichtet. In der Küche herrschen fast Minusgrade. Ich schwöre, dass das Glas mit dem Saft und die Küchenfenster mit Frost überzogen sind. Ich will einfach nicht glauben, was hier passiert. Ich nehme den Teller mit der Wurst und werfe ihn mit voller Wucht an die Wand. Als er zerbricht, regnet es blaue Scherben und schlaffe Wurstscheiben. Jetzt bin ich ruhiger. Ich gehe in den Flur, schnappe mir das schnurlose Telefon und wähle dreimal die Neun.

»Hallo? Polizei? Ich möchte einen Einbruch melden. Wormwood Drive Nummer sieben.«

»Handelt es sich um einen Notfall?«, fragt der Mitarbeiter in der Einsatzzentrale.

»Ich glaube, es ist noch jemand im Haus.«

»Sie glauben, dass der Einbrecher sich noch auf dem Grundstück aufhält?«

»Schicken Sie einfach jemanden her«, sage ich. »Ich habe Angst.«

Ich beende das Gespräch, gehe in die Küche und suche jede Ecke zweimal ab. Ich öffne die Besteckschublade und hole meinen bewährten Bratspieß heraus. Dann schleiche ich so leise wie möglich die Treppe hinauf nach oben, sehe im Bad nach, in meinem Zimmer, in Mums Zimmer, wo sie schläft, die Vorhänge zugezogen, den Körper in der zerwühlten Bettdecke verknotet. Als ich die Tür zu ihrem Schlafzimmer schließe, höre ich ein leises Geräusch, das eindeutig aus der Küche kommt. Ham liegt immer noch vor meinem Zimmer. Ich bedeute ihm, mir zu folgen, aber er bewegt sich nicht. Ich habe Gänsehaut vor Angst, meine Arme und Beine kribbeln und jucken, als wäre ich von unsichtbaren Insekten überfallen worden. Jeder Schritt auf der Treppe scheint eine Ewigkeit zu dauern, jedes kaum hörbare Knarren der Holzstufen unter meinen Füßen klingt so laut wie Kanonendonner.

Ich stürme durch den Flur, und bevor ich es mir anders überlegen kann, stoße ich die Küchentür auf.

Das Fleckengesicht kniet auf dem Boden und tut irgendwas. Mit einem Gefühl der Unwirklichkeit wird mir klar, dass der Mann die Scherben des Tellers wegräumt, den ich an die Wand geworfen habe, dass er sie mit Handbesen und Kehrschaufel zusammenfegt. Er drehte sich um und sieht mich an. Sein Gesicht ist lang und schmal, die Haut fettig. Die roten Flecken scheinen eher dicke Pusteln zu sein; niemand an der Dunbarrow High hat so eine schlechte Haut wie er. Wir starren uns an, er hält den Besen in der Hand, ich umklammere den Bratspieß.

Links von mir räuspert sich jemand.

Der Skinhead sitzt am Tisch und starrt mich an. Ich ersticke fast an meinem Entsetzen. Er muss sich völlig lautlos bewegt haben. Ich packe den Bratspieß so fest, dass meine Knöchel ganz weiß werden. Der Typ raucht eine selbst gedrehte Zigarette und stützt sich mit seinen muskulösen Armen auf den Tisch. Heute trägt er ein Hemd mit Vichy-Karos.

»Wenn du auch nur einen Muskel rührst, werde ich dich erstechen«, drohe ich ihm mit fester Stimme. »Das meine ich ernst. Die Polizei ist schon unterwegs.«

Er zuckt nur mit den Schultern, sagt nichts, nimmt noch einen Zug aus seiner Zigarette.

»Ich habe die *Polizei* gerufen«, sage ich zu ihm. Meine Stimme beginnt zu zittern.

»Ich muss gestehen«, wirft das Fleckengesicht ein, das langsam aufsteht, »dass ich verwirrt bin.«

»Was macht ihr hier?«, frage ich. »Das ist mein Haus!«

»Ich bitte tausendmal um Entschuldigung«, erwidert das Fleckengesicht mit einer leichten Verbeugung. Seine Aussprache ist so deutlich wie die eines Nachrichtenmoderators. »Haben wir etwas falsch gemacht? Du scheinst ... verärgert zu sein.«

»Wer seid ihr?«

»Ach du Scheiße«, sagt der Skinhead.

»Ich bin der Vasall«, sagt das Fleckengesicht, »und führe, wenn der Weg im Dunkeln liegt.«

»Wie bitte?«

»Das da ist mein Kollege, der Richter«, fährt das Fleckengesicht fort, während es mit der Hand auf den Skinhead deutet.

»Hallo, Boss«, sagt der Skinhead.

»Wer seid ihr?«, frage ich noch mal. Der Skinhead sieht überhaupt nicht wie die Richter aus, die ich schon mal gesehen habe.

»War meine Erklärung etwa unzureichend? Falls es notwendig sein sollte, können wir uns natürlich in ausführlichere Biografien vertiefen, aber ich hielt es für das Beste, dir zunächst einmal eine kurze Zusammenfassung zu geben. Die anderen werden wohl erst in ein paar Tagen eintreffen.«

»Die anderen?«

»Der Rest deines Gefolges«, sagt das Fleckengesicht alias der Vasall.

»Du bist irre. Was für ein Gefolge?«

»Geht's um gestern Abend?«, fragt der Skinhead – der Richter – nervös. Wenn ich es nicht besser wüsste, würde ich sagen, er hat Angst vor mir. »Falls ja, tut's uns ganz außerordentlich leid. Ehrlich. Gehört sich nich', einfach so sichtbar zu werden.«

»Sichtbar werden?«

»Für gewöhnlich würden wir ja nie annehmen, dass unsere Anwesenheit gewünscht ist, wenn du nicht vorher nach uns verlangt hast«, sagt der Vasall. »Aber da wir nach dem Transfer keine weiteren Anweisungen hatten, waren mein Kollege und ich einfach etwas besorgt.«

»Scheinst nich' viel von meiner Kochkunst zu halten«, fügt der Richter hinzu. »Ich dachte, ich frag mal besser, was du essen willst.«

»Transfer? Erklärt mir jetzt mal bitte mit möglichst wenigen Worten, warum ihr hier seid und was ihr in meinem Haus verloren habt.«

»Ich glaube«, sagt der Vasall, »wir haben zu viel erwartet.«

»Das kannst du laut sagen«, meint der Richter mit einem verächtlichen Schnauben.

»Du bist Master Luke A. Manchett, richtig?«, fragt der Vasall.

»Ja«, erwidere ich, während ich immer noch den Bratspieß in der Hand halte, für den Fall, dass sie sich auf mich stürzen wollen. »So heiße ich.«

»Dein Vater ist Dr. Horatio Manchett«, fährt er fort.

»War«, korrigiere ich ihn. »Er ist tot. Geht es um das Geld?

Das habe ich nicht. Der Anwalt hat es mir noch nicht gegeben, ich warte noch darauf. Ich habe das Geld nicht.«

Die beiden Männer sehen sich verwirrt an.

»Heutzutage haben wir für Geld so gut wie keine Verwendung mehr«, erwidert der Vasall langsam. »Wir gehören zum Gefolge deines Vaters. Gehe ich recht in der Annahme, dass du nicht weißt, was das bedeutet?«

»Ich habe nicht die geringste Ahnung.«

»Wir sind sein Gefolge«, sagt der Richter, »seine Mannschaft, seine Jungs, seine Macht.«

»Wir sind – waren – Diener deines Vaters«, sagt der Vasall. »Und im Falle seines Todes geht die Herrschaft über sein Gefolge an den ältesten lebenden Erben über. Und soweit wir wissen, bist du das, Luke. Hat er dir das nicht erklärt?«

»Er hat mir einige Papiere hinterlassen. Ich habe sie aber noch nicht gelesen.«

»Ich bin sicher, dass sie mehr Licht in diese Angelegenheiten bringen können als wir«, sagt der Vasall. »Mit Nachfolgeregelungen kenne ich mich nicht aus.«

»Ich habe immer noch keine Ahnung, um was es hier geht«, sage ich. »Ihr seid seine Diener?«

»Eher so Sklaven«, meint der Richter. Der Vasall wirft ihm einen missbilligenden Blick zu.

»Mein Kollege und ich sind diesbezüglich unterschiedlicher Ansicht«, erklärt er, »aber, ja, wir sind Diener. Wir sind vertraglich gebunden und jetzt zählen wir zu deinem Besitz, bis zu deinem Tod.«

»Dann ... gehört ihr mir?«

»Ja.« Er verbeugt sich wieder vor mir. Auch der Richter neigt den kahl geschorenen Kopf. »Wir sind dein Gefolge, dein Eigentum. Du kannst mit uns machen, was du willst.«

»Ihr seid mein Eigentum? Gegen so was gibt es Gesetze. Dad hat *Sklaven* gehalten? Wie viele?«

»Das Manchett-Gefolge besteht aus acht Seelen«, erklärt der Vasall. »Sie sind nicht alle so ... *verständig* wie der Richter und ich. Aber sie werden sich zeigen, wenn man sie ruft.«

»Aber ... man darf keine Sklaven halten! Das ist verboten! Was soll ich denn Mum sagen? Ach, und übrigens, ab jetzt wohnen noch acht andere Leute mit uns zusammen in diesem Haus? Mach dir keine Gedanken darüber? Dad hat sie mir vererbt?«

»Ja, es ist verboten, lebende Körper als Sklaven zu halten«, räumt der Vasall ein. »Für die Seele gelten solche Gesetze leider nicht. Da ... nun ja, das ist für beide von uns eine etwas delikate Angelegenheit ... Da der Richter und ich nicht mehr lebendig sind, gibt es keine Gesetze dagegen, uns in Knechtschaft zu halten.«

»Ihr seid ... was?«

»Weiß er's wirklich nich'?«, fragt der Richter. »Oder will er uns nur veräppeln?«

»Ihr seid tot«, rufe ich dazwischen. »Ihr habt gesagt, dass ihr beide tot seid. Ich unterhalte mich gerade mit zwei Toten.«

»Ja, schon«, meinte der Richter, »aber das is' 'n heikles Thema. Du brauchst uns das nich' so deutlich unter die Nase reiben.«

»Ihr seid Gespenster«, sage ich.

»Wir sind Geister«, korrigiert mich der Vasall. »Dein verstorbener Vater war Geisterbeschwörer, einer von denen, die uralte Rituale ausführen, damit die Toten auferstehen und ihnen zu Diensten sind.«

Einen Moment lang starren wir uns alle gegenseitig an und dann fange ich an zu lachen. Das ist einfach zu viel. Der Vasall und der Richter grinsen sich an, aber sie scheinen es nicht so lustig zu finden wie ich.

»Ihr seid zum Schreien«, keuche ich. »Das ist einfach zu komisch.«

Jemand hämmert gegen die Haustür. Vielen Dank an das Polizeirevier von Dunbarrow, ihr kommt genau im richtigen Moment.

»Okay«, sage ich, »ihr bleibt hier. Das ist die Polizei. Ich lasse nur schnell die Beamten rein und dann könnt ihr denen ja auch was von ›uralten Ritualen‹ erzählen und dass ihr Geister seid, die mein Vater mir in seinem Testament hinterlassen hat. Und wenn ihr damit fertig seid, kommen die Männer in den weißen Kitteln, stecken euch in Zwangsjacken und bringen euch weg.«

»Lass sie ruhig rein«, meint der Vasall. »Keiner von uns würde sich anmaßen, dir sagen zu wollen, was du tun oder lassen sollst. Aber ich gehe nicht davon aus, dass du von ihnen die Art von Hilfe bekommst, die du deiner Meinung nach brauchst.«

Ich mache mir nicht die Mühe, ihm zu antworten. Je schneller diese Irren aus der Küche verschwinden und in Handschellen auf der Rückbank eines Streifenwagens sitzen, desto besser. Plötzlich fällt mir auf, dass es mit ziemlicher Sicherheit einen schlechten Eindruck macht, wenn ich die Polizei mit einer Waffe in der Hand begrüße, daher verstecke ich den Bratspieß im Schirmständer und öffne zwei Männern in Warnwesten die Tür. Die Polizisten haben eine gesunde Gesichtsfarbe und breite Schultern und sehen wie vernünftige Menschen aus.

»Guten Morgen. Was genau ist das Problem?«, fragt der größere von beiden, während er hereinkommt.

»In meiner Küche sind zwei Männer«, sage ich. »Sie behaupten, Freunde meines Vaters zu sein. Sie haben das Haus ohne mein Einverständnis betreten und jetzt wollen sie nicht mehr gehen.«

»Verstehe«, erwidert er.

»Könnten Sie den beiden sagen, dass sie gehen sollen?«, frage ich. »Ich bin ganz allein hier.«

»Schauen wir mal, was hier los ist«, meint er. »Ich bin sicher, dass wir eine Lösung finden.«

Er zwängt sich an mir vorbei in den engen Flur und geht dann in die Küche. Ich atme erleichtert auf. Sein Partner bleibt neben mir an der Haustür stehen. Es wird alles wieder in Ordnung kommen.

»Sagtest du in der Küche?«, höre ich seine Stimme.

»Da waren sie jedenfalls gerade«, antworte ich.

»Da ist niemand.«

»Wirklich nicht?«, frage ich. »Vielleicht sind sie ja in ein anderes Zimmer gegangen.« Ich folge ihm in die Küche und bleibe wie angewurzelt stehen. Nein. Nein. Das kann nicht sein.

Der Polizei schlendert in Richtung Kühlschrank. Er mustert die silberfarbenen Töpfe und Pfannen, den Toaster, die Scherben des blauen Tellers in der Kehrschaufel. Aber das Wichtigste in diesem Raum – die beiden Irren – ignoriert er einfach.

»Alles in Ordnung?«, fragt der Polizist. »Du bist ein bisschen blass.«

»Fast so, als wenn er uns nich' sieht. Wie das wohl geht«, bemerkt der Richter.

»Sie sind ... sie sind hier.«

»Ich werde mal einen Blick in die anderen Räume werfen«, sagt er. »Mein Partner sieht oben nach. Du bleibst hier und rufst, wenn du uns brauchst. Ist noch jemand hier?«

»Mein Hund«, sage ich. »Mein Hund ist oben. Und meine Mum. Aber sie ist ... sie ist krank.«

»Verstehe«, erwidert er. Dann verschwindet er im Wohnzimmer und sein Partner geht nach oben.

»Das ist jetzt nicht wahr«, sage ich leise.

»Wir haben versucht, es dir zu erklären«, meint der Vasall. »Es tut mir wirklich leid. Ich war sicher, dass die Situation bereits von jemandem erläutert worden ist. Ich hoffe, das ist jetzt nicht zu belastend für dich.«

»Ihr ...« Die Worte wollen mir einfach nicht über die Lippen kommen. »Ihr seid echte Geister. Ihr seid tot.«

»In mancher Hinsicht ja«, erwidert der Vasall. »In anderer wiederum nein.«

»Dann seid ihr – was?«, frage ich. »Ich bin nicht sehr ... das ist alles nicht sehr wissenschaftlich. Genau genommen ist es Schwachsinn. Völliger Blödsinn.«

»Naturwissenschaft hat nix damit zu tun«, wirft der Richter ein. »Wir haben die Grenze nich' überschritten, wir verweilen noch 'n bisschen. Das is' alles.«

»Dann seid ihr so was wie ein ... ein menschliches Bewusstsein? Etwas, das den Tod überlebt hat. Es gibt also einen Teil des Menschen, der nicht physisch ist, etwas, das den Tod des Körpers und des Geistes überlebt. Eine Art Energie oder ...«

»Mit Verlaub«, unterbricht mich der Vasall, »ich würde dir raten, nicht allzu sehr darüber nachzudenken. Mir hat es jedenfalls noch nie gutgetan. Über solche Fragen haben sich Menschen mit erheblich mehr Verstand als du oder ich ihr Leben lang den Kopf zerbrochen und sind doch zu keinem Ergebnis gekommen.«

»Ich werde mich jetzt hinsetzen«, sage ich.

»Was meintest du?«, sagt der Polizist hinter mir.

»Ach, nichts«, erwidere ich.

»Du hast einen schönen Hund«, sagt er. »Wie heißt er?«

»Ham.«

»Sehr schöner Hund. Also: Wir haben uns umgesehen, aber hier ist niemand. Deine Mutter schläft, glaube ich. Die Männer sind vielleicht gegangen, als sie gehört haben, wie ich reingekommen bin.«

Der Ton in seiner Stimme lässt darauf schließen, dass er nicht glaubt, es sei jemand im Haus gewesen, und mir gleich eine Strafpredigt über falsche Notrufe halten wird, aber er merkt mir wohl an, dass mich irgendwas zutiefst beunruhigt.

»Muss wohl so gewesen sein«, stimme ich zu.

»Trotzdem – du hast bestimmt einen schönen Schrecken

bekommen, als du zwei Fremde bei dir im Haus gesehen hast. Du sagtest, sie seien Freunde deines Vaters?«, fragt der Polizist.

»Das haben sie jedenfalls behauptet«, erwidere ich. »Sie waren ein bisschen ... merkwürdig.«

»Beschreib mir, wie sie aussehen, dann werden wir nach ihnen Ausschau halten. Und ruf auf jeden Fall an, wenn sie wiederkommen. Haben sie dich irgendwie bedroht?«

»Nein«, sage ich. »Sie waren einfach nur seltsam.«

Ich gebe dem Polizisten eine einigermaßen zutreffende Beschreibung des Richters und des Vasallen, wobei ich es ihm hoch anrechne, dass er sie aufschreibt, ohne mit der Wimper zu zucken. Dann klappt er sein Notizbuch zu, rät mir, gut auf mich aufzupassen, und lässt mich mit den Toten allein.

»Wir petzen gern, was?«, sagt der Richter. »Bei den Bullen bist du ja richtig gesprächig geworden.«

»Bist du nicht eigentlich mein Diener?«, erwidere ich im Flüsterton.

»Ich sag nur meine Meinung.« Er zuckt mit den Schultern. Mit einem lauten Knall ziehen die beiden Polizisten die Haustür hinter sich zu. Ihr Wagen rollt knirschend über die Einfahrt. Die Geister sehen mich erwartungsvoll an. Für eine Weile halte ich beide Hände vor die Augen, aber als ich sie wieder wegnehme, sind die Geister immer noch da. Die Bäume draußen nicken im Wind.

»Ich hab eine Menge Fragen«, sage ich nach einem Moment. »Anscheinend muss ich heute schon wieder die Schule schwänzen.«

»Verständlich«, sagt der Vasall.

»Könnte ... könnte mir einer von euch Tee machen?«

Leider haben die Geister auf meine brennende Frage – wie es sich anfühlt, wenn man stirbt – keine Antwort. An den Teil mit dem Sterben können sie sich nicht erinnern, und ist man erst einmal tot, ist es offenbar ziemlich schwierig zu begreifen, was mit einem passiert ist. Einige Geister kapieren es wohl nie. Dem Vasall zufolge sind nicht alle Toten gleich. Menschliche Seelen sind im Tod genauso verschieden, wie sie es im Leben waren.

»Der Richter und ich«, erklärt er, »haben den größten Teil unserer Seele, den *animus,* behalten. Wir haben immer noch ein starkes Gefühl für Zeit, Selbst und Ort. Wir wissen, dass wir nur als Geist existieren. Dieses Glück hatten nicht alle unserer Kollegen.«

»Wie viele, sagtest du, sind im Gefolge?«

»Acht. Ein vollständiges Gefolge von acht.«

»Haben sie alle solche Namen wie ihr? Sind sie alle ›der Irgendwas‹? Habt ihr auch richtige Namen?«

»Hab meinen richtigen Namen verloren, als ich gestorben bin«, erklärt mir der Richter. »Ich kann mich nich' mehr dran erinnern.«

»Wie ich eben schon sagte, ich bin kein Experte«, meint der Vasall. »Aber so, wie ich den Prozess verstanden habe, muss man einem Geist, wenn man ihn bindet, einen Titel geben, einen Bindungsnamen, damit man ihm unwiderstehliche Befehle geben kann. Innerhalb eines jeden Gefolges gibt es bestimmte Positionen, die immer besetzt sein müssen. Der Richter und ich haben zwei dieser Rollen inne.«

»Dann gibt es also immer einen Vasallen und einen Richter? Warum?«

»Sinn und Zweck unserer Titel wird im Buch erklärt.«

»Im Buch?«

»Das *Buch der Acht*. Ein infernalisches Werk. Das Buch enthält die Binderituale und noch eine ganze Menge mehr.«

Ich lasse mir nichts anmerken. Jetzt habe ich eine genauere Vorstellung davon, was in dem kleinen grünen Buch, das Dad mir hinterlassen hat, stehen könnte.

»Und wie sind die anderen so?«, erkundige ich mich. »Warum sind sie nicht hier?«

»Das sind Drückeberger«, sagt der Richter. Er macht meinen Tee und stützt sich auf die Arbeitsplatte, während er darauf wartet, dass das Wasser kocht. Mir wird kurz schwindlig, als ich den Dampf sehe, der neben dem Wasserkocher auf dem Fenster kondensiert. Der Wasserkocher ist tatsächlich eingeschaltet; das Wasser kocht tatsächlich. Wenn das eine Halluzination ist, ist es eine verdammt gute.

»Ich meine, sie sind unterwegs und so«, fährt der Richter fort. »Sie sind noch in L. A., jedenfalls die meisten von ihnen.«

»Los Angeles? Warum?«

»Da haben Diskussionen mit deinem Vater stattgefunden.«

»Ein Kinofilm«, sagt der Vasall.

»Wirklich? Ich dachte, er wäre in England gestorben.«

»Es war leider auf fremdem Boden.« Der Vasall senkt den Kopf.

Der Richter nimmt den Kocher und gießt Wasser in meine Tasse. Wenn ich ihn aus den Augenwinkeln ansehe, schwebt der Wasserkocher in der Luft. Wenn ich direkt hinsehe, rückt der Richter allmählich in mein Blickfeld, verschwommen zuerst, dann wird er zu einer hellen, scharf umrissenen Gestalt.

»Also wart ihr alle in Los Angeles, als Dad gestorben ist. Sind die anderen einfach dortgeblieben? Werden sie zurückkommen?«

»Wenn du sie rufst«, sagt der Vasall, »müssen sie kommen. Alle.«

»Wie lange würde das dauern?«

»Wenn du sie jetzt gleich rufst? 'nen Tag vielleicht«, meint der Richter.

»Aber ... ihr seid doch Geister. Warum braucht ihr dann Zeit, um irgendwohin zu gehen?«

»Ich hab gar nich' gewusst, dass du auch tot bist, Boss. Und ich hab auch nich' gewusst, dass du Experte für Totsein bist. Warum wir Zeit brauchen, um irgendwohin zu gehen? Weil du verdammt noch mal ja auch Zeit dafür brauchst.«

»Ähm ... tut mir leid«, stammle ich.

»Aufgrund unseres körperlosen Zustands haben wir natürlich gewisse Vorteile«, mischt sich der Vasall ein. »Wir können sozusagen in der Luftlinie reisen. Es gibt Beschränkungen dafür, wo und wann wir reisen können, aber es sind nicht die gleichen, die für die Menschen gelten. Mauern und Flammen, Berge und Ozeane – so etwas ist für uns kein Hindernis. Wir werden durch den Lauf der Sterne, die Musik der Planeten eingeschränkt. Wenn die Planeten im falschen Sternbild stehen, können wir nur sehr wenig tun.«

»Dann könnt ihr jetzt nicht einfach so, sagen wir mal, in die Staaten zurückgehen?«

»Es gibt nur Einen, der zu jeder Zeit an allen Orten sein kann, und wir sind nicht Er.«

»Meinst du damit Gott?«, frage ich. »Soll das etwa heißen, dass es einen Gott gibt?«

»So recht, Boss?«, fragt der Richter, während er die Tasse neben meinem rechten Ellbogen auf den Tisch knallt.

»Ich weiß, dass es einen Gott gibt«, erwidert der Vasall, »obwohl dir dieser Heide da etwas anders erzählen dürfte.«

»Mir kommt's nich' sehr wahrscheinlich vor«, meint der Richter. »Ich bin seit fast dreißig Jahren tot und bis jetzt habe ich noch nich' die Spur von 'ner Himmelspforte gesehen.«

»Wer hat gesagt, dass das ein Beleg für die Existenz Gottes ist?«, fragt der Vasall. »Du bist noch nicht auf der anderen Seite gewesen. Keiner von uns ist schon mal auf der anderen Seite gewesen.«

»Der Hirte is' schon mal drüben gewesen«, sagt der Richter. »Er is' rübergegangen und zurückgekommen. Hat mir davon erzählt.«

Der Vasall starrt an die Decke.

»Der Hirte?«, frage ich.

»Noch einer aus dem Gefolge«, erwidert der Vasall schließlich.

»Wir sagen nichts Schlechtes über die Toten«, fügt der Richter hinzu.

Ich bekomme Kopfschmerzen.

»Sagt mal, könnt ihr euch eigentlich abwechseln oder so was in der Art?«, frage ich.

»Aber natürlich«, meint der Vasall.

»Nehmt euch einen Tag frei. Ich bin sicher, dass der normale Betrieb, wie auch immer er ausgesehen hat, wieder anlaufen wird. Bald. Glaube ich jedenfalls. Aber fürs Erste könnt ihr euch alle freinehmen. Seht auch die Stadt an oder macht was anderes.«

»Unsere Dankbarkeit ist grenzenlos«, sagt der Vasall.

Der Richter sieht mich an und grinst schief, dann nickt er.

»Sollen wir das Abendessen machen?«, fragt er.

»Ich bestell mir eine Pizza. Geht einfach und ... amüsiert euch gut. Oder so.«

Das Lächeln der Geister wirkt zum ersten Mal echt. Sie verbeugen sich vor mir und gehen durch die Wand nach draußen in den Garten. Der Vasall läuft weiter, in Richtung Ortszentrum. Der Richter bleibt einen Moment stehen, als überlege er, was er tun soll. Als er sieht, dass ich ihn immer noch beobachte, grinst er. Dann verschwindet er, als hätte ihn jemand ausgeschaltet.

Ich hole tief Luft und gehe mit der Teetasse in der Hand nach oben. Ham ist in meinem Zimmer, er hat sich in meine Bettdecke vergraben und knurrt nervös.

»Schon gut, Ham«, sage ich. »Sie sind weg.«

Ich setze mich auf das Bett und reibe seinen Kopf. Meine

Finger fahren durch sein verfilztes Fell. Ich weiß nicht, was ich denken soll. Als die Toten in der Küche rumstanden, war es einfacher für mich. Ich konnte es nicht infrage stellen, weil es mir passierte. Jetzt, wo sie weg sind, überfallen mich Zweifel. Das Ganze ist doch bescheuert. Es gibt keine Geister, weil – na ja, es gibt eben keine, egal, was die Geister selbst einem erzählen wollen.

Aber das Ganze war viel zu geordnet und systematisch, um eine Halluzination gewesen zu sein. Ich glaube, wenn man verrückt wird, läuft das meistens so ab, dass man zum Beispiel Stimmen aus dem Fernseher hört, die einem befehlen, den Präsidenten zu ermorden. Ich weiß nicht, wie überzeugend mein Verstand sich verschiedene Leute ausdenken könnte, aber die Geister schienen so individuell und unverwechselbar zu sein, außerdem waren sie bei klarem Verstand und das, was sie gesagt haben, auf irgendeine verdrehte Art und Weise logisch. Keiner von ihnen war so wie die Leute, die ich kenne. Der Vasall scheint nicht einmal aus diesem Jahrhundert zu sein. Er ist angezogen wie jemand, der tatsächlich aus der Vergangenheit kommt, im Gegensatz zu einem Schauspieler, der jemanden aus der Vergangenheit spielt.

Angenommen, es stimmt alles – dann weiß ich nicht mehr, was ich von Dad halten soll. Er hatte Geister, die ihm zu Diensten waren? Was vermutlich die Erklärung dafür ist, warum ich an dem einen Abend gesehen hatte, wie er mit sich selbst redete: Da war noch jemand gewesen, jemand, den ich nicht hatte sehen können. Was für ein Mensch lässt sich auf so etwas ein? Warum? Waren die

Geister in seiner Fernsehshow alle echt? Hat das alles etwas mit seinem überraschend großen Vermögen zu tun? Seit er uns verlassen hat, habe ich mich gefragt, warum er es getan hat, warum es so plötzlich geschah, was zwischen ihm und Mum vorgefallen ist. Und jetzt fange ich an, mich zu fragen, ob da nicht noch etwas anderes war, etwas, von dem wir beide nichts wussten, etwas, das ihn von uns wegzog.

Ich stoße die Tür zu Mums Zimmer auf und gehe langsam hinein, einen Teller Suppe in der Hand. Der Raum ist dunkel: moosfarbener Teppich, von jeder Wand starren afrikanische Masken auf mich herab. Sie liegt im Bett, die Hand über dem Gesicht. Die Bettdecke hebt und senkt sich langsam. Ich stelle den Teller auf den Nachttisch.

»Mum?«

»Ja, Luke?«

»Wie geht's dir?«

»Ganz gut ...« Sie deutet auf die Suppe. »Ist das für mich?«

»Nein. Ich wollte einfach nur den Teller hochtragen. Die Suppe ist für den Hund.«

Mum versucht nicht einmal zu lachen. Ich habe mir Gedanken gemacht, ob sie mich vielleicht fragen wird, warum ich nicht in der Schule gewesen bin, aber ich glaube, sie weiß nicht mal, wie spät es ist.

»Das ist sehr nett von dir«, sagt sie. Sie hat sich nicht aufgesetzt und ich weiß, dass es ihr am liebsten wäre, wenn ich gleich wieder ginge, aber zuerst muss ich sie etwas fragen.

»Mum? Glaubt Dad an Geister?«

»Luke, bitte sprich leise.«

»Tut mir leid ... aber ... in Dads Fernsehshow ging es ... ich meine, geht es um Geister. Er ist Experte für Geister. Glaubt er tatsächlich an sie?«

»Dein Vater ist ein sehr spiritueller Mensch. Als wir uns kennengelernt haben, hat er meine Aura gelesen.«

»Hat er je mit dir über Geister gesprochen?«

»Manchmal. Er sagte, sie seien wie ... Licht, ja, das hat er gesagt. Energie. Die, die auf der Erde bleiben, haben sich verirrt. Er hat ihnen geholfen.«

Oder sie gefangen gehalten. Den Teil hat er Mum gegenüber vermutlich nicht erwähnt.

»Hast du schon mal welche in unserem Haus gesehen?«, frage ich. »Einen Skinhead? Einen Typ mit fleckiger Gesichtshaut?«

Ich beobachte ihr Gesicht, als ich den Vasallen und den Richter erwähne, aber sie ist weder überrascht, noch habe ich den Eindruck, dass sie die beiden kennt. Sie runzelt nur die Stirn.

»Es geht eigentlich nicht darum, sie zu sehen«, sagt Mum. »Es geht eher darum zu glauben, offen zu sein für neue Erfahrungen. Auf die Energie der anderen Welt eingestellt zu sein. Luke, *gesehen* habe ich eigentlich nie etwas. Das brauchte ich auch gar nicht. Darum geht es beim Glauben. Warum fragst du jetzt danach?«

»Ich habe mir seine Fernsehshow angesehen. Und dann habe ich mich gefragt, ob du daran geglaubt hast oder nicht.«

»Ich finde, es ist gut, wenn man unvoreingenommen ist«, sagt Mum. »Dein Vater ist im Einklang mit dem Universum. Er sieht weiter als die meisten anderen Leute. Wissenschaftler glauben, dass sie alle Antworten haben. Aber das stimmt nicht.«

Noch vor wenigen Stunden hätte ich ihr entschieden widersprochen, doch jetzt nicke ich nur.

»Du solltest ihn anrufen, wenn du dich so dafür interessierst«, sagt sie.

»Was?«

»Ruf ihn an. Ich weiß, dass er sich freuen würde, mit dir zu reden.«

»Vielleicht.«

»Ich weiß, du bist ... wütend. Aber er ist kein so schlechter Mensch, wie du denkst.«

»Ja, sicher.«

»Luke, Schätzchen, ich bin wirklich sehr müde«, sagt sie.

»Versuch, etwas zu essen«, sage ich und verlasse ihr Zimmer. Ich weiß nicht, was ich von unserem Gespräch halten soll. Dass Mum an Geister glaubt, ist keine Überraschung – sie glaubt an alles, was in einem Esoteriktaschenbuch steht. Aber sie scheint noch nie einen Geist gesehen, geschweige denn sich mit einem unterhalten zu haben, daher kommt es mir so vor, als hätte Dad sie über eine ganze Menge im Dunklen gelassen.

Ich beschließe, mit Ham eine Runde über die Schafweiden hinter unserem Garten zu drehen. Die Hecken zittern im Wind. Ham trabt herum und schnüffelt an der feuchten Erde. Bis auf einige Möwen, die sich über einem frisch gepflügten Feld zanken, sehen wir niemanden, weder tot noch lebendig.

Den Nachmittag verbringe ich allein. Ich habe immer mehr Geheimnisse. So, wie ich mir die Welt am Dienstagabend noch vorgestellt habe, spielt sie keine Rolle mehr. Es gibt ein Leben nach dem Tod. Das muss ich nicht glauben – ich weiß es. Mark schickt mir eine SMS, in der er mich an unser Rugbytraining erinnert. Ich ignoriere sie. Ich werde mir noch mehr Mühe geben, so zu tun, als wäre ich normal, aber ich weiß noch nicht, wie ich das anstellen soll. Ich sehe fern, spiele mit Ham. Mum bleibt im Bett. Der Richter und der Vasall kommen nicht zurück und ich mache mir selbst etwas zu essen.

Am Abend – ich mache gerade Hausaufgaben – höre ich jemanden schreien.

Als ich die Tür meines Zimmers aufstoße, den Bratspieß in der Hand (ich schlafe lieber mit dem Ding neben mir), schießt mir durch den Kopf, dass das hier etwas mit den Geistern zu tun haben muss und dass es vermutlich nichts ist, was ich mit einer Waffe angreifen kann.

Die Schreie sind jetzt lauter. Sie kommen eindeutig von einem Mann, Mum kann es also nicht sein. Er holt Luft, brüllt etwas, das ich nicht verstehe, schreit weiter. Als ich im Flur vor meinem Zimmer stehe und mein Blick auf die Treppe fällt, sehe ich etwas Merkwürdiges. Am Fuß der Treppe ist etwas, das ein ungewöhnlich helles Licht ausstrahlt; warme Gelb- und Orangetöne dringen zu mir nach oben und werfen riesige flackernde Schatten an die Wand.

»Hallo?« Als Antwort bekomme ich nur noch mehr Schreie. Ich mache mich bereit, immer zwei Treppenstufen auf einmal nehmend nach unten zu stürmen, halte mich dann aber zurück.

Im Flur unten steht ein rußgeschwärztes menschliches Skelett, vollständig in Flammen gehüllt. An einigen Stellen hängen noch Fleischfetzen und Haare an den Knochen. Von Rippen und Beinen tropft Fett in zähen Fäden herunter und sammelt sich am Boden. Das Skelett dreht sich um, sieht mich an und reißt die Arme in die Luft. Der geschwärzte Unterkiefer fällt herunter, Feuer schießt um den Kopf der Kreatur.

»Pater noster, qui es in caelis, sanctificetur nomen tuum!«

»Wer bist du?«

»Adveniat regnum tuum!«, brüllt die Kreatur. Beim Schreien klappt ihre Kinnlade theatralisch auf und zu, wie bei der Puppe eines Bauchredners. Das Skelett ist grotesk, aber eigentlich macht es mir keine Angst. Seine Haltung hat etwas Erschrockenes an sich, als wäre es genauso fassungslos wie ich.

»Stehst du immer in Flammen?«, frage ich.

Das Skelett heult vor Schmerzen, die Schreie hallen durch das Haus. Ham, der in der Küche ist, beginnt zu bellen.

»Fiat voluntas tua, sicut in caelo et in terra! Panem nostrum quotidianum da nobis hodie, et dimitte nobis debita nostra sicut et nos dimittimus debitoribus nostris!«, brüllt der Geist, während er hektisch mit dem Kiefer klappert.

»Ich stehe nur zwei Meter von dir weg. Ich kann dich sehr gut hören.«

»Et ne nos inducas in tentationem, sed libera nos a malo!«

»Was willst du?«

»Pater noster, qui es in caelis, sanctificetur nomen tuum! Adveniat regnum tuum!«

Ham bellt immer noch und wirft sich gegen die Küchentür. Morgen früh habe ich eine Doppelstunde Chemie. Das hier hat mir gerade noch gefehlt. Der Geist fängt an, die Treppe hinaufzugehen, er humpelt auf verkohlten Stümpfen auf mich zu.

»Manchmal braucht man eben einen klassischen Geist im Gefolge«, sagt eine Stimme hinter mir. »Der alten Zeiten wegen. Es hat Tradition. Wenn man sich vor etablierten Geisterbeschwörern nicht blamieren will, muss man ein kreischendes Skelett in seiner Sammlung haben.«

»Vielen Dank, dass du mich vorgewarnt hast.« Ich deute auf das Skelett. Der Vasall zieht eine Augenbraue hoch und zupft an seinem Halstuch.

»Ich gebe ja zu, dass der Ketzer ... ermüdend ist. Er ist von allen Angehörigen des Gefolges am längsten dabei. Er hat alles vergessen, sogar, wer ihn verbrannt hat.«

»Dann schreit er nur noch? Sonst tut er nichts?«

»Er kann ein Gebet in Latein aufsagen. Das scheint aber auch alles zu sein, was er noch weiß.«

»Toll.«

»Sein *animus* ist schwer angegriffen. Bevor er zu deinem Vater gekommen ist, stand er bei mehreren anderen Geisterbeschwörern in Diensten. Alte Geister haben große Macht, aber eine lange Knechtschaft lässt sie den Verstand verlieren.«

Aus der Nähe kann ich die Fetzen schmelzender Haut besser erkennen und sehe, wie das verbrannte Fett auf den Knochen Blasen wirft. Ich versuche herauszufinden, wo das Feuer genau herkommt, aber es scheint aus den Knochen des Ketzers herauszufließen. Der Geist strahlt keine Hitze aus, trotzdem kann ich das brennende Fleisch riechen. Heftig schwankend macht er noch einen Schritt auf mich zu.

»Fiat voluntas tua, sicut in caelo et in terra! Panem nostrum quotidianum da nobis hodie, et dimitte nobis debita nostra, sicut et nos dimittimus debitoribus nostris!«

»Was redet er da?«

»Das Vaterunser«, erklärt der Vasall. »Was für ein erbärmlicher Anblick.«

Der Ketzer steht jetzt genau vor mir; in seinen leeren Augenhöhlen blubbern Blasen. Er macht noch einen Schritt auf mich zu und plötzlich ist sein fleischloses Gesicht mitten in meinem. Der Geist dringt in meinen Körper ein und kommt auf der anderen Seite mit einem Ruck wieder heraus. Mir ist kalt und ich fühle mich irgendwie fettig. Der Geist humpelt weiter, den Flur hinunter und durch die Hauswand nach draußen. Seine Schreie höre ich immer noch.

»Kannst du ihm nicht sagen, dass er die Klappe halten soll?«, frage ich. »Ich muss Hausaufgaben machen.«

»Ich habe nicht viel Einfluss auf den Ketzer«, sagt der Vasall. »Er hört eigentlich auf niemanden. Von seinem *animus* ist nicht mehr genug übrig, um damit kommunizieren zu können.«

»Dann *warte* ich einfach, bis er mal aufhört?«

»Mit Verlaub, ein Wort des Rates ... Ich hoffe, du bist nicht der Meinung, es sei ungehörig, wenn ich jetzt sage, dass du, wie ich glaube, zu nachgiebig mit dem Gefolge bist.«

»Ihr seid alle tot. Ich muss dieses ganze Geister-gibt-es-wirklich-Ding doch erst mal begreifen. Wie soll ich mich denn verhalten?«

»Dein Vater wusste, was das Gefolge braucht. Wir brauchen Disziplin und eine gewisse Struktur. Es muss Regeln und Grenzen geben. Früher wurden wir kontrolliert und beaufsichtigt. Bis jetzt hast du noch keinerlei Kontrolle des Gefolges gezeigt. Und normalerweise bekommen wir auch keinen Urlaub.«

»Ich sage doch allen, was sie tun sollen, oder? Reicht das nicht?«

»Für mich schon. Ich bin ein treuer Diener. Ich bin der Meinung, wenn ich schon ein unfreier Geist sein muss, werde ich mein Los mit der Würde ertragen, die sich für einen Gentleman geziemt. Mich wirst du nie bestrafen müssen. Aber ... meine Kollegen sind nicht alle gehorsame Diener. Einige von ihnen halten sich für Sklaven. Andere wiederum, wie der Ketzer, haben überhaupt keine Vorstellung davon, wie ihre Stellung in der Welt aussieht.«

»Was willst du damit sagen?«, frage ich.

»Das Gefolge braucht Zucht und Disziplin. Du wirst die Vorschriften, die Rituale lernen müssen. Du musst jeden Angehörigen des Gefolges gesondert anrufen und die Grenzen eindeutig definieren.«

»Ich dachte, ihr seid schon alle an mich gebunden? Ich dachte, ihr müsst tun, was ich euch sage?«

»Sind wir. Wir sind dein Gefolge, dein Eigentum. Allerdings bedeuten Befehle nichts für uns, wenn sie nicht von spiritueller Kraft begleitet werden. Du bist jetzt ein Geisterbeschwörer, nicht aus freien Stücken, sondern weil du dein Erbe angetreten hast. Du musst dich auch wie einer benehmen.«

»Na ja, Dad hat mir sein Buch hinterlassen.«

»Es ist vielleicht sinnvoll«, sagt der Vasall, »alles zu lesen, was er dir vermacht hat. Für gewöhnlich würde ich niemandem raten, sich in das *Buch der Acht* zu vertiefen. Ich bin ein gottesfürchtiger Mann, aber das Werk des Teufels fürchte ich noch mehr. Allerdings ... einige aus dem Gefolge ... einige von ihnen sind gefährlich. Ich möchte nichts Schlechtes ...«

»... über die Toten sagen, ich weiß.«

»Genau. Trotzdem. Viele, die in den Kreisen deines Vaters verkehrten, haben ihn um seine Sammlung beneidet. Wir sind kein auf Flohmärkten zusammengesuchter Haufen aus zweitklassigen Kettenrasslern. Wir müssen beaufsichtigt werden, so, wie man alles beaufsichtigen würde, von dem man weiß, dass es mächtig und gefährlich ist.«

»Das ist gut zu wissen. Danke.«

»Gern geschehen. Ich würde dir raten, einen Blick in die Korrespondenz deines Vaters und in das Buch selbst zu werfen. Er hat sie dir aus gutem Grund hinterlassen.«

»Das werde ich.«

Der Vasall nickt und verschwindet in der Dunkelheit. Er

hat nicht ganz unrecht. Ich weiß überhaupt nichts über das Gefolge, bis auf das, was er und der Richter mir erzählt haben. Wenn ich der Boss sein soll, muss ich wissen, was ich tue, vor allem, wenn die Geister tatsächlich gefährlich sind.

Der Ketzer hält mich fast die ganze Nacht wach, weil er das Vaterunser mit der Lautstärke eines Nebelhorns aus sich herausbrüllt. Er läuft immer im Kreis um das Haus herum und marschiert dann in die Küche, was Ham wieder zum Bellen bringt. Mum verschläft das Ganze einfach. Ich sitze an meinem Schreibtisch, habe meine Hausaufgaben völlig vergessen und versuche, aus den Dokumenten schlau zu werden, die Mr Berkley mir gegeben hat.

Wenn Dad gewusst hat, dass er mir sein Gefolge vererbt, wenn das alles hier geplant war, könnte man doch meinen, dass es ganz praktisch gewesen wäre, mir ein einziges Blatt Papier mit dem Wesentlichen zu hinterlassen – eine ordentliche, am Computer getippte Liste.

Stattdessen habe ich jetzt ein Sammelsurium an Schwachsinn vor mir liegen. Dads Papiere sind das reinste Chaos. Es gibt keine erkennbare Ordnung und ich habe den Eindruck, als hätte Dad seine Notizen nur für sich selbst angefertigt. Manche Seiten sind mit Schreibmaschine geschrieben, manche mit der Hand. Andere sind schon ganz vergilbt und zerknittert und auf einigen kann ich erhabene dunkle Flecken erkennen, die hoffentlich verschütteter Kakao sind. Die meisten der mit der Hand verfassten Seiten wurden mit einem altmodischen Federhalter und Tinte geschrieben, die Buchstaben sind in unzählige Zeilen mit sehr engem Abstand gequetscht, Hunderte auf jedem Blatt, auf Vorder- und Rückseite. Winzige Zahlenreihen, die aus Einsen, Vieren, Achten und Neunen bestehen, wie eine Matheaufgabe aus einem Albtraum. Als ich die Augen zusammenkneife und genauer hinsehe, wird mir klar, dass einige der Ziffern wohl seitenverkehrt geschrieben sind. Das Ganze ist komplett unleserlich. Die Seiten sind voll mit unverständlichem Zeug. Ich wühle mich durch den Stapel, bis ich etwas finde, das ich entziffern kann.

Donnerstag
Das Eis sinkt wieder. Mögl. Manifestation von Schuld/Verlust?

Sterne gestern Nacht zu sehen. Tagundnachtgleiche kommt bald – spüre es in den Knochen. Sie fangen wieder an, sich gegen die Fesseln zu wehren, wie immer.

Ich fürchte, H & R haben recht. Ahlgren muss fallen – ich bin in Gefahr. Keine andere Wahl. Er kann sich jeden Moment gegen mich wenden. Zu wissen, dass ich ihn verraten muss, macht es nicht leichter.

Es sieht aus wie ein Tagebucheintrag, aber so völlig aus dem Zusammenhang gerissen und ohne Datum werde ich nicht richtig schlau daraus. Dad klingt deprimiert. Wer ist Ahlgren? Warum will er ihn verraten? Hatte er Feinde, von denen ich nichts weiß? Wie ist er gestorben? Ich suche nach anderen Seiten mit halbwegs verständlichen Sätzen, nach etwas, das sich vielleicht auf die Notiz hier bezieht, kann aber nichts finden.

Ich lege die Papiere weg und greife nach Dads grünem Buch. Das *Buch der Acht*. Ich halte es in der Hand, drehe es im Schein meiner Schreibtischlampe hin und her, während der goldene Stern auf dem Einband das Licht reflektiert. Der Vasall hat es ein infernalisches Werk genannt, rufe ich mir ins Gedächtnis, aber es ist der Schlüssel zur Geisterbeschwörung. Ich fahre mit dem Finger über den Buchrücken. Das Leder fühlt sich weich und glatt an. Ich erinnere mich daran, dass die letzten beiden Male, als ich versucht habe, es zu öffnen, die Schließen geklemmt haben, aber aus irgendeinem Grund bin ich mir sicher, dass etwas anderes passieren wird, wenn ich es jetzt noch mal probiere.

Ich ziehe an den Schließen, erwarte, dass sie aufgehen, aber sie sitzen so fest wie vorher. Ich sollte sie einfach abreißen. Was macht es schon, wenn ich das Buch dabei beschädige? Ich muss wissen, was drinsteht. Ich hole eine Schere, um den Einband an der Vorderseite durchzuschneiden. Die Schere nähert sich dem grünen Leder, als ich mich plötzlich sehr seltsam fühle.

GRAUER HIMMEL

Mit schmerzendem Kopf erwache ich an meinem Schreibtisch. Irgendwie muss ich es geschafft haben, hier auf meinem Stuhl einzuschlafen. Ich weiß noch, dass ich ein paar von Dads Notizen gelesen und dann versucht habe, das *Buch der Acht* zu öffnen, und dann – irgendwas stimmt hier nicht. Das Buch liegt vor mir und sieht völlig harmlos aus. Daneben eine Schere. Es ist etwas passiert, da bin ich mir sicher. Ich verstehe nur nicht, was. Ich zerre an den Buchschließen, aber sie bewegen sich kein bisschen. Die Geister sind anscheinend nicht im Haus und ich entscheide mich, heute so zu tun, als wäre ich normal.

Ich steige in den Bus, den ich immer nehme.

Die Straße vor dem Schuleingang glänzt vom Regen in der Nacht. Im Rinnstein plätschern kleine Bäche, die auf gierige Gullys zufließen. Ich gehe dicht an einer Wand vorbei, die über und über mit Efeu bewachsen ist; die Blätter streifen meine Schulter wie kalte Finger. Mein Kopf fühlt sich schwer an, so als würde er jeden Moment abbrechen, mir vom Hals fallen und den Hügel hinunterrollen. Ich bin nicht der Einzige, der diesen Weg nimmt, außer mir wollen noch ein paar jüngere Schüler zur Dunbarrow High. Ich schwöre, ich bin nie so klein gewesen und habe auch nie mit so einer hohen Stimme geredet. Sie schlurfen neben mir her, als Masse aus Haargel und Sporttaschen, während sie sich gegenseitig schubsen und laut kreischen.

Jetzt kann ich den Eingang der Schule sehen, zwei in die Jahre gekommene, bröckelnde Betonpfeiler, hinter denen dunkle Tannen aufragen. Die Schüler drängen hinein, wobei sie Elza Moss, die an einer Wand lehnt und raucht, demonstrativ aus dem Weg gehen. Elza reckt den Hals und starrt mich über die Köpfe der anderen hinweg an. Ich erwidere ihren Blick.

Ich habe keine Ahnung, was mit ihr los ist. Ich kenne sie vom Sehen, seit wir zwölf waren, und vor diesem Dienstag hat sie nicht das geringste Interesse an mir gezeigt. Ich bin versucht, die Sie-ist-in-mich-verknallt-Hypothese aufrechtzuerhalten, aber sie klingt einfach nicht glaubhaft. Was soll denn passieren? Wir verbringen Zeit miteinander und ich fange an, Elzas innere Schönheit zu sehen, dann tanzen wir eng umschlungen auf dem Abschlussball und am Ende klatschen alle und weinen, weil ihnen klar wird, wie leer ihr mit Vorurteilen gespicktes Leben ist?

Ich kenne Elza nicht, ich will sie nicht kennen, aber ich stecke schon mitten in der seltsamsten Woche meines Lebens, und ich bin nicht dumm. Was auch immer hier los ist: Wenn ein Freak wie Elza sich plötzlich für mein Leben interessiert, kann das kein Zufall sein.

»Guten Morgen«, sage ich und lächle, so weit mir das angesichts ihrer bescheuerten Frisur überhaupt möglich ist.

Elza bläst eine Wand aus Rauch vor ihr Gesicht.

»Hi«, sagt sie.

»Ja«, sage ich. »Hallo. Hi.«

»Ist was?«, meint sie.

»Ich habe mich nur gefragt, warum du mich immer so anstarrst. Als wärst du ein Psycho.«

»Mir würde nicht mal im Traum einfallen, mich wie ein Psycho zu verhalten. Ich würde auch nie auf die Idee kommen, jemanden anzustarren. Und dich, Luke, schon mal gar nicht.«

»Wenn du niemanden angestarrt hast, was hast du dann gemacht?«

»Ich habe etwas beobachtet ...«

»Und was? Es hat nämlich wirklich so ausgesehen, als hättest du mich angestarrt.«

»Ich habe etwas sehr Interessantes beobachtet.« Sie tippt mit einem ihrer langen Fingernägel auf die Zigarette. Die Asche rieselt zu Boden und hinterlässt ein apfelrotes Glühen.

»Was denn?«, frage ich. Das Ganze nervt mich viel mehr, als ich gedacht habe. Elza nimmt noch einen Zug aus ihrer Zigarette. Sie spielt mit ihren Haaren, an ihrem Handgelenk klimpert ein Armband.

»Sieh mal die Straße runter.«

Eine Gruppe Mädchen aus der Elften kommt den Hügel hoch. Wimperntusche und Lippenstift sind fachgerecht aufgetragen; ihre Beine sind so braun gebrannt und glatt, als hätte sie jemand in Photoshop bearbeitet. Eine von ihnen ist Holiday Simmon. Die Mädchen nähern sich mit geschmeidigen Schritten und lachen über irgendwas.

Hinter ihnen läuft ein Monster, lange braune Beine, flaumiges Haar wie weißer Schimmel und sehnige Arme, die beim Gehen mitschwingen. Bis auf ein Paar schmuddelige Boxershorts ist die Kreatur nackt. Rumpf und Arme sind mit langen Narben überzogen. Das Monster bewegt sich von einem Mädchen zum nächsten, durchdringt ihre Körper wie Nebel. In seiner Hand schimmert eine große Heckenschere.

»Was meinst du?« Ich höre, wie meine Stimme stockt.

»Ja, klar.« Sie lächelt zynisch. »Du hast keine Ahnung, was ich meine. Deshalb bist du ja auch so blass wie ... Tja. So blass wie ein Geist.«

»Ich bin zu spät ins Bett gekommen«, sage ich, während ich immer noch wie gebannt auf die grauenhafte Kreatur starre.

»Du weißt ganz genau, was ich meine. Ich weiß, dass du ihn sehen kannst. Ein Mann, der so aussieht wie das da? Mit einer Heckenschere in der Hand? Mitten auf der Straße? Eigentlich sollte ja Panik ausbrechen. Aber stattdessen ...«

Ich werfe noch einen Blick auf die Mädchen, auf den Geist.

»Dann kannst du ihn tatsächlich sehen?«

»Ich bin genauso überrascht wie du. Eigentlich habe ich ja gedacht, dass ich die Einzige bin. Macht nicht so richtig Spaß, was?«

»Das kann einfach nicht sein.«

»Oh doch«, sagt sie.

»Hast du diese Kreaturen schon immer gesehen?«

»Das zweite Gesicht zu haben, ist keine so große Sache. Es kann ziemlich nützlich sein.«

»Dein ganzes Leben lang?«

»Lass es mich mal so sagen«, fährt Elza fort. »Wäre es dir lieber, wenn du blind wärst? Oder im Rollstuhl sitzen würdest? Klar, wir sind anders, aber viele Leute sind schlechter dran als wir. Einige halten es sogar für eine besondere Begabung.«

Holiday geht weiter, lächelnd, ahnungslos. Der neue Geist sieht noch um einiges scheußlicher aus als die anderen. In was zum Teufel ist mein Dad da reingeraten? In was hat er mich da reingezogen? Die Haut des Geistes ist dunkel und zerknittert, sie spannt sich über den Knochen. Aus der Nähe kann ich erkennen, dass fast jeder Quadratzentimeter mit Narben übersät ist; einige ziehen sich über seinen ganzen Körper, andere wiederum sind nur ein, zwei Zentimeter lang. Sein Gesicht sieht aus wie etwas, das an einem heißen Sommertag zu lange in der Badewanne gelegen hat. Seine Augen sind milchweiß, als wäre die Linse getrübt. Sein Mund ist breit und nass, die Lippen wollen sich nicht ganz über den kleinen weißen Zähnen schließen. Als Holiday ihre Freundinnen anlächelt, beugt sich das verschrumpelte Gesicht über ihre Schulter und grinst anzüglich.

Inzwischen dämmert mir, dass Holiday mich und Elza gleich entdecken wird, also versuche ich, mein Gesicht zu einem normalen Ausdruck zu zwingen und die Maske blanken Entsetzens verschwinden zu lassen.

»Den hab ich hier noch nie gesehen«, sagt Elza. »Das dürfte einer von deinen sein.«

»Oh, Mann.«

Holiday hat mich definitiv bemerkt, sie kommt auf uns

zu. Ich hätte nie gedacht, dass es mal eine Situation geben würde, in der ich ihr perfektes Gesicht nicht vor mir sehen will, aber jetzt ist es so weit. Alice folgt ihr. Der Geist auch.

»Luke!«

»Holiday, Alice. Kennt ihr ...«

»Wir kennen uns«, sagt Elza.

»Elza«, sagt Holiday. »Schön, dich zu sehen!«

»Das Vergnügen ist ganz meinerseits«, erwidert Elza, die wieder eine Wand aus Rauch ausatmet.

Mein Blick huscht von dem Geist zu Holiday und wieder zurück. Sie lächelt erwartungsvoll.

»Wie geht's dir?«, frage ich.

»Blendend«, erwidert Holiday. »Und wieder erwartet uns ein aufregender Tag in der Schule, was?«

»Jede Menge Spaß«, sage ich.

»Wo warst du gestern?«, fragt sie mich, während ich mit all meiner Willenskraft versuche, sie zu zwingen, von hier zu verschwinden.

»Sind die Stiefel so was wie Vintage?«, fragt Alice an Elza gerichtet.

»Glaub schon«, erwidert Elza.

»Oh, ich musste was erledigen«, sage ich. Der Geist steht hinter Holiday und öffnet langsam die Heckenschere. Er strahlt Kälte aus, wie die offene Tür eines Kühlschranks.

»Sie sehen echt bekloppt aus, aber auf eine coole Art«, sagt Alice.

»Oh, danke«, meint Elza. »Dein Selbstbräuner sieht auch toll aus. Richtig doof.«

»Luke, du tust immer so geheimnisvoll! Kommst du eigentlich zu meiner Party morgen? Ich hab dir doch schon davon erzählt, nicht wahr? Ich weiß natürlich, dass es bis Halloween noch eine ganze Woche ist, aber der Freitag war der einzige Tag, mit dem meine Eltern einverstanden waren, daher dachte ich, wir könnten die Herbstferien gleich mit einem großen Knall losgehen lassen ... oh, und ich habe beschlossen, dass alle in einem Kostüm kommen müssen.« Holiday macht endlich eine Pause zum Luftholen. »Elza ... du ... du kommst auch?«

»Klar«, sage ich. Mir wird schlecht.

»Diese Party will ich auf keinen Fall verpassen«, meint Elza.

»Woher kennst du Luke eigentlich?«, fragt Holiday.

»Eigentlich kennen wir uns gar nicht«, sagt Elza. »Er wollte eine Zigarette von mir.«

»Ich dachte, du rauchst nicht?« Holiday runzelt die Stirn.

»Ähm ... eigentlich nicht«, erwidere ich. »Nur zu besonderen Gelegenheiten.«

»Und was für eine besondere Gelegenheit ist heute?«, fragt Holiday.

»Donnerstag?«

Niemand sagt etwas. Alice wirft mir und Elza einen Blick zu, den man normalerweise für jemanden reserviert, der in aller Öffentlichkeit eine Nacktschnecke verspeist.

»Ja dann ... wir sind spät dran«, sagt Holiday betont beiläufig. Sie hat recht: Die Massen von Schülern um uns herum haben sich auf einige wenige Nachzügler reduziert. »Ich geb dir meine Nummer, ja? Und wegen der Party morgen melde ich mich bei dir.«

»Ja, gern. Ja. Danke«, sage ich.

Also tausche ich mit meiner Traumfrau Telefonnummern aus, während sich Elza und Alice wie zwei Panther anstarren, die gleich übereinander herfallen, und der narbenbedeckte Geist ständig seinen Mund auf- und zumacht und rasselnd atmet. Mir fällt auf, dass er keine Zunge hat. Holiday und Alice verabschieden sich und gehen. Der Geist bleibt bei mir und Elza und stochert mit der Heckenschere zwischen seinen Zähnen herum.

»Wer bist du?«, frage ich den Geist, als die beiden Mädchen außer Hörweite sind.

Er sagt nichts, schluckt schwer und starrt mich mit seinen milchigen Augen an.

»Wo ist der Vasall?«

Der Geist grinst und löst sich dann auf, er wird dünner und durchsichtiger, bis nur noch die Heckenschere zu sehen ist, wie eine rostende Grinsekatze.

»Du meine Güte«, sagt Elza. »Sind deine Geister immer so charmant?«

»Den kannte ich noch gar nicht. Es ist mir schleierhaft, wie du Witze darüber …«

»Ich habe mich schon als Kind daran gewöhnt. Ich bin immer so gewesen; im Gegensatz zu dir habe ich mich nie verändert. Hör mal zu: Du musst besser schauspielern lernen, und zwar schnell. Du hast die ganze Zeit ausgesehen, als hättest du dir gerade in die Hose gemacht.«

»Das war ein ziemlicher Schock für mich.«

»Oh, mir geht das genauso. Du hast ein paar ausgesprochen hässliche Geister, Luke. So etwas wie den eben wollte ich an einem Donnerstagmorgen um 8.55 Uhr eigentlich nicht sehen.«

»Es tut mir wirklich leid.«

»Mir auch«, sagt sie. »Dein Dad ist gerade gestorben, stimmt's?«

»Woher ... ja. Aber mach dir keine Gedanken. Wir hatten kein enges Verhältnis.«

Elza schnippt ihren Zigarettenstummel in den Rinnstein. Das Wasser reißt ihn mit. Ich sehe zu, wie er die Straße hinuntergetragen wird und in einem Gully verschwindet.

»Ich glaube, wir sollten uns mal unterhalten«, sagt sie.

»Der Meinung bin ich auch.«

»Lieber jetzt als später«, sagt Elza. Sie wirft einen Blick auf den wolkenverhangenen Himmel. »Es fängt vermutlich erst in einer Stunde oder so zu regnen an. Was hältst du davon, wenn wir die erste Stunde schwänzen und spazieren gehen?«

Zu meiner Überraschung führt mich Elza durch den Eingang, aber anstatt den Hügel hoch zum Schulhof zu gehen, biegt sie nach rechts ab und hält sich dicht an der Mauer. Dann läuft sie durch ein kleines Kiefernwäldchen und schlüpft unter einem halb umgestürzten Drahtzaun hindurch. Keiner von uns sagt etwas. Das Ganze fühlt sich an wie eine Kurzfassung dessen, was mir in dieser Woche passiert ist. Ich dachte, mein Leben würde geradlinig verlaufen und direkt zu einem Ort führen, den ich kenne, aber stattdessen bin ich ins dunkle Unterholz gezogen worden. Ich folge Elza in eine Art verwilderten Garten, der nicht viel anders aussieht als das Schulgelände, das wir gerade verlassen haben: hüfthohes Gras, riesige Tannen, von denen die Feuchtigkeit heruntertropft. Elza geht an den Bäumen vorbei zu einer Lichtung mit einer Rasenfläche, auf der bröckelnde Steinquader stehen. Ein steinerner Engel starrt mit einem erschrockenen Ausdruck im Gesicht auf uns hinunter, den Kopf halb unter einer Mütze aus grüngelben Flechten verborgen.

»Ich dachte, das passt ganz gut«, sagt Elza. »Gefällt's dir?«

»Ich fasse es nicht. Ich stehe mit einem Goth zusammen auf einem Friedhof rum.«

Wenn Kirk und Mark jemals Wind davon bekommen …

»Das ist das hintere Ende von St. Jude's«, erklärt sie. »Die meisten Leute kennen diesen Weg aus der Schule gar nicht. Ich komme schon seit Jahren über Mittag hierher. Und ich bin kein Goth. Ich bin ein Freidenker.«

»Jeder zieht sich den Armeestiefel an, der ihm passt …«

»Ich bin nicht verpflichtet, dir zu helfen«, sagt sie freundlich.

»Wie genau willst du mir denn helfen? Ich meine, wir gehen schon seit Jahren zusammen in die Schule, und bis jetzt hast du noch kein einziges Mal … Was bist du? Eine Geisterbeschwörerin oder so was in der Art?«

»Geisterbeschwörerin? Nein, gar nicht. Ich glaube, bei jemandem aus meiner Familie fließt Hexenblut in den Adern, aber das ist hier in der Gegend nichts Ungewöhnliches. Ich bin mit dem zweiten Gesicht geboren worden. Das ist eigentlich schon alles. Wann hast du denn für das Manchett-Gefolge unterschrieben?«

Sie setzt sich auf den Sockel der Engelsstatue und fängt an, sich eine Zigarette zu drehen. Aus den Bäumen über uns flattert eine Schar Tauben hoch, sie schlagen mit den Flügeln gegen die Zweige und verschwinden in den Himmel. Über das, was geschehen ist, habe ich weder mit Mum noch mit meinen Freunden oder Holiday reden können ... und die Vorstellung, mit einem Lehrer über Dad und die Geister zu sprechen, ist so abstrus, das sie mir bisher noch nicht einmal in den Sinn gekommen ist. Und jetzt stehe ich hier und teile meine größten Geheimnisse mit einem Mädchen, mit dem ich vor heute kaum drei Worte gewechselt habe.

»Montagnachmittag. Sein Anwalt ... er sagte, ich hätte alles geerbt und dass da auch Geld ist. Ich wollte das Geld. Dass das Gefolge dazugehört, hat er gar nicht erwähnt. Woher weißt du davon?«

»Es ist doch wohl klar, dass ich nicht dumm bin«, sagt sie grinsend. »Ich habe dich schon eine Weile im Auge, schließlich ist Manchett ja kein sehr häufiger Name. Und als ich dich dann auf dem Schulhof angesehen und einen ungewöhnlich starken Energieschub von dir gespürt habe, wusste ich so ungefähr, was los ist. Außerdem haben die Stadtgeister angefangen abzutauchen ...«

»Stadtgeister?«

»Luke, es wird ständig gestorben. Du musst versuchen, auf dem Laufenden zu bleiben. Geister gibt es überall. Dunbarrow ist eine alte Stadt, aus der Zeit, bevor die Römer kamen. Wir haben Selbstmörder, Mordopfer, Pestopfer, verstorbene Kleinkinder, nette alte Omageister, kopflose

Reiter ... Sie gehören alle zu Dunbarrow dazu. In der Regel sind sie harmlos. Mal nachts an dein Fenster klopfen oder einen Stuhl in der Luft schweben lassen, ist das Schlimmste, was sie tun. So Poltergeistsachen eben.«

»Sie sind alle völlig normal und harmlos.«

»Na ja, das ist wohl eher eine Frage der Perspektive. Aber unfreie Geister wie die Angehörigen deines Gefolges sind etwas ganz anderes. Hat dir dein Dad das nicht erklärt?«

Sie starrt mich genauso an wie jemanden aus ihrer Englischklasse, der ein Wort falsch ausgesprochen hat.

»Ich habe ihn seit zehn Jahren nicht mehr gesehen. Und in den letzten drei Jahren habe ich nicht mal eine Geburtstagskarte von ihm bekommen. Also: Nein, er hat mir das nie erklärt.«

»Okay. Tut mir leid. Aber das Gefolge ist an dich gebunden. Diese Art der Verpflichtung gibt dir, ihrem Geisterbeschwörer, Macht, aber – und das ist sehr wichtig – sie haben dadurch auch Macht. Es funktioniert in beide Richtungen und der Job eines Geisterbeschwörers besteht zu einem nicht geringen Teil darin, sein Gefolge so stark unter Kontrolle zu haben, dass diese Macht den verschiedenen Geistern nichts nützt.«

»Wenn sie versklavt sind, werden sie stärker?«

»Mit konkreter Wissenschaft hat das nichts zu tun. Nichts davon ist auch nur im Entferntesten eine Wissenschaft. Aber, ja, in der Regel schon. Für dein Gefolge ist deine Lebenskraft so eine Art Anker in der Lebendwelt. Sie können die Welt der Lebenden mehr beeinflussen, als freie Geister es je könnten.«

»Lebendwelt?«

»Hier.« Elza wedelt mit der Hand, die Zigarette hinterlässt eine Skizze aus Rauch. »Das hier ist die Lebendwelt. Tut mir leid, ich poste ziemlich oft in Selbsthilfeforen für Leute mit dem zweiten Gesicht. Es tut gut, mit anderen Leuten darüber zu reden, was man jeden einzelnen Tag durchmacht. Lebendwelt und Totenwelt sind Forum-Jargon. Ich weiß nicht, wie echte Geisterbeschwörer diese Orte nennen. Die Totenwelt ist ... nicht so einfach zu beschreiben, jedenfalls soweit ich weiß. Sie besteht aus formlosem Nebel, einem Labyrinth, dem Nichts, Chaos. Kein Wunder, dass so viele Geister lieber hierbleiben wollen.«

»Okay. Das Gefolge ist mächtiger als normale Geister. Das haben der Richter und der Vasall auch gesagt.«

»Sie haben recht. Aber du solltest nicht alles glauben, was sie dir erzählen. Die Toten sind genauso wie die Lebenden: Sie lügen oft, sie sind egoistisch. Und in anderer Hinsicht wiederum sind sie völlig anders als wir.«

Ich denke an den Ketzer, der in Flammen stehend durch unseren Flur getaumelt ist. Ich denke an den Richter und den Vasallen und den von Narben übersäten Typ mit der Heckenschere, der keine Zunge mehr hat. Mir läuft ein Schauder über den Rücken.

»Ja. Da hast du wohl recht.«

»Luke, ich weiß nicht, wie ich es sagen soll, aber du hast ein Problem. Ein großes Problem.«

»Ich weiß.«

»Das meine ich *ernst*. Du steckst in Schwierigkeiten. Du, ich, die ganze Stadt. Du hast diese Kreaturen jetzt seit vier

Tagen und du hast sie einfach tun lassen, was sie wollten, stimmt's? Jetzt sieh mich nicht so an. Du hast sie einfach machen lassen.«

»Ja, in Ordnung«, sage ich, »aber ...«

»Nichts ist in Ordnung. Es ist sehr gefährlich. Sie sind nicht auf deiner Seite. Sobald ihnen klar wird, dass du sie nicht unter Kontrolle hast, dass sie sich vor nichts zu fürchten brauchen, werden sie sich gegen dich wenden. Du musst wie ein Herrscher auftreten. Du bist dein ganzes Leben lang der Erbe eines Throns gewesen und hast es nicht gewusst und ich weiß, dass du nicht darum gebeten hast, aber du musst sie beherrschen.«

»Wie?«

»Ich weiß es nicht.«

Elza bläst Rauch aus der Nase.

»Du weißt es nicht?«

»Ich weiß es nicht!« Sie macht ein Gesicht, als würden ihr die Worte aufstoßen. »Ich bin kein Experte für die Aufzucht eines Gefolges. Ich weiß, dass es gefährlich ist. Ich weiß, dass dein Dad ein komplettes Gefolge aus acht Geistern hatte, und das bedeutet, dass es sehr mächtig und sehr böse ist. Das zweite Gesicht zu haben, kommt nicht so oft vor, und einige von uns sind ziemliche Exzentriker, aber wir sind keine ... Ich will damit sagen, dass dein Dad sich mit etwas befasst hat, an das sich nur sehr wenige Leute heranwagen. Geisterbeschwörung, Luke. Geister von den Toten auferstehen lassen, sie an die eigene Seele binden. Das ist die schwärzeste der schwarzen Künste. Ich rede hier über Geschäfte mit dem Teufel.«

»Ähm ...«

»Tut mir leid, wenn ich es so offen sage. Weißt du, was Dämonen sind?«

»Oh, Mann ... war der Typ mit der Heckenschere etwa ein Dämon?«

»Dämonen sind Geister, die nie richtig gelebt haben. Sie kommen aus den Tiefen der Totenwelt. Ich glaube, der Mann mit der Heckenschere ist irgendwann einmal menschlich gewesen. Wer weiß, was er zu seinen Lebzeiten getan hat, um als Geist so auszusehen? Aber man hat mir erzählt, dass Dämonen nicht einmal *so* menschlich aussehen.«

»Dad hat Dämonen besessen?«

»Es gibt da ein paar Gerüchte, nach denen es so war. Ich wollte nie einen Dämon sehen. Aber wenn wir Pech haben, werden wir jetzt beide Gelegenheit dazu haben.«

»Also: Was sollen wir tun?«, frage ich.

»Na ja ... ich habe gehört, dass es da ein Buch gibt. Es ist sehr alt, angeblich wurden die ersten Exemplare vor Tausenden von Jahren in Babylon geschrieben. In dem Buch steht alles über die schwarzen Künste, wie man die Toten auferstehen lässt ...«

»Ja, das *Buch der Acht.* Es liegt zu Hause auf meinem Schreibtisch.«

Es bereitet mir ein diebisches Vergnügen, Elza etwas zu erzählen, was sie nicht weiß. Sie sieht aus, als würde sie gleich ersticken.

»Du hast das *Buch der Acht* und erwähnst es mit keinem Wort?«

»Ich kann es nicht lesen«, sage ich.

»Dann ist es in einer anderen Sprache geschrieben, oder ...?«

»Nein, ich meine das wörtlich. Ich kann das Buch nicht öffnen, um es zu lesen. Es hat Schließen, die ich nicht aufmachen kann. Ich habe es ein paarmal versucht, aber es geht einfach nicht. Es bleibt zu.«

»Okay ...«, meint Elza. »Gibt es noch etwas, das du nicht erwähnt hast?«

»Dad hat mir einen dicken Stapel Papiere hinterlassen. Das meiste davon kann ich auch nicht lesen. Er hat alles verschlüsselt geschrieben.«

»Er macht es dir nicht gerade einfach, was? Aber das ist schon mal ein Anfang. Eigentlich ein sehr viel besserer Anfang, als ich erwartet habe. Das *Buch der Acht* ...«

»Warum hilfst du mir eigentlich? Was springt dabei für dich raus?«

»Luke, ich sage dir wirklich nur sehr ungern eine schlechte Nachricht nach der anderen, aber jetzt ist die absolut ungünstigste Zeit des Jahres, um solche Kreaturen zu erben. Gefolge an sich sind immer sehr mächtig, aber an bestimmten Tagen des Jahres werden unfreie Geister exponentiell gefährlicher. Halloween ist einer dieser Tage. Wenn sie vorhaben, sich deiner Kontrolle zu entziehen – und ich bin sicher, dass es so ist –, werden sie es an dem Tag tun. Heute ist Donnerstag, Halloween ist nächste Woche Freitag. Wenn sie sich von ihren Fesseln befreien, kann niemand voraussagen, was sie mit Dunbarrow machen werden. Ich habe einiges darüber gelesen ... diese Geister können gewisse *Begehrlichkeiten* entwickeln. Ich werde alles tun, was ich kann, um zu verhindern, dass sie freikommen.«

»Okay. Großartig.«

Dieses kleine Detail hat der Vasall mir gegenüber auch nie erwähnt.

»Zum Glück haben wir morgen nur einen halben Tag Unterricht und nächste Woche sind Herbstferien. Daher brauchen wir uns wenigstens keine komplizierten Entschuldigungen dafür ausdenken, warum wir nicht in die Schule gehen. Du wirst alles – das Buch, die Papiere deines Vaters, einfach alles – so schnell wie möglich zu mir nach Hause bringen. Und dann werden wir uns so lange mit dieser Sache beschäftigen, bis wir einen Weg finden, um dein Gefolge zu verbannen, es unter deine Kontrolle zu bringen, was auch immer. Wir haben etwa eine Woche. Zeit genug.«

»Warum zu dir?«

»Ich habe in der gesamten Straße und ganz besonders um mein Zuhause herum Haselsterne verteilt. Das sind achtzackige Sterne aus dem Holz von Haselbüschen, die ich selbst schnitze. Sie halten unwillkommene Tote fern. Aber wenn du willst, dass sie jedes Wort von uns hören, können wir auch gern zu dir gehen.«

»Schon verstanden.«

»Wenn ich so darüber nachdenke – vergiss die Schule heute. Hol die Sachen gleich und komm zu mir nach Hause. Das ist jetzt wichtiger als Schule.«

»In Ordnung«, erwidere ich. »Aber da wäre noch was.«

»Was?«

»Wir sollten vermutlich vermeiden, dass man uns in Dunbarrow zusammen sieht. Nur für den Fall, dass das Gefolge tatsächlich etwas Böses will. Es könnte dich in Gefahr bringen.«

»Ich bin schon in Gefahr. Dein magersüchtiger Geist hat gesehen, wie wir uns unterhalten haben. Mach dir keine Gedanken um mich. Ich habe da ein paar Tricks im Ärmel.« Elza deutet auf den kleinen Stein, der an einer Kette um ihren Hals hängt, sagt aber nichts weiter dazu.

»Trotzdem. Wir sollten vorsichtig sein.«

»Moment mal. Willst du etwa verhindern, dass Holiday Simmon oder Mark Ellsmith uns zusammen sehen?«

»Nein, ich habe nur gedacht ...«

»Jetzt sag's schon. Ich weiß, dass mich niemand von euch leiden kann. Ich kann euch auch nicht leiden.«

»Darum geht es doch gar nicht«, sage ich, obwohl es darum geht, jedenfalls ein bisschen. Ich habe zu hart gearbeitet, um dorthin zu kommen, wo ich jetzt bin.

»Ich habe schließlich auch einen Ruf zu verlieren. Was werden die Leute sagen, wenn sie mich mit einem Jungen aus der Rugbymannschaft sehen? Ich werde meinen Platinausweis für die Bibliothek verlieren. Hör zu, wir haben etwas mehr als eine Woche, um eine Möglichkeit zu finden, wie wir dich vor einem Schicksal bewahren können, das unter Umständen schlimmer ist als der Tod. Ich möchte nicht in deinen Schuhen stecken, wenn das Gefolge seine Fesseln sprengt und sich gegen dich stellt. Ich finde, wir sollten uns besser darüber Sorgen machen. Wenn Halloween vorbei ist, brauchen wir uns nie wieder zu unterhalten, und du kannst wieder so tun, als wäre ›wer ist gerade in und wer out‹ wichtig.«

Mir fällt absolut nichts dazu ein, daher nicke ich nur. Elza raucht ihre Zigarette zu Ende und tritt sie in dem hohen Gras aus. Aus dem bleigrauen Himmel beginnt es zu nieseln, Regentropfen fallen über uns her und lassen die Schultern von Elzas Jacke dunkler werden. Ich ziehe die Kapuze meiner Regenjacke über den Kopf. Elza scheint noch etwas sagen zu wollen, tut es dann aber doch nicht. Ich sehe mich um, starre auf die riesigen, stummen Bäume und die alten Gräber.

Als ich nach Hause komme, stelle ich fest, dass in allen Zimmern Licht brennt. Im trüben Vormittagslicht wirkt es so hell, dass es fast blendet. Die Fenster auf beiden Seiten der Eingangstür sehen aus wie orangefarbene Augen. Als ich die Klinke berühre, spüre ich die Kälte der Toten. Ich gehe hinein. Das Erdgeschoss ist leer; keine Geister, nur Ham, der sich in seinem Korb in der Waschküche versteckt. Als ich in der Küche stehe und trotz meiner Jacke zu zittern anfange, höre ich Stimmen, die aus einem Zimmer über mir kommen.

»Mum? Mum!«

Ich renne die Treppe hoch, über den Flur, in Mums Zimmer. Mit wild klopfendem Herzen bleibe ich stehen. Mum schläft und an ihrem Bett sitzen zwei Männer. Links der mit Narben übersäte Mann, der vorhin vor der Schule aufgetaucht ist, fast nackt, nur mit einer Boxershorts bekleidet. Er starrt mit seinen weißen Augen in meine Richtung.

Die Heckenschere liegt auf dem Boden neben seinem Stuhl. Der zweite Mann rechts von Mum beugt sich über sie und mustert ihr Gesicht. In dem Spiegel an der Schranktür ist keiner von beiden zu sehen.

»Was habt ihr hier zu suchen?«, frage ich, während ich versuche, mutiger zu klingen, als ich mich gerade fühle.

Der zweite Mann, der Geist, den ich noch nie gesehen habe, steht auf.

Er ist größer als die anderen, sieht auch älter aus als sie und ist mit einem schwarzen Anzug samt Weste bekleidet. Seine Schuhe glänzen wie zwei Käferpanzer, sein weißes Hemd ist am Hals mit einer merkwürdigen Silbernadel geschlossen. Das Gesicht erinnert an eine Wachsfigur, mit einer markanten Nase und wulstigen Lippen. Haare und Bart sind voll und buschig, granitgrau mit weißen Strähnen. Die dichte Mähne reicht ihm bis über die Schultern. Er trägt eine runde Brille mit dunkel getönten Gläsern und einen schwarzen Hut. Auf mich wirkt er wie ein LSD-Junkie, der sich als Totengräber verkleidet hat.

»Wer bist du?«

»Ich wurde als der Hirte geknechtet.« Der Geist neigt seinen weißhaarigen Kopf in der knappsten Verbeugung, die ich je gesehen habe. »Das ist mein Kollege, der Gefangene.« Er deutet auf den Geist mit den Narben. »Und du bist wahrscheinlich Luke Archibald Manchett, in dessen Diensten wir stehen.«

»Wann habe ich gesagt, dass ihr hier reindürft?«

»Wir haben lediglich bei deiner Mutter gewacht.« Der Mund des Hirten verzieht sich zu einem säuerlichen Lächeln. »Sie scheint geschwächt zu sein. Ich frage mich, welcher Art ihre Krankheit ...«

»Geht weg von ihr. Sofort.«

»Wie du wünschst.«

Die Geister stehen auf und kommen auf mich zu. Ich sehe ihnen in die Augen und versuche, nicht zusammenzuzucken.

»Wo ist deine Zunge?«, frage ich.

»Sie wurde ihm herausgeschnitten«, erklärt der Hirte. »Von seinem Vater, glaube ich.«

»Das tut mir leid.«

»Ich nehme an, er hat sich inzwischen daran gewöhnt.«

Der Gefangene zuckt mit den Schultern, dann löst er sich auf. Der Hirte bleibt, die Hände hinter dem Rücken verschränkt, als würde er auf etwas warten. Der Regen schlägt ans Fenster. Plötzlich fällt mir auf, dass Mum mich ansieht. Sie ist wach. Hat sie gehört, wie ich mit den Geistern gesprochen habe?

»Luke?«

»Ich wollte nur ...« Ich habe Mühe, eine plausible Ausrede zu finden.

»Ich bin wirklich sehr müde, Schätzchen«, sagt sie. »Die Kopfschmerzen. Sie wollen einfach nicht aufhören.«

»Tut mir leid. Ich wollte nur ... fragen, ob du etwas brauchst.«

»Das ist nett von dir«, sagt Mum. Ich höre ihrer Stimme an, dass ich gehen soll. Sie lässt sich wieder auf das Kissen sinken. Der Hirte starrt sie mit einem Gesichtsausdruck an, der unmöglich zu lesen ist. Mir schießt durch den Kopf, was

Elza gesagt hat. *Schwärzeste aller schwarzen Künste ... Wer weiß, was er zu seinen Lebzeiten getan hat, um als Geist so auszusehen?* Wer auch immer diese neuen Geister sind, wer auch immer sie waren, sie sind gefährlich. Sie hier zu sehen, im Zimmer meiner schlafenden Mutter, ist eine Drohung. Ich muss Kontrolle ausüben, ich muss sie beherrschen. Sie wissen, dass ich das *Buch der Acht* habe; sie wissen nicht, dass ich es nicht lesen kann, sie haben keine Ahnung, was drinsteht. Ich darf mir nichts anmerken lassen.

»Ich geh wieder nach unten«, sage ich zu Mum, sehe aber den Hirten dabei an, damit er weiß, dass ich auch mit ihm rede. Ich sage es mit fester, lauter Stimme, als würde ich mit einem Untergebenen reden, einem Niemand aus der neunten Klasse. Der Hirte erwidert meinen Blick für einen Moment – jedenfalls glaube ich, dass er das tut, wegen der dunklen Brille kann ich das nicht so richtig erkennen –, dann beugt er den Kopf und nickt.

Ham ist in der Küche und schlabbert Wasser aus seiner Schüssel, aber als er mich mit dem Geist hereinkommen sieht, verschwindet er rückwärts in der Waschküche, die Ohren flach angelegt. Der Hirte beobachtet, wie Ham den Rückzug antritt, sagt aber nichts. Ich ignoriere beide, als ich durch die Küche gehe und Nudeln aufsetze. Meine Hände zittern, als ich das Gemüse schneide. Draußen regnet es, ein anhaltendes, lautes Trommeln, bei dem man sofort weiß, dass die Wolken nicht so schnell weiterziehen werden. Der Hirte sitzt am Küchentisch, die Hände vor sich auf dem Holz. Es sind große Hände, mit langen Fingern, auf deren Knöcheln weißer Haarflaum sprießt. Er wartet, während ich mir etwas zu essen mache. Er wirkt wie jemand, der weiß, wie man wartet.

»Du bist also sechzehn«, sagt der Geist, als ich mich mit meinem Teller an den Tisch sitze.

»Ja«, erwidere ich.

»Dann hast du jetzt ... wie nennt man das heute? Abschlussprüfung?«

»Im nächsten Sommer.«

»Merkwürdig, wie schnell die Zeit vergeht. Es kommt mir so vor, als wäre es gestern gewesen, dass du als kleines Würmchen in deiner Wiege gelegen hast. Ja«, sagt er als Antwort auf meine nicht zu verbergende Überraschung, »ich habe dich schon gekannt, als du noch ein Kind warst. Wir sind uns des Öfteren begegnet, auch wenn dir das damals nicht bewusst gewesen ist.«

»Dann bist du ziemlich lange bei Dad gewesen«, stelle ich fest.

»Ich bin sein ältester Diener. Seine linke Hand.«

»Warum nennt man dich den Hirten?«

»Es ist Tradition, dass ein Gefolge von einem Hirten geführt wird. Ein sehr alter Titel. Es wundert mich, dass du das nicht weißt.«

»Ich will mich nur ein bisschen unterhalten«, sage ich.

Ich schlinge noch ein paar Bissen hinunter, obwohl ich eigentlich nichts schmecke.

»Ich habe gesehen, dass das Buch deines Vaters in deinem Besitz ist«, fährt der Hirte fort.

»Es ist oben«, sage ich. »Warum?«

»Gewisse Informationen hat Horatio mir natürlich anvertraut, andere Aspekte seines Lebens und seiner Arbeit dagegen hat er mir vorenthalten. Erziehung und Ausbildung seines Erben gehörten zu den Bereichen, in denen ich nur wenig Einfluss hatte. Allerdings gehe ich davon aus, dass du zumindest die Grundlagen der Geisterbeschwörung beherrschst. Mit dem *Buch der Acht* ist schließlich nicht zu spaßen.«

»Ja, natürlich. Geisterbeschwörung hatte ich bis zum Gehtnichtmehr. Das war sozusagen mein täglich Brot. Das Buch kenne ich auswendig, von vorn bis hinten. Wenn ich ein Geist wäre, der an Luke Manchett gebunden ist, würde ich es mir zweimal überlegen, ob ich es riskieren will, aus der Reihe zu tanzen. Bei so etwas würde ich hart durchgreifen.«

»Du weißt natürlich, dass das *Buch der Acht* keinen Anfang und kein Ende hat. Es wäre gar nicht möglich, dass jemand es ›von vorn bis hinten‹ auswendig kennt. Selbst der erfahrenste Geisterbeschwörer findet immer wieder Seiten, die er noch nie zuvor gesehen hat.«

»Nur so eine Redensart«, behaupte ich mit einer lässigen Handbewegung.

»Wenn du das sagst.«

»Ich bin ein Geisterbeschwörer. Ich bin der rechtmäßige Erbe. Willst du etwa andeuten, dass ich nicht wie ein Geisterbeschwörer aussehe?«

»Natürlich nicht, Luke. Du trittst mit Würde und Erhabenheit auf, wie es sich für einen Mann geziemt, der so umfangreiche Kenntnisse einer geheimen Wissenschaft besitzt. Mir und meinen Kollegen ist lediglich aufgefallen, dass du hinsichtlich der Fesseln und Einschränkungen, die du uns auferlegst, etwas nachlässig bist.«

»Eine neue Ära. Geisterbeschwörung muss doch nicht zwangsläufig etwas mit diesen Klischees zu tun haben, du weißt schon, schwarze Kutten, Blutopfer und so. Vergiss einfach, was du glaubst zu wissen. Ich hoffe, dass wir alle Freunde werden.«

Was um Himmels willen sage ich da? Ich habe solche Angst vor diesem Geist, dass die Worte einfach so aus mir heraussprudeln. Der Hirte schnaubt und setzt sich noch etwas aufrechter hin.

»Wir sind nicht deine Freunde. Wir sind an dich gebunden. Das sind völlig andere Voraussetzungen.«

»Okay, wenn du darauf bestehst. Ich wollte nur, dass wir gut miteinander auskommen.«

»Ich finde es sehr interessant, dass du ein solches Konzept überhaupt in Erwägung ziehst.«

»Ich bin anders als mein Vater.«

»Führe eine Beschwörung des gesamten Gefolges durch«, sagt der Hirte.

»Warum?«

»Ich will sehen, wie du es machst.«

»Ich will aber nicht. Und um ehrlich zu sein, ich habe etwas dagegen, dass mir jemand sagt, was ich tun soll.«

»Führe eine Beschwörung des gesamten Gefolges durch. Aber du weißt ja nicht einmal, wie du deine Hände halten sollst, habe ich recht? Horatio ... dieser alte Teufel. Er hat dir gar nichts beigebracht.«

Der Hirte lächelt wieder sein verschlagenes Lächeln.

»Er hat mir genug beigebracht.«

»Luke.« Der Hirte hält mir seine Hände hin, als würde er mich anflehen. Auf die Innenflächen sind Sterne mit spitzen Zacken tätowiert. Ich glaube, er will, dass ich sie sehe, als würden sie eine besondere Bedeutung haben, die ich kennen sollte. »Zu meinen Lebzeiten war ich ein großer Geisterbeschwörer. Mein Gefolge hat die Welt in Angst und Schrecken versetzt. Ich habe mehr Seiten dieses Buches vergessen, als die meisten Männer je gesehen haben. Wenn du gehofft hast, mich täuschen zu können, hättest du keinen schlechteren Ansatz wählen können. Du hast keine Ahnung von den schwarzen Künsten.«

»Nein, das stimmt nicht«, sage ich, während meine Hände nach etwas tasten, mit dem sie sich beschäftigen können. »Ich ...«

»Das ist keine Schande. Du bist ein junger Mann, nicht ohne Verstand oder Tatendrang, und ich rechne es dir hoch an, das du heute versucht hast, dich mit einer List herauszuwinden. Aber ein Geisterbeschwörer bist du nicht. Du schaffst es nicht, ein Gefolge unter Kontrolle zu behalten. Du willst es nicht mal.«

»Und was schlägst du vor?«

»Gib uns frei. Lass uns gehen. Lebe dein Leben nicht unter der Last der Sünden deines Vaters.«

Ich weiß nicht, was ich sagen soll. Das muss ein Trick sein. Elza hat mich davor gewarnt, dass sie versuchen würden, sich zu befreien. Ich bin mir sicher, dass dieser Geist gefährlich ist, ich spüre es tief in meinen Knochen, als wäre er radioaktiv. Vielleicht hat er ja trotzdem Angst vor mir. Wenigstens ein bisschen. Aber er hat recht, ich will kein Gefolge haben. Ich wollte ein paar Millionen Pfund, Dads Besitz, die Tantiemen aus dem Verkauf der DVDs … Das hier wollte ich überhaupt nicht. Ich will, dass sie verschwinden. Es kann doch nicht schaden, wenn ich sie einfach gehen lasse. Auf diese Art bekommt doch jeder, was er will.

»Ist es wirklich so einfach?«

»Aber natürlich, Luke. Es ist ganz einfach. So einfach wie die Unterschrift auf dem Dokument, mit dem wir in deinen Besitz übergegangen sind. Wir könnten es jetzt sofort machen. Du willst kein Gefolge haben. Du willst ein normales, glückliches Leben führen. Glaub mir, du willst nicht in die Fußstapfen deines Vaters treten. Lass uns gehen, damit wir es hier und jetzt beenden können.«

So einfach kann es nicht sein. Ich muss vorsichtig sein.

»Na ja …«

»Alles, was es dazu braucht, ist eine entsprechende Verzichtserklärung im *Buch der Acht*«, fährt der Hirte fort, während er lächelt und dabei eine Reihe grauer Zähne zeigt. »Zum Glück ist dein Exemplar ja hier.«

Seine tätowierten Hände huschen über den Tisch, dann flimmert es kurz, als säße ich im Kino und der Vorführer hätte gerade die Filmrolle gewechselt. Das grüne Buch liegt auf dem Tisch, direkt vor dem Hirten. Der achtzackige Stern auf dem Einband schimmert im Licht der Lampe über uns.

»Ein Blutstropfen von dir genügt«, sagt er, »und wir verschwinden aus deinem Leben, deinem Zuhause, für immer.«

Er fährt mit den Fingern über das Buch und die Schließen springen auf, ohne dass er sie berührt hat. Die vergilbten Seiten bewegen sich, als wären sie von einem Sturmwind erfasst worden, das Buch schlägt genau in der Mitte auf. Er schiebt es zu mir hin. Ich lege meine Hand darauf und drehe es um, damit ich sehen kann, was dort steht.

In dem Buch stehen keine Wörter. Die Doppelseite ist mit einem psychedelischen Muster aus konzentrischen Kreisen und Spiralen bedeckt, die alle handgezeichnet aussehen und sich zu bewegen scheinen, wenn mein Blick darauf fällt. Mir kommt es so vor, als würde sich jedes Mal, wenn ich auf einen Teil des Musters starre, etwas in einem anderen Teil der Seite ändern. Ich bekomme Kopfschmerzen.

»Und damit lasse ich euch frei?«, frage ich.

»Ja, Luke. Eine Freilassungserklärung für alle acht Geister.«

»Echt jetzt? Wow.«

Die Kreise scheinen irgendwie ... in die Tiefe zu gehen, als wäre die Seite mehr als nur eine Seite. Wenn ich sie noch eine Weile ansehe, werde ich erkennen, was es ist. Es gibt Seiten hinter der Seite. Es sind Hunderte, Millionen von Kreisen.

»Faszinierend, nicht wahr?«, fragt der Hirte.

»Das ist unglaublich.«

In meinen Ohren klingelt es, dröhnend laut. Ich spüre, wie mein Blut fließt.

Inzwischen kann ich nur noch auf die Kreise starren, zu etwas anderem bin ich nicht mehr fähig.

Meine rechte Hand bewegt sich auf etwas zu. Plötzlich wird mir klar, dass es meine Gabel ist.

»Ein einziger Tropfen ist alles, was wir brauchen«, sagt der Hirte. Er klingt, als würde er in einem langen Tunnel stehen, während er mit mir spricht. Seine Stimme hallt.

Ich stoße die Gabel in meinen Daumen. Blut schießt heraus. Es tut überhaupt nicht weh. Als ich den Kopf hebe und mein Blick auf den Hirten fällt, sehe ich immer noch Kreise und Spiralen, sie bewegen sich über seinen Anzug und sein Gesicht.

Sie sind überall.

Meine Hand bewegt sich auf das Buch zu.

»Du tust das Richtige«, sagt der Geist.

Mein Daumen verharrt über der Mitte des Musters.

Gleich drücke ich ihn auf das Papier ...

Plötzlich knallt es, dann werde ich zur Seite gestoßen und lande hart auf dem Fußboden. Das Rauschen in meinen Ohren ist weg. Mein Daumen pocht vor Schmerzen, Blut rinnt über meinen Handballen. Ham steht über mir, er bellt und bellt. Der Hirte ragt bedrohlich über uns auf.

»Halte das Tier zurück und unterzeichne die Freilassungserklärung«, sagt er.

»Einen Moment.«

»Halt du dich da raus!«, brüllt der Hirte. Er dreht den Kopf, um jemanden anzusehen.

In der Tür steht der Vasall.

»Ich würde dir raten, es nicht zu tun«, sagt er, während Ham wie verrückt bellt.

»Ich will euch freilassen«, sage ich zum Vasallen, obwohl

ich mir inzwischen nicht mehr so sicher bin, warum ich das für eine gute Idee gehalten habe.

»Es ist besser so«, sagt der Hirte.

»Für dich vielleicht«, erwidert der Vasall. »Er hat dir kein Unrecht getan. Er hat sich keines Verbrechens schuldig gemacht.«

»Du Wurm«, keift der Hirte, »du unterwürfiger, wimmernder Idiot.«

»Angehörige eines Gefolges können ihrem Herrn nicht schaden«, erklärt mir der Vasall. »Das ist die Grundlage unserer Knechtschaft. Er darf dich nicht töten, aber wenn du ihn freilässt, gilt dieses Tabu nicht mehr, dann genügt ein Wort von ihm und dein Herz hört auf zu schlagen.«

»Warum?«, frage ich den Hirten. »Willst du denn nicht frei sein? Ich wollte dir doch geben, was du verlangt hast.«

»Rache«, sagt der Vasall. »Er ist davon zerfressen.«

Der Hirte kniet neben mir und Ham. In seinen verspiegelten Brillengläsern bricht sich das Licht, sie sehen aus wie zwei silberne Monde. Ham zuckt zurück, läuft aber nicht davon. Ich kann die blauen Adern unter der Haut des Geistes sehen. Die Falten an seinem Mund bewegen sich, als er zu sprechen beginnt.

»Dein Vater hat mein Grab geschändet. Zu meinen Lebzeiten war ich der größte Geisterbeschwörer, den die Welt je gesehen hat. Er hat mich *geknechtet* und als seinen *Hirten* benutzt. Ich vergesse nicht. Ich vergebe nicht. Ich habe geschworen, seinen Körper zu zerreißen und seine Seele zu foltern, aber da mir selbst dieses kleine Vergnügen verwehrt blieb, halte ich mich jetzt an seinen Erben.«

»Ich habe dir nichts getan.«

»Hör zu«, sagt der Hirte. Er nimmt seine verspiegelte Brille ab. Seine Augen sind schwarz und glänzen feucht, ohne die geringste Spur von Weiß, so schwarz wie die Augen eines Raben. »Junge, hör mir zu. Ich bin in das dunkle Land der Toten gereist. Dort habe ich Dinge gesehen, die mit unseren Worten nicht zu beschreiben sind. Du kannst ein wenig Barmherzigkeit von mir erwarten, wenn du mich heute noch freilässt.«

»Ich habe keine Angst vor dir.«

»Du bist ein schlechter Lügner. Noch schlechter als dein Vater.«

Die unergründlichen schwarzen Augen sind nur eine Fingerlänge von mir entfernt.

»Es ist noch nicht vorbei«, sagt er. »Das ist erst der Anfang.«

Der Hirte ist weg.

»Du hättest mich warnen können«, sage ich zum Vasallen.

»Ich hatte Angst.«

»Vor ihm? Ihr seid beide Geister. Was kann er dir schon antun?«

»Als er noch geatmet hat, war er der grausamste Mann der Welt und mit jedem Tag, den er hinter dem Vorhang verbracht hat, wurde es schlimmer. Ich weiß nicht, was seine schwarzen Augen gesehen haben oder wo seine schwarzen Gedanken ihn hinführen. Ich habe große Angst vor ihm.«

»Danke, dass ihr mich gerettet habt«, sage ich. »Du und Ham.«

»Ich weiß, dass du dir eine solche Bürde wie uns nicht gewünscht hast. Der Vater ist nicht der Sohn.«

»Dann kann er mich also nicht töten?«

»Es ist ihm nicht gestattet. Ohne ausdrückliche Anweisungen dürfen wir jedoch zulassen, dass dir ein Leid geschieht, und viele aus dem Gefolge hätten nichts dagegen.«

»Was wird er an Halloween tun?«

»Ich weiß es nicht. Aber ich bin sicher, dass der Hirte einen heimtückischen Plan verfolgt. So ist es immer. Benutze das *Buch der Acht.*«

»Ich weiß nicht, wie! Ich kann es nicht mal öffnen.«

»Aber du musst es öffnen. Du musst.«

Ich starre das Buch an, das jetzt wieder verschlossen ist und auf dem Tisch liegt, als wäre es irgendein altes Buch, als wäre es etwas, das man gar nicht beachtet. Mir dreht es fast den Magen um. Der Vasall hat den Kopf abgewandt und runzelt die Stirn, als würde er auf etwas lauschen, das in einem anderen Zimmer passiert.

»Ich muss gehen«, sagt er plötzlich. »Das hier werden sie mir nicht verzeihen.«

»Ich bin froh, dass du mir geholfen hast.«

»Ich hoffe, ich werde ebenfalls Anlass dazu haben, mich darüber zu freuen.«

Der Vasall macht eine kleine Verbeugung und löst sich in Luft auf.

Ich gehe nicht zu Elza. Ich weiß nicht, was ich tun soll. Das *Buch der Acht* liegt auf dem Tisch und ich habe Angst, in seine Nähe zu kommen. Ich habe Angst, noch einen Versuch zu unternehmen, es zu öffnen. Ich muss die ganze Zeit an die Kreise denken, die aus den Seiten herausgekommen sind, daran, wie sie über das Gesicht des Hirten gehuscht sind. Das Buch ist ein Monster und mein Gefolge will mich tot sehen. Ich kann Mum und Ham nicht allein lassen. Der Vormittag wird zum Nachmittag, verdunkelt sich zum Abend. Die Bäume rund ums Haus sehen aus wie flüsternde Riesen. Ham will sich nicht hinlegen und läuft den ganzen Abend ruhelos nach oben und wieder nach unten. Ich überlege, ob ich Mum aufwecken und ihr sagen soll, dass wir von hier wegmüssen, habe aber keine Ahnung, wie ich es anstellen soll, damit sie mir glaubt. Außerdem weiß ich nicht, wo wir hingehen könnten, ohne dass sie uns folgen würden. Um ein Uhr morgens kann ich mich nicht länger wach halten. Ich lege mich vollständig bekleidet ins Bett und lausche angestrengt auf den kleinsten Hinweis darauf, dass das Gefolge zurückkehrt. In den Ritzen des Fensterrahmens flüstert der Wind. Die Weiden draußen sind kalt und dunkel. Tiere zittern in ihren Höhlen und träumen Träume, in denen sie vor etwas davonlaufen und sterben.

ECHOS UND FRAGMENTE

Als ich am Freitagmorgen aufwache, höre ich eine Männerstimme aus Mums Zimmer. Ich renne zu ihr rüber und entdecke sofort, dass jemand mit schwarzer Farbe ein Zeichen über das Kopfende ihres Betts gemalt hat: eine aus schrägen Strichen bestehende Rune mit spitzen Zacken, die die Hälfte der Wand für sich beansprucht. Es ist das gleiche Symbol, das der Hirte auf seine Handflächen tätowiert hat. Mum liegt lang ausgestreckt da und rührt sich nicht, die Bettdecke bis zum Hals hinaufgezogen. Ihre Haare sind hinter die Ohren gestrichen. Sie sieht so friedlich aus. Ich kann nicht erkennen, ob sie atmet. Die Stimme, die ich gehört habe, kommt aus ihrem CD-Player; ein Mann erklärt irgendeine Übung, mit der man angeblich sein Selbstwertgefühl steigern kann.

»Nur du allein hast die Macht dazu, deine Persönlichkeit dauerhaft zu verändern«, sagt der CD-Player zu sich selbst.

»Mum!«, brülle ich.

Mit einem Riesensatz stürme ich durch das Zimmer.

»Betrachte dich im Spiegel. Was siehst du?«

Ich packe sie an den Schultern und schüttle sie. Sie wacht nicht auf. Ich kann keinen Puls finden, aber ihre Arme sind warm. Als ich einen kleinen Spiegel an ihr Gesicht halte, beschlägt er kaum merklich. Dann lebt sie also noch, was auch immer sie ihr angetan haben. Ich setze mich auf den Boden neben ihr Bett. Ich hätte mit ihr reden sollen, aber ich weiß nicht, was ich ihr hätte sagen sollen. Für sie ist die Geisterwelt ein abstrakter Ort voller Energie und guter Schwingungen, kein bedrohlicher Sturm der Finsternis. Wie hätte ich ihr den Gefangenen oder den Hirten erklären sollen? Ich sollte einen Notarzt holen ... und was dann? Sie schieben sie durch einen Computertomografen? Legen eine Infusion und warten darauf, dass sie wieder aufwacht? Ich werde mich mit dem Jugendamt rumschlagen müssen. Ich kann mir niemanden vorstellen, der für Geschichten über böse Geister weniger empfänglich ist als eine Horde von Rettungssanitätern und Sozialarbeitern. Nein, da muss ich ohne fremde Hilfe durch. Was auch immer der Hirte ihr angetan hat, ich muss allein damit fertigwerden.

»Siehst du jemanden, der selbstbewusst und stark ist? Die meisten von uns nicht.«

Ich stelle den CD-Player mit so viel Kraft ab, dass der Schalter abbricht. Ich verlasse Mums Zimmer, gehe raus auf den Flur. Die ganze Zeit über habe ich das Gefühl, dass die Geister mich beobachten, dass sie Mum beobachten und abwarten, was ich tue.

»Zeigt euch!«, brülle ich. »Kommt raus! Was habt ihr mit ihr gemacht! Versteckt euch nicht vor mir! Zeigt euch.«

Nichts. Ich habe keine Ahnung, was ich tun werde, falls die Geister erscheinen.

»Lasst mich bloß nicht warten!«

Jemand hämmert an die Haustür. Meine Wirbelsäule kribbelt, als würde jemand Eis hineinfüllen, das unter

Strom steht. Ich kann nicht mehr atmen. Ham in der Küche beginnt zu jaulen.

»Wer ist da?«

Was auch immer vor der Haustür steht, es antwortet nicht. Als ich nach unten in den Flur spähe, kann ich hinter der Türfüllung aus Riffelglas eine dunkle Silhouette in menschlicher Form ausmachen. Inzwischen kenne ich fünf der acht Geister.

Was wartet hinter der Tür?

Hat Dad wirklich einen Dämon beschworen?

Das wilde Hämmern an die Tür geht weiter. Ich schleiche die Treppe hinunter, einen Schritt nach dem anderen. Die Gestalt draußen kommt näher, wird aber nicht deutlicher. Der Morgen ist wolkenverhangen, das trübe Licht, das durch die Glasfüllung in den Flur dringt, lässt mich an die Abenddämmerung denken. Ham jault hinter der Küchentür. Siedend heiß fällt mir ein, dass ich den Bratspieß oben in meinem Zimmer gelassen habe, auch wenn ich keinen blassen Schimmer habe, was er mir genutzt hätte.

Meine Finger schließen sich um den Türgriff.

Ich hole tief Luft.

Ich reiße die Haustür auf.

»Elza?«

»Alles in Ordnung mit dir? Du siehst so erschrocken aus.«

»Was machst du …«

»Ich habe gestern den ganzen Tag auf dich gewartet. Du solltest doch zu mir kommen. Was ist los? Ist dein Gefolge hier?«

Draußen fällt leichter Nieselregen. Elza trägt völlig verdreckte Armeestiefel und eine schwarze Wolljacke, in der sie fast versinkt. Sie sieht mich ungeduldig an.

»Rede ich eigentlich mit mir selbst? Meine Haare werden nass. Ich komm jetzt rein.«

Elza drückt sich an mir vorbei in den Flur.

»Tut mir leid«, sage ich. »Es ist etwas ... vorgefallen. Ich konnte nicht kommen. Ich habe deine Telefonnummer nicht ... Woher weißt du eigentlich, wo ich wohne?«

»Schon mal was von Internet gehört?«, fährt sie mich an. »In diesem Haus spukt es, und wie! Ich habe schon hier im Flur ein ungutes Gefühl. Was ist passiert?«

»Elza, ich weiß nicht, ob du hier sicher bist.«

»Ich auch nicht. Ich dachte, das hier würde mich beschützen, und normalerweise funktioniert es auch«, sie hält den kleinen Stein hoch, den sie am Hals trägt, »aber jetzt, wo ich weiß, wie es sich bei dir zu Hause anfühlt, möchte ich mich lieber nicht darauf verlassen.«

»Was ist das?«

»Ein Hexenstein. Er hat ein natürlich entstandenes Loch. Sie sind sehr selten. Früher haben Druiden sie benutzt, um böse Geister abzuwehren. Ist das dein Hund, den ich da in der Küche höre?«

»Ja ...« Ich habe immer noch das Gefühl, dass ich bei unserer Unterhaltung drei Schritte hinterherhinke.

»Willst du ihn nicht rauslassen?«

Ich führe sie den Flur hinunter und öffne die Küchentür. Ham springt mich an und rutscht mit den Pfoten an meinem Pyjama herunter. Ich habe vergessen, dass ich noch nicht angezogen bin.

»Der ist aber groß.« Elza weicht einen Schritt zurück.

»Das ist ein Deerhound. So was Ähnliches wie ein Irischer Wolfshund. Ham, geh runter. Beruhig dich.«

»Hm. Ich habe einen Terrier oder so was in der Art erwartet. Hallo«, sagt sie zu Ham. Sie nimmt seinen Kopf und fängt an, das Fell hinter seinen Ohren zu kraulen. Er grummelt vor Begeisterung. Ich gehe in die Küche, während ich überlege, was ich tun soll. Was will Elza eigentlich? Kann sie mir überhaupt helfen? Was soll ich wegen Mum unternehmen? Sie liegt oben, gefangen im Schlaf.

»Das ist es also«, sagt Elza. Ich drehe mich um. Sie ist immer noch dabei, Ham zu streicheln, doch ihr Blick ist auf den Küchentisch gerichtet, auf das *Buch der Acht.*

»Dads Vermächtnis«, sage ich.

»Dein Hund ist größer, als ich ihn mir vorgestellt habe. Und das legendäre Buch ist kleiner. Es hat praktisch Taschenbuchformat.«

Sie schiebt Ham weg und nimmt das Buch in die Hand. Ihre Finger fummeln an den Schließen herum.

»Elza, ich weiß nicht, ob das so eine ...«

»Was ist denn?«, fragt sie.

»Das Buch ist ziemlich empfindlich und ...«

»Nein. Ich meine, was ist passiert? Du siehst völlig fertig aus. Du siehst aus, als wäre jemand gestorben.«

»Es geht um Mum. Gestern Nachmittag hat das Gefolge versucht zu meutern. Dieser Geist, der Hirte, wollte mich austricksen und töten. Und dann haben sie etwas mit ihr gemacht ... sie wacht einfach nicht auf.«

»Oh, Luke ... sie ist doch nicht ...?«

»Nein, sie lebt. Ich zeig's dir.«

Ich nehme Elza mit nach oben und Ham trottet hinter uns her. Wir drängen uns alle zusammen in Mums Zimmer. Es ist genauso, wie ich es verlassen habe: Mums afrikanische Masken hängen noch an den Wänden, ihre Bücher über Ley-Linien und Kommunikation mit Engeln stehen noch ordentlich aufgereiht im Regal. Auf dem Boden, in der Mitte zwischen dem Bett und der Tür, liegt ein einzelner Hausschuh. Er sieht irgendwie verloren aus.

Elza geht an mir vorbei zum Bett, den Blick starr auf die riesige, sternförmige Rune an der Wand gerichtet. Sie trägt immer noch ihre Stiefel, die schmutzige Abdrücke auf dem Teppich hinterlassen. Nachdem sie kurz an die Decke gesehen hat, kniet sie sich hin, hebt die Bettdecke hoch und späht darunter.

»Was machst du da?«, frage ich.

»Ich versuche herauszufinden, wo der Zauber herkommt. Wahrscheinlich stammt er von dem Zeichen da an der Wand, aber man kann nie wissen. Hier drunter ist jedenfalls nichts.«

»Können wir das Zeichen entfernen?«

»Ich glaube nicht. Wir könnten es versuchen, aber du wirst es nicht abwaschen können. Ein Zeichen wie das hier ist mehr als nur Farbe. Vielleicht würde es gehen, wenn wir die Wand rausreißen. Aber selbst dann …«

»Weißt du, wie man den Zauber bricht?«, frage ich. Dass ich das nicht für eine dumme Frage halte, ist, glaube ich, ein Maßstab dafür, wie sehr sich mein Leben verändert hat.

»Nein«, erwidert Elza, »eigentlich nicht. Wenn es um Zauberei geht, bin ich wie jemand, der einen Fernseher einschalten kann, aber nicht weiß, wie man einen baut. Ich habe einen Hexenstein und kann Haselsterne schnitzen, aber ich weiß nicht, *wie* sie funktionieren. Ich weiß nur, *dass* sie funktionieren.«

»Dann kannst du sie nicht ...«

»Luke, ich kann deine Mum nicht aufwecken. Es tut mir leid. Ich wüsste nicht mal, wo ich anfangen soll.«

Ham steht neben Mums Bett und schnüffelt eifrig. Dann stößt er seine Schnauze in das Kissen und beginnt zu jaulen. Ich muss wegsehen. Meine Augen fühlen sich ganz heiß und geschwollen an.

»Alles in Ordnung mit dir?« Elza wirft einen Blick auf mein Gesicht und runzelt die Stirn. Ich will nicht, dass sie mich so sieht.

»Mir geht's gut.«

»Tut es nicht. Du fängst gleich an zu weinen.«

Zu meiner Überraschung kommt Elza zu mir herüber und umarmt mich fest. Sie riecht nach Zigaretten. Ich lege mein Kinn auf die raue, feuchte Wolle ihrer Jacke. Ich kenne sie kaum zwei Tage, trotzdem stehen wir jetzt hier und umarmen uns. Auch wenn ich vor lauter Tränen in den Augen nichts mehr erkennen kann, muss ich lächeln. Ich habe keine Ahnung, was Holiday dazu sagen würde. Nach einer Weile klopft mir Elza kräftig auf den Rücken und lässt mich los.

»Ich glaube, das ist die Art, wie Rugbyspieler mit Emotionen umgehen, stimmt's? Sie klopfen sich auf den Rücken?

Und dann trinken sie Bier auf ex? Bier habe ich leider nicht dabei.«

»So in etwa«, sage ich, während ich mir die Tränen aus den Augen wische.

»Ich möchte nicht länger hierbleiben als unbedingt notwendig«, sagt sie. »In diesem Haus sind wir nicht sicher und ich glaube auch nicht, dass ich daran etwas ändern kann, damit wir hier arbeiten können. Du solltest mit zu mir kommen, in den Towen Crescent. Das Riesenvieh da kannst du mitbringen.«

»Moment mal. Was soll ich? Ich werde auf keinen Fall gehen.«

»Luke, ich verstehe, dass du dir Sorgen um deine Mum machst. Das tue ich auch. Aber realistisch gesehen ist das Einzige, was du für sie tun kannst, einen Arzt zu rufen. Wenn du bis Halloween jede Nacht an ihrem Bett sitzt, nützt das gar nichts. Wir müssen versuchen, das *Buch der Acht* zu öffnen, und herausfinden, was drinsteht. Damit wir etwas in der Hand haben, das uns helfen kann.«

»Ich weiß nicht mal, ob ich dieses Buch überhaupt noch öffnen will. Als der Hirte es aufgeschlagen hat, habe ich Dinge darin gesehen, die ...«

»Ich glaube nicht, dass wir eine andere Wahl haben. Und ich werde auf keinen Fall hierbleiben, vermutlich können sie jedes Wort von mir hören. Bei mir zu Hause ist alles mit Haselsternen gesichert, nicht eingeladene Geister können nicht reinkommen. Du schnappst dir jetzt alles, was dein Dad dir hinterlassen hast, und bringst es sofort zu mir. Das ist das Beste, was du jetzt tun kannst.«

»Ich kann Mum doch nicht einfach hierlassen.«

»Dann wird sie sterben«, sagt Elza. Ihre Augen schimmern in einem bräunlichen Grün, die Iris ist groß und dunkel. Ihr Blick lässt mich nicht los. »Sie wird sterben. Du wirst sterben, wenn sie eine Möglichkeit finden, sich von ihren Fesseln zu befreien. Wir könnten alle sterben. Aber heute lebt sie noch, was für mich ein Hinweis darauf ist, dass sie sie schon längst getötet hätten, wenn sie tatsächlich darauf aus wären. Ihr habt dasselbe Blut, du und deine Mutter, und das kann für einige Arten von Zaubern wichtig sein. Ich glaube, dein Gefolge hat etwas mit ihr vor, und je früher wir eine Möglichkeit finden, um das zu verhindern, desto sicherer wird sie sein. Das Buch kann ich bei mir zu Hause aufbewahren, ohne dass jemand Verdacht schöpft, aber selbst wenn wir deine Mum in eine Schubkarre oder etwas Ähnliches setzen und sie mitnehmen, werden meine Eltern als Erstes fragen: ›Warum liegt eine bewusstlose Frau in unserem Gästezimmer?‹ Darauf werde ich keine Antwort haben. Deine Mum wird in null Komma nichts im Krankenhaus landen und für diese Art von Problem ist das kein guter Ort. Dort sterben jede Menge Leute, es wimmelt geradezu von Geistern. Die Wände zwischen hier und der Totenwelt sind dünn. Und an Halloween sollte deine Mutter erst recht nicht dort sein. Sie hierzulassen, ist das Beste, was du für sie tun kannst. Also komm mit. Sofort.«

Ich sehe Mum an, die blonden Haare, die sorgenvoll gerunzelte Stirn, die Bettdecke, die sich kaum merklich hebt und senkt, wenn sie im Schlaf atmet. Ham stößt immer wieder die Schnauze in ihr Kissen. Wenn sie jetzt zurückkommen und sie töten, könnte ich sie nicht daran hindern. Ich muss lernen, das Buch zu benutzen. Und nur, weil ich jetzt gehe, heißt das ja noch lange nicht, dass ich nicht wiederkommen werde.

Ich reiße meinen Blick von Mum los und sehe Elza an. Sie hat ihre Lippen zu einem dünnen Strich zusammengepresst und die Arme vor der Brust verschränkt. Eine nasse Haarsträhne klebt in ihrem Gesicht.

»Und?«, fragt sie.

»Einverstanden. Wir versuchen es auf deine Art.«

»Gut«, sagt sie. »Denn ehrlich gesagt, ich muss jetzt sofort raus hier. Ich komme mir vor, als hätte ich Nasenbluten in einem Haifischbecken.«

Ich gehe in mein Zimmer, suche Dads Papiere zusammen und stecke sie wieder in die Aktenmappe aus Karton, die Mr Berkley mir gegeben hat. Elza steht unten im Flur, in der einen Hand das *Buch der Acht,* in der anderen Hams Leine. Ich weiß nicht, wie lange wir brauchen werden, und ich kann ihn nicht hierlassen, weil ich niemanden habe, der ihn füttert.

Als mir an der Garderobe die Regenjacke ins Auge fällt, die ich in Mr Berkleys Kanzlei getragen habe, erinnere ich mich an etwas. Seit Montagnachmittag ist so vieles passiert und einige der Details habe ich vergessen. Ich greife in die Innentasche der Jacke und hole das Metalletui mit Dads Ringen heraus. Ich lasse sie in meine Hand fallen.

»Was hältst du davon?«, frage ich Elza.

»Wir bekommen Gesellschaft«, sagt sie und ignoriert mich völlig. Sie deutet durch die offene Haustür nach draußen.

Ich stecke die Ringe und das Buch in meinen Rucksack. Dann sehe ich zu der Stelle hinüber, auf die Elza deutet. Mir dreht sich fast der Magen um. Am Ende der Einfahrt entdecke ich eine ganz in Weiß gekleidete Frau, mit dem Rücken zu uns. Sie steht da wie versteinert, trotz des Regens, und mir fällt auf, dass sich ihr Kleid nicht im Wind bewegt.

»Kennst du den Geist?«, fragt Elza.

»Die ist neu«, antworte ich. Hoffentlich ist sie gekommen, um sich für das Benehmen ihrer Kollegen zu entschuldigen. Was allerdings sehr unwahrscheinlich ist.

»Wir müssen nicht an ihr vorbei«, sagt Elza. »Der schnellste Weg zu mir ist sowieso hintenraus, quer über die Weiden.«

»Ich will wissen, was sie zu sagen hat. Sie kann mir nichts tun. Wie sieht das bei dir aus?«

»Wenn der Hexenstein funktioniert, bin ich vor ihr sicher.«

Ich schließe die Haustür ab, dann gehen wir die Einfahrt hinunter. Der Kies knirscht unter meinen Füßen, Regen platscht auf die Kapuze meiner Jacke. Die unbelaubten Bäume am Tor bewegen sich im Wind. Ihre Zweige heben sich wie schwarze Spinnennetze gegen den Himmel ab. Ham legt die Ohren an, als wir uns dem Geist nähern. Die Frau hört unsere Schritte und dreht sich um.

Jetzt wird mir klar, dass es zwei Geister sind, eine Frau und ein Baby. Die Frau trägt etwas, das ein Hochzeitskleid sein könnte, weiß, mit Stickereien, dazu einen Schleier, der ihr Gesicht verdeckt. Die Füße sind nackt, doch die Arme stecken in langen, extravaganten Seidenhandschuhen. Der zweite Geist, das Baby, ist in eine ausgewaschene blaue Decke gehüllt. Kein Zentimeter seines Körpers liegt frei, aber ich sehe, wie die Decke verschoben wird, als sich etwas darin bewegt. Wie immer bin ich erstaunt, wie real die Geister sind; jede Fluse und jede fadenscheinige Stelle auf der alten Decke des Babys ist deutlich zu erkennen.

»Was willst du?«, frage ich die Frau.

»Ich bin das Orakel«, sagt sie. Sie hat eine sanfte, leise Stimme, die irgendwie beruhigend wirkt. »Ich trage den Unschuldigen.«

Mein Blick geht zu Elza. Sie sieht sich die Geister ganz genau an.

»Was habt ihr mit meiner Mutter gemacht?«, will ich wissen.

»Ich bringe Omen, Master«, erwidert das Orakel. »Ich habe den Wind geschmeckt. Der Zug der Vögel verheißt Schlimmes.«

»Ich will nichts mit dir zu tun haben«, sage ich.

»Du wirst einem Mann ohne Alter die Hand geben. Auf seiner Handfläche werden keine Linien sein.«

»Wie öffnet man das *Buch der Acht?«,* fragt Elza.

»Du wirst am Ufer eines Ozeans aus Tränen wandeln.«

»Ich habe das Buch und Dads Notizen habe ich auch. Dem Hirten wird es noch leidtun, dass er meine Mutter auch nur angesehen hat«, sage ich. »Richte das dem Rest des Gefolges aus.«

Das Orakel antwortet nicht. Das Baby, der Unschuldige, stößt einen leisen Seufzer unter seiner Decke aus. Plötzlich will ich nicht mehr in der Nähe der Geister sein.

»Wir sollten los«, sage ich. Elza nickt.

Das Orakel tritt beiseite. Wir gehen durch das Tor. Ham drückt sich an mich und weicht so weit wie möglich vor den Geistern zurück. Die Frau dreht ihren verhüllten Kopf und sieht uns nach, als wir uns von ihr entfernen.

»Die Omen, die ich erhalten habe, prophezeien nichts Gutes«, sagt sie.

»Ja, klar«, erwidere ich. »Das hätte ich dir auch gleich sagen können.«

Der Towen Crescent, eine halbmondförmige Straße, in der Elza wohnt, liegt in einem Teil Dunbarrows, in dem ich noch nie gewesen bin, weil es keinen Grund dafür gab. Die Siedlung ist relativ neu und liegt am nordwestlichen Stadtrand. Elza zeigt mir eine Abkürzung über die Schafweiden hinter unserem Haus bis zu ihrer Straße, die zwischen dem rauchgeschwängerten Industriegebiet und der Autobahn liegt und daher nichts von dem pittoresken Charme des Stadtzentrums hat. Es ist so eine Art Grenzland, ein Ort für alle, die nicht zum Rest der Stadt passen. Irgendwie ist es ganz logisch, dass Elza hier draußen wohnt.

»Was denkst du?«, frage ich im Gehen.

»Über das Orakel? Ich habe so was noch nie gesehen. Geister sind in der Regel nicht sehr scharf drauf, mit Lebenden zu sprechen. Dein Gefolge ist alles andere als schüchtern.«

»Glaubst du, das war ihr Baby?«

»Ich hoffe nicht.«

»Was ist mit der Prophezeiung? Nimmst du ihr das ab?«, frage ich.

»Was? Dass sie in die Zukunft sehen kann? Das bezweifle ich.«

»Dann glaubst du also an Geister, aber nicht an die Weissagung eines Orakels?«

»Ich ›glaube‹ nicht an Geister, Luke, und du auch nicht. Ich kann sie sehen. Wenn ich sehe, dass eine Prophezeiung sich erfüllt, werde ich das ebenfalls als Tatsache akzeptieren. Aber bis dahin habe ich so meine Zweifel.«

Die Straßen sind menschenleer, der Asphalt glänzt schwarz im Regen. Die Häuser haben Kieselputz und steile orangefarbene Dächer, die Gärten sind mit Ligusterhecken und den dünnen Stangen von Telefonmasten vollgestopft. Elzas Zuhause, Nummer neunzehn, liegt ganz am Ende einer Sackgasse. Vor dem Haus prangen ein ungepflegter Rasen, ein Vogelbad und ein paar Büsche.

Der Flur des Hauses ist eng und dunkel und mit diversen Plastikboxen, aufgestapelten Badfliesen und Holzdielen vollgestellt. Die Tapete ist dunkelbraun, der abgenutzte Teppich braunrot.

»Sorry wegen der Unordnung«, sagt Elza, obwohl es sich nicht so anhört, als wäre es ihr peinlich. »Wir sind immer noch dabei, die Umzugskartons auszupacken.«

»Wie lange wohnt ihr denn schon hier?«, frage ich, während ich Ham von der Leine nehme. Er folgt ihr in die Küche.

»Ungefähr zwölf Jahre. Mum und Dad machen sich gegenseitig dafür verantwortlich, wie es hier aussieht. Ich glaube, wenn einer von ihnen jetzt mit Auspacken anfangen würde, würde das heißen, sich eine Niederlage einzugestehen. Du lernst sie später vielleicht noch kennen. Mum arbeitet gerade und Dad ist unterwegs – zwei Wochen Vögel beobachten.«

»Echt?«

»Oh ja. Er wurde letzten Monat entlassen, daher sitzt er jetzt immer an irgendeinem See rum, so oft es nur geht. Er liebt das, dann ist er im siebten Himmel. Für ihn ist jeder Tag Wochenende. Er springt praktisch aus dem Bett. Einfach widerlich.« Elza schüttelt mit gespielter Empörung den Kopf, dann schaltet sie den Wasserkocher ein.

»Im Ernst?«

»Oh, tut mir leid – langweile ich dich?«

»Nein, gar nicht«, meine ich, »es ist nur ... na ja ... Vögel beobachten.«

»Mein Vater beobachtet eben leidenschaftlich gern britische Vogelarten. Ich hoffe, du lässt dich jetzt nicht zu abfälligen Bemerkungen über die Monotonie oder Sinnlosigkeit einer solchen Tätigkeit hinreißen, denn sonst müsste ich in seinem Namen beleidigt sein.«

»Alles nur Tarnung. Dein Dad ist Crack-Dealer. Er ist nach London gefahren, um neuen Stoff zu besorgen.«

»Oh, das wäre cool. Alles, alles, bloß nicht die Wahrheit. Als ich noch jünger war, hat er mich immer mitgenommen. Wir haben stundenlang in einem Versteck gesessen, so gut wie regungslos. Keine Musik. Keine Süßigkeiten, denn wenn man mit dem Bonbonpapier raschelt, stört das ja die Vögel. Außerdem gab es immer irgendeinen römischen Legionär, der dort draußen gestorben ist, und dem musste ich dann die ganze Zeit dabei zusehen, wie er mit einer Streitaxt im Kopf in der Gegend rumläuft. Es war die reinste Folter.«

»Hm. Mum interessiert sich seit Neuestem auch für Vögel. Die beiden würden sich vermutlich gut verstehen. Haben deine Eltern auch das zweite Gesicht?«

»Nein«, sagt Elza, während sie Wasser in ihre Teetasse gießt, »haben sie nicht. Sie haben sich große Sorgen um mich gemacht, weil ich einfach nicht aufhören wollte, eingebildete Freunde zu haben. Für ein paar Jahre habe ich Tabletten geschluckt, aber die Toten wollten einfach nicht verschwinden und irgendwann wurde mir dann klar, dass mit mir alles in Ordnung war. Es waren die anderen, die nicht richtig sehen konnten.«

»Das ist hart.«

Ich setze mich.

»Das ist das Leben«, meint sie. »Ich mache ihnen keinen Vorwurf deshalb. Was hättest du denn getan? Das zweite Gesicht ist nun mal keine anerkannte Krankheit.«

»Ich verstehe immer noch nicht, warum du damit geboren wurdest und ich diese Fähigkeit gerade erst entwickelt habe. Für mich ergibt das überhaupt keinen Sinn.«

»Welcher Teil davon?«, fragt sie. »Deine Geschichte ergibt mehr Sinn als meine. Die Herrschaft über ein Gefolge bindet ihre Seelen an deine. Du bist näher an der Totenwelt dran als andere Leute, sie ziehen dich quasi hinüber, als wärst du an riesige Heliumballons festgebunden. In dem Moment, in dem du den Vertrag unterzeichnet hast, haben sie angefangen, dich nach oben zu ziehen oder nach unten zu den Toten, wie auch immer man das nennen will. Es würde mich mehr überraschen, wenn du *keine* Toten sehen könntest. Warum ich es kann, weiß ich allerdings nicht. Vielleicht gab es vor Jahrhunderten ja mal eine Hexe oder einen Geisterbeschwörer in meiner Familie. Meine Eltern sind jedenfalls völlig normal.«

»Es ist vielleicht genetisch, so ähnlich wie eine rezessive Eigenschaft. Gibt es eigentlich Forschungsprojekte zu diesem Thema?«

»Was glaubst du?«, fragt sie.

»Warum nicht? Dafür bekommt man mit Sicherheit den Nobelpreis.«

»Aber wie soll man denn überhaupt belegen, dass es das zweite Gesicht tatsächlich gibt? Geister lassen sich schwieriger nachweisen, als man denkt. Und Geisterbeschwörer sind in der Regel ein verschwiegener Haufen. In der Hinsicht war dein Vater so etwas wie ein Anomalie.«

»Darüber habe ich auch schon nachgedacht. Die Fernsehshow und das ganze Drumherum. Warum hat er das gemacht?«

»Diese Frage wird warten müssen. Sehen wir uns mal das Buch an.«

»Ich hab's hier drin.« Ich klopfe auf meinen Rucksack. »Und das Gefolge kann definitiv nicht ins Haus gelangen ...?«

»An der Haustür, dem Hintereingang und den Wänden

meines Zimmers hängen Haselsterne. Geister können dieses Haus nicht betreten, außer an Halloween vielleicht. An Halloween ist *alles* möglich, aber das habe ich ja schon erwähnt.«

»Ja, ich weiß. Dann müssen wir ... Hey! Weg da! Böser Hund!«

Ham, der die Gelegenheit genutzt und die Vorderbeine auf das Spülbecken gestellt hat, ist gerade dabei, einen mit Bolognesesoße verkrusteten Holzlöffel herauszuziehen. Erschrocken lässt er ihn fallen und stellt sich wieder auf alle vier Beine.

»Ich fasse es einfach nicht, dass er so groß ist. Wie heißt er noch mal?«, fragt sie.

»Ham.«

»Ist das eine Abkürzung für irgendwas? Hamlet?«

»Ähm, nein. Als wir ihn bekommen haben, durfte ich einen Namen für ihn aussuchen. Damals war ich noch nicht so alt. Er heißt so wie das, was ich auf einem Sandwich am liebsten esse. Ham. Schinken.«

»Aber natürlich. Literarische Anspielungen von dir zu erwarten, war wohl doch zu viel.«

»Ich bin hier, um Geister zu jagen, und nicht, damit du über den Namen meines Hundes meckern kannst.«

»Ist ja schon gut. Okay, nimm deinen Tee mit nach oben, dann fangen wir an. Hast du was dagegen, dass wir Hamlet in den Garten sperren? Wir können es, glaube ich, nicht riskieren, ihn im Haus zu lassen.«

»Er heißt nicht ... Ja, in Ordnung. Ham, komm mit.«

Ich packe Ham und zerre ihn durch die verglaste Tür in

den Garten hinaus. Er sträubt sich heftig, stemmt die Pfoten auf die Fliesen und rutscht mit den Krallen auf dem glatten Boden aus. Ich ziehe noch einmal mit einem kräftigen Ruck an seinem Halsband, dann trollt er sich beleidigt nach draußen. Die Hecken sind größer als ich, daher wird er nicht weglaufen können. Ich drehe mich um und gehe in die enge Küche zurück. Elza steht in der Tür, die zum Flur führt, und beobachtet mich.

»Was?«, frage ich.

»Nichts. Ich hätte nur nie gedacht, dass du einen Hund hast.«

Sie grinst mich schon wieder so demonstrativ an und geht dann in den Flur und die Treppe hinauf nach oben. Ich folge ihr und schiebe mich an Umzugskartons und halb zusammengebauten Möbeln vorbei in ihr Zimmer.

Elzas Zimmer ist genau so, wie ich es mir vorgestellt habe. Es ist winzig und auf jedem freien Quadratzentimeter steht etwas. Neben ihrem Bett türmen sich benutzte Tassen und fettverschmierte Teller. Poster von The Smiths und The Cure, David Bowie und Nick Cave. An der Wand hinter dem ungemachten Bett hängen Schwarzweißfotos von toten Blättern, zerbrochenen Spiegeln, verlassenen Gebäuden. An einer anderen Wand steht ein Bücherregal, das unter dem Gewicht von gebraucht gekauften Taschenbüchern und dicken Kunstbüchern beinahe zusammenbricht. Keine Anzeichen für Gedichtbände, aber die hat sie vermutlich versteckt.

Elza lässt sich auf das Bett fallen und klopft auf die Matratze neben sich. Die Bettdecke riecht nach Zigaretten. Sie macht den Reißverschluss meines Rucksacks auf, zieht das *Buch der Acht* und Dads Papiere heraus und verteilt alles auf der violetten Bettdecke. Als sie Dads unverständliches Geschreibsel sieht, runzelt sie die Stirn.

»Das muss so eine Art Code sein.«

»Hab ich ja schon gesagt.«

»Und das da können wir nicht aufmachen«, sie deutet auf das Buch, »weil die Schließen nicht aufgehen. Aber du hast gesehen, wie einer aus deinem Gefolge es geöffnet hat, also wissen wir, dass es möglich ist.«

Elza starrt noch einen Moment auf das *Buch der Acht*, dann geht sie aus dem Zimmer und kommt gleich darauf mit Hammer und Meißel zurück.

»Bist du sicher?«, frage ich.

»Wir müssen es unbedingt aufbekommen. Wenn du nichts dagegen hast, dass es ein bisschen beschädigt wird, ist das, glaube ich, die beste Möglichkeit. Diese Schließen sind doch bestimmt uralt«, sagt sie. Ihr Blick lässt allerdings darauf schließen, dass sie das Buch auf jeden Fall gewaltsam öffnen wird, egal, ob ich etwas dagegen habe oder nicht.

Ich zucke mit den Schultern. Elza legt das Buch auf den Boden, kniet sich daneben und setzt die Spitze des Meißels an das Scharnier einer Schließe. Sie holt mit dem Hammer in der rechten Hand aus, hält dann aber inne. Einen Moment lang glaube ich, sie versucht nur, den richtigen Winkel für den Schlag zu finden, oder sie hat es sich anders überlegt, weil sie das Buch nicht ruinieren will, aber sie verharrt so lange in dieser Position, auf den Knien, den

Hammer hoch erhoben, dass es ziemlich unbequem für sie sein muss. Vor Anstrengung beginnt ihr Arm zu zittern.

»Elza?«

Sie runzelt die Stirn. Die Zähne hat sie fest zusammengebissen. In dem Moment, in dem ich anfange, mir ernsthaft Sorgen zu machen, seufzt sie laut und lässt den Hammer sinken. Sie legt den Meißel auf den Boden und setzt sich auf die Fersen, während sie das Buch mit einer Mischung aus Verwirrung und Wut anstarrt.

»Diese dummen Schließen sind ziemlich stabil«, sagt sie.

»Was?«

»Sie sind stabiler, als sie aussehen. Ich muss sie fünfmal getroffen haben ...«

»Elza, was redest du da? Du hast nicht mal versucht, das Buch aufzubrechen. Du hast einfach nur dagesessen und es angestarrt.«

»Echt jetzt?«

»Ich war hier. Kein Witz.«

»Mir ist irgendwie komisch.«

»Ich glaube nicht, dass du noch mal versuchen solltest, das Buch mit Gewalt zu öffnen. Es hat anscheinend was dagegen.«

Elza greift nach dem Meißel und sucht an der Spitze nach Spuren von Beschädigungen. Als sie keine findet, runzelt sie die Stirn und legt ihn wieder hin. Sie fährt sich mit den Händen durch die Sturmwolke aus schwarzen Haaren.

»Das wird ja immer interessanter«, sagt sie.

Obwohl mich Elzas Ich-weiß-alles-besser-Auftreten fürchterlich nervt, stellt sie sich erheblich geschickter an als ich, als es um Dads Code geht. Nachdem sie eine Weile sehr konzentriert auf die Seiten vor ihr gestarrt hat, geht sie zu ihrem Schreibtisch, holt einen kleinen Make-up-Spiegel und hält ihn seitlich an eine der verschlüsselten Seiten.

»Okay«, sagt Elza, nachdem sie einen Blick in den Spiegel geworfen hat, »das hatte ich mir schon gedacht. Ein Teil der Seite ist in Spiegelschrift. Nicht gerade die sicherste Verschlüsselungsmethode, wenn man etwas geheim halten will. Ich frage mich, warum er sich überhaupt die Mühe gemacht hat.«

Ich beuge mich vor und verdrehe den Kopf, damit ich die Seite im Spiegel sehen kann. Was vorher verkehrt herum geschrieben war, erscheint jetzt richtig herum.

»Warum um alles in der Welt hat er für einen Teil davon Spiegelschrift verwendet? Es ist doch sowieso alles verschlüsselt, oder?«

»Verschlüsselt bis zum Gehtnichtmehr«, erwidert Elza. »Also – was haben die Zahlen zu bedeuten? Sind das Datumsangaben?«

»Könnte sein ... Nein, falsch, als Datum ergibt das keinen Sinn. Sieh dir die Abstände dazwischen an.«

Elza lehnt sich an die Wand. Sie wickelt eine Strähne ihrer schwarzen Haare um den Finger.

»Vielleicht ist es ein Zauberspruch in sich? Zahlenmystik? Einige Zahlen haben eine besondere Bedeutung. Vielleicht, wenn du sie laut sagst?«

»Der Hirte hat nichts gesagt, als er das Buch benutzt hat.«

»Jetzt versuch's einfach, ja? Ich lese dir die Zahlen vor.«

Ich lasse mich vom Bett auf den Boden gleiten und drehe das *Buch der Acht* zu mir herum. Dann fummle ich an den Schließen herum, aber sie lassen sich nicht öffnen. Ich lege eine Hand auf den Einband.

»Sieben«, liest Elza vor, »eine Eins, aber sie ist spiegelverkehrt, vier, drei, aber die Dreien sind alle spiegelverkehrt geschrieben … Okay … sieben, fünf …«

Als ich die Zahlen wiederhole, komme ich mir vor wie ein Roboter mit einer Funktionsstörung.

»Vier, neun, drei spiegelverkehrt, eins, eins …«

»Ich glaube nicht, dass das funktioniert«, sage ich.

»Woher willst du das wissen?«

»Ich glaube einfach nicht, dass das Buch ein Kombinationsschloss hat, für das man mehr als nur ein paar Sekunden braucht, um es zu öffnen. Wie viele Seiten mit Zahlen haben wir?«

Elza setzt sich wieder aufrecht hin und legt den kleinen Spiegel auf die Bettdecke. Sie wühlt sich durch die Seiten mit Notizen, die Dad mir hinterlassen hat.

»Ich glaube, ein paar Hundert.«

»Soll ich die etwa alle aufsagen? Ich glaube nicht, dass es so funktioniert.«

»Ich verstehe, was du meinst. Die Zahlen bedeuten etwas, aber wir wissen nicht, was. Einige davon sind in Spiegelschrift, aber wir wissen nicht, warum. Wir haben ein Buch, das wir nicht öffnen können, das sich jedem Versuch widersetzt, es gewaltsam aufzubrechen. Was haben wir noch ... Okay, auf diesem Blatt hier stehen nicht nur Zahlen. Was ist das?«

Sie hält eine vergilbte Seite in der Hand, auf der Dads Handschrift zu erkennen ist. Das Blatt ist nicht so dicht beschrieben wie einige der anderen Seiten.

I Der Hirte. Führung – Vision – spricht für die Toten
II Der Vasall. Loyalität – Ehre – undankbarer Dienst
III Der Ketzer. Widerspruch – Neinsager – ungeliebt von Gott
IV Der Richter. Vernunft – engstirnig – Pragmatismus
V Das Orakel. Intuition – aufgeschlossen – Prophezeiung
VI Der Gefangene. Begierde – unbändig – hinterhältiger Dieb
VII Der Unschuldige. Frieden – Reinheit – Funke des Seins
VIII Die Furie. Macht – Wut – Feind des Lebens
IX Der Geisterbeschwörer. Kontrolle – Träger der Sigille – öffnet das Tor

»Sagt dir das was?«, fragt sie.

»Na ja, das ist das Gefolge, oder?«

»Naheliegend. Aber geht es dabei um dein Gefolge oder gilt das für jedes Gefolge? Hat es immer einen Hirten, einen Ketzer und so weiter? Es gibt so viel, was ich nicht weiß ...«

»Der Vasall hat mir ein bisschen was erzählt, aber es war nicht viel. Und wer weiß, ob er nicht gelogen hat? Er tut immer so, als wollte er mir helfen, aber ich glaube, er verschweigt eine ganze Menge.«

»Dieser Teil hier ... ›Der Geisterbeschwörer. Kontrolle – Träger der Sigille‹ ... Was bedeutet das? Das bezieht sich auf dich, stimmt's? Du bist das neunte Mitglied des Gefolges. Ihr Herr und Meister. Aber was ist die Sigille?«

»Das Wort habe ich noch nie gehört.«

»Hmm.« Elza steht auf, geht zu ihrem vollgestopften Bücherregal und zieht ganz unten aus einem Jenga-Turm gebundener Bücher ein dickes Lexikon heraus. Sie richtet sich auf, legt das Lexikon auf den Rand ihres Schreibtisches und blättert durch die dünnen, fast transparenten Seiten. »Okay ... Vom lateinischen *sigillum,* Siegel. Symbol eines Zauberers, mit dessen Hilfe er seine Macht ausübt. Das ist ja interessant. In der Notiz deines Vaters steht, dass du ein Siegel tragen sollst. Wo ist dein Siegel?«

Ich greife in meinen Rucksack und hole das Metalletui mit den Ringen heraus. Ich mache es auf und lasse alle neun Ringe auf Elzas Fußboden rollen: goldene Ringe, silberne Ringe, ein Ring aus einem glatten grünen Stein, ein Ring mit einem Löwenkopf, einer mit einem silbernen Totenkopf, ein mit roten Steinen besetzter Ring, einer mit Saphiren. Elza zieht eine Augenbraue hoch.

»Die haben meinem Vater gehört«, erkläre ich. »Er hat sie mir hinterlassen, zusammen mit dem Buch. Könnte es einer davon sein?«

»Sehr wahrscheinlich«, erwidert sie. »Ein Siegel ... auf einem Siegelring sind in der Regel irgendwelche Zeichen eingraviert, damit man ihn in heißes Wachs drücken kann. Siegel mit Tiersymbolen ... vielleicht der Löwe?«

Sie nimmt den Ring mit dem Löwenkopf in die Hand und

dreht ihn hin und her. Dann hält sie ihn sich vors Gesicht und starrt ihn mit zusammengekniffenen Augen an, als würde sie versuchen, hindurchzusehen, etwas zu entdecken, was darin verborgen ist. Sie legt ihn wieder hin.

»Nein, der ist es nicht«, sagt sie.

»Woher weißt du das?«

»Ich weiß es einfach. So was spüre ich. Außerdem wäre es viel zu offensichtlich.«

»Warum bist du so sicher, dass einer der Ringe das Siegel ist?«, frage ich. »Vielleicht muss ich ja alle zusammen tragen. Es sind neun. Einer für jedes Mitglied des Gefolges.«

»Ja, klar. Und einer ist für den Geisterbeschwörer. In der Notiz steht ›Träger der Sigille‹. Singular. Ich glaube, er wollte nicht, dass jemand weiß, welcher Ring das Siegel ist. Wenn er nur einen getragen hätte, wäre es sofort klar gewesen. Aber bei mehreren weiß man es nicht. Ein Blatt versteckt man am besten ...« Ihre Stimme bricht ab. Sie schließt die Augen und hält die Hände über das Häufchen aus Ringen. Dann beißt sie sich auf die Lippe und nimmt einen davon, die Augen immer noch geschlossen.

»In einem Wald«, sagt Elza, als sie die Augen öffnet. Sie hält einen matt schimmernden Silberring mit einem schwarzen Stein in der Hand. »Der ist es«, fährt sie fort. »Ich bin ganz sicher.«

Elza gibt mir den Silberring. Ich wiege ihn in der Hand. Er ist nicht schwerer oder leichter, als man erwarten würde, auch nicht wärmer oder kühler, aber mir fällt auf, dass der schwarze Stein zu einem Achteck geschliffen wurde. Er scheint das Licht in Elzas Zimmer nicht zu reflektieren, sondern zu schlucken. Der Stein sieht völlig schwarz und undurchsichtig aus. Ich stecke das Schmuckstück an den Ringfinger meiner rechten Hand. Obwohl ich mich daran erinnern kann, dass Dads Hände erheblich dicker waren als meine, passt der Ring perfekt.

»Und? Spürst du was?«, fragt sie.

»Eigentlich nicht. Bist du dir wirklich sicher, dass es dieser Ring ist?«

Ich stehe auf, tue so, als würde ich Karate beherrschen, und mache mit der rechten Hand eine schneidende Handbewegung vor Elzas Gesicht.

»Abrakadabra!«, brülle ich.

Sie verzieht nicht mal den Mundwinkel. Was für ein anspruchsvolles Publikum.

»Versuch noch mal, das Buch zu öffnen«, schlägt sie vor.

Ich setze mich wieder hin, das Buch vor mir. Als ich an den Schließen ziehe, springen sie mit einem leisen, scharfen Klicken auf, wie der Mechanismus einer Falle. Das Buch ist noch geschlossen. Elza kniet sich auf den Boden neben mich.

Mit weit aufgerissenen, geradezu strahlenden Augen wickelt sie eine dicke Haarsträhne um ihre Finger.

»Ist dir klar, wie viele Leute jemals einen Blick in dieses Buch geworfen haben?«, fragt sie.

»Nicht viele?«

»Überhaupt nicht viele. Es ist eines der größten Geheimnisse der Welt.«

»Na dann mal los.«

Ich schiebe den Finger unter den vorderen Einband, um

das Buch zu öffnen und die erste Seite zu lesen, als es sich plötzlich von selbst aufschlägt. Die vergilbten, handgeschnittenen Seiten, dünner als Bibelpapier, dünner als jede Haut, wenden sich um, schneller, als meine Augen folgen können, eine Flut von Seiten, die anscheinend niemals enden wird. Ich sehe Text, Zeichnungen und grafische Darstellungen an mir vorbeihuschen und dann kommt das *Buch der Acht* zum Stillstand, offenbar genau in der Mitte. Die beiden Seiten sind leer.

Ich strecke die rechte Hand aus, meine Siegelhand, und blättere eine Seite um. Die nächste Doppelseite ist ebenfalls leer. Ich blättere weiter, immer weiter, aber jedes Mal sehe ich nur leere Seiten ohne jeden Inhalt, die nichts preisgeben.

»Was ist das denn?«, fragt mich Elza.

»Ich habe keine Ahnung!«

Ich blättere die Seiten immer schneller um, dann zehn auf einmal, packe das Buch in meiner Verzweiflung, blättere hundert Seiten auf einmal um und jede einzelne davon ist leer, leer, leer.

Ab da wird der Freitag nicht mehr besser. Das *Buch der Acht* bleibt leer, egal, wie oft wir noch versuchen, es zu lesen. Wir flehen das Buch an, wir erteilen ihm Befehle, wir drohen ihm, aber es nützt alles nichts – wir finden nur leere, vergilbte Seiten. Außerdem scheint es unendlich viele Seiten zu geben. Egal, wie oft ich umblättere, wir sind immer genau in der Mitte des Buches. Ob es eine Halluzination oder eine Art Abwehrmechanismus ist, können wir nicht sagen.

Wir richten unsere Aufmerksamkeit auf Dads verschlüsselte Notizen. Elza trägt mir auf, sie in Klarschrift abzuschreiben, während sie herauszufinden versucht, was die Zahlen bedeuten. Nach ein paar Stunden gehe ich fast die Wände hoch. Wir müssen es mit etwas anderem probieren.

»Ich kann das nicht«, sage ich zu Elza, während ich den Stapel Papiere hinwerfe.

»Du willst doch wohl nicht aufgeben, oder?« Sie starrt mich über den Rand ihrer Lesebrille an.

»Es muss eine andere Möglichkeit geben. Das hier führt zu nichts. Wir versuchen es jetzt seit drei Stunden. Ich kann nicht einfach hier rumsitzen und Zeug abschreiben, während meine Mum ...«

»Und was schlägst du vor?«, fragt sie. »Wir haben das Siegel, das Buch, die Notizen deines Vaters. Das ist alles. Was sollen wir denn noch versuchen?«

»Es muss noch etwas anderes geben ... zum Beispiel ... Berkley! Der Anwalt meines Vaters. Wir könnten mit ihm sprechen.«

»Glaubst du, er weiß etwas über das Buch?«

Ich muss an Mr Berkleys stechende blaue Augen denken, an sein Raubtierlächeln. *Vellum. Dafür haben wir einen Mann in Cumbria.* Er hat etwas gewusst, da bin ich mir sicher. Er hat gewusst, was ich unterschrieben habe.

»Er weiß mit Sicherheit etwas«, sage ich. »Wir gehen zu ihm und fragen ihn. Und ich glaube nicht, dass wir uns die Mühe machen sollten, vorher anzurufen, um einen Termin zu vereinbaren.«

Es regnet, als wir nach Brackford kommen. Elzas roter

Schirm wirft einen rosa Schimmer auf ihr Gesicht. Sie stürmt auf ihren abgenutzten Stiefeln durch die Fußgängerzone und schiebt sich zwischen den Horden von Passanten hindurch. Ham erwürgt sich fast mit seinem Halsband, weil er angesichts so vieler neuer Freunde völlig aus dem Häuschen ist. Ich bin mir nicht sicher, ob es eine gute Idee war, ihn zu Berkley mitzunehmen, aber Elza wollte ihn auf keinen Fall allein im Haus lassen. Wir gehen an einem Schaufenster mit Unmengen von orangefarbenen Plastikkürbissen vorbei, in die ein schwarzes Grinsen geschnitten ist. Ich habe das Gefühl, die Kürbisse lachen mich aus. Halloween ist nächsten Freitag. Wir haben noch eine Woche. Die Vorstellung, dass der Anwalt meines Vaters irgendeinen Rat für uns hat, scheint mir etwas weit hergeholt zu sein, aber ich bin mir sicher, dass er etwas gewusst hat. Ich fahre mit dem Daumen über den Stein in Dads Ring. Ich muss daran denken, wie Berkley gelächelt hat, als er mir das Siegel und das Buch gegeben hat. Er wusste, was es war, ich bin ganz sicher. Er ist die einzige Spur, die wir noch haben.

»Kommst du oft her?«, frage ich Elza.

»Mein Freund hat in Brackford gewohnt, daher war ich an den Wochenenden meistens hier.«

»Du hast einen Freund?«

»Hatte. Vergangenheit. Und tu nicht so überrascht!«

Elza schlägt mir mit ihrer freien Hand ins Gesicht.

»Hey! Ist ja schon gut! Was ist passiert?«

»Er ist im September auf die Uni gegangen. London. Zwei Wochen später sagt er mir, dass er eine andere kennengelernt hat. Und deshalb kann er mich mal und Stephanie aus Leeds kann mich auch mal. Und nein, ich habe sie nicht im Internet gestalkt.«

»Tut mir leid, Elza.«

»Schon okay. Inzwischen bin ich auf der Liebeskummerskala von eins bis zehn nicht mehr bei einer Acht, sondern nur noch bei einer Zwei.«

»Eine Fernbeziehung ist anscheinend nicht so einfach.«

»Sagen wir mal so – es kam nicht ganz unerwartet. Wie ist das eigentlich mit dir und der Prinzessin?«

»Wer?«

»Holiday.«

»Wieso magst du sie eigentlich nicht?«

»Na ja, früher waren wir mal befreundet, ob du's glaubst oder nicht. Und dann sind wir in die Neunte gekommen und plötzlich will sie nichts mehr von mir wissen, hängt nur noch mit Alice rum und erzählt allen, ich sei eine Lesbe, weil ich David Bowie mag. Und einmal haben sich die beiden meinen Holzschnitt von Edgar Allen Poe geschnappt, den ich im Kunstunterricht gemacht habe, und ...«

»Verstehe ...«

»Und die Art, wie sie ihre Haare in der Gegend herumwirft, als würde jeden Moment ein Filmteam in die Schule kommen und anfangen, einen Shampoo-Werbespot zu drehen, und wie sie immer so richtig breit lächelt, als würde sie sich *totaaal* für das interessieren, was man sagt. Sie sieht aus, als hätte sie ein paar Gehirnzellen zu wenig ...«

»So übel ist sie gar nicht«, sage ich, obwohl ich Holiday

eigentlich gar nicht richtig kenne und Elza sie allem Anschein nach besser beurteilen kann als ich. Elza verzieht das Gesicht. »Wie auch immer«, rede ich weiter, »wir sind da. Hier ist es.«

Elza stößt die Doppeltür auf, die sich mit einem leisen Zischen öffnet, und schon stehen wir in der mit viel Marmor und Milchglas ausgestatteten Lobby. Seit Montag hat sich hier nichts geändert. An den Fahrstühlen schieben zwei Plastikbäume Wache. Eine Gruppe alter Buchhalter geht an uns vorbei. Sie starren Ham durch ihre randlosen Brillen an.

»Ich glaube nicht, dass Hunde hier reindürfen«, sagt Elza.

»Tu so, als wärst du blind oder so.«

Einer der Fahrstühle kommt. Ham sieht sich irritiert in der verspiegelten Wand an, dann beschäftigt er sich damit, an Elzas Hand zu knabbern.

»Welcher Stock?«, fragt sie.

»Steht das nicht da neben den Knöpfen?«

»Hier ist kein Berkley & Co.«

»Wie bitte?«

»Sieh dir doch die Beschriftung an: Es gibt Hodge & Ridgescombe, Moebius & Sons, Vostok Incorporated, Goodparley & Orfing, aber kein Berkley & Co. Nirgends.«

»Ich bin sicher, dass wir im richtigen Gebäude sind ... siebter Stock. Was steht bei sieben? Dort war die Kanzlei.«

»In dem Stockwerk ist niemand«, sagt Elza. »Das Schild ist leer.«

Der Fahrstuhl rauscht nach oben. Als Ham leise grummelt, lege ich ihm die Hand auf den Kopf und er beruhigt sich wieder. Gleich darauf öffnen sich die Türen des Fahrstuhls.

Der Empfangsbereich von Berkley & Co. ist verschwunden. Der Schreibtisch der Sekretärin, die mit Leder bezogenen Sitzbänke, der Stapel zerknitterter Zeitschriften. Der Raum besteht nur aus nacktem Beton und Ziegelmauern. Jemand ist gerade dabei, die Holzvertäfelung von den Wänden herunterzureißen. Überall sind große, durchsichtige Plastikplanen aufgehängt, um den Staub einzudämmen, und auf dem Boden liegen Elektrowerkzeuge.

»Sieht aus, als wären sie weg«, sagt Elza.

»Das ist jetzt nicht wahr ...«

Ich verlasse den Fahrstuhl und laufe durch eines der türlosen Löcher in der Wand zu Berkleys Büro. Auch dieser Flur ist völlig leer, an einem Ende liegt ein Stapel Fliesen unter einer Plane. Die Wände seines Büros werden mit Brechstangen heruntergerissen, sodass der Dämmschaum und die Verkabelung dahinter zu sehen sind. Ich werfe einen verzweifelten Blick auf die nackten Ziegelmauern, dann gehe ich zum Eingang zurück. Elza redet mit einem Mann in einer neongelben Weste und Sicherheitsschuhen.

»Eigentlich müsste ich euch melden«, sagt er gerade. »Keine Sicherheitsausrüstung. Und dann auch noch ein Hund. Was soll denn das?«

»Was ist hier passiert?«, fragt Elza.

»Wir renovieren«, erwidert er, während er sich das Gesicht reibt. »Dieses Stockwerk steht schon seit Monaten leer.«

»Aber ich bin doch erst Anfang der Woche hier gewesen! Was ist mit den alten Mietern passiert?«, frage ich den Mann. »Das war mein Anwalt.«

»Woher zum Teufel soll ich das wissen? Ich soll hier renovieren. Fragt unten nach, wenn es so wichtig ist. Und jetzt ab mit euch.«

»Schon gut«, sagt Elza. Wir steigen wieder in den Fahrstuhl.

»Das war jedenfalls ein Reinfall.«

»Du sagst es. Mist.«

»Ich glaub das einfach nicht«, sage ich. »Er ist weg.«

»Bist du *sicher,* dass das ein richtiger Anwalt war?«

»Er hatte ein großes Büro und trug einen teuren Anzug. Nach seiner Zulassung habe ich ihn nicht gefragt. Der Typ eben hat gesagt, dass das Stockwerk schon seit Monaten leer steht …«

»Berkley & Co. muss also irgendwas mit dem Gefolge zu tun haben. Hast du noch andere Mandanten gesehen?«, fragt Elza.

»Nein.«

»Noch ein Indiz dafür, dass dieser Berkley gewusst hat, was los ist. Glaubst du, dass der Hirte ihn dazu angestiftet hat?«

»Zuzutrauen wäre es ihm.«

»Ich finde es merkwürdig, dass du für die Geister unterschreiben musstest«, meint Elza. »Wer hätte gedacht, dass für schwarze Magie so viel Papierkram notwendig ist.«

»Vielleicht ist das so wie bei Vampiren. Man muss sie einladen reinzukommen. Aber ich verstehe nicht, warum der Hirte wollte, dass ich für sie unterschreibe. Alles, was sie wollen, ist die Freiheit.«

»Vielleicht muss es jemanden geben, der ihr Herr und Meister ist, bevor sie sich von ihren Fesseln befreien können«, sagt Elza. »Wenn sie niemanden haben, den sie töten können, würden sie sonst vielleicht für immer unfrei sein. Das wäre genug Motivation dafür, dich in so etwas hineinzuziehen.«

»Klingt logisch. Dann hat Mr Berkley also für den Hirten gearbeitet.«

»Ich glaube, ja.«

Wir unterhalten uns beim Gehen weiter. Elza ist so aufgedreht, dass sie im Laufschritt voranstürmt und sich mit den Ellbogen an Passanten und Geschäftsleuten vorbeidrängt. Es ist fast siebzehn Uhr und die Sturmwolken verfärben sich in der niedrig stehenden Sonne zu einem pflaumenfarbenen Blaurot. Die Straße ist grau, alles in Brackford ist grau, die Leute, ihre Mäntel, die Umrisse der Gebäude, der Dunst aus Nieselregen und Nebel. Wir arbeiten uns zum Stadtzentrum vor, einem gepflasterten Platz mit einem Denkmal für irgendeinen Kriegshelden, das über den Menschenmassen in den Himmel ragt. Zwischen dem Grau und Schwarz sehe ich flüchtig etwas Helles, Schimmerndes, Unirdisches.

»Elza?«

»Was?«

»Sie sind hier.«

»Bist du sicher?«

»Ja! Direkt vor uns. Er ist es.«

Es sieht so aus, als würde der Hirte nicht stehen bleiben, sondern sich wie ein grauenhafter schwarzer Flügel auseinanderfalten. Als er seine Hosenbeine zurechtrückt, fallen mir die kleinen goldenen Schnallen an seinen Stiefeln auf. Er zupft mit einer schimmelweißen Hand an seinem Bart und schneidet eine Grimasse.

»Master Luke, mit Hundetier im Schlepptau. Und das ist bestimmt Miss Moss.«

»Was willst du?«, frage ich.

»Ich will nichts. Ich habe alles, was ich brauche.«

»Du bist also der Hirte«, sagt Elza.

Der Hirte grinst. Seine Zähne sind so regelmäßig und grau wie die Gebäude, die sich um den Platz drängen. Er wirkt heute größe, voller, irgendwie heller als die Lebenden um uns herum. Seine Brillengläser, die beim letzten Mal noch dunkel waren, scheinen heute ein merkwürdiges Licht auszustrahlen. Ham knurrt wie eine Bandsäge und wickelt sich mit angelegten Ohren um Elzas Beine.

»Luke, ich sage dir, dieses Hexenkind vermag dich nicht zu retten.«

»Was weißt du über mich?«, fragt Elza den Hirten.

»Sie spricht«, sagt er. »Die kleine Hexe spricht. Nun gut, so hör mir zu: Ich habe zehn Jahrhunderte lang gelebt und mein Leben im Tode dauert nun schon zehn weitere. Für deine Küchenhexerei braucht es nicht viel, sie ist nur ein billiger Abklatsch der Macht. Wenn du bei Luke bleibst, wirst auch du untergehen.«

»Wenn du so stark bist«, sagt Elza, »warum bin ich dann immer noch hier? Wenn du tatsächlich gewonnen hättest, wären wir beide schon tot, aber wir sind hier. Ich lebe und Luke auch, weil du keinen von uns beiden töten kannst. Und da du dich ja so gut mit Zauberei auskennst, weißt du sicher auch, was das hier ist.«

Sie hält den Hexenstein hoch, damit der Hirte ihn sehen kann.

»Ein wertloses Schmuckstück«, sagt der Hirte, »mehr nicht. An Halloween, wenn die Macht der Toten am größten ist, werden wir dich, Hexenkind, wohl zuerst holen. Dann werden wir ja sehen, ob dir dein Talisman hilft oder nicht.«

Sie stehen sich Auge in Auge gegenüber. Elza bewegt die Hand mit dem Hexenstein, bis er das wächserne Gesicht des Hirten fast berührt. Sie starrt in die leuchtenden Gläser seiner Brille. Die Leute, die über den Platz gehen, weichen uns aus, obwohl es ihnen anscheinend nicht bewusst ist. Der Hirte schüttelt den Kopf.

»Eine wackere Demonstration«, sagt er, »aber ich spüre ihre Angst. Nun gut. Luke, ich bin gekommen, um dir etwas zu sagen. Mein Kollege, der Gefangene, ist zwar alles andere als redselig, aber wenn es notwendig sein sollte, hat er Mittel und Wege, sich verständlich zu machen. Er erwähnte mir gegenüber etwas von einer Party heute Abend? Ein Mädchen? Holiday?«

Ich balle die Fäuste in den Taschen.

»Wage es ja nicht ...«, fange ich an.

»Wir werden kommen«, sagt der Hirte zu mir. »Was ist eine Halloween-Feier ohne Geister? Wir werden im Haus dieses Mädchens namens Simmon erscheinen. Wir werden sehen, wie tapfer ...«

Elza stößt den Hexenstein mitten in das Gesicht des Hirten. Ohne einen Laut explodiert der Geist, er reißt auseinander wie eine Rauchwolke, die von einer Windböe erfasst wird, und ist verschwunden.

Elza atmet tief durch.

»Der Typ ist mir ja so was von auf die Nerven gegangen«, sagt sie.

»Was ist passiert?«, frage ich. »Ist er tatsächlich weg?«

»Fürs Erste, ja. Wie ich schon sagte, schützen Hexensteine vor bösen Geistern. Der Hirte und Wesen wie er können mich nicht berühren, wenn ich ihn trage. Aber wenn man sie damit berührt, gibt es eine Reaktion und sie kommen zu dem Schluss, dass sie woanders sein müssen.«

»Wo?«

»Ich weiß es nicht.« Elza zuckt mit den Schultern. »Irgendwo, das nicht hier ist. Für mich hat das als Erklärung immer gereicht. Du hast gesehen, dass ich vor ihm sicher bin. Und jetzt gehen wir nach Hause.«

Als wir wieder bei Elza sind, haben wir unseren ersten richtigen Streit. Wir sitzen in der Küche, und während der Wasserkocher zischt, zischen wir uns gegenseitig an. Es ist alles meine Schuld. Ich habe den Vertrag für das Gefolge unterschrieben, obwohl ich gewusst habe, dass da etwas nicht stimmt, auch wenn ich nicht wusste, was. Holiday hat keine Ahnung, was hier los ist, sie hat keine Ahnung, in was für Schwierigkeiten ich sie gebracht habe. Die ganze Zeit geht mir die Szene vor der Schule im Kopf herum: Holiday redet mit mir, sie strahlt über das ganze Gesicht, während der zungenlose Gefangene sich grinsend über ihre Schulter beugt und jedes unserer Worte hört.

»Wir wissen doch nicht mal, ob sie *tatsächlich* hingehen«, sagt Elza zum hundertsten Mal.

»Für mich hat sich das ziemlich eindeutig angehört.«

»Das Ganze riecht geradezu nach einer Falle. Die Geister wollen dich von eurem Haus und von hier weglocken.«

»Wenn wir nichts unternehmen, werden sie alle auf der Party umbringen.«

»Das hat der Hirte doch gar nicht gesagt«, widerspricht mir Elza, aber sie klingt nicht sehr überzeugend.

»Wer soll ihn denn aufhalten? Sollten wir die Polizei rufen? Es sind böse Geister. Sie sind gefährlich, das hast du selbst gesagt. Wir müssen etwas tun.«

»Ich weiß«, fährt Elza mich an. »Ich weiß, aber *was?* Was können wir tun? Das Buch ist eine Sackgasse und dieser Berkley hat sich in Luft aufgelöst. Wir haben ein Siegel, von dem du nicht weißt, wie du es benutzen sollst, und einen Hexenstein, der gerade mal so viel Kraft hat, dass meine Sicherheit garantiert ist. Das ist alles. Wie sollen wir ein ganzes Haus voll feiernder, betrunkener Schüler beschützen?«

»Wir bluffen das Gefolge«, sage ich. »Wir nehmen das Buch und das Siegel mit und bluffen.«

»Hast du etwa schon vergessen, dass der Hirte ein toter Geisterbeschwörer ist? Luke, der riecht so was doch schon von Weitem, wie beim ersten Mal. Schwarze Magie schüttelt man nicht einfach so aus dem Ärmel. Man braucht Jahre, sogar Jahrzehnte, bis es funktioniert ...«

»Und was schlägst du vor?«

»Wir bleiben hier und versuchen, den Code zu knacken. Ich bin sicher, dass die Notizen deines Vaters etwas bedeuten, dass die Zahlen einen Sinn ergeben ... Ich brauche einfach mehr Zeit dafür.«

»Den Code knacken? Das ist also dein Plan? Wir wühlen uns durch Dads Papiere? Das hat uns doch überhaupt nicht weitergebracht. Soll ich etwa hier rumsitzen und ein *Buch* anstarren, während alle meine Freunde umgebracht werden?«

»In einer solchen Situation ist Wissen alles ...«

»Weißt du, was? Dir ist es egal, hab ich recht? Du kannst Holiday nicht leiden! Das hast du selbst gesagt, heute. Dir ist es egal, ob sie alle sterben.«

Elza wirft mir einen Blick zu, der Glas zum Schmelzen bringen könnte.

»Natürlich ist es mir nicht egal, ob Holiday Simmon stirbt. Ich helfe dir doch nur, *damit niemand stirbt.«*

»Super. Dann hilf mir. Ich werde auf die Party gehen. Du kannst mitkommen oder hierbleiben.«

Die Küchenuhr an der Wand tickt. Ich sehe zu, wie der Sekundenzeiger sich über das Zifferblatt bewegt, langsam, unaufhaltsam, während die Zeit vergeht wie die hereinbrechende Flut.

Elza wickelt eine Haarsträhne um ihre Finger.

»Ich komme mit«, sagt sie schließlich.

»Echt jetzt?«

»Es ist mit Sicherheit eine Falle. Du bist verrückt, weil du einfach so drauf reinfällst. Ich unterstütze das überhaupt nicht. Ich halte es für leichtsinnig und bin der Meinung, dass es böse enden wird ... Aber mir ist klar, dass ich dich nicht davon abbringen kann. Wir werden eben unser Bestes geben müssen.«

»Okay. Danke.« Ich stehe auf und atme tief durch. Ich habe keine Ahnung, was auf Holidays Party geschehen wird. Wenn ich mit Elza Moss im Schlepptau dort auftauche, wird das bei einigen zwar Stirnrunzeln hervorrufen, aber ich brauche ihre Hilfe.

Beim Essen wechseln wir kaum ein Wort, dann sperren wir Ham in die Küche und verlassen das Haus. Ich trage den Siegelring an meiner rechten Hand und Elza hat das *Buch der Acht* in ihrer Tasche. Es ist schon dunkel und der Towen Crescent wird von Straßenlampen erhellt. Ich kann Rauch von Kaminfeuern riechen. Die Schatten der schwankenden Äste liegen wie Spinnennetze auf der Straße. Im Rinnstein neben dem Gartentor von Elzas Haus hockt eine Kröte, deren schleimige Schultern vom Licht der Natriumlampen orange gefärbt werden. Als sie uns bemerkt, flieht sie mit zuckenden Gliedern über die Straße. Ich stecke die Hände in die Taschen und gehe los, den Kopf eingezogen, weil es so windig ist.

DIE KNUTE

Holiday wohnt ganz oben auf dem Wight Hill, der teuersten Gegend von Dunbarrow, wo sämtliche Rasenflächen so weich und grün sind wie der Filz auf einem Billardtisch. Das Haus ihrer Eltern ist ein auf alt getrimmter Pseudo-Fachwerkbau, dessen Fenster im Erdgeschoss durch eine rautenförmige Bleiverglasung unterteilt sind. Es hat eine Doppelgarage und einen großen Garten davor, in dem lauter kreuzbrave Büsche stehen. Elza geht neben mir, den Kopf eingezogen, tief in ihre zu große Wolljacke vergraben. Ich muss daran denken, wie fehl am Platz sie wirken, wie peinlich das hier werden wird. Vor der pfirsichrosa gestrichenen Haustür verbreitert sich die Einfahrt zu einem Wendekreis. Ich muss die Klingel richtig malträtieren, bis uns jemand bemerkt. Als ich sehe, wie sich hinter der Milchglasscheibe der Tür etwas bewegt, rechne ich einen furchtbaren Moment lang damit, dass der Hirte herauskommen wird, das wächserne Gesicht zu einem Lächeln verzerrt.

Holiday öffnet die Tür. Sie sieht etwas irritiert aus.

»Hallo«, sagt sie.

»Die Party?«

»Ach ja, natürlich«, sagt Holiday. »Du hast Elza mitgebracht?«

»Ähm ... wir haben uns auf dem Weg hierher getroffen.«

»Oh, okay. Wo *warst* du eigentlich die ganze Woche? Ihr wisst aber schon noch, dass es eine Kostümparty ist, oder?«

Holiday, die wie immer atemberaubend aussieht, trägt ein enges schwarzes Kleid, dazu ein Paar Filzohren auf den geglätteten Haaren. Sie hat sich einen Schnurrbart auf die Wangen gemalt. Ich versuche, mich auf unsere Mission zu konzentrieren, auf die Horde böser Geister, die jeden Moment eintreffen kann.

»Hm«, sagt Elza, »das haben wir wohl vergessen.«

Ich rechne es Holiday hoch an, dass ihr Lächeln nur ein ganz kleines bisschen gezwungen aussieht.

»Kommt doch rein. Beide«, sagt sie, während sie meine Hand nimmt und mich ins Haus zieht.

Ich folge ihr in die Küche, die blitzsauber und mit grauen Steinplatten gefliest ist. Auf einem langen Tisch stehen Schüsseln mit Süßigkeiten, Popcorn, große Plastikflaschen mit billigem Cider und Softdrinks. Ich sehe Papierschlangen in Form von Fledermäusen, die an den Vorhangstangen hängen, und einen Kürbis, in den jemand ein Grinsegesicht geschnitzt hat.

»Mum«, sagt Holiday, »was machst du denn hier?«

»Dein Vater hat die Kirschen vergessen. Ist das etwa ein Verbrechen?«

Holidays Mutter lächelt mich und Elza an, damit wir wissen, dass der Witz auch für uns gedacht war. Ich zwinge mich zu einem Grinsen. Elza steht hinter mir, so weit wie möglich von Holiday und ihrer Mutter entfernt, wie es nur irgendwie geht.

»Das ist Luke«, stellt Holiday mich vor. »Elza Moss kennst du ja sicher noch.«

»Hi«, sage ich.

»Danke für die Einladung, Mrs Simmon«, sagt Elza.

Holidays Mutter ist braun gebrannt und dünn und trägt einen cremefarbenen Pulli zu einer ausgewaschenen Jeans. Ihre Haare sind kurz geschnitten und ich glaube, sie sind gefärbt, aber abgesehen davon sieht Mrs Simmon aus, als wäre sie kaum zehn Jahre älter als wir. Gute Gene. Sie strahlt uns beide an.

»Oh, Elza! Wir haben uns ja schon eine Ewigkeit nicht mehr gesehen! Luke, schön, dich endlich kennenzulernen. Holiday hat mir erzählt, dass du gern Rugby spielst.«

»Ja, das stimmt. Ich bin in der Schulmannschaft.«

Genau genommen bin ich diese Woche kein einziges Mal beim Training gewesen, noch ein Opfer, das ich gebracht habe, seit das Gefolge in der Stadt ist. Dafür werde ich heute Abend mit Sicherheit einiges von Mark zu hören bekommen. Schon komisch, wie weit das alles weg ist. Ich dachte, ich würde nicht an Geister glauben, aber so langsam habe ich den Eindruck, als würde ich nicht mehr an mein wirkliches Leben glauben.

»Dafür ist dann ja dein Dad der richtige Ansprechpartner«, sagt Mrs Simmon zu ihrer Tochter.

»Zwing ihn bloß nicht dazu, sich mit Dad zu unterhalten ...«

»Furchtbar, nicht wahr?«, sagt Holidays Mutter. »Wie undankbar manche Kinder doch sind. Keine Angst, Holiday, dein Vater und ich werden uns für die Dauer der Party nicht aus dem Gartenhaus herauswagen. Schließlich möchte ich ja nicht, dass du vor deinen Freunden, ich zitiere, *uncool* aussiehst, hahaha.«

Sie lacht eigentlich nicht, sondern spricht das Geräusch aus, das sie beim Lachen machen würde.

»Mum ...«

»Schon gut, schon gut. Bach, komm mit.«

Holidays Mutter nimmt eine weiße Katze auf den Arm, die ihr die ganze Zeit um die Beine gestrichen sein muss, was mir allerdings erst jetzt auffällt, und geht. Die Kirschen hat sie ganz vergessen. Holiday verzieht das Gesicht.

»Sie *nervt.«*

Ich muss an Mum denken, die regungslos im Dunkeln daliegt, das Gesicht nass vor Schweiß, den Körper kalt wie ein Gletscher, und an die vielen Tage, an denen ich morgens das Haus verlassen habe, um in die Schule zu gehen, abends zurückgekommen bin und sie immer noch an derselben Stelle gesessen hat.

»Sie scheint ganz okay zu sein.«

»Ich glaub einfach nicht, dass sie ... Ich *rede* doch nicht über dich! Ich hab dich einmal *erwähnt,* aber bei ihr hört sich das so an, als wäre ich die Vorsitzende deines Fanclubs oder so!«

»Nichts könnte der Wahrheit ferner sein, was?«

»Hör *auf.* Komm mit, wir sehen uns gerade so eine Schrottsendung an. Willst du ein Bier?«

»Klingt großartig.«

Ich habe nicht die Absicht, auch nur einen einzigen Tropfen zu trinken, aber das werde ich Holiday jetzt nicht erklären. Elza ist an uns vorbeigegangen und starrt aus einem der Fenster am anderen Ende der Küche, wo sie vermutlich den Garten hinter dem Haus im Blick hat. Ich werde nervös, weil ich glaube, dass sie draußen etwas gesehen hat, aber dann dreht sie sich um und zuckt leicht mit den Schultern. Von der eisigen Kälte, die das Gefolge begleitet, spüre ich nichts, daher sind wir fürs Erste wohl sicher.

Holiday drückt mir ein Bier in die Hand.

»Kann ich dir was anbieten?«, fragt sie Elza.

»Ich trinke heute Abend nichts«, erwidert Elza.

»Oh«, sagt Holiday, »machst du eine Detox-Kur?«

»Nein. Ich hab mir nur gedacht, was wäre, wenn heute Abend etwas ganz Furchtbares passiert und ich betrunken bin? Dann wäre ich doch gar nicht in der Lage, etwas dagegen zu tun.« Elza wirft mir einen Blick zu, der mich an einen Vulkan erinnert.

Holiday, die entweder eine glänzende Schauspielerin oder tatsächlich das netteste Mädchen der Welt ist, scheint ernsthaft darüber nachzudenken. »Ja klar«, sagt sie. »Ich hab auch manchmal Angst.«

Ich trinke nicht wirklich, forme ich hinter Holidays Rücken lautlos mit den Lippen, während ich Elza ansehe, *benimm dich normaler.*

»Ich glaube, die einzige vernünftige Art zu leben«, sagt Elza zu Holiday, »ist ängstlich.«

Ich stehe in der Küche meiner Angebeteten, warte auf die Ankunft einer Horde böser Geister, höre Elza und Holiday zu, die beide ganz klare Anwärter auf den Preis für die schrägste Unterhaltung des Jahres sind, und beschließe, dass ich jetzt doch etwas zu trinken brauche.

Das Wohnzimmer ist doppelt so groß wie die Küche und komplett in Weiß- und Cremetönen eingerichtet. An einem Ende hängt ein riesiger Plasmafernseher an der Wand und im Kamin brennt ein richtiges Holzfeuer, das hinter einem schwarzen Gitter vor sich hin knistert. Bis jetzt ist die Party noch nicht so richtig angelaufen. Es sind nur ein paar der beliebtesten Mädchen aus der Elften da, verkleidet als Katzen, Krankenschwestern, Disney-Prinzessinnen. Alle heben den Kopf und sehen mich, Holiday und Elza an, als wir reinkommen. Ich fühle mich wie auf dem Präsentierteller oder wie ein Show-Pony, das Holiday den Richtern vorstellt. Elza hingegen wird betrachtet, als würde sie bis zum Hals in einem Ameisenhaufen stecken. Keine von Holidays Freundinnen sagt etwas, aber ich kann ihre Gesichter sehen und die verstohlenen Blicke, die sie sich zuwerfen: Verachtung, Schock, Belustigung. Als würde man einer Gruppe sadistischer Computer bei der Kommunikation über WLAN zusehen. Ich tu so, als würde ich es nicht bemerken, und setze mich mit Holiday zusammen auf das größte Sofa, direkt gegenüber vom Fernseher. Elza stellt sich an die Wand am hinteren Ende des Raums und starrt auf ihre Stiefel.

»Wir haben uns gerade diese total lächerliche Fernsehshow angesehen«, sagt Holiday. »*Nightwatch*. Sie wiederholen gerade alle Folgen, weil bald Halloween ist. Hast du die schon mal gesehen?«

Autsch.

»Nein, noch nie«, antworte ich.

»Die ist *so* cool«, sagt Holiday. »Der Typ, der das Ganze moderiert, ist ein totaler Spinner. Er heißt Dr. Manchett ...«

»Wir sind nicht verwandt«, sage ich mit einem gezwungenen Grinsen.

»Ich habe gehört, dass er gerade gestorben ist«, sagt eine von Holidays Freundinnen.

»Ja, das war doch neulich in den Nachrichten«, sagt eine andere.

»Echt jetzt?«, frage ich.

Der Bildschirm ist dunkel. Ich kann Sterne sehen und schwarze Umrisse von Bäumen vor schwarzem Hintergrund. Das Knirschen von Schritten.

»Alles in Ordnung mit dir?«, flüstert Holiday.

»Ja klar«, sage ich.

»Du bist völlig verkrampft. Hast du etwa Angst?« Sie grinst.

»Als wenn ich bei so was Angst bekommen würde.«

Als ein Gesicht auf dem Bildschirm erscheint, wird schnell klar, dass ich völlig falschliege. Haare, die über einen schimmernden Kopf nach hinten fallen, noch mehr Haare, die wie ein ungepflegter Rasen auf Wangen und Kinn wachsen. Ich bin heilfroh, dass ich mehr von Mums genetischem Material geerbt habe als von Dads. Er trägt ein neongrünes Hemd und wird aus kurzer Entfernung von einer starken weißen Lampe angestrahlt, was ihn aussehen lässt, als wäre er einbalsamiert.

»In all meinen Jahren als Erforscher des Paranormalen«,

sagt er, »habe ich meines Wissens nach keinen Fall wie diesen erlebt. Was Sie jetzt sehen werden, ist verstörend und könnte dazu führen, dass Sie alles infrage stellen, was Sie bis jetzt über das Leben … und den Tod zu wissen glaubten.«

Der Vorspann läuft ab. Er wirkt ziemlich dilettantisch und ich frage mich, wie groß Dads Budget war. Die Eröffnungsszene besteht wohl aus Archivmaterial von Wäldern und Schlössern, das mit ein paar Nachtaufnahmen von Gewölbekellern und Burgverliesen gemixt wurde. Die Musik ist leise und bedrohlich, wird gelegentlich aber lauter, wenn die Kamera auf einen Vollmond oder einen finsteren, leeren Durchgang schwenkt. Schließlich bleibt das Bild bei der Nachtaufnahme eines auf der Erde liegenden Skeletts stehen, dann erscheint *Nightwatch* in giftgrünen, verschnörkelten Buchstaben, begleitet von einem gellenden Schrei.

Szenenwechsel. Es ist Tag, bleigrauer Himmel. Gefilmt wird von einem Fahrzeug aus, das in einem Wald unterwegs ist. Die Vegetation wirkt trist und herbstlich. Die Kamera gleitet durch eine Straßenkurve, dann sehen wir einen gedrungenen Steinbau, der mitten auf einem verwahrlosten Rasen steht. Hohe Bäume neigen sich über das Haus und bilden mit ihren Kronen ein zweites Dach.

»Das ist Coldstane Rectory«, sagt der Sprecher. »Das Gebäude stammt aus dem achtzehnten Jahrhundert und seit über zweihundert Jahren soll es dort spuken. Der jetzige Besitzer Michael Aulder war der Meinung, das ländlich gelegene Haus sei das perfekte Heim für seine Familie. Michael sagt, er habe nie an Geister geglaubt, doch nach dem Kauf des ehemaligen Pfarrhauses hat Familie Aulder ihre Meinung geändert. Bitte beachten Sie, dass das gesamte Filmmaterial, das Sie heute Abend sehen werden, echt ist. Nichts wurde vorgetäuscht und es werden auch keine Spezialeffekte benutzt. Die in dieser Dokumentation gezeigten Personen sind keine Schauspieler.«

Mr Aulder hat ein kantiges Gesicht und volles graues Haar. Über seinem Bauch spannt sich ein weißes Oxford-Hemd. Er steht in gleißend hellem Sonnenlicht, unter einem weiten blauen Himmel. Es ist Sommer, ein auffallender Kontrast zu den vorher gezeigten Aufnahmen.

»Natürlich hat man uns erzählt, dass es dort spukt«, sagt Mr Aulder. »Wir kannten das Gerede. Ich habe nicht auf die Leute gehört. Ich habe nie an so etwas geglaubt, an Geister und diesen ganzen Kram.« Er lacht und zeigt dabei seine Zähne. »Jetzt denke ich anders.«

»Familie Aulder lebte etwas mehr als einen Monat auf dem Anwesen, als die übersinnlichen Phänomene begannen«, sagt der Sprecher, »vorzugsweise um drei Uhr morgens – der traditionellen Geisterstunde.«

Schnitt zu Mrs Aulder, blond, rundes Gesicht, gelbes Kleid. Sie steht in der Küche, vor einem Kupferkessel und einem grünen Aga-Herd. Sie ist nervös und vermeidet es, in die Kamera zu sehen.

»Zuerst dachte ich ja, es wären Kinder«, sagt sie, »die uns einen Streich spielen. Das war schon schlimm genug. Wir hörten Geräusche, auf dem Dachboden und draußen im Garten. Unsere Tochter, sie ist erst sechs, hatte solche

Angst. Sie wollte wieder in unser altes Haus zurück. Mein Mann dachte, es wären Ratten.«

Schnitt zu Mr Aulder. »Um ehrlich zu sein, ganz am Anfang habe ich das Ganze einfach verschlafen. Ich arbeite viel und habe auch noch einen guten Schlaf. Ich dachte, sie bildet sich das alles nur ein.«

Mrs Aulder: »Michael hat es erst ernst genommen, als es damit losging, dass sich Gegenstände bewegt haben.«

»Was für Gegenstände?«, fragt eine Stimme aus dem Off.

»Alles.« Sie schluckt schwer.

Schnitt zu einer Außenaufnahme des Pfarrhauses. Es ist wieder Herbst. Zwei weiße Transporter fahren über die Kieseinfahrt auf das Gebäude zu.

»Familie Aulder hat seit dem Sommer keine ruhige Nacht mehr gehabt«, sagt der Sprecher. »Unnatürliche Geräusche, Poltergeistaktivitäten, Ektoplasma, das aus den Wänden sickert, Nahrungsmittel im Haus, die innerhalb von Stunden nach dem Kauf verderben, Massen von Werbepost, düstere Gestalten, die nachts durch den Garten schleichen, Kugeln aus spiritueller Energie, die das Weihnachtsessen gestört haben, und bei einem denkwürdigen Ereignis ist sogar *Blut* aus dem Fernseher getropft.«

»Ich glaube, das war die Erscheinung, die mich am meisten beunruhigt hat«, sagt Mr Aulder in seinem sonnendurchfluteten Garten. »Ich war gerade dabei, mir die Nachrichten anzusehen, als das Bild plötzlich immer dunkler wurde. Ich bin aufgestanden, um die Helligkeit einzustellen, und da habe ich dann entdeckt, dass eine zähe Flüssigkeit am Plasmabildschirm herunterläuft. Als ich die Hand draufgelegt habe, ist mir klar geworden, dass es tatsächlich Blut war.«

»Und nach diesem Vorfall haben Sie beschlossen, das Team von *Nightwatch* um Hilfe zu bitten?«

»Ja. Ja, genau. So kann ich einfach nicht mehr leben.«

Schnitt zum Transporter, bei dem eine Tür aufgeht. In Großaufnahme werden zwei orangefarbene Schuhe gezeigt, die aussteigen und auf den Kies der Einfahrt treten.

»Dr. Horatio Manchett ist Großbritanniens angesehenster Experte für übersinnliche Phänomene«, verkündet die Stimme aus dem Off, »und hat über hundert Spukhäuser erfolgreich von Geistern befreit.«

»Dr. Manchett besitzt Großbritanniens geschmackloseste Schuhsammlung«, sage ich, »und hat vor, in naher Zukunft noch erheblich mehr extravagante Schuhe zu kaufen.«

»Sei ruhig«, zischt Holiday kichernd.

Jetzt ist Dad auf dem Bildschirm zu sehen, in einem dunkelroten Anzug. In einer seiner beringten Hände hält er sein goldenes Amulett und lässt es hin und her schwingen, während er mit den Aulders redet.

»Und das hat Ihnen Angst gemacht?«

»Und wie«, sagt Mrs Aulder.

»Allem Anschein nach«, sagt Dad, während er sich zur Kamera dreht, »macht diese Familie ein übersinnliches Ereignis größeren Ausmaßes durch. Wir werden jetzt erst einmal einen Blick ins Haus werfen, zur ersten Orientierung sozusagen, und sehen, was passiert. Küche und Wohnzimmer sind für uns von besonderem Interesse, da in diesen Räumen Familie Aulder zufolge die stärkste Aktivität aufgetreten ist.«

Dad winkt dem Kameramann, der ihm folgt, als er durch die niedrige, quadratische Tür und von dort in die Küche geht.

»Ein sehr schönes historisches Gebäude«, stellt Dad fest, »das von Familie Aulder wirklich vorbildlich restauriert wurde. Die Frage ist nun – werden wir hier irgendeine Präsenz spüren?«

Die Aulders stehen da und sehen nervös zu, wie Dad in seinem knallbunten Anzug durch die Küche stolziert, einen Schrank nach dem anderen öffnet und sein Amulett pendeln lässt. Als er unter der Spüle herumkramt und die beiden fragt, ob sie möglicherweise Auren im Haus bemerkt haben, entdecke ich in einer Ecke des Raums eine Gestalt. Eine Frau mit blassem Gesicht, die einfach nur dasteht und meinen Dad verwirrt anstarrt. Die Aulders und auch Holiday und ihre Freundinnen, die mit mir zusammen im Wohnzimmer sitzen, scheinen sie gar nicht zu sehen. Ich bin total durcheinander. Man liest ja alles Mögliche über Geister, die auf Fotos auftauchen, aber jetzt denke ich zum ersten Mal darüber nach. Geben sie so eine Art Energie ab, die außerhalb des sichtbaren Spektrums liegt? Wie ist es möglich, dass Kameras diese Energie aufzeichnen? Ich muss daran denken, was der Vasall gesagt hat, als ich ihn zum ersten Mal gefragt habe, wie das Leben nach dem Tod aussieht. *Über solche Fragen haben sich Menschen mit erheblich mehr Verstand als du oder ich ihr Leben lang den Kopf zerbrochen und sind doch zu keinem Ergebnis gekommen.* Einiges davon werde ich wohl nie verstehen.

»Vielleicht sollten wir versuchen, die Geister direkt anzusprechen«, sagt Dad in die Kamera, »und herausfinden, wie viele es sind und was sie von diesen Leuten wollen.«

»Wie sollen wir das denn machen?«, fragt Mrs Aulder nervös.

»Sie reagieren häufig auf eine selbstsichere Stimme«, erklärt Dad. »Sind Geister in diesem Haus?«

Nichts.

»Ich sagte«, brüllt er, »sind Geister in diesem Haus? Wenn jemand hier ist, so soll er sich jetzt zeigen!«

Dad hebt die Hände und macht eine Geste. Als ich den Siegelring an einem seiner Finger bemerke, stecke ich schnell meine rechte Hand in die Tasche. Wenn jemandem auffällt, dass wir den gleichen Nachnamen und den gleichen Ring tragen, würde das vermutlich zu ein paar unangenehmen Fragen führen.

»Zeigt euch«, ruft Dad. Plötzlich kommen der Richter und der Gefangene durch eine der Küchenwände. Der Gefangene packt den Geist der Frau an den Haaren und zerrt ihn hinaus, durch die Wand an der gegenüberliegenden Seite. Bevor ich darüber nachdenken kann, was da passiert, sind sie auch schon verschwunden. Dann tritt der Richter mit aller Kraft gegen den Herd.

Holiday zuckt zusammen und krallt sich wie ein Schraubstock in mein Bein.

»Hast du das gehört?«, fragt sie.

»Das war doch nur ein Knall. So was schneiden sie später rein.«

»Das war ein *Geist*. Jetzt sei doch kein Spielverderber!«

Die anderen Mädchen lachen und kreischen.

»Sag mir, was du willst«, ruft Dad in der Küche des Pfarrhauses aus, »dann kannst du in Frieden gehen.«

Der Richter marschiert zur Arbeitsplatte, nimmt sich einen schmutzigen Topf und hebt ihn hoch. Als der Kameramann das bemerkt, schnappt er hörbar nach Luft und richtet seine Kamera auf den in der Luft schwebenden Topf.

»Ähm, Dr. M.«, sagt er, »am Spülbecken.« Der Satz stand mit Sicherheit nicht im Drehbuch.

»Wir können uns das leicht machen oder schwer«, sagt Dad und dreht sich zum Richter um. »Entweder du redest mit mir oder ich werde dich von diesem Ort vertreiben.«

Der Richter verdreht genervt die Augen und wirft den Topf an die Wand.

Holiday und ihre Freundinnen kreischen.

»Ich weiß nicht, was ich davon halten soll«, sagt der Kameramann. »Deckt das die Versicherung?«

»Alles in Ordnung«, sagt Dad. »Kein Grund zur Panik.«

Der Richter greift sich ein Messer und fuchtelt damit herum. Mrs Aulder verfällt in Schnappatmung.

»Vielleicht sollten wir jetzt besser alle nach draußen gehen«, sagt Dad, der sich zwischen das in der Luft schwebende Messer und das Ehepaar Aulder stellt. »Wir gehen nach draußen und halten einen Moment inne. Ich glaube, ich weiß jetzt, welches Ausmaß der Spuk hat: Hier ist definitiv eine feindselige Präsenz.«

Die Kameraleute lassen sich das nicht zweimal sagen und fallen fast übereinander, als sie aus dem Haus hinaus in das herbstliche Tageslicht rennen. Dieser Teil wurde mit Sicherheit nicht vorher geprobt und bei der überstürzten Flucht sind mehrere Mitglieder des Teams zu sehen, unter anderem der Tonmann. Die Aulders gesellen sich im Laufschritt zu dem Kamerateam auf ihrem Rasen. Dad kommt zuletzt, er verstaut sein Amulett in einer Tasche seines Anzugs, als er zu ihnen hinübergeht. Der Richter schleicht sich nach ihm aus dem Haus und zündet sich eine Zigarette an. Ich vermute mal, Dad hat dem Kamerateam verschwiegen, dass die Geister echt sind. In der Show gibt es zwar keine lebenden Schauspieler, dafür aber jede Menge tote.

Im Hintergrund sehe ich, wie der Gefangene auf den Wald hinter dem Haus zugeht. Er schleift den Geist der Frau – es ist vermutlich der, der die Aulders die ganze Zeit erschreckt hat – an den Haaren hinter sich her. Während Dad versucht, Mrs Aulder zu beruhigen, beobachte ich die beiden Geister im Hintergrund. Als sie die Baumgrenze erreichen, bemerke ich für einen kurzen Moment noch etwas anderes, etwas, das einem zuckenden Schatten gleicht, Dunkelheit, die hinter einem Baum hervorkriecht und den Hausgeist des Pfarrhauses verschlingt. Mir sträuben sich die Nackenhaare, doch die Kamera schwenkt zur Seite, bevor ich noch mehr erkennen kann. Ich sehe mich nach Elza um, weil ich wissen will, ob sie es auch mitbekommen hat, aber sie ist nicht mehr im Wohnzimmer.

In der nächsten Szene sitzen Dad und Mrs Aulder im Wohnzimmer und führen so eine Art Séance durch, bei der sie versuchen, sich mit den Geistern in Verbindung zu setzen und herauszufinden, wie viele es sind, damit sie sie vertreiben können. Der Richter klopft ein paarmal auf Tisch und Wände und dann kommt der Gefangene durch die Wand und fängt an, mit seinen vernarbten Händen über den Körper von Mrs Aulder zu fahren, wobei er leise gurgelt. Mir wird schlecht.

»Oh, ich spüre ...«, keucht sie. »Ich kann etwas spüren. Oh, nein. Oh, ich bin gerade ... er ist so wütend. Sie sind so wütend, so voller Hass.«

Der Höhepunkt der Show ist ein mitternächtlicher Exorzismus von Coldstane Rectory, mit Nachtsichtkameras, Wärmefühlern und etwas, das Spektralleser genannt wird, aber einem Geigerzähler mit ein paar zusätzlichen verlöteten Teilen verdammt ähnlich sieht. Mein Vater, der ein langes violettes Gewand trägt, murmelt etwas vor sich hin, verbrennt diverse Kräuter und fuchtelt mit einem Henkelkreuz herum, während ihm das Kamerateam von Raum zu Raum folgt. Der Richter tritt mit den Füßen gegen diverse Gegenstände und wirft mit Möbeln um sich, wobei er hin und wieder sein Stichwort verpasst, was ich ganz witzig finde. Der Vasall und der Ketzer legen Gastauftritte hin, damit die Wärmesensoren etwas zu tun haben; sie gehen durch die Wände und stöhnen die ganze Zeit. Auf dem Höhepunkt der Geisteraustreibung schaltet jemand sämtliche Lampen im Pfarrhaus aus, dann erscheint der Hirte selbst, umgeben von grünem Feuer, für das man kein zweites Gesicht braucht, um es zu sehen. Holiday und ihre Freundinnen kreischen los.

»Luke«, sagt Holiday, »hast du das gesehen?«

»Das ist eine Computeranimation«, sage ich.

Jetzt kommt der Abspann, Leuchtbuchstaben vor dem Hintergrund einer mondlosen Nacht. Ein kurzer Text informiert die Zuschauer, dass die Aulders nach der Show nicht, wie ursprünglich geplant, aus dem Haus ausgezogen sind und keine weiteren übersinnlichen Phänomene erlebt haben. Die Geisteraustreibung war erfolgreich.

Ich bin völlig verwirrt. Dad hat furchterregende Geister von den Toten auferstehen lassen, damit er mit ihrer Hilfe Gespenster vertreiben konnte? Wäre es nicht einfacher gewesen, so etwas einfach vorzutäuschen? Und was geschah eigentlich mit dem Hausgeist, der in Coldstane Rectory rumgespukt hatte? Wo ging die Frau hin? Was war das für ein zuckender Schatten, der an der Baumgrenze über sie herfiel?

War das Dads Dämon?

»Und? Glaubt ihr an Geister?«, fragt eine von Holidays Freundinnen.

»Nachdem ich das gesehen habe«, sagt Holiday, »bin ich mir nicht mehr so sicher. Das war bis jetzt die unheimlichste Folge.«

»Als das Messer so in der Luft geschwebt ist ...«

»Das meint ihr jetzt nicht im Ernst, oder?«, sage ich. »Das waren die schlechtesten Spezialeffekte, die ich je gesehen habe. Da konnte man ja überall die Fäden sehen.«

»Du bist so ein Zyniker«, sagt Holiday und boxt mich auf den Arm.

Ich grinse und zucke mit den Schultern und dann sehen wir uns eine Realityshow an, in der es um Leute mit künstlicher Bräune geht, die sich die ganze Zeit gegenseitig anbrüllen. Sie wohnen alle in einem Haus am Strand und es ist die ganze Zeit sonnig und warm. Ich weiß immer noch nicht, wo Elza geblieben ist. Ich habe keine Ahnung, was sie macht, ob sie den Rest des Hauses auskundschaftet oder so was in der Art. Ich würde sie gern fragen, was sie von Dads Show hält, ob sie der Meinung ist, dass uns irgendwas daraus weiterhilft. Wir hätten uns sowieso nicht trennen sollen; das Gefolge kann jeden Moment auftauchen und dann brauche ich das Buch. Holiday drückt ihr Bein gegen meines und am liebsten würde ich mich jetzt einfach nur entspannen und den Abend genießen. Die braun gebrannten Leute im Fernseher streiten sich in einer sonnendurchfluteten Küche. Es sieht nicht so aus, als würden sie jemals darüber nachdenken, tot zu sein.

Um 22.30 Uhr ist es bei Holiday rappelvoll. Jeder, der in unserer Klasse etwas auf sich hält, tanzt bei ihr im Wohnzimmer oder mixt in der Küche Drinks. Mark und Kirk sind gekommen, mit der Rugbymannschaft im Schlepptau. Sie haben mich im Garten umzingelt und heulen wie Indianer beim Kriegstanz. Ich halte die Wodkaflasche umklammert, die sie mir in die Hand gedrückt haben. Jetzt, wo sie aufgetaucht sind, kann ich Elza schlecht suchen. Dabei ist das Gefolge vielleicht schon hier, aber das kann ich ja keinem erklären. Ich trinke nur einen winzigen Schluck, um nicht aufzufallen, und gebe die Flasche weiter. Der Alkohol brennt in Nase und Kehle. Ich muss husten. Kirk packt mich, zieht mich aus dem Kreis und schleift mich in eine Ecke des Gartens. Er ist als Superman verkleidet.

»Manchett, wo warst du diese Woche?«, will er wissen.

»Ähm. Na ja. Meine Mutter ist krank. Ich war zu Hause.«

»Schon wieder Kopfschmerzen?«, fragt Mark. Mark ist Captain America. Sein Schild ist ein bemalter Mülltonnendeckel.

»Ja. Da muss ich greifbar sein.«

Hinter uns brüllt der Trinkkreis so laut, dass ich mein eigenes Wort kaum verstehe. Jeden Augenblick rechne ich damit, unter den Besoffenen einen Geist auftauchen zu sehen, die eisige Kälte zu spüren. Der Wodka verbessert meine Stimmung nicht gerade.

Mir wird ganz schlecht.

»Du brauchst Hilfe«, sagt Kirk. »Besorg dir ein paar Pfleger. Du kannst dich nicht allein um sie kümmern.«

»Bei mir ist wirklich alles in Ordnung, Leute. Danke.«

»Nur dass du diese Woche kein einziges Mal beim Training warst«, sagt Mark.

»Ähm, tut mir leid, Alter. Echt. Ich habe einfach keinen Kopf dafür.«

Ich versuche ein Lächeln. Meine Kumpel wirken nicht gerade überzeugt.

»Du musst das wieder auf die Reihe kriegen«, sagt Mark. »Und zwar bald. Der Trainer dreht schon fast durch wegen dir.«

»Geht's dir wirklich gut?«, fragt Kirk. »Du siehst echt übel aus, Alter. Wo ist dein Kostüm?«

»Ähm, vergessen.«

»Alice sagt, du bist mit Elza Moss gekommen?«, fragt Mark.

»Wir hatten nur den gleichen Weg«, sage ich. »Ich kenne sie kaum.«

»Alice meint, du hast gestern vor der Schule mit ihr geredet«, sagt er grinsend. »Sie meint, du hast ein großes Geheimnis darum gemacht.«

Wenn ich Alice Waltham erwische, drehe ich ihr den Hals um. Ich lache gezwungen.

»Elza wollte nur eine Zigarette von mir«, sage ich.

»Du alter Fuchs.« Kirk lacht. »Ich weiß, was läuft, Luke. Du willst was von Elza.«

»Das muss dir doch nicht peinlich sein«, sagt Mark. »Man muss nehmen, was man kriegen kann.«

»Hat sie dir schon ein Gedicht geschrieben?«, fragt Kirk.

»Ich muss pinkeln, Leute«, sage ich mit eingefrorenem Grinsen und gehe zu Holidays Haus zurück. Hinter mir stimmen die Rugbyspieler im Chor »Manchett und Elza, verliebt, verlobt, verheiratet« an. Wir ziehen uns ständig gegenseitig auf, aber heute Abend bin ich ganz und gar nicht in der Stimmung dafür. Wenn die wüssten. Elza riskiert alles für mich, davon könnten sich meine Kumpels eine Scheibe abschneiden.

Ich gehe wieder ins Haus. In Esszimmer und Küche drängen sich Leute, von denen die Hälfte in die Klasse unter uns geht und noch nicht einmal verkleidet ist, Trainingsanzüge und Sportschuhe mit Neonschuhbändern sind offenbar Verkleidung genug. Vorne im Haus dröhnen jetzt Hip-Hop-Videos aus dem Fernseher, nichts mehr mit *Nightwatch*. Elza sitzt unten auf der Treppe. Sie starrt ins Leere, trübsinniger denn je.

»Alles okay?«, frage ich.

»Ich kann gar nicht genug klagen, danke.«

»Wo bist du vorhin so plötzlich hin?«

»Ich musste dringend eine rauchen.«

»Vom Gefolge keine Spur?«

Sie zuckt die Achseln. Ich setze mich neben sie.

»Glaubst du, die kommen wirklich?«, frage ich.

»Allmählich freue ich mich schon fast darauf. Ich stehe seit zwei Stunden allein hier herum und höre mir die dümmsten Gespräche der Welt an, sofern sie nicht von der schlechtesten Musik der Welt übertönt werden. Ganz zu schweigen davon, dass mich jeder anglotzt, als hätte ich mich heute Morgen mit Jauche besprüht, statt zu duschen.«

»Ich bin auch nicht zum Spaß hier.«

»Wie kannst du mit diesen Leuten befreundet sein? Einer hat mir gesagt, ich soll mein Halloween-Kostüm ausziehen. Wir sind auf einer *Halloween-Kostümparty*. Reicht es nicht, wenn ich mir die restlichen dreihundertvierundsechzig Tage im Jahr diesen Mist anhören muss?«

»Wir sind hier, weil das Gefolge ...«

»Aber du hast dir trotzdem ein paar mit deinen Rugbykumpels genehmigt.«

»Weil ich mich so normal wie möglich benehmen will. Ich will nicht auffallen, klar? Ich kann ja schlecht erklären, was läuft.«

»Ja. Schon okay. Ich kann's einfach nicht erwarten, dass wir mit der Schule fertig sind und ich nach Brackford oder so an die Uni kann. Ganz ehrlich – ahhh!«

Elza schreit, als hätte sie sich verbrüht, und springt auf.

Rote Flüssigkeit läuft ihr über das Gesicht und ich greife nach ihr, denke, *sie blutet, die Geister sind hier, der Hirte* ... Und dann höre ich besoffenes menschliches Gelächter über uns. Alice Waltham und ein anderes Mädchen, das ich nicht kenne, stehen im oberen Stock und sehen auf uns herunter. Alice hält ein leeres Weinglas in der Hand.

»Tut mir leid, Elza«, sagt sie. »Ist mir einfach aus der Hand gerutscht.«

Elza starrt die beiden feixenden Mädchen oben an, während Wein in ihre dunkle Haarwolke sickert, Wein von ihren Schultern auf den cremefarbenen Teppich tropft. Um sie herum bilden sich rosa Flecken. Ich merke, dass meine Hand auf Elzas Hüfte liegt. Sie bebt vor Wut, wie eine Kettensäge, die auf Touren kommt.

»Geh dich mal waschen, du Schwein«, sagt das andere Mädchen.

Elza öffnet den Mund und ich denke, jetzt schreit sie los, aber stattdessen flüstert sie, so leise, dass nur ich es hören kann.

»Ich war hier, um dich zu retten.«

Sie reißt sich los und rennt in die Küche, zur Tür. Ich hinterher, durch das Gedränge der Leute, vorbei am Tisch mit den grinsenden Kürbislaternen, durch die Tür nach draußen, ihre Stiefel knirschen auf dem Kies.

»Elza!«

»Ich gehe nach Hause«, sagt sie.

»Komm schon, bitte – ich brauche deine Hilfe ...«

»Womit? Wir haben keinen Plan. Ich bin mit Wein vollgekleckert. Ich sitze nicht noch eine Stunde in Holidays

Märchenschloss herum, lasse mich mit Drinks übergießen und warte darauf, dass Geister auftauchen und mich umbringen. Ich gehe nach Hause.«

Sie holt das *Buch der Acht* aus ihrem Rucksack, drückt es mir in die Hand, dreht sich ohne ein weiteres Wort um und verschwindet in der Dunkelheit. Ich sehe nur noch ihren Rücken. Das Klappern ihrer Stiefelabsätze wird leiser und verstummt schließlich ganz. Die Nacht ist kalt und klar, mit Sternen gesprenkelt wie eine glatte schwarze Leinwand voller weißer Farbspritzer. Ich warte, dass Elza zurückkommt, aber das tut sie nicht und nach einer Weile gehe ich zurück zum Haus.

Holiday höchstpersönlich steht angestrahlt vom Küchenlicht in der Eingangstür, die Katzenohren hat sie immer noch auf dem Kopf. Aus dem Haus dringen Musik und Gelächter, ansonsten ist die Straße still. Ein paar Schritte vor der rosa Eingangstür bleibe ich stehen.

»Hallo«, sagt sie.

»Hi.«

»Jemand hat gesagt, du bist schon weg.«

»Ich bin wieder da.«

»Alles in Ordnung?«, fragt sie.

»Nicht wirklich.«

»Willst du darüber reden?«

»Ich wüsste gar nicht, wo ich anfangen soll.«

Holiday öffnet eine weiße Tür, an der ein goldenes H hängt. Ihr Zimmer ist dunkel, bis auf eine Lichterkette in Blau und Pink, die sie um die Pfosten ihres Himmelbetts geschlungen hat. Ihr Haar ist durchwoben von ihrem kühlen Licht. Unten wummert die Musik wie eine heraufziehende Kopfschmerzattacke.

»Irgendwer hat echt Rotwein auf den Teppichboden im Flur verschüttet«, sagt Holiday. »Überall Flecken! Dad wollte uns erst gar keinen Alkohol trinken lassen ... Hab ich mir doch gedacht, dass irgendwer es immer auf die Spitze treiben muss.«

»Das war Alice.«

»Machst du Witze? Diese ... die hat sich gerade bei uns im Bad übergeben wie ein Springbrunnen. Ich musste sie bei meinem Bruder ins Bett stecken. Nur gut, dass er nicht da ist.«

»Sie hat Elza mit Wein übergossen. Deswegen die Flecken.«

»Oh.« Holiday setzt sich auf die Bettkante. »Das war aber nicht nett. Warst du deswegen draußen?«

»Ähm, ja. Elza war natürlich ziemlich wütend. Sie ist nach Hause gegangen.«

»Dann bist du also doch mit ihr gekommen?«

»Ja. Sie ist eine gute Freundin.«

»Nur eine Freundin?«, fragt Holiday.

Sie sieht mir verführerisch tief in die Augen.

»Ich ... Holiday, ich kann das jetzt nicht.«

»Du kannst was nicht?«, fragt sie lächelnd.

»Hör mal ... Ich kann das nicht erklären ... Ich stecke in größten Schwierigkeiten. Ich bin eine Gefahr.«

»Weil du mir das Herz brechen könntest?«, fragt sie.

»Nein, hör zu, es ist ... mein Vater«, sage ich und verstehe selbst nicht, wieso wir auf einmal ausgerechnet darüber reden. »Er ist letzte Woche gestorben. Wir hatten aber kein enges Verhältnis.«

»Aber wir ...«, sagt Holiday, »wir könnten vielleicht ein enges Verhältnis haben, Luke.«

Offensichtlich ziemlich benebelt, lässt sie sich auf das Bett sinken. Ich frage mich, ob sie sich am Morgen noch an das Gespräch erinnern wird.

»Das wäre schön«, sage ich. »Aber du siehst aus, als ob du dringend schlafen müsstest.«

»Bleib ruhig hier.« Sie flüstert fast.

»Du bist total betrunken. Ich gehe wohl besser«, sage ich.

Sie antwortet nicht. Ihre Atemzüge kommen langsam und tief. Sie erinnert mich so sehr an Mum, dass ich mich wegdrehen muss. Unten hat die Musik aufgehört. Wahrscheinlich suchen sie einen neuen Track aus oder so. Hoffentlich.

Mir ist kalt. Das Haus kommt mir plötzlich sehr still vor. Ich kann nirgends Stimmen hören, niemand lacht. Ich will Holiday wecken und sagen ... Was sagen? Sie kann das Gefolge nicht sehen. Wenn sie da sind, muss ich selbst mit ihnen fertigwerden.

Ich öffne die Tür von Holidays Zimmer und stehe direkt vor dem Richter.

»Was machst du hier?«, frage ich, obwohl ich es schon weiß.

»Tut mir leid, Boss«, sagt er und reibt sich den Stoppelkopf. »Ich kann's nich' ändern.«

Bevor ich weiß, was ich tue, packe ich ihn mit der rechten

Hand. Das Siegel ist kalt, gefrierbrandkalt, wie eine winzige Eisblume an meinem Finger. Ich packe den Richter an seinem fetten Hals und hebe ihn in die Luft. Er windet sich und zappelt in meinem Griff, seine Silhouette verschwimmt zunehmend, wie ein Rauchring, aber ich lasse nicht los.

»Boss, bitte ...«

»Klappe. Jetzt rede ich. Ich bin dein Meister, schon vergessen? Ich habe das Buch«, sage ich und halte es ihm mit der linken Hand unter die Nase. »Ich weiß, wie ich es einsetzen muss. Wo sind die anderen?«

»Boss ...«

Ich quetsche seine Kehle, bis er nur noch quäkend protestiert. Das Siegel brennt noch kälter, meine rechte Hand fühlt sich an, als wäre sie aus Eis gemeißelt. Meine Zähne kribbeln wie elektrisiert.

»*Wo sind sie?* Wo ist der Hirte?«

»Ich bin hier, Luke«, sagt seine trockene, präzise Stimme direkt hinter mir.

Ohne den Richter loszulassen, drehe ich mich um. Der Hirte steht ein paar Schritte von mir entfernt und mustert mich durch seine verspiegelten runden Brillengläser. Die Hände hat er in Taillenhöhe verschränkt. Er wirkt völlig entspannt.

»Ich habe den Siegelring«, sage ich. »Eine Bewegung und ich ...«

»Du machst gar nichts«, sagt der Hirte, »sonst stirbt das Mädchen.«

Mit einem elenden Gefühl in der Magengrube beobachte ich, wie die Schatten um Holidays regungslose Gestalt die

Form eines Menschen annehmen. Der Gefangene beugt sich über sie und starrt verzückt in ihr schlafendes Gesicht. In der linken Hand hält er eine Art weißen Lichtfaden, der zwischen Holidays Augen von ihrer Stirn ausgeht. Er zieht das Gespinst aus ihr heraus und in der anderen Hand ... Ich sehe, wie er die Schere ansetzt, um den Faden abzuschneiden. Das Grinsen, mit dem er mich bedenkt, zeigt alle Zähne seines zungenlosen Mundes.

»Wenn ihr sie anrührt ...«, sage ich.

»Leere Drohungen«, erwidert der Hirte. »Du hast das Siegel und das Buch, aber du bist noch längst kein Geisterbeschwörer, Luke. Her damit. Sonst schneidet mein Kollege ihr den Faden ab und sie ist tot.«

Ich stehe wie erstarrt, der Richter zappelt immer noch in meinem Griff.

Die Schere beginnt, sich um den weißen Faden zu schließen, Millimeter für Millimeter. Der leere Blick des Gefangenen lässt mich nicht eine Sekunde los.

Ich kann nicht zusehen, wie Holiday für mich stirbt.

Ich gebe den Richter frei und er stürzt gurgelnd zu Boden. Ich lasse das *Buch der Acht* fallen und schiebe es mit dem Fuß in Richtung Hirte.

Der Gefangene macht keine Anstalten, Holiday in Ruhe zu lassen.

»Den Siegelring auch«, sagt der Hirte mit dünnem Lächeln.

Ich ziehe den schmerzhaft kalten Ring vom Finger und werfe ihm das Ding in das selbstzufrieden grinsende Wachsgesicht. Er fängt ihn ohne sichtliche Anstrengung in der Luft.

»Worauf wartest du?«, fragt der Hirte. Redet er mit mir? Auf was soll ich denn warten?

»Du bist doch nicht etwa diesem Geisterbeschwörer ergeben?«, fragt der Hirte weiter.

Ich drehe mich nach dem Richter um.

»Nicht persönlich gemeint, Boss«, knurrt der. Er hebt die Hand und ich sehe eine leere Flasche in seiner Faust. Am Daumen trägt er einen Ring mit einer eingefassten Goldmünze. Sie fängt das Licht ein wie eine Miniatursonne. Ich frage mich noch, ob es eine echte Flasche oder der Geist einer Flasche ist, und dann zerbricht er sie mit einem trockenen Knacksen auf meinem Kopf.

Als ich aufwache, liege ich ausgestreckt auf Holidays Bett. Mein Hals fühlt sich an, als würde er von innen her verbrennen. Mich quälen pochende Kopfschmerzen und mein Mund ist wie ausgetrocknet. Als ich den Kopf bewege, kitzeln mich Haare an Schultern und Rücken. Holiday liegt mit weit offenen Augen neben mir.

»Holiday?«

Ich lege meine Hand an ihre. Sie ist noch warm und ganz tief in ihrem Handgelenk spüre ich kaum merklich ihren Puls. Sie haben sie nicht umgebracht und sie haben auch mich nicht umgebracht. Das können sie nur an Halloween, hat Elza gesagt. Mein Skelett fühlt sich an wie eine Ansammlung vertrockneter, brüchiger Zweiglein, nicht wie mein eigenes solides Knochengerüst. Die Dunkelheit im Zimmer ist eher tiefblau als schwarz. Bald muss die Sonne aufgehen.

Die Schatten neben Holidays Kommode verdichten sich. Brillengläser funkeln, ich höre das schmatzende Geräusch sich bewegender Lippen.

»Luke«, sagt der Hirte.

»Was habt ihr mit ihr gemacht?«

»Ich persönlich? Gar nichts. Allerdings kann ich nicht für den Gefangenen sprechen. Der besitzt so eine auszehrende Wirkung.«

Seine Stimme klingt melodisch. Ich springe auf, will mich auf ihn stürzen, ihn an der wächsernen Gurgel packen, aber ich kann nicht. Ich habe das Siegel weggegeben. Ich will dem Hirten das Herz herausreißen und ihm damit das Maul stopfen. Stattdessen stehe ich nur da und balle die Fäuste in den Taschen meiner Jeans.

»Sie hat nichts damit zu tun. Keiner hier hat was damit zu tun.«

»Da bin ich ganz deiner Meinung, deswegen würde ich gern weitere Unannehmlichkeiten vermeiden. Tu genau, was wir dir sagen, sonst bringen wir sie alle um.«

»Okay.«

»Mach die Tür auf und geh nach unten in den Garten hinter dem Haus. Ich folge dir. Wenn du wegläufst, wenn du irgendwelche Tricks versuchst, wird das Mädchen hier teuer dafür bezahlen und sterben. Und glaub nicht, dass wir die kleine Seherin vergessen haben.«

»Viel Glück bei Elza. Die weiß über euch Bescheid.«

»Ach, Luke, du hast echt keine Ahnung, mit wem du dich angelegt hast. Ich habe die Kälte des Jenseits durchschritten. Ich habe in den tiefsten Wäldern mit dem schwarzen

Ziegenbock gesprochen. Ich habe die Ruinen von Babylon und Salomons Grab geplündert. Im Leben kamen Könige auf den Knien zu mir. Denkst du wirklich, die kleine Hexe kann gegen mich was ausrichten? Gegen uns?«

»Elza weiß mehr, als du denkst«, sage ich. »Das zeigt alles nur, dass du ein alter Knacker bist. Vor dir habe ich keine Angst. Du kannst mich nicht töten.«

Hoffe ich zumindest.

»Nach unten«, sagt er.

Ich schleppe meinen schmerzenden Körper nach draußen auf den breiten Flur. Im ganzen Haus herrscht Totenstille, kein Murmeln, kein Schritt ist zu hören. Der Wanduhr zufolge ist es schon sechs. Ich sehe mich auf dem Flur um: ein weißer Sessel, ein Stapel ordentlich gefalteter Kleider, ein goldener Bilderrahmen mit einem Foto von Holiday im Alter von acht oder neun Jahren auf einem kastanienbraunen Pony. Was habe ich über dieses Haus gebracht?

Auf dem weißen Sessel liegt ein blaues Bündel, das anfängt, unruhig zu werden und zu wispern, als wir näher kommen.

Ich bin ein Baby, sagt das Bündel.

Es überläuft mich eiskalt, als ich an dem Geist vorbeigehe.

Nimm mich auf den Arm, sagt es. Der Hirte ignoriert es ebenfalls.

»Kennst du den Unschuldigen? Das ist eine interessante Geschichte«, sagt er, als wir unten an der Treppe angekommen sind.

»Will ich nicht hören.«

»Wie du meinst. Dann eben ein anderes Mal. Wenn du dem Tod näher bist.«

Keiner hat die Party verlassen. Die Gäste stehen wie angewurzelt mit auf dem Rücken verschränkten Händen. Ihre Gesichter wirken ausdruckslos und traurig, als würden sie schlafen. Kein menschliches Geräusch ist zu vernehmen: kein Atem, kein Hüsteln. Alles, was ich hören kann, ist das leise Knacksen eines Rohrs, als die Zentralheizung warmläuft. Flaschen, Dosen und Gläser liegen auf dem Boden inmitten von längst getrockneten Spritzern und Pfützen. Was auch immer passiert ist, es muss schnell gegangen sein. Das ist wohl richtige schwarze Magie. Ich hatte keine Ahnung, dass Geister derartige Macht besitzen. Hat Dad sein Gefolge für solche Aktionen benutzt? Wenn man Menschen so etwas antun, sie zu Statuen erstarren lassen kann, kann man sich praktisch alles erlauben. Kein schöner Gedanke. Ich erinnere mich daran, wie wir in der achten Klasse Pompeji durchgenommen haben, wie wir uns die ganzen Gipsabgüsse von Römern ansehen mussten, die zu dumm waren, die Stadt zu verlassen, als der Berg Rauch spuckte.

Die Augen stehen offen, aber sie sind ins Leere gerichtet. Keiner erwidert meinen Blick. Egal ob sexy Katze, Frankenstein, Dracula, Superman, Cowgirl oder Zombie – alle sehen in eine Richtung, starren auf die geöffnete Tür zum Garten.

Im Garten ist es dunkel, der Rasen von weißem Raureif überzogen. Unter den Büschen am Rand schimmern Bierdosen. In der Mitte hat sich ein großer Kreis versammelt, in dem Tote neben Lebenden stehen. Ich denke an den Trinkkreis von vorhin und lächle bitter. Ich sehe Holidays Mutter und einen grauhaarigen Mann mit Schmerbauch, wohl ihr Vater, die mit schlafwandlerischen Mienen Hand in Hand nebeneinanderstehen. Kirk und Mark – immer noch in ihren Superheldenkostümen – wenden mir den Rücken zu. Zwischen insgesamt sieben Lebenden füllt das Gefolge die Lücken im Kreis: der Richter, der Gefangene, der Vasall, das verschleierte Orakel, der in Flammen stehende Ketzer, der ausnahmsweise ganz still ist. Das in die blaue Decke gewickelte Baby, das irgendwer aus dem oberen Stock nach unten geschafft hat, liegt neben Holidays Eltern auf dem Boden. Und dann ist da noch eine weitere Gestalt, eine, die ich nicht richtig erkennen kann, eine merkwürdig bucklige Form, wie ein atmender Stoffhaufen. Nein, das stimmt auch nicht ganz, das Ding sieht eher aus wie ein brodelnder Schatten.

Die Furie. Ich denke an Dads Notizen: *Macht – Wut – Feind des Lebens.*

Immer wenn man denkt, es kann nicht schlimmer kommen ...

»Ist das gesamte Gefolge versammelt?«, fragt der Hirte hinter mir, laut, direkt an meinem Ohr. Als keiner antwortet, fährt er fort. »Komm, stell dich neben mich, Luke. Wir haben für dich Platz gelassen.«

Ich folge ihm durch das feuchte, niedergetrampelte Gras und mir wird ganz übel, als wir unseren Platz einnehmen. Mitten im Kreis sehe ich Holidays weiße Katze Bach, aus deren aufgeschlitztem Bauch eine sirupartige rote Flüssigkeit sickert. Sie liegt ganz still, wie ein weggeworfenes Spielzeug.

»Hier«, sagt der Hirte. Der Ketzer steht rechts von mir, der Hirte links. Der Kreis schließt sich: acht Lebende, acht Tote. Mit geballten Fäusten und hämmernden Kopfschmerzen nehme ich die zugewiesene Position ein und dann streckt der Hirte die Hand aus und berührt mit dem Siegel meine Stirn. Die von dem schwarzen Ring ausgehende Kälte durchströmt meinen gesamten Körper. Als ich den Richter an der Kehle gepackt hatte, war es genauso, nur geht es diesmal schneller und reicht tiefer. Ich merke, dass ich mich nicht bewegen kann, ich bin zur Salzsäule erstarrt wie die anderen. Ich kann nur zusehen.

»So«, sagt der Hirte nach einem Augenblick und scheint mein Entsetzen darüber, dass ich plötzlich gelähmt bin, zu genießen. »Unser Kreis ist vollständig. Darf ich dir eine berüchtigte Dienerin deines Vaters vorstellen, Luke? Die Furie.«

Der Furcht einflößende Schatten, der zunächst nur taillenhoch war, entfaltet sich wie eine große düstere Fahne und plötzlich merke ich, dass ich eine Gestalt in einem schwarzen Gewand vor mir habe, die bisher mit dem Rücken zu mir auf dem Boden gekniet hat. Sie erhebt sich, wird länger und länger, bis sie über zwei Meter groß ist und ihre Schultern auf einer Höhe mit den Köpfen der größeren Geister sind. Die Furie, der Dämon, dreht sich zu mir um und mir wird klar, dass jedes Mal, wenn ich denke, das war's jetzt, noch eine weitere Stufe aberwitziger Absurdität auf mich wartet.

Der Dämon hat lange dünne Arme, Hände, die direkt über dem Boden baumeln, Finger wie verschlungene Wurzeln. Seine Haut ist tintenschwarz und ich kann nicht sagen, wo der Umhang beginnt – sofern er überhaupt bekleidet ist. Er sieht aus wie ein dreidimensionaler Schatten, ein Schatten mit Tiefe und Masse, als hätte jemand eine Skulptur aus schwarzem Rauch gemeißelt. Der Kopf ist schmal, scharf geschnitten wie bei einem Hund oder Schakal. Die Augen wie Gucklöcher in einen Hochofen, glühende orange flackernde Löcher, in die Schwärze seines Gesichts gestanzt. Er wittert in die Luft und öffnet den Mund, der rot glühend leuchtet. Anders als beim Ketzer, der in Flammen gehüllt ist, brennt dieser Geist von innen heraus. Ich höre einen schwachen, grauenvollen Laut, der sich anhört, als würde ein Mensch zwei Straßen weiter einen gellenden Schrei ausstoßen.

»Hört mir gut zu«, sagt der Hirte. »Die Furie und ich sind zu dem Schluss gekommen, dass es Luke an der zur Führung des Gefolges erforderlichen Autorität mangelt.«

Der Dämon sagt nichts. Seine Glutaugen bohren sich in meine.

»Luke hat immer wieder gezeigt, dass er inkompetent, faul und inkonsequent ist. Von Geisterbeschwörung hat er so gut wie keine Ahnung. Wir halten ihn als Herrn des Manchett-Gefolges für unwürdig und entbinden ihn seiner Befehlsgewalt.«

Der Gefangene bedenkt mich mit einem säuerlichen Grinsen.

»Das ist Meuterei!«, sagt der Vasall leise.

»Klappe!«, zischt der Richter ihm zu. »Es is' das Beste für uns.«

»Erster Punkt der Tagesordnung«, sagt der Hirte mit weit ausholender Geste, »ist, uns zu befreien. Wie ihr alle wisst, ist in sieben Tagen Halloween. Dann wird unsere Macht ihren Höhepunkt erreichen. Ich bin davon überzeugt, dass wir unseren Geisterbeschwörer töten und unsere Fesseln sprengen können: Dann sind wir frei. Luke ist jung und schwach, solch eine Gelegenheit bietet sich vielleicht nie wieder. Wollt ihr enden wie der Mönch«, er deutet auf den Ketzer, »für immer verloren, mit einer Seele, die in jahrhundertelanger Knechtschaft zu einem Nichts geschwunden ist? Wir müssen uns befreien!«

Niemand widerspricht.

»Nur falls jemand von irregeleiteter Loyalität heimgesucht werden sollte ... lasst euch das zur Warnung dienen – ihr alle.«

Auf dieses Stichwort stürzt sich die Furie auf den Vasallen und begräbt ihn unter ihrem Gewand. Die schwarze Gestalt wabert und pulsiert wie ein Herz und dann ist der Kampf vorüber. Der Vasall kniet in der Mitte des Kreises und blickt auf die tote Katze herunter. Seine Hände und Füße sind mit Fesseln gebunden, die wie schwarzes Dorngestrüpp aussehen. Die Furie steht über ihm, mit ausdruckslosen Glutaugen. Keiner sieht mehr selbstzufrieden oder überheblich drein, noch nicht einmal der Richter. Was auch immer geschehen soll, in diesen Teil seines Plans hat ihn der Hirte wohl nicht eingeweiht.

Der Hirte spricht zum übrigen Gefolge. »Der Vasall ist

domestiziert, ein quiekendes Haustier. Jedes Mal, wenn wir die Chance hatten, uns zu befreien, hat dieser Verräter es verhindert.«

»Luke!«, ruft der Vasall, auf den Knien im Gras. »Luke, rette mich! Wenn du auch nur ein bisschen Herz, ein wenig Mitgefühl hast, rette mich! Halt sie auf!«

Ich versuche, etwas zu sagen, aber mein Mund versagt mir den Dienst. Ich bin völlig erstarrt, bringe keinen Laut heraus. Ich kann nur dastehen und zusehen.

»Bitte! Ich flehe dich an, lass nicht zu, dass er mich auffrisst! Bitte!«

Der Dämon greift ins Innere seines schwarzen Körpers und zieht etwas hungrig Loderndes heraus: eine lange Feuerpeitsche, eine bizarre Schnur aus flammendem Orange, die aus seiner schwarzen Hand auf das nasse Gras schnellt und es versengt.

Der Vasall hebt den Kopf, seine Augen schimmern in dem grausamen, feurigen Orange der Peitsche. Ich kann ihm nicht sagen, wie leid es mir tut, wie sehr ich zu schätzen weiß, was er für mich tun wollte, aber er muss es in meinem Blick gelesen haben.

»Ich vergebe dir«, sagt er leise.

Die Furie schwingt die Peitsche in wildem Bogen hoch in die Luft und lässt sie Funken sprühend wie den Schweif eines zeitverzögerten Feuerwerkskörpers auf die gebeugte Gestalt des Vasallen niedergehen. Sie prallt mit einem gierigen, zischenden Laut auf seinen Rücken und der Vasall schreit vor Schmerz. Jetzt verstehe ich, wozu Dad den Dämon benutzt hat: um die anderen Geister im Zaum zu halten, von denen keiner das Schicksal des Vasallen teilen will. Die Peitsche schneidet durch den Körper des Vasallen und zertrennt ihn in der Mitte, bis er in zwei Hälften im ersten Licht der Morgendämmerung im Obstgarten liegt.

»Die Knute des Tartarus«, sagt der Hirte geradezu ehrfürchtig.

Der Dämon schwingt die Peitsche in einem engen Kreis um die zappelnden Beine des Vasallen und zieht zu. Dann holt er die in den Schlingen gefangenen Gliedmaßen ein, führt sie an sein Maul und saugt sie ein. Die geisterhaften Körperteile lösen sich zu einem Nebel auf, der in der jetzt weiß glühenden Kehle des Dämons verschwindet. Der Vasall schreit erneut, immer höher, wie eine Sirene.

Nach dem ersten Bissen dauert es nicht mehr lang. Der Dämon war anscheinend hungrig, er drischt wie rasend mit der Peitsche auf den zuckenden Körper ein, bis der Vasall aussieht wie eine Statue, die jemand mit dem Hammer zertrümmert hat. Dann bückt er sich und saugt grunzend die Scherben auf. Schließlich ist nichts mehr übrig und das Ungeheuer rollt die brennende Peitsche ein.

»Danke, mein Bruder«, sagt der Hirte. »Ich hoffe, das war euch allen eine Lehre. Folgt ihr uns, erwarten euch Ruhm und Ehre. Wir werden frei sein, und nicht nur das: Wir werden wiedergeboren. Wir können in neue Körper einziehen, bekommen ein neues Leben!«

Für einen Augenblick herrscht Stille. Der Wind erhebt sich und die Bäume beginnen zu wispern und zu raunen. Ich zittere, meine Muskeln krampfen, ich kann mich nicht rühren, noch nicht einmal den Kopf drehen oder die Augen schließen. Dann kniet das Gefolge wie ein Mann nieder und berührt mit Händen und Gesicht den Boden.

»Ihr seid entlassen«, sagt der Hirte und das Gefolge verschwindet, als hätte jemand eine Kerze ausgeblasen. Nur der Hirte und die Furie bleiben zurück.

»Dein Vater hat sie regelmäßig mit Seelen gefüttert«, sagt der Hirte zu mir. »Du verstehst, warum. Dämonen sind unersättlich.«

Ich kann noch nicht einmal den Kopf drehen, um ihn anzusehen. Ich höre nur seine Stimme.

»So, Luke. Wir können dich nicht töten, wie du weißt. Ich könnte dich auffordern, Selbstmord zu begehen. Holiday und deine Mutter als Geiseln nehmen. Ihr Leben für deines. Aber Selbstmord ist eine schwere, unverzeihliche Sünde und es gibt bestimmte ... Akteure, deren Eingreifen unser Spiel nur verkomplizieren würde. Wir wollen keine Aufmerksamkeit erregen. Glücklicherweise hatte die Furie einige ausgezeichnete Vorschläge. Wirklich einfallsreich, diese Dämonen. Ihr sind ein paar ausgesuchte Grausamkeiten eingefallen.«

Die Furie mustert mich eingehend, wie eine Ameise, die über ihren Teller krabbelt, und beugt sich dann zu der toten Katze herab. Sie greift in Bachs aufgeschlitzten Bauch und holt etwas heraus, das ich zuerst für Gedärme halte, das sich aber als flackerndes rotes Licht erweist. Ein Rot, das fast schon schwarz ist. Das Licht strömt aus dem Körper der Katze und nistet sich in meiner Brust, direkt über meinem Herzen ein. Es sieht aus, als wären wir, Bach und ich, nun untrennbar durch das dunkle pulsierende Band verbunden. Es fühlt sich warm an, fast wie ein erholsames Bett nach einer langen Nacht des Wanderns und der Suche. Der blaue Himmel, der schon die Morgendämmerung angekündigt hatte, verdunkelt sich wieder, ein umgekehrter Sonnenaufgang, der Himmel färbt sich zu einem Schwarz, von dem ich gar nicht wusste, dass es existiert, einem Schwarz, das schwärzer als schwarz ist. Die Furie streckt die Hand aus und durchtrennt mit chirurgischer Präzision das rote Band.

Ich schlafe, glaube ich – und habe einen verrückten Traum. Ich bin in Holidays Garten, nur dass es eigentlich kein Garten ist. Es ist ein Esszimmer mit dunklen Steinwänden, das ins Endlose reicht. Ich sitze am Tisch, jemand sitzt am anderen Ende und mir wird klar, dass es Dad ist. Er sieht schlecht aus, richtig krank, er schwitzt in der Hitze. Es ist heiß wie in einer Sauna. Er trägt einen weißen Anzug und ein fliederfarbenes Hemd und hat sich eine Serviette in den Hemdkragen gestopft. Wir haben jeder ein schwach gebratenes Steak vor uns, große, blutige Scheiben. Dad fängt an zu reden, aber ich kann ihn nicht richtig verstehen, wie bei einem Radio mit schlechtem Empfang. Seine Stimme passt nicht zu seinen Mundbewegungen.

Es tut mir leid, sagt er, *es tut mir leid (ich dachte nicht) wir haben nicht viel Zeit (es tut mir leid), Luke.*

»Was tut dir leid?«

Ich wollte nie – (das, das, es tut mir leid, leid) das Buch der Acht – *(das Buch ist ein Labyrinth) ich wollte nie.*

»Ich kann nicht – Dad? Ich verstehe kein Wort.«

(Die Sequenz weist den Weg) es tut mir leid, Luke (meine Papiere meine Sequenz) es tut mir so leid ich (bedaure) dass dies jemals (das Buch ist ein Labyrinth) es tut mir leid, Luke.

»Was muss ich tun?« Ich brülle jetzt. »Welche Sequenz? Was muss ich tun?«

Dad sieht mich blinzelnd an. Er hat etwas im Mund, er verschluckt sich. Ich versuche aufzustehen, aber ich kann nicht, ich klebe auf meinem Stuhl, ich fühle mich so schwer ...

Dad führt eine Hand an sein Gesicht und öffnet den Mund. Er würgt und gurgelt und ich kann nicht aufstehen, kann ihn nicht erreichen.

TOTE ERDE

Ich liege auf dem Rücken im nassen Gras. Ich trage Jeans, ein T-Shirt, schwarze Sportschuhe, Regenjacke. Ich kann fühlen, dass ich weder Portemonnaie noch Handy bei mir habe, und das ist ein echtes Problem. Eine Bierflasche liegt auf der Seite im Gras, kaum eine Armlänge von meinem Gesicht entfernt. Ich setze mich auf. Ich bin mitten in einem Garten. Der Himmel ist von einförmigem Grau. Mir ist weder kalt noch warm, noch fühle ich mich verkatert. Irgendwas ist letzte Nacht passiert. Ich kann mir nichts Gutes vorstellen, das damit enden würde, dass ich hier im Garten liege, aber ich kann mich einfach nicht erinnern, was passiert ist. Ich weiß, wer ich bin, aber nicht, wo ich bin oder wie ich hergekommen bin. Das Grau des Himmels irritiert mich zunehmend, es ist weniger das Grau eines wolkenverhangenen Tages als das Grau im Auge eines Blinden, das von einer unbestimmbaren Quelle erhellt wird. Ich könnte nicht sagen, wie viel Uhr es ist. Die Sonne muss da oben sein, irgendwo.

Ich stehe auf, mustere die Rückseite des fremden Hauses und erinnere mich, dass Holiday hier wohnt. Was wollte ich bei Holiday? Ich weiß, da war eine Party ... Ich zermartere mir das Gehirn, versuche, mich an etwas anderes zu erinnern, etwas Wichtiges, aber ich kann es nicht greifen.

Ich weiß, dass ich in Schwierigkeiten stecke. Zu Hause gibt es Probleme, Mum ist krank, ich muss zurück und nach ihr und Ham sehen. Ich hätte nicht die ganze Nacht wegbleiben dürfen.

Ich gehe durch die Hintertür in Holidays Haus und finde es leer vor. Die Lampen sind aus, die Räume werden nur von dem schwachen Sonnenlicht erhellt, das durch die Wolken sickert. Die Küche ist verlassen und irgendwie unheimlich, überall stehen leere Getränkeflaschen und -dosen herum. Wieso räumt nach so einer großen Party keiner auf? Wo sind Holidays Eltern?

Ich will mich nicht länger in dem stillen grauen Haus aufhalten, also öffne ich die Haustür und trete auf die Straße hinaus. Der schnellste Weg von Holidays Haus zurück zum Wormwood Drive führt durch den Park, und nachdem ich zwanzig Minuten lang unter der einförmig grauen geschlossenen Wolkendecke den Wight Hill entlanggewandert bin, komme ich zum Osteingang des Stadtparks von Dunbarrow. Ich gehe quer über die zentrale Rasenfläche, und als ich die Kuppe der flachen Anhöhe in der Mitte des Parks erreiche, sehe ich ein paar Leute im Konzertpavillon sitzen. Sie sind ziemlich weit entfernt, unten am Fluss, aber ich kann sie erkennen: Kirk, Mark, Alice und Holiday und noch jemand, der mir den Rücken zuwendet, ein fremder Typ.

Ich winke meinen Kumpels und laufe den Abhang hinunter auf sie zu. Als ich schon ganz in der Nähe des Pavillons bin, dreht sich der Junge bei ihnen um und sieht mich an.

Ich bleibe wie angewurzelt stehen.

Ich ... jemand, der genauso aussieht wie ich ... ich sitze zwischen Holiday und Kirk. Mein Haar ist braun und dicht, mit Stylingwachs bewusst zerzaust. Der Hochstapler trägt genau dasselbe wie ich, dieselbe Jeans, dieselben Sportschuhe, dieselbe Regenjacke mit Kapuze, und grinst mich an, als wäre es völlig normal, dass er hier an meiner Stelle bei meinen Freunden sitzt. Er scheint irgendeine Melodie vor sich hin zu summen. An der rechten Hand trägt er einen schwarzen Ring, und als ich den Ring näher betrachte, flammt plötzlich ein grelles Licht auf, ein roter Blitz, der meinen Kopf trifft, und ich weiß wieder, was passiert ist: Dads Tod, das Gefolge, das *Buch der Acht,* das Siegel, Elza Moss, die Party, das Ritual, die Katze mit dem dunklen Schnitt im Bauch, aus dem das hungrig pulsierende Licht strömt. Die Furie, der flammenäugige Dämon, die Laute, mit denen die Bestie den Vasallen verschlungen hat. Ich erinnere mich an alles.

»Ich verstehe das nicht«, sagt Holiday mit feuchten, rot geränderten Augen. Wenn man bedenkt, in welchem Zustand sie war, als ich sie zuletzt gesehen habe, bewusstlos auf ihrem Bett, während der Gefangene damit drohte, ihr den Lebensfaden abzuschneiden, ist es tatsächlich eine Erleichterung, dass sie jetzt hier sitzt und weint. »Unsere *Katze,* wer kann bloß ...«

»Diese Schweine! Das ist doch krank«, sagt Mark.

»Was ist los?«, frage ich.

»Das geht nicht mit rechten Dingen zu«, sagt Kirk. »Von uns war keiner so besoffen.«

»Wir haben die Polizei gerufen«, sagt Holiday. »Meine Eltern reden gerade mit den Beamten. Ich kann nur nicht ... wie soll ich in dem Haus jemals wieder *schlafen?* Ich bin bloß froh, dass mein Bruder nicht da war, aber ... wie soll ich mich jemals wieder sicher fühlen? Es ist so furchtbar ...«

»Ich weiß«, sagt Mark. »Jemand muss uns unter *Drogen* gesetzt haben.«

»Kirk«, sage ich, »wer sitzt da neben dir?«

»Es ist einfach nur widerlich«, sagt Alice. »Uns hätte wer weiß was passieren können ...«

»Das waren Außerirdische«, verkündet Kirk. »Ich habe dieses Video im Internet gesehen, von Roswell, ihr wisst schon ...«

»Hallo?«, sage ich. »Könnt ihr mich hören? Habe ich über Nacht die Sprache verloren?«

»Die kommen mit Ufos und schalten die Gehirnwellen aus ...«

»Und die Polizei redet von einem *Gasleck,* als ob das erklären würde, was mit Bach ...«

»... ich habe mich am Morgen nach einer Party noch nie so gefühlt, das kann nicht der Wein gewesen sein ...«

»Da war mal ein Typ, dem haben sie mit einer Nadel Gewebeproben aus dem Hintern entnommen ...«

»Dad lässt mich nie wieder eine Party feiern ...«

»HÖRT MICH IRGENDWER? HALLO! LEUTE!«

Sie ignorieren mich. In Holidays Augen glitzern neue Tränen. Der andere Luke sagt kein Wort, sondern grinst mich nur wissend an.

In dem Augenblick, in dem man normalerweise aus einem Albtraum erwacht, merke ich, dass ich tot bin. Es ist genau derselbe Schock – als ob man im Dunkeln eine Treppe hinaufgeht und am oberen Ende auf eine Stufe treten will, die es gar nicht gibt. Sie haben die Verbindung durchtrennt. Ich bin jetzt der Geist und die Furie hat von meinem Körper Besitz ergriffen.

Die Furie, mein anderes Ich, steht abrupt auf. Die anderen sehen das Wesen an, als erwarten sie eine spontane Ansprache, aber mein Körper zeigt nur auf mich und fängt an zu lachen. Es ist kein fröhliches Lachen. Es ist das Lachen von jemandem mit Ledermaske und mit einer Kettensäge, die er wochenlang liebevoll geschmiert hat. Es ist sehr laut und jedes Gespräch verstummt, als mein Körper immer weiter lacht, schließlich aufsteht und direkt auf mich, meinen Geist, zugeht, sich lachend direkt durch mich hindurch und an mir vorbeidrängt und Kurs auf die kleine Anhöhe in der Mitte des Parks nimmt.

»Was zum Teufel ...?«, fragt Kirk.

»Ist mit Luke alles ... in Ordnung?«

»Heute Morgen hat er ganz normal ausgesehen«, sagt Mark. »Wir sind alle zusammen mit deinen Eltern im Garten aufgewacht, erinnerst du dich? Da ging es ihm auch nicht schlechter als allen anderen.«

»Ich weiß nicht, Alter«, sagt Kirk, »hat er wirklich gesagt, ihm geht es gut?«

»Wenn ich es mir so überlege, er hat nur irgendwas gemurmelt ... er hat ganz normal ausgesehen.«

»Ich hab ihn den ganzen Tag kein Wort sagen hören«, meint Holiday.

»Das war ja richtig gruselig«, sagt Alice. »Ich sage euch,

mit dem Kerl stimmt was nicht. Er hat so eine komische Ausstrahlung. Ich konnte ihn noch nie leiden. Gestern Abend hat er diesen Freak Elza mitgebracht. Komisch, dass sie verschwunden ist, direkt bevor wir alle ohnmächtig geworden sind. Ich wette, *die* wissen was über diese Sache.«

Ich zeige Alice einen geisterhaften Stinkefinger.

»Jetzt hör aber mal auf«, sagt Kirk.

»Das ist ein ganz Lieber«, sagt Holiday, »seine Mutter ist krank.«

»Wir bringen ihn besser ins Krankenhaus«, sagt Mark verunsichert. Er und Kirk stehen auf und folgen meinem Körper. Um mir endgültig Gewissheit zu verschaffen, wage ich ein Experiment: Ich hole ganz tief Luft und renne in flottem Tempo direkt in die beiden hinein. Ich gehe durch ihre Körper hindurch wie Nebel. Eindeutig tot, also. Durch Wände gehen und alles Drum und Dran.

Oder doch nicht tot? Die Geister können mich nicht töten, so viel weiß ich. Was auch immer sie mit ihrem Ritual angestellt haben, mein Körper wirkt nicht besonders tot. Der steht immer noch oben auf der Anhöhe und Kirk und Mark gehen langsam und vorsichtig darauf zu. Ich nähere mich den beiden.

»Luke, was ist los? Ist alles in Ordnung?«

»Willst du dich mal hinlegen oder so?«

Mein Körper dreht sich um. Er geht zu Mark und legt ihm behutsam in aller Ruhe eine Hand auf die Schulter, flüstert ihm etwas zu, das ich nicht hören kann. Mark wird kreidebleich im Gesicht, und als sich das Ding von ihm löst, steht er einfach nur da und starrt ins Leere.

Kirk sieht von meinem Körper zu Mark und wieder zurück und weiß nicht, was er tun soll.

»Luke? Alter? Mark, hilf mir!«

Mein Körper hat ihnen den Rücken zugewandt. Er hebt die Arme, als wollte er ein Orchester dirigieren.

»Luke, also wirklich«, sagt Kirk, »das ist nicht mehr lustig. Hör auf.«

Mark zittert und keucht, als wäre er gerade einen Marathon gelaufen.

»Bitte, lass uns gehen ...«, flüstert Mark. »Lass uns gehen ...«

Wie eine Explosion rollt lärmendes Gekreisch über uns hinweg, als mit einem gewaltigen Rauschen jede einzelne Krähe auf jedem einzelnen Baum im Park gleichzeitig losfliegt, aus den Ästen aufsteigt und mit den anderen in einem kreischenden schwarzen Wirbel über uns kreist. Mark und Kirk zucken zusammen. Die Vogelwolke ballt sich wie zu einer Faust und schwärmt dann in alle Himmelsrichtungen auseinander. Eine einzelne tote Krähe stürzt aus der Luft ins Gras zu Füßen meines Körpers. Ein paar dunkle Federn schweben auf den Vogel herab, glänzend, wie in Öl getauchte Blütenblätter.

»Luke ...«, sagt Kirk.

Mein Körper grinst die beiden breit an, bückt sich dann lässig nach dem toten Vogel und stopft sich das ganze Ding mit Schnabel, Federn und schuppigen Füßen in den Mund, würgt ein wenig, damit der ganze Körper hineinpasst. Er schluckt und schluckt und dann ist der Vogel verschwunden. Verschlungen. Das Ding grinst mich an, winkt mir zu und macht sich dann mit federnden Schritten auf den Weg nach Norden.

Zu Ehren meiner Freunde muss ich sagen, dass sie sich weitere Fragen sparen. Sie sprinten los, weg von meinem Körper, zurück zum Konzertpavillon, und brüllen Holiday und Alice zu, sie sollen weglaufen.

Nun dazu, wie es ist, ein Geist zu sein oder wie immer man das nennen will. Das ist nicht so einfach zu beschreiben. Unser Kopf ist vermutlich so darauf fixiert, Dinge auf eine bestimmte Art wahrzunehmen, dass er sich nur schwer umstellen kann, wenn plötzlich alles anders ist; deswegen hatte ich wohl die ganze Zeit, als ich bei Holiday zu Hause herumlief und zum Park ging, nicht gemerkt, dass ich ein Geist war. Man friert nicht, man hat keinen Hunger, man fühlt überhaupt nicht sehr viel, aber es fällt einem nicht auf, dass man den Boden unter den Füßen oder den Wind nicht mehr spürt. Es bedarf einer bewussten Anstrengung, um zu erkennen, dass man nicht wirklich über Gras läuft, sondern nur Gehbewegungen macht. Ich könnte mir vorstellen, dass manche Geister wochen- oder gar jahrelang nicht merken, dass sie tot sind.

Man kann fliegen oder schweben, wenn man sich das vornimmt. Die ganze Sache ist genauso schwer zu beschreiben wie die Vorgänge, die im Kopf ablaufen, wenn man die Hand bewegen will, um sich am Bauch zu kratzen. Man nimmt sich das vor und dann passiert es. Man kann sich auch sehr schnell bewegen, viel schneller als beim Laufen oder Gehen. Wie schnell genau, weiß ich nicht, aber ich habe den Verdacht, dass das Gefolge bei seinem scheinbaren Verschwinden vielleicht einfach nur zu fix für meine Augen war.

Ich überlege, ob ich meinem fremdgesteuerten Körper folgen soll, aber ich muss nach Mum sehen und gehe stattdessen nach Hause. Ich schwebe Richtung Wormwood Drive, doch nach ein paar Straßen kommt mir das so merkwürdig vor, dass ich die Strecke lieber im Laufschritt zurücklege. Ich weiß nicht, warum. Wahrscheinlich erinnert mich das Fliegen daran, dass ich keinen Körper mehr habe, und da gerate ich in Panik. Das ist, als ob man an den Fingerspitzen in einer Steilwand hängt und immer wieder nach unten sieht, wie weit man fallen kann. Alles Normale, das mich meine Situation vergessen lässt, ist gut – zum Beispiel gehen.

Auf meinem Weg durch Dunbarrow sehe ich ein paar Tote. Eine Frau, die sich offensichtlich das Genick gebrochen hat, sitzt auf einer Bank auf dem Marktplatz und betrachtet die Blumen, einige Männer in prunkvoller Kleidung und Rüschenhemden sehen aus, als wären sie einem alten Gemälde entstiegen. Keiner von ihnen versucht, mit mir zu sprechen, was mir ganz recht ist. Ich komme gut voran, weil ich nicht an Fußgängerüberwegen warten muss, und bin in etwa dreißig Minuten bei mir zu Hause.

Die Fenster sind alle geschlossen, die Tür ist abgesperrt. Mums kleines gelbes Auto parkt immer noch in der Kieseinfahrt. Kein Passant würde merken, dass etwas nicht stimmt – vielleicht abgesehen davon, dass zu beiden Seiten des Eingangstors tote Tiere an die Bäume genagelt sind, und die fallen von der Straße aus nicht sofort auf; sie hängen knapp über dem Boden und sind teilweise von Ästen verdeckt. Stirnrunzelnd gehe ich näher heran. Eines ist ein Frettchen oder ein Hermelin, das andere ein kleiner Fuchs.

Ich mache einen weiteren Schritt auf das Tor zu und sie erwachen mit einem Ruck zum Leben. Ihre Köpfe drehen sich ruckartig, wie in einem alten Puppentrickfilm, in meine Richtung, die tief in den Höhlen liegenden Augen starren mich an.

Nicht anfassen, sagt der Fuchs. Seine Stimme ist dünn und schrill, wie Wind, der einem in den Ohren pfeift.

Geh weg, sagt das Hermelin.

Böser Junge.

Geh weg. Geh weg.

»Und wenn nicht?«

Nicht anfassen.

Ich sehe mir die Einfahrt genauer an. Zwischen beiden Bäumen verläuft eine Linie aus dunkelrotem Blut, die den gesamten Weg versperrt. Als ich die Hand danach ausstrecke, leuchtet sie grell auf. Ich ziehe meine Hand zurück und das Leuchten wird schwächer.

»Ich nehme an, ich kann da nicht drüber?«, frage ich die Wachen.

Hau ab.

»Fragt euch mal, warum ihr für Leute arbeitet, die euch beide an Bäume nageln.«

Ich gebe den Versuch an der Einfahrt auf und schlage einen weiten Kreis um unser Haus, wobei ich wie ein Nebel durch die Büsche und den Schuppen des Nachbarn wabere.

An jeden Baum in unserem Garten ist ein Tier genagelt – eine Krähe, ein Dachs, ein Kaninchen, eine Eule – und alle raunen leise im Chor: *Geh weg, geh weg.* Jedes Mal, wenn ich unsere Grundstücksgrenze überschreiten will, sehe ich das verräterische Leuchten von Blut auf dem Boden, spüre einen elektrischen Widerstand, wenn sich meine Hand oder mein Fuß dem Rand des Sperrgebiets nähert. Unser Haus hat die Besitzer gewechselt und die neuen haben die Schlösser ausgewechselt. Mum ist auf der anderen Seite. Es ist zum Verzweifeln zu wissen, dass sie da drin ist und ich nicht zu ihr kann. Zum letzten Mal habe ich sie Freitagmorgen gesehen, das ist über vierundzwanzig Stunden her. Ich hoffe, es geht ihr gut. Ich hoffe, Elza hat recht und sie erhalten sie am Leben. Mehr als die Hoffnung bleibt mir im Augenblick nicht.

Ich warte eine Stunde, vielleicht länger, in einem Garten, der unserem Tor gegenüberliegt. Ich beobachte, wie der Ketzer schreiend aus der Haustür kommt, um seine Schultern züngeln orangefarbene Flammen. Er schafft es bis zum Tor und verschwindet dann. Der Postbote fährt in seinem fröhlich roten Lieferwagen vor und merkt unglaublicherweise nichts von der Fleischauslage im Garten vor unserem Haus. Er spaziert die Einfahrt hinauf, wirft Werbung in unseren Briefkasten und fährt wieder.

Der letzte Besucher erscheint, als ich gerade gehen will. Mein fremdgesteuerter Körper schlendert die Straße entlang und summt dabei leise vor sich hin, Sportschuhe und Jeans sind völlig verdreckt. Er geht mit lockerem, leichtem Schritt und schwingenden Händen. Es ist beängstigend und faszinierend zugleich, sich selbst zuzusehen, in den eigenen Augen eine Vergnügtheit zu sehen, die man nicht teilt.

An Elza heranzukommen, ist gar nicht so einfach. Auch über ihr Haus wachen Zauberkräfte, wenn auch ganz andere. Überall im Towen Crescent hängen ihre achtzackigen Haselsterne in den Bäumen, und als ich noch kein Geist war, ist mir nie aufgefallen, wie viele es sind. Einer für sich allein hat keine große Wirkung, jeder einzelne Stern gibt nur einen eigenartigen Summton von sich, wenn ich in seine Nähe komme, aber wenn ich versuche, an Elzas Garten heranzukommen, steigert sich das Summen zu einem Heulen, wie beim Start eines Überschallflugzeugs, und ich kann keinen Schritt weiter. Ich stecke fest, gerade so weit vom Gartentor entfernt, dass ich es nicht berühren kann, laufe ich gegen eine tosende Windwand und bin nicht mehr in der Lage, die letzten Schritte zu tun. Ich schlage einen Bogen um ihr Haus, während die Haselsterne in meinen Ohren heulen, und suche nach einem Weg, mich zu ihr durchzukämpfen und mit ihr zu reden, aber der Schutz ist undurchdringlich. Als ich nach einem vollen Kreis wieder vor dem Haus ankomme, steht Elza in der Tür und mustert mit finsterer Miene die Straße. Ich hebe grüßend die Hand und sie sieht mich entsetzt an.

»Luke«, sagt sie, »es tut mir alles so leid.«

Hams flauschiges Gesicht spitzt neben ihren Beinen hervor.

»Stimmt, letzte Nacht beleidigt wegzurennen, war blöd.

Ich verzeihe dir. Wahrscheinlich war es besser, dass du nicht da warst. Kannst du mich reinlassen?«

»Ich weiß nicht, wie ich es dir beibringen soll, aber ... du bist tot.«

»Nein, Elza, nein. Ich bin nicht tot.«

»Du bist ein Geist, Luke. Es tut mir so leid! Die Haselsterne halten dich vom Haus fern. Ich habe gespürt, dass jemand den Schutz durchbrechen will, aber ich dachte, es ist einer von deinem Gefolge. Deswegen bin ich rausgekommen, um nachzusehen. Du bist ein Geist.«

»Nein, hör zu, natürlich ...«

»Ich verstehe, dass du das nicht wahrhaben willst, aber das macht es für keinen von uns leichter, Luke. Ich weiß, es ist hart, aber ... du bist gestorben.«

»Ich bin nicht tot. Mein Körper läuft noch herum.«

»Dein Körper macht *was?«*

»Ich bin durch den Park gegangen und dabei meinem Körper begegnet. Erst saß er bei meinen Freunden. Dann ist er auf einen Hügel gestiegen und ... hat einen Vogel in einem Stück verschlungen.«

»Irgendwer hat von deinem Körper Besitz ergriffen?«

»Ja.«

»Das Gefolge hat dich nicht umgebracht? Ich meine, eigentlich kann es das ja nicht, aber ... Was haben sie dir angetan?«

»Mehr als genug. Den Vasallen gibt es nicht mehr. Dads Dämon hat ihn gefressen. Der Hirte hat die Kontrolle übernommen. Ich glaube, sie haben mich irgendwie von meinem Körper getrennt und er wird jetzt vom Dämon gesteuert. Außerdem haben sie mich aus unserem Haus ausgesperrt. Da ist ein Zauber ... eine Schranke, eine Mauer.«

Elza kommt ans Gartentor. Ham hüpft hinter ihr her.

»Du lebst also noch«, sagt sie.

»Mehr oder weniger. Ich glaube, das war erst einmal so eine Art Zwangsräumung. Sie haben bestimmt vor, mich endgültig umzubringen, damit sie frei sind.«

»Wofür sie möglicherweise deinen Körper brauchen. Ich verstehe.«

»Das ist alles genau geplant.«

Elza fährt sich mit den Fingern durch das wirre Haar.

»Kann ich reinkommen?«

»Ach so, entschuldige.«

Sie kommt aus dem Tor, Ham folgt ihr auf den Fersen. Ich kann mir überhaupt nicht mehr vorstellen, dass Elza einmal eine anonyme Hintergrundgestalt in meinem Leben war. Erstaunlich, wie ich mich freue, sie zu sehen, obwohl sie letzte Nacht einfach weggelaufen ist. Wenn es in der ganzen Stadt nur einen Menschen gibt, der einen sehen und mit einem reden kann, fällt das Verzeihen leicht. Sie nimmt einen Haselstern aus ihrer Hecke und spricht zu ihm.

»Dieser Fremde ist willkommen.«

Sie führt den Holzstern an meine Stirn. Es gibt keinen Lichtblitz, keine Explosion eisiger Kälte oder sonst ein Phänomen, das ich mittlerweile von einem Zauber erwarte, aber das ohrenbetäubende Schrillen der Sterne lässt nach und ich schwebe ungehindert in den Garten vor Elzas Haus.

»Ich war mir nicht sicher, ob es funktioniert«, sagt sie.

»Hast du das noch nie ausprobiert?«

»Du bist der erste Geist, mit dem ich befreundet bin.«

»Wo hast du gelernt, die Dinger zu machen?«

»Als ich dreizehn war, habe ich welche bei meiner Oma auf dem Dachboden gefunden. Wie gesagt, meine Eltern haben nicht das zweite Gesicht, aber irgendwelche Vorfahren offenbar schon. Die Dinger kamen mir irgendwie ... faszinierend vor. Ich habe recherchiert und herausgefunden, dass sie ein volkstümlicher Schutz vor den Toten sind. Danach war Schluss mit der Geisterplage bei uns zu Hause.«

Ham versucht, an mir hochzuspringen und mich zu begrüßen, fällt aber durch meine Beine hindurch. Er wirkt zunehmend verwirrt und starrt mich an, als würde ich ihn ärgern wollen.

»Egal«, sagt sie, »lass uns reingehen. Ich kann nicht vor dem Haus rumstehen und mit mir selbst reden.«

Ich folge Elza und Ham in die Küche. Hier hat sich nichts verändert. Im Spülbecken stapeln sich schmutzige Pfannen und Töpfe wie untergegangene Kriegsschiffe, aus denen das Öl sickert. Eine Fliege stößt immer wieder mit dem Kopf gegen das Fenster.

»Und was ist mit dir passiert?«, frage ich.

»Luke, ich kann dir nur sagen, wie leid es mir tut. Ich hätte bei dir bleiben sollen ... es ist nur, ich habe meinen Stolz. Ich bin zu stolz. Als diese dumme Kuh mich vollgeschüttet hatte, war mein einziger Gedanke: *Ich bin hier, um dich zu retten, und du hast das nicht verdient.* Und das war falsch. Sie hat es verdient. Ein guter Mensch kann nicht nur die Leute retten, die er mag, und die anderen ihrem

Schicksal überlassen. Ich war schon ganz am Ende vom Wight Hill, als ich zu mir gekommen bin. Ich wusste, dass ich dich nicht einfach zurücklassen konnte. Aber als ich zurückwollte, habe ich gespürt, dass sie da waren. Das war kurz nach Mitternacht. Ich habe versucht, die Tür zu öffnen, vergeblich, und es war furchtbar kalt. Durch die Fenster konnte ich menschliche Gestalten sehen, aber keiner hat sich gerührt. Ich konnte die schwarze Magie spüren, wie eine Krankheit im Kopf, und sie ging vom Haus aus. Ich habe versucht reinzukommen, aber ... Ich weiß nicht. Ich muss das Bewusstsein verloren haben. Um acht Uhr heute Morgen bin ich im Garten vor dem Haus aufgewacht. Ich muss die ganze Nacht da geschlafen haben. Die Leute drinnen im Haus wurden allmählich munter, deswegen habe ich schnell das Weite gesucht. Ich habe immer wieder versucht, dich anzurufen, aber ...«

»Ist schon in Ordnung. Wirklich. Das war eine Art Bann, alle auf der Party haben das Bewusstsein verloren. Du hattest recht, ich hatte keinen Plan. Ich hatte gar nichts. Ich habe es irgendwie geschafft, den Richter in meine Gewalt zu bringen, mit dem Siegel, aber sie hatten alle anderen als Geiseln. Sie wollten Holiday umbringen. Ich habe ihnen das Siegel und das Buch gegeben ... dieser Dämon, die Furie ... hat den Vasallen gefressen und mich von meinem Körper getrennt.«

»Oh, Mann«, sagt Elza. »Das Gefolge hat das Siegel und das *Buch der Acht*. Die Notizen von deinem Vater nützen uns also gar nichts, solange wir die nicht zurückbekommen.«

»Irgendeine Vorstellung, wie wir das schaffen?«

»Keinen blassen Schimmer. Und du?«

»Ich will meinen Körper zurück, bevor wir irgendwas anderes angehen. Und meine Mutter ... Mum ist da drin, bei ihnen. Ich komme nicht ins Haus und kann mich nicht um sie kümmern. Ich habe sie seit Freitagmorgen nicht mehr gesehen. Ich muss zu ihr. Ich muss wissen, wie es ihr geht. Sie brauchen sie für irgendwas, aber ich weiß nicht, wofür ... Ich muss zu ihr.«

»Wenn ich dich umarmen könnte«, sagt Elza, »würde ich es.«

Mrs Moss kommt um acht von ihrer Samstagsschicht im Bezirkskrankenhaus. Elzas Mutter ist klein und wirkt mit ihrem breiten Gesicht und den rostroten Locken irgendwie weich. Elza muss ihre Größe und die strengen Züge von ihrem Vater geerbt haben. Ihre Mutter trägt eine fleckige Fleecejacke über ihrer blassblauen Schwesternuniform. Sie kommt in die Küche und hantiert lautstark herum, ruft nach oben, Elza soll herunterkommen und Nudeltöpfe abspülen, was sie eigentlich schon gestern hätte tun sollen. Es ist merkwürdig und irgendwie aufregend, dass mich niemand außer Elza sehen kann. Wenn ich wollte, könnte ich zum Beispiel ihrer Mutter für den Rest ihres Lebens überallhin folgen und mehr über sie erfahren als irgendwer sonst auf diesem Planeten. Elzas Mutter ist wahrscheinlich nicht die beste Kandidatin dafür, aber ich wette, dass es Leben gibt, bei denen sich so ein Dauerabo lohnen würde.

Elza kommt heruntergeschlufft und fängt an, die Töpfe

abzuspülen. Dabei ist sie bewusst schlampig, schimpft vor sich hin und spritzt absichtlich Wasser auf den Boden vor der Spüle, während Elzas Mutter dasitzt, Hams schweren Kopf im Schoß hält und Elza fragt, ob sie nicht ein bisschen alt ist, um einen Wutanfall zu bekommen, nur weil sie aufräumen soll.

»Ich war *beschäftigt.*«

»Kann ich mir denken. Wann holt dein Freund den Hund wieder ab?«

»Ich hab dir doch gesagt, Lukes Mutter ist *krank.* Das geht nicht nach Zeitplan. Ich habe gesagt, wir kümmern uns ein paar Tage um Ham, das ist alles.«

»Du hättest mich fragen sollen, bevor du solche Versprechungen machst. Außerdem sind es jetzt schon ziemlich viele Tage, finde ich.«

»Seit *gestern Abend,* Mum!«

»Warum rufst du ihn nicht an und fragst ihn, wann er den Hund abholt?«

»Ich will ihn nicht nerven.«

»Ich verstehe. Du willst nicht zu viel Interesse zeigen ...«

»Wir. Sind. Freunde. Du fängst an zu summen wie ein Spionagesatellit, sobald ich einen männlichen Namen erwähne. Das ist erbärmlich.«

»Dein Vater und ich sind schon ewig verheiratet«, sagt Elzas Mutter mit einem angedeuteten Grinsen, das ich von Elza kenne. »Da muss ich meine romantischen Bedürfnisse ersatzweise über meine Tochter ausleben.«

Elza lacht und ich merke, dass das, was ich für Spannungen gehalten habe, ein eingespielter Schlagabtausch ist.

Elzas Mutter krault Ham hinter den Ohren und ich bin mir ziemlich sicher, dass ich ihn so lange bei Familie Moss lassen kann wie nötig. Damit ist ein kleines Problem gelöst. Vielleicht adoptieren sie ihn, wenn das Schlimmste eintritt.

Ich habe noch nicht einmal ein Testament.

Elza und ihre Mutter fangen an, einen Kuchen zu backen. Sie sprechen darüber, dass die Uhren in der Nacht zurückgestellt werden, und über die Schichten, die Elzas Mutter im Krankenhaus arbeitet. Als der Kuchen im Ofen ist, fängt Elza meinen Blick ein und deutet mit dem Kopf auf den Flur; ich schwebe aus der Küche, und zwar durch die Wand, was mir zunehmend Spaß macht.

»Hör mal«, flüstert sie, »es ist mir ein bisschen peinlich, aber macht es dir was aus, wenn du für eine Weile verschwindest?«

»Wie bitte?«

»Das ist mein Zuhause, Luke. Ich konnte es noch nie leiden, mit echten Menschen zu sprechen, wenn Geister dabei sind, das ist, als ob jemand ein Telefongespräch mithört. Dass ich dich persönlich kenne, macht es noch merkwürdiger.«

»Hab ich was falsch gemacht?«

»Ganz und gar nicht, du warst sehr ruhig und höflich. Ich fühle mich nur nicht wohl, wenn du zuhörst, während ich mit meiner Mutter rede. Das finde ich ihr gegenüber nicht fair. Ich hoffe, du bist nicht beleidigt.«

»Ehrlich gesagt, hatte ich mir darüber noch gar keine Gedanken gemacht.«

»Außerdem ist es ja nicht gerade so, dass dir die nächtliche Kälte draußen was ausmachen würde. Und ich mache mir zunehmend Sorgen wegen des Dämons, der mit deinem Körper unterwegs ist. Wer weiß, was passiert, falls er hier auftaucht.«

»Wirken deine Amulette gegen den nicht?«

»Ich glaube schon. Aber vielleicht lauert er hinter der nächsten Straßenecke. Wartet einfach darauf, dass ich das nächste Mal Milch kaufen gehe. Wenn du herausfinden könntest, wo er steckt, würde ich mich bedeutend sicherer fühlen.«

Ich steige in die Höhe wie eine Dampfwolke, ganz der fantastische körperlose Mann, fließe nach oben durch Elzas von einer dicken Staubschicht bedeckten Speicher und durch das Dach in den nächtlichen Himmel. Knapp zwanzig Meter über der Erde halte ich an. Unter mir breitet sich Dunbarrow aus, die Häuser wirken wie unglaublich detailgetreue Modelle. Jemand läuft mit einem Regenschirm die Straße entlang, den der Wind packt und umdreht. Ich habe keine Ahnung, wo ich auch nur anfangen soll zu suchen.

Ich mache mich auf den Weg ins Ortszentrum. Mir wird klar, dass Samstagabend ist; vor einer Woche war ich bei Kirk zu Hause und freute mich meines Lebens, wusste noch nicht einmal, dass Dad tot war. Ich lasse mich in Richtung Marktplatz sinken. Ringsum gibt es mehrere Pubs und dazwischen bewegen sich die üblichen Gruppen von Jungen in grellbunten Poloshirts und Mädchen auf hohen Absätzen. Es gibt sogar Türsteher, die mit ihren kahl geschorenen Schädeln und langen schwarzen Mänteln aussehen wie Mafiosi. In Dachhöhe schwebend beobachte ich das

Bild und frage mich, ob ich, ob meine Mutter, ob Elza, ob wir Halloween überstehen, frage mich, ob ich meinen achtzehnten Geburtstag noch erlebe, ob ich je Auto fahren darf, ob ich je in eine der Kneipen gehen und einen Drink bestellen werde. Es gibt so viel, das ich noch nicht getan habe, so viel, was mir das Gefolge vorenthalten will.

Als ich weiterwill, höre ich jemanden in der Menge meinen Namen rufen.

»Luke!«

Ich halte mitten in der Luft an. Mir winkt definitiv jemand zu, ein Junge, der auf dem Marktplatz steht, jemand, den ich nicht kenne. Er trägt ein rosa Poloshirt. Vor meinen Augen geht eine Gruppe Mädchen direkt durch ihn hindurch. Der Geist winkt mich heran und verschwindet durch die Wand hinter ihm in einem Club, der sich Vibe nennt.

Ich folge ihm nach drinnen. Hier war ich noch nie, die Türsteher lassen keinen ohne Ausweis rein. Es sieht mehr oder weniger so aus, wie ich es mir vorgestellt hatte: klebrige Tanzfläche, Besoffene, Trockeneismaschine. An einem Tisch auf der Galerie scheinen nur Geister zu sitzen. Drei davon sind Typen etwa in meinem Alter, einer davon ist der in dem Poloshirt, der mich gerufen hat. Sie sind alle sportlich gekleidet und haben das Haar mit Wet-Gel stachelig nach vorn gekämmt. Die anderen beiden sind der Richter und das Orakel. Ich stutze beim Anblick des kahl rasierten Geists, aber er starrt nur in sein Bier.

»Hallo, Boss«, sagt er.

»Was machst du hier?«

»Ähm, diese Jungs sind jedes Wochenende hier. Wir sind

draußen ins Quatschen gekommen und sie haben uns eingeladen. Mit dir hatte ich hier nich' gerechnet.«

»Sie haben mich gerufen«, sage ich achselzuckend. Wahrscheinlich hat ihm der Hirte den Abend freigegeben.

»Luke, Alter, schön, dich zu sehen«, sagt einer der jüngeren.

»Kennen wir uns?«

»Ich bin Andy, das sind Jack und Ryan. Wir haben früher hier gelebt. In Dunbarrow.«

»Okay«, sage ich, »ihr kommt mir irgendwie bekannt vor.«

»Eine peinliche Sache«, sagt Jack.

»Hätte jedem passieren können«, sagt der Richter nachsichtig.

»Trotzdem stehen wir da wie Idioten.«

»Ihr seid alle auf einmal gestorben?«, frage ich.

»Autounfall«, sagt Ryan, »er ist gefahren.«

Er deutet auf Andy, der die Augen verdreht.

»Willst du ewig darauf rumreiten?«

»Er war besoffen«, sagt Ryan.

»Du auch!«

»Ich glaube, ich erinnere mich«, sage ich. »Ich war in der achten Klasse. Ihr wart in der Zeitung.«

»Es hieß, wir wurden zu früh aus dem Leben gerissen«, sagt Jack.

»Das kenn ich«, sagt der Richter. »Ich wurde auch in der Blüte meiner Jahre dahingerafft.«

»Wie bist du gestorben?«, frage ich ihn.

»Bei 'ner Prügelei, Boss. Hab 'nen Ziegelstein an den Kopf bekommen. Und Tschüss.«

»Das war bestimmt hart«, sage ich.

»Ehrlich gesagt, kann ich mich gar nich' mehr richtig erinnern, Boss.«

»Und was die Schläge auf den Kopf angeht ...«

»Ähm, ich wusste, dass du damit anfängst ...«

»Du hast dich auf die Seite des Hirten gestellt!«

»Hör mal, Boss, ich war einfach für den Stärkeren. Du weißt, wie das is'.«

»Nein, ich weiß *nicht, wie das ist.* Sie werden mich umbringen. Du hilfst ihnen dabei.«

»Ein Schlüssel, der in kein Schloss passt«, sagt das Orakel.

»Was meinst du?«, fragt Ryan.

»Auch wenn dir das nich' viel bringt, Boss, es tut mir leid. Was mit dem Vasall passiert is' ...«

»Das war furchtbar.«

»Davon war keine Rede! Er hat nie gesagt, dass irgendwer *gefressen* werden soll.«

»Ihr kennt euch also?«, fragt mich dieser Andy.

»Von früher«, sage ich.

»Das Buch ist ein Labyrinth«, sagt das Orakel.

»Wenn es dir leidtut, warum hilfst du mir dann nicht?«, frage ich.

»Ich kann nich'«, sagt der Richter.

»Ein starker Kerl wie du? Ich dachte, du kannst dich verteidigen.«

»Sie würden Hackfleisch aus mir machen, Boss. Du kannst das hundsköpfige Monster nich' daran hindern, mich aufzufressen, deswegen nutz ich dir nix. Selbst wenn ich wollte. Aber ich will nich'.«

»Okay«, sage ich, »vergiss es. Ich wollte das alles auch nicht.«

Die Musik verstummt für einen Augenblick, dann füllt ein neues Stück die Stille.

»Ihr seid also regelmäßig hier?«, frage ich Jack.

»Samstags meistens schon, ja. Um die Erinnerung aufzufrischen.«

»Wir vermissen das hier«, sagt Ryan.

»Die Rugbyspiele sehen wir uns auch an. Daher kennen wir dich.«

»Ach so ...«

»Wie bist du gestorben?«, sagt Andy.

»Ich bin nicht richtig tot«, sage ich. »Das ist eine merkwürdige Sache. Ich versuche, wieder in meinen Körper zu kommen. Seine Freunde«, ich deute mit dem Kopf auf den Richter, »haben ihn mir weggenommen. Im Augenblick bin ich auf der Suche.«

Allgemeines Schweigen tritt ein. Die Jungen wechseln bedeutsame Blicke.

»Da können wir dir nicht helfen«, sagt Jack schließlich. »Ich hab ihn nirgends gesehen.«

»Trotzdem viel Erfolg«, sagt Andy.

»Du wirst einem Mann begegnen, dessen Handflächen keine Linien haben«, sagt das Orakel.

»Hör auf damit, Schätzchen«, sagt der Richter. »Dem Hirten wird das nich' gefallen.«

»Sind das wirklich Prophezeiungen?«, frage ich.

»Leeres Geschwätz, Boss. Völlig sinnloses Zeug. Hab nie verstanden, warum dein Dad sie behalten hat. Irgendwas muss er in ihr gesehen haben. Sie is' sozusagen mein Gegenpart. Ich bin die ungeschminkte Wahrheit, sie hat's mehr mit Visionen. Vielleicht müssen wir beide in 'nem Gefolge vertreten sein, wegen dem Gleichgewicht.«

Ein total betrunkenes Mädchen in einem schwarzen Kleid setzt sich auf Jacks Stuhl und sie sehen aus wie ein doppelt belichtetes Horrorfoto; dann erschauert sie, steht wieder auf und stolpert davon. Ich beschließe, wenn ich schon sterben muss, werde ich nicht in einem zwielichtigen Club in Dunbarrow herumspuken.

»Wer weiß?«, sage ich nach einem Augenblick zum Skinhead. »Viel Spaß noch allerseits.«

Ich fliege durch die Decke, schieße wie ein Pfeil durch das Dach des Clubs in den Himmel. Ich fliege über die Stadt, lasse den hell erleuchteten Platz und die Geschäfte mit den heruntergelassenen Läden hinter mir, überquere den silbernen Streifen des Flusses und passiere den Park mit dem Konzertpavillon, dem Ententeich und den Haufen orange leuchtender Blätter. Als ich gerade beschlossen habe, zu Elza zurückzufliegen, ohne die geringste Ahnung, wo sich mein Körper verstecken könnte, höre ich jemanden meinen Namen rufen und lege mitten in der Luft eine Kehrtwende hin, zurück in Richtung Zentrum.

Ryan fliegt in niedriger Höhe zwischen den Bäumen auf mich zu.

»Hallo«, sage ich.

»Ich habe dem Skinhead gesagt, ich lungere ein bisschen auf der Mädchentoilette herum«, sagt er.

»Machst du bestimmt auch.«

»Hör zu, es darf keiner wissen, dass ich mit dir geredet hab. Niemand darf erfahren, dass wer gequatscht hat. Aber ich glaube, du könntest am Teufelstritt fündig werden. Ich kenne alle Geister am Ort und es war die Rede davon, dass da was passiert. Wenn jemand deinen Körper hat, ist er wahrscheinlich da oben.«

»Teufelstritt?«

»Der Steinkreis. Alle Geister kennen ihn. Das ist ein Durchgangsort, verstehst du?«

»Wo ist das?«, frage ich.

»Oben an der Schule. Hinter den Rugbyfeldern führt ein Pfad in den Wald. Du erkennst ihn schon, wenn du ihn siehst.«

»Danke«, sage ich.

»Gern geschehen«, sagt Ryan, »man tut, was man kann. Wir Dunbarrow-Jungs müssen zusammenhalten.«

Er grinst und fliegt davon, zurück zum Vibe. Ich mache mich auf den Weg zur Schule.

An der Dunbarrow High ist erwartungsgemäß keine Menschenseele. Nur ein weißer Transporter steht einsam auf dem Parkplatz. Ich lasse mich noch weiter bis auf Bodenhöhe sinken. Hier, außerhalb der Reichweite der Straßenbeleuchtung, ist es zu dunkel, um überhaupt noch was zu erkennen. Ich schwebe über das Rugbyfeld, lausche auf das Rascheln der Bäume, versuche, den Pfad zu entdecken, von dem Ryan gesprochen hat. Ich habe noch nie von diesem ominösen Teufelstritt gehört und kann mir nur schwer vorstellen, dass es so nah an unserer Schule ein Zentrum des Okkultismus geben soll.

Als ich schon aufgeben will, entdecke ich jemanden mit einer schwarzen Kapuzenjacke. Ich schieße zwischen die Kiefern und stoppe direkt unter den dunklen, tropfenden Ästen in der Luft. Ich bin es, es ist mein Körper. Er kommt näher, geht mit quatschenden Schritten über das nasse Feld. In der linken Hand trägt er ein geköpftes Kaninchen, hat den braunen Kadaver an den Hinterbeinen gepackt. Als mein Körper den Baum passiert, in dem ich mich versteckt habe, bleibt er stehen und sieht sich um, als könnte er etwas im Wind wittern. Mein Gesicht unter der Kapuze der Regenjacke ist weiß, der Mund zu einer Grimasse der Freude verzerrt. Wenn ich noch atmen könnte, würde ich jetzt die Luft anhalten. Nach einem Augenblick wendet sich mein Körper ab und geht weiter mit großen Schritten in die Dunkelheit und ich gleite hinter ihm her.

Wir überqueren das Rugbyfeld und tauchen in den Wald ein, wo es ein ganzes Stück bergauf geht, dann bewegen wir uns einen flachen Abhang hinunter und haben plötzlich einen Ort erreicht, der nur der Teufelstritt sein kann. Es ist eine Mulde, vollständig von gewaltigen Eichen überschattet. Die Vertiefung ist mit weichem Moos bedeckt, aus dem Büschel nadelscharfer Schilfpflanzen ragen, die auf dem feuchtem Boden wachsen. Ich erkenne drei Steine, von denen einer übermannshoch ist, während die anderen runder und flacher sind, vielleicht so hoch wie ein Tisch. Wenn ich dramatisch werden wollte, könnte ich sie mit Zähnen vergleichen, aber tatsächlich sind es nur zerklüftete Steine, die aussehen, als hätte ein Bildhauer mitten in der Arbeit die Lust verloren und sie einfach liegen lassen. Das düstere Bild passt zu meiner Lage.

Mein Körper geht zur Mitte des Steinkreises und fängt an, mit den Händen in der Erde zu wühlen. Ich beobachte von meinem Versteck oben in den Bäumen aus, wie er gräbt, ohne sich um Wind und Regen zu scheren.

Um Mitternacht bin ich wieder zurück bei Elza. Ham liegt ausgestreckt zu ihren Füßen und schnauft leise. Sie hat zwei Seiten von Dads Notizen vor sich auf dem Sofa liegen und kritzelt hektisch mit einem wasserfesten Stift.

»Klopf, klopf.«

»Hast du dich gefunden?«

»Habe ich tatsächlich. Ich ... ich meine, das Ding war oben hinter der Schule. An diesem sogenannten Teufelstritt.«

»Oh. Am Opferplatz. Das ist ... ungünstig. Wahrscheinlich bereitet es etwas für Halloween vor.«

»Es hat stundenlang gebuddelt und erst kurz vor Mitternacht aufgehört. Ich bin ihm bis zu unserem Haus zurück gefolgt.«

»Und musstest draußen bleiben, wegen der magischen Schranke.«

»Stimmt. Das Ding ist reingegangen, und das war's. Es ist immer noch da.«

»Wir haben also Probleme ohne Ende. Kein Siegel, kein Buch und du hast keinen Körper. Deine Mutter ist im Haus eingesperrt. Bis Halloween bleiben uns nur fünf volle Tage und ich habe immer noch keine Ahnung, was die Zahlenreihen deines Vaters bedeuten sollen.«

»Elza, ich muss wissen, ob es Mum gut geht. Ich habe sie seit Freitag nicht mehr gesehen. Es könnte ihr alles Mögliche zugestoßen sein. Du weißt, wie sie in letzter Zeit war. Ich muss zu ihr.«

»Okay.« Elza presst zwei Finger gegen ihren Nasenrücken. »Oh, diese Kopfschmerzen. Ich wollte das auch schon vorschlagen. Wenn das Gefolge dich nicht im Haus haben will, musst du erst recht hin.«

»Was, sollen wir jetzt gleich los?«

»Nein, nicht jetzt. Wir müssen das richtig planen. Wir dürfen nicht einfach so losrennen, wie wir das bei Holiday getan haben. Wir überlegen uns was und gehen morgen hin. Deine Mum zu retten, wäre ein guter Anfang.«

»Okay, aber wie lösen wir die anderen Probleme?«

»Na ja ... das weiß ich auch nicht. Aber sie wollen sie eindeutig aus irgendeinem Grund am Leben halten. Ich glaube, wenn wir deine Mum rausholen, werden sie uns folgen. Auch dein Körper. Und wir ... wir werden improvisieren müssen.«

»Okay«, sage ich. »Mir fällt auf jeden Fall nichts Besseres ein.«

»Nun zu diesem Zauberkreis«, sagt Elza. »Komme ich da durch? Wirkt er nur gegen Geister?«

»Ich glaube nicht, dass die Schranke Lebende abhält. Der Postbote ist jedenfalls direkt zur Tür gegangen.«

»Vielleicht haben sie ihn durchgelassen.«

»Ja, vielleicht«, sage ich. »Aber Vögel sind auch durchgekommen.«

»Hmm. Ich habe eine Idee.«

»Ehrlich?«

»Hast du schon einmal versucht, in einen fremden Körper zu fahren?«

»Wäre mir nicht im Traum eingefallen.«

»Das ist auch gut so. Keine empfehlenswerte Angewohnheit. Na ja. Ich gehe da jedenfalls nicht allein hin. Wir wissen, dass sie dich nicht umbringen können. Du bist schon ein Geist, ich weiß gar nicht, ob sie dir überhaupt noch was anhaben können. Ich bin verletzlich. Ich glaube nicht, dass mir der Hexenstein hilft, falls dein Körper mich zu fassen bekommt.«

»Also muss ich auch mit. Aber ich kann nicht durch ...«

»Ja. Aber wie gesagt, ich habe eine Idee. Erinnerst du dich an Troja? An das Holzpferd mit den Soldaten im Bauch? Das haben wir zwar nicht, aber ich weiß schon, wie du die Schranke überwinden kannst.«

»Und wie?«

Das Feuer sprüht Funken und ein brennender Kohleklumpen rollt aus dem Kamin gegen den Feuerschutz. Ham wird aus dem Schlaf gerissen, springt auf und winselt. Er dreht sich zu Elza und mir um und sieht uns aus weit aufgerissenen Augen empört an.

HUNDELEBEN

Bin Ham. Bin Luke. Laufe mit Mädchen über Wiesen. Wiesen riechen gut. Bin tapfer. Bin brav. Großer tapferer Ham. Guter Junge. Mädchen lieb. Bin im Regen, nicht gut. Bäume schreien im Regen. Füße in Schlamm. Nasse Füße. Bin tapfer. Mädchen geht mit Ham. Mum suchen. Geh zum Haus. Böses Haus.

Gehen, gehen. Kopf nass. Mädchen redet. Redet, redet, redet. Hohe Stimme. Mädchen nasses Haar. Mädchen riecht sehr gut. Gehen, gehen, gehen. Sehe Haus. Böses Haus. Ham Angst. Ham tapfer. Haus groß und böse. War gutes Haus. Jetzt Ham Angst. Haus voll mit Nichtmenschen. Nichtmenschen böse, kein Geruch. Ham Angst. Ham tapfer. Muss Mum suchen. Muss tapfer sein. Haus auch voll mit Nichtluke. Ganz schlimm. Riecht wie Luke. Ist nicht Luke.

Leise, leise. Ham leise. Haus riecht falsch. Bin tapfer. Nicht wegrennen. Luke tapfer. Blut unter Hecke. Frisches Blut. Nichttiere hängen an Bäumen. Nichttiere reden. Sagen: *Geh weg, geh weg, geh weg.* Ham nicht wegrennen. Muss über Blut. Muss zu bösem Haus. Bin Ham. Bin Luke.

Mädchen redet, schubst Ham. Will nicht gehen. Ham Angst. Nichttiere überall. Und Nichtmenschen. Sehr böse. Haus groß und dunkel und böse.

Mädchen haut Ham auf Hintern. Haut ganz fest. Nicht

schön. Will schreien. Bin Luke. Bin Luke. Kriechen. Mädchen hinter mir. Bin tapfer. Nichttiere an Bäumen. Nichttiere schreien.

Muss Mum finden. Bin Luke. Bin Ham. Bin tapfer. Bin ganz tapfer. Krieche über Blut. Stinkt schlecht. Bin ganz tapfer. Über Rasen. Mädchen versteckt im Schuppen.

Bin nicht Ham. Bin Luke, Luke, bin Luke und dann ...

Dann gebe ich Hams Körper frei und zische aus seiner Nase wie Dampf aus einem Kessel. Elza hatte recht. Es hat funktioniert, wir sind im Kreis. Die toten Augen der Aaswächter folgen mir, als ich über den Rasen hinter dem Haus schwebe, den ich immer das Schönste an unserem Haus fand: Die breite grüne Fläche fällt sanft zu einer niedrigen Steinmauer ab, hinter der ohne Übergang zertrampelte Schafweiden beginnen. Ham winselt hinter mir. Ich hoffe, er wird nicht zur Belastung. Ihn zu benutzen, um die Schranke rund um mein Haus zu durchbrechen, war eine geniale Idee, aber ich habe Angst, dass er die Geister alarmiert. Ich hatte mich seit dem frühen Morgen hinter dem Kamin unseres Nachbarn versteckt, um das Haus zu beobachten. Mein Körper ist in der Morgendämmerung aufs Moor hinausgegangen und bisher nicht zurückgekommen, aber das kann sich ändern und der Hirte hat sicher andere Angehörige des Gefolges als Wachen für das Haus abgestellt.

»Geh zu Elza!«, zische ich. Ich überlege, ob ich seinen Körper noch einmal übernehmen und zum Schuppen steuern soll, damit er da auf mich wartet, aber das würde ich mir lieber ersparen. Mich in Hams Denken einzuschleichen, war die verwirrendste Erfahrung meines Lebens, schlimmer als jeder Suff oder Traum. Es ist, als wäre man in einem Spiegelkabinett gefangen, während einem ein Idiot ins Ohr brüllt. Jeder Klumpen Dreck auf den Wiesen zwischen hier und dem Towen Crescent roch unbeschreiblich, in meiner Schnauze spielte ein ganzes Orchester aus Klang und Licht. Ich verlor zunehmend den Überblick und wusste kaum noch, wer ich war. Wenn Elza Ham nicht angetrieben hätte, hätte ich ihn nicht einmal dazu bringen können, die Grenzlinie zu überschreiten.

Ich durchquere den Garten und fließe durch die Wand in die Küche. Im Wohnzimmer läuft der Fernseher. Ich schwebe in den Flur und spitze um den Türrahmen. Der Richter sitzt auf dem Sofa, die Füße in den roten Docs auf dem Couchtisch. Er sieht sich ein Rugbyspiel an und nimmt es mit seinen Pflichten als Wache offenbar nicht so genau. Ich frage mich, was das restliche Gefolge treibt. Ich beschließe, gleich zur Sache zu kommen, und schwebe direkt durch die Decke in Mums Schlafzimmer.

Mein Kopf stößt durch den Fußboden, dann folgen meine Schultern und ich bin im Zimmer. Es ist dunkel hier drin. Dichte schwarze Laken verdecken das Fenster, nicht wie sonst orange-grüne Vorhänge. Nur ein dünner Streifen Tageslicht sickert an den Rändern herein.

Mum selbst schwebt – von einer unsichtbaren Kraft gehalten – etwa dreißig Zentimeter über der Matratze. Die riesige schwarze Rune prangt immer noch über ihrem Bett, wird aber jetzt von acht kleineren Zeichen eingefasst. Ich schwebe näher heran. Mums Gesicht ist ausdruckslos und ruhig, sie scheint keine Schmerzen zu haben. Ihre Arme sind über der Brust verschränkt und ich sehe, dass sie ein Buch mit grünem Einband umklammert hält. Hier bewahren sie also das *Buch der Acht* auf. Ich weiß nicht, wie wir Mum rausholen sollen. Dass sie in der Luft schwebt, hatte ich nicht erwartet. Ich bleibe an ihrem Bett stehen und lausche auf ihren Atem, obwohl ich weiß, dass sie mich nicht sehen könnte, selbst wenn sie wach wäre. Ich kann sie noch nicht einmal anfassen. Wenn ich Berkleys Vertrag nicht unterschrieben hätte ...

Ich halte es in dem Raum nicht aus. Ich schieße durch die Wand in mein eigenes Zimmer, das völlig verwüstet ist; überall liegen Kleidungsstücke und Bettzeug herum. Irgendwer hat wie ein Tier an meiner Tapete gerissen. Ich kontrolliere jeden Raum im Haus, finde aber keine weiteren Geister und kehre zum Schuppen zurück, in dem Elza und Ham kauern.

»Was ist los?«, fragt Elza.

»Der Richter sitzt im Wohnzimmer, aber er sieht fern. An dem kommst du vorbei. Die anderen sind nicht da, soweit ich sehen kann. Wahrscheinlich sind sie am Teufelstritt oder so.«

»Oder sie wollen, dass wir das glauben.«

»Wir haben keine Wahl. Okay, wo meine Mutter ihr Schlafzimmer hat, weißt du ja. Da gehen merkwürdige Dinge vor.«

»Willst du das wirklich durchziehen?«, fragt sie.

»Das *Buch der Acht* ist auch da oben. Wir brauchen das Buch.«

Elza löst sich aus der Deckung und rennt mit quatschenden Armeestiefeln über den nassen Rasen. Ham bleibt unter einer Werkzeugbank kauernd im Schuppen. Ich beschließe, ihn wegen dauerhafter Feigheit zum rangniedersten Rudelmitglied zu degradieren. Elza ist schon an der Hintertür, als ich sie einhole. Sie wickelt einen Lappen um ihre Faust, schlägt eine Glasscheibe ein und greift nach innen, um die Tür zu öffnen.

»Der Schlüssel ist unter dem Blumentopf!«, zische ich.

»Tut mir leid. Das wollte ich schon immer mal machen.«

»Viel zu laut! Vergiss nicht, dass ein Geist im Haus ist.«

Elza betritt die Küche. Glasscherben knirschen unter ihren Füßen. Sie nimmt ein Messer von dem Magnetstreifen hinter dem Herd.

»Ich kann mir nicht vorstellen, dass dir das was bringt.«

»Das weiß man nie. Wow, ist das ein Svensberg Limited Edition?«

»Mums Zimmer ist direkt über uns.«

»Die hat aber guten Geschmack bei Messern.«

»Elza ...«

»Entschuldigung. Wenn ich Angst habe, gerate ich schon mal ins Schwafeln.«

Ihre Knöchel wirken vor dem Hintergrund des Messergriffs sehr weiß. Im Fernsehen kommt eine Werbepause und ich gebe ihr verzweifelt Zeichen, sich zu verstecken. Sie schlüpft schwer atmend in die Speisekammer. Der Richter greift nur nach der Sky-Fernbedienung und springt zum nächsten Teil des Spiels. Ich gleite durch die Wand ins Wohnzimmer und beobachte seinen mit grauen Stoppeln bedeckten Hinterkopf, bis ich mir sicher bin, dass er voll und ganz beschäftigt ist. Ich flitze zurück zur Speisekammer.

»Stichst du zu, falls dir mein Körper über den Weg läuft?«, flüstere ich.

»Nur wenn es sein muss.«

»Mir wäre es lieber, wenn du mich nicht erstichst. Ich brauche meinen Körper in gutem Zustand.«

Elza schleicht durch den vorderen Teil des Flurs, den gefährlichsten Bereich, in dem der Richter sie problemlos sehen könnte. Sie ist leise und leichtfüßig, wenn sie will, und erinnert mich an eine große schwarze Katze. Sie presst sich an den Garderobenschrank an der Tür und wartet auf mein Zeichen, dass sie zur Treppe gehen soll. Der Lärm der Menge im Fernsehen klingt wie das Tosen der Brandung, nicht wie Laute aus menschlichen Kehlen. Der Richter legt den linken Stiefel auf den rechten. Ich halte nach Anzeichen Ausschau, dass er aufstehen will. Nach einer weiteren Minute komme ich zu dem Schluss, dass keine Gefahr besteht. Elza steigt die Treppe hinauf und schleicht über den Flur zu Mums Schlafzimmer. Mit erhobenem Messer öffnet sie leise die Tür und scheut plötzlich vor der dunklen Öffnung zurück.

»Ist sie ...?«

»Ja. Sie schwebt.«

Bei meinem zweiten Besuch kommt mir der Raum noch schlimmer vor, mehr wie ein Grab als wie ein Schlafzimmer.

»So was habe ich noch nie gesehen.« Elza klingt ebenso verängstigt wie fasziniert.

»Wir müssen sie hier rausholen«, sage ich.

Elza schließt die Schlafzimmertür hinter sich. Der Lärm des Rugbyspiels unten verklingt. Jetzt ist es noch dunkler. Ich kann Elzas Gesicht gerade eben noch erkennen. Meine Mutter muss raus aus diesem Haus, weg von den Geistern, irgendwohin, wo es sicher ist, und ich kann sie noch nicht einmal anfassen. Das muss Elza doch verstehen.

»Ich weiß nicht, wie das gehen soll«, sagt Elza.

»Wir müssen sie hier rausholen! Sie ist meine Mutter! Ich habe sie die ganze Woche in diesem Zustand hier liegen lassen! Wir müssen etwas unternehmen.«

»Luke ...!«

»Elza! Es ist mein Ernst! Hilf mir, sie hier rauszuholen – jetzt!«

Elzas Hand klatscht durch mein Gesicht.

»Luke! Wir tun doch etwas!«, zischt Elza. »Wir müssen das Buch und das Siegel zurückholen. Luke ... Ich verstehe, wie du dich fühlst. Wenn das meine Mutter wäre ... Ich wüsste nicht, was ich tun würde. Aber wir dürfen das Wesentliche nicht aus den Augen verlieren. Wir müssen herausfinden, wie wir das Buch lesen und das Gefolge für immer bannen können. Nur so können wir sie retten. Willst du sie ins Krankenhaus bringen? Was können die schon für sie tun? Da ist sie auch nicht sicherer als hier.«

»Das weißt du gar nicht! Elza, hör auf, so zu reden!«

»Deine Mutter *schwebt frei im Raum.* Wie soll ich sie aus dem Haus schaffen? Soll ich ein Seil um ihren Knöchel binden? Sie auf der Straße wie einen Drachen hinter mir herziehen?«

Ich sage kein Wort. Ich finde das alles furchtbar. Es gibt mir das Gefühl, versagt zu haben. Was auch immer das Gefolge ihr angetan hat, das Bezirkskrankenhaus kann ihr jetzt nicht mehr helfen. Ich will sie nicht hierlassen, aber wir haben keine Wahl. Ich versuche, meine Panik herunterzuschlucken und mich damit abzufinden, dass unsere Möglichkeiten begrenzt sind.

»Dann nimm das Buch«, sage ich.

Elza holt tief Luft.

»Ich traue mich nicht recht, sie anzufassen. Was, wenn sie aufwacht?«

»Was soll schon passieren?«

»Wenn sie versucht, mich zu erwürgen oder so? Ich will sie nicht niederstechen müssen.«

»Uns bleibt keine Wahl, das weißt du doch.«

Mit dem Tranchiermesser in der Hand schleicht Elza durch das dunkle Schlafzimmer. Ich gleite neben ihr her und behalte Mum genau im Auge. Für mich wirkt sie friedlich und nicht besonders bedrohlich, aber das völlig regungslose Gesicht ist irgendwie Furcht einflößend. Ich hätte nie gedacht, dass ich einmal Angst vor ihr haben könnte. Dabei wird sie noch nicht einmal wütend, wenn ich in der Schule Ärger habe oder vergesse, mit Ham rauszugehen oder so, sie wedelt dann nur mit der Hand und sagt »Also wirklich«, als wäre das typisch für mich, als hätte sie nichts anderes erwartet. Ich weiß gar nicht, ob sie mich je angeschrien hat. Aber hier, in diesem Augenblick, als sich Elzas Hände ihrem Körper und damit dem Buch immer mehr nähern, merke ich, dass ich sie lieb haben und gleichzeitig vor ihr Angst haben kann. Ich frage mich, was ihre geschlossenen Augen sehen. Was ich in ihnen sehen würde, falls sie aufwachen würde.

Elza greift nach dem *Buch der Acht* und fängt an, es aus Mums Armen herauszuziehen.

Mum gibt einen kleinen Seufzer von sich.

Elza erstarrt.

»Sie tut dir nichts«, sage ich.

»Du hast gut reden, Junge ohne Körper.«

»Ich habe einen Körper. Und der ist vielleicht gerade auf dem Weg hierher. Wir müssen hier raus.«

Elza beißt die Zähne zusammen und zieht das *Buch der Acht* ganz heraus. Mums Arme passen sich an die neue Position an und ruhen nun ohne das Buch auf ihrer Brust.

Elza hatte die Luft angehalten, nun atmet sie kräftig aus, geht so schnell wie möglich aus dem Zimmer und schließt die Tür hinter sich. Ich gleite durch die Wand und höre sie gerade noch quieken und einen Schrei unterdrücken.

Der Ketzer steht in Flammen gehüllt auf dem Flur. Sein Unterkiefer hängt herab, öliger Rauch quillt aus Nasenlöchern und Augenhöhlen. Er streckt eine fleischlose Hand nach mir aus und greift in die Luft.

»Pater noster, qui est in caelis, sanctificetur nomen tuum!«

»Was *ist* das?«, zischt Elza.

»Das ist der Ketzer. Der tut nichts. Er weiß noch nicht einmal, wo er ist. Sei still!«, sage ich zu dem Geist.

»Versucht er, sie zu warnen?«, fragt Elza.

»Der hat nicht mehr genug Verstand, um irgendwen vor irgendwas zu warnen.«

»Adveniat regnum tuum!«

»Halt die Klappe!«

»Fiat voluntas tua, sicut in caelo et in terra!«

»Er wird sie warnen, ob er will oder nicht!«, zischt Elza.

»Bitte sei ruhig, Ketzer!«

»Panem nostrum cotidianum da nobis hodie, et dimitte nobis ...«

»Elza, geh ins Bad. Jetzt!«

»Debita nostra sicut et nos dimittimus debitoribus nostris!«

»Was?«, fragt sie.

»Et ne nos inducas in tentationem, sed libera nos a malo!«

»Ins Bad. Steig durch das Fenster aufs Garagendach. Von da kannst du in den Garten hinter dem Haus springen. Ich kümmere mich um den Richter. Er kann mir nichts tun. Geh!«

»Pater noster, qui est in caelis, sanctificetur nomen tuum!«

Elza nickt und verschwindet im Bad, wobei sie die Tür hinter sich schließt. Der Richter trampelt die Treppe hoch, das Kartoffelgesicht in verärgerte Falten gelegt.

»Was schreist du so rum? Nix als Ärger, ständig dieses ... Luke!«

»Richter.«

Er bleibt auf der Treppe stehen. Eine dicke Hand liegt auf dem Geländer, die andere ist zur Faust geballt.

»Adveniat regnum tuum!«

»Ich hab dir gesagt, du sollst dich nich' einmischen. Halt dich raus, habe ich gesagt.«

»Du weißt, dass ich das nicht kann.«

»Was zum Teufel ... wie bist du hier reingekommen?«

»Der Hirte weiß auch nicht alles. Mehr kann ich nicht sagen.«

»Fiat voluntas tua, sicut in caelo et in terra!«

»Du musst hier weg«, sagt er. »Ich muss ihnen sagen, dass du hier warst.«

»Tu, was du nicht lassen kannst. Aber ich werde diese Sache gewinnen und ich merke mir, auf welcher Seite du gestanden hast.«

»Verdammt noch ...« Er zerrt an seinem Kragen. »Verdammt noch mal! Die Furie – du weißt, dass ich dir nicht helfen kann, Boss. Solange du das Ding nich' unter Kontrolle hast, muss ich tun, was sie mir sagen.«

»Panem nostrum cotidianum da nobis hodie ...« Der Ketzer hat sich in Bewegung gesetzt und wedelt mit den brennenden Armen. Er verschwindet durch die Wand, in die Richtung, in der ich Elza und Ham vermute, aber der Richter scheint sich glücklicherweise nicht dafür zu interessieren.

»Ich kann gewinnen. Glaub mir. Ich schicke den Hirten und die Furie in die Hölle zurück.«

»Du musst weg«, sagt er. »Ich geb dir fünfzehn Minuten, aber dann muss ich das melden, muss ihnen sagen, dass du im Haus warst. Ich muss.«

Ich hole tief Luft.

»Danke«, sage ich. Ich stelle mir vor, wie sich Elza durch das winzige Fenster zwängt, wie ihre Stiefel über die bemoosten grünen Dachziegel schlittern, wie sie sich auf den

Rasen fallen lässt, das *Buch der Acht* in der Tasche ihrer Regenjacke. Hoffentlich hat sie es mittlerweile bis ans hintere Ende des Gartens geschafft. Gut möglich, dass der Richter draußen nachsieht.

»Sicut et nos dimittimus debitoribus nostris!« Der irrsinnige Singsang des Geists dringt gedämpft durch Wände und Fenster.

Der Richter nickt mir kaum merklich zu. Was er damit meint, ist nicht klar. Einen Augenblick lang denke ich, er will nach draußen, aber dann wendet er sich ab und geht wieder nach unten.

»Das mit dem Vasallen tut mir leid!«, sage ich und schieße aus dem Haus wie ein Pfeil, durch die Dämmung der Wand in die triste Oktoberluft, in den schräg peitschenden Regen. Unsere Dachrinnen können die Wassermassen kaum halten, jeder Baum zischt im Wind wie ein Radio, das auf einen Sender ohne Empfang eingestellt ist. Elza ist schon über die Gartenmauer und Ham macht in unserem Obstgarten direkt vor der mit Blut gezogenen Zaubergrenze Bocksprünge und steigt wie ein Pferd. Ich steuere im Sturzflug auf ihn zu, auf meinen zweiten Körper …

Körper, Jungenkörper. Hundeleben. Hundekörper. Bin Ham. Sehr tapfer. Gut gemacht. Guter Junge, gutes Mädchen. Mädchen lieb. Tapferes Mädchen. Mädchen rennt, Ham rennt. Auf Wiedersehen, Nichttiere. Auf Wiedersehen, böses Haus. Bin Ham. Schöne Wiesen. Schöner Himmel. Hallo, Wiesen. Bin Luke. Bin Ham.

Ham rennt. Renn, Ham, renn. Renn, renn, renn.

Als wir die ersten Wiesen hinter uns gelassen haben, gebe ich Ham wieder frei, mittlerweile weiß er ja hoffentlich, wohin er laufen soll. Elza wirft mindestens jede Minute einen Blick über die Schulter. Die Bäume um meinen Garten mit ihrem goldenen Laub sind kaum noch zu sehen, aber sie rechnet fest damit, dass jeden Augenblick etwas Furchtbares wie eine Rakete hinter uns hergeschossen kommen wird.

»Und wie holen wir meinen Körper zurück?«, frage ich.

»Das weiß ich noch nicht.«

»Ich bin mir ziemlich sicher, dass ich ihn unbedingt brauche. Wenn ich ein echter Geisterbeschwörer werden will. Ich kann das Siegel als Geist nicht benutzen. An einem Geisterfinger kann man keinen Ring tragen. Außerdem haben wir das Siegel noch gar nicht. Zuletzt habe ich es an meinem Körper gesehen.«

»Ich glaube, deswegen haben sie sich deinen Körper geschnappt«, sagt sie. »Um deine Möglichkeiten zu beschneiden. Damit haben sie dich unter Kontrolle. Vermutlich können sie ihn bei dem Ritual töten, das sie für Halloween geplant haben.«

»Also müssen wir ...«

»Luke.«

»Was?«

Elza deutet verzweifelt zum Horizont. Wir befinden uns mitten auf einer mit einer Trockenmauer eingefassten Schafweide, auf der aber keine Schafe weiden. Links von uns liegen die Außenbezirke von Dunbarrow, rechts noch mehr Wiesen und dahinter die Autobahn. Niemand zu sehen. Direkt vor uns liegt ein dichter Kiefernwald und auf den deutet Elza so verzweifelt.

»Ich sehe ni...«, sage ich, aber dann sehe ich es doch. Da kommt jemand aus dem Wald, weit weg, nur drei weiße Tupfen, die sich vor dem dunklen Hintergrund der Bäume bewegen. Aus dieser Entfernung kann ich es nicht genau erkennen, aber es sieht aus wie ich.

»Wenn man vom Teufel spricht ...«

»Hat er uns gesehen?«, zischt Elza.

»Weiß ich nicht. Wo sind wir?«

»In der Nähe vom Bareoak Drive«, sagt sie, »bis zu mir ist es nicht mehr weit.«

»Kann ich – er – in dein Haus?«

»Vielleicht. Vielleicht auch nicht. Ich weiß nicht genau, welche Wirkung Haselsterne auf fremdgesteuerte Körper haben. Ausprobieren will ich es lieber nicht.«

Ich sehe mich um. Zwischen uns und den ersten Häusern und Straßen liegen drei Weiden, zwischen meinem Körper und uns vier, aber ich weiß, dass er sehr schnell sein kann, wenn er will. Dafür trainiere ich schließlich im Fitnessstudio. Vermutlich sind wir im Vorteil, aber es wird knapp.

»Soll ich rennen?«, fragt Elza.

»Ich weiß nicht. Ich glaube, er hat uns noch nicht gesehen, aber wenn wir nach links abbiegen ...«

»Stimmt, da liegt das Gelände höher.«

»Dann sieht er uns.«

»Und wenn wir noch länger hier herumstehen, sieht er uns auch«, sagt Elza.

»Okay«, sage ich, »lauf los. Renn so schnell, wie du kannst.«

Elza nickt und rast in vollem Tempo auf die linke Seite der Wiese zu. Ham folgt mir, als ich neben ihr hergleite. Seinem Galopp nach hält er alles für ein Spiel.

Elza rennt, dass die nasse Erde unter ihren Stiefeln spritzt. Mein vom Dämon besessener Körper sieht uns, bevor wir die Mauer erreichen, und sprintet auf uns zu, eine winzige schwarze Gestalt, die über den Hang vor dem Wald setzt. Elza klettert über die Trockenmauer und tritt dabei ein paar kleinere Steine los. Ham winselt und schlägt Kreise, bis ihm schließlich einfällt, dass er über Mauern springen kann; er macht einen Satz und landet platschend im Schlamm.

Wir schaffen es über die zweite Weide, aber mein Körper setzt schon über die Mauer an der Nordseite, als Elza die an der Westseite erreicht, und ihre Kräfte lassen nach. Ham jault und segelt über die Mauer. Elza landet mit einem gequälten Keuchen auf dem Boden. Das Gras wirkt deprimierend leblos. Ihre Beine sind mit einer dicken Schlammschicht überzogen. Es ist geradezu unerträglich, zusehen zu müssen, ohne eingreifen zu können. Mein fremdgesteuerter Körper holt auf. Seine Schritte hämmern regelmäßig wie Trommelwirbel über den Boden. Ich will die Augen schließen, aber ich kann nicht.

Elza keucht jetzt schlimmer als Ham, zwingt sich aber weiterzulaufen. Die letzte Wiese ist nicht ganz eben, der mittlere Teil steigt zu den Seiten an. Elza keucht den schlammigen Hang hinunter, landet mit den Füßen in dem dreckigen Wasser, das sich in der Senke in der Mitte gesammelt hat, ringt nach Luft, als sie durch das Wasser rast und die kalte Flüssigkeit auf Beine und Rücken spritzt.

»Du machst das ganz toll!«, brülle ich. »Weiter so!«

»Ich bin ... keine Läuferin ...«, sagt sie.

»Du läufst doch, oder? Darauf kommt es an!«

Ham ist ebenfalls völlig durchnässt, das Fell an Flanken und Beinen steht in dunklen, tropfenden Zacken ab, als er durch das Gras galoppiert. Es regnet wieder. Der Regen fällt zischend auf das Gras.

Der letzte Anstieg ist ein Albtraum. Elzas Stiefel rutschen im Schlamm und zweimal fällt sie fast. Das Haar klebt ihr im Gesicht und verdeckt ihre schreckerfüllten Augen.

»Ich kann nicht ...«, sagt sie.

»Du musst! Ohne dich schaffe ich es nicht! Lauf weiter!«

Ihre Füße hämmern, hämmern, hämmern über das Gras.

Mein Körper setzt mit einem lässigen Sprung über die letzte Mauer, die ihn von uns trennt, rutscht den schlammigen Hang hinunter, platscht durch die wassergefüllte Vertiefung in der Mitte der Wiese; mein regennasses Haar glänzt wie eine Kappe, mein Gesicht ist in grimmiger Freude verzogen. Die Finger meines Körpers schließen und öffnen sich krampfhaft, wie die Tentakel einer Anemone. Ham hat Elza überholt. Er hat mehr Übung im Rennen und panische Angst vor dem Ding, das nicht wirklich ich bin.

Elza ist bis auf sechs Meter an die Häuser im Bareoak Drive heran.

»Wie weit ... noch?«, keucht sie.

Drei Meter.

»Du hast einen Riesenvorsprung!«, lüge ich. »Du schaffst es! Lauf weiter!«

Das Gelände wird ebener.

Mein Körper holt auf.

Elza sprintet zu einer Lücke im Zaun, einem schmalen Durchgang. Ham verschwindet vor ihr. Der Regen peitscht auf uns herab. Ich schwebe über ihr, über Zäunen und Häusern, wie eine Hubschrauberkamera. Mein vom Dämon besessener Körper rennt hinter ihr die Anhöhe hinauf. Er wimmert, als wollte er Elzas Keuchen nachahmen.

»Nach links!«, brülle ich ihr zu. »Lauf nach links! Du musst Leute finden!«

Ich weiß nicht, wie stark dieses Luke-Wesen ist. Vielleicht kann es jeden töten, der versucht, ihr zu helfen. Elza sprintet durch den Durchgang und duckt sich nach rechts, liegt plötzlich lang ausgestreckt auf der Seite. Sie ist gestürzt. Ich steuere im Sturzflug auf sie zu, während der Dämon immer näher kommt. Mein Körper rennt durch den Durchgang, an den Sportschuhen klebt der schwere dunkle Schlamm in dicken Klumpen, die Arme pumpen, der Mund grinst blöde ...

Elza kommt nicht hoch, sie liegt immer noch auf dem Boden, sie ...

Mein Körper erreicht das Ende des Durchgangs und Elza tritt mit aller Kraft zu, erwischt seinen Fuß mit der schweren Ferse ihres Stiefels. Für einen Augenblick segelt mein Körper von seinem eigenen Schwung mitgerissen ausgestreckt durch die Luft, ohne mit irgendeinem Körperteil den Boden zu berühren. Dann höre ich einen dumpfen Schlag, als der Kopf meines Körpers gegen die Seite eines Autos prallt. Die Alarmanlage heult los. Elza steht auf und keucht so heftig, dass sie kein Wort herausbringt. Mein Körper liegt lang ausgestreckt auf dem Asphalt und rührt sich nicht.

»Hast du mich *umgebracht?* Elza, also wirklich. Sag mir, dass du mich nicht umgebracht hast.«

Elza beugt sich vor, würgt und würgt und erbricht Wasser auf den Asphalt.

»Ich fasse es nicht.«

»Ich ... auch nicht«, sagt sie und wischt sich den Mund ab. Vorsichtig kniet sie sich hin und hält ein paar Sekunden lang mein Handgelenk. Ich sehe, dass mein Körper an der rechten Hand immer noch den Siegelring trägt, was bedeutet, dass Elza soeben mit einem einzigen gut gezielten Stiefeltritt zwei Probleme gelöst hat.

»Er ist ... du bist ... am Leben«, sagt Elza. »Bewusstlos. Ich war mir nicht sicher, ob das bei einem fremdgesteuerten Körper möglich ist. Ich konnte einfach nicht mehr. Ich ... ich war am Ende.«

»Was machen wir jetzt?«

»Ein Seil holen?« Elza zuckt die Achseln. »Ihn fesseln. Dann überlegen wir uns, was wir mit ihm anfangen.«

Ham erscheint wieder auf der Bildfläche und patscht hinter einem geparkten Auto hervor. Er ist von Schlamm und Wasser völlig verklebt, das Fell steht in allen Richtungen von seinem Gesicht ab. Er schnüffelt an meinem Körper und zuckt dann zurück, als würde er stinken. Die Alarmanlage des Autos heult immer noch. Elza fängt an, an meinem Körper zu ziehen.

»Schwer?«, frage ich, obwohl ich ihr sowieso nicht helfen kann.

»Es ist nur eine Straße oder so. Das schaffe ich schon.«

Sie schlingt ihre Arme unter meinen Achseln durch und schleift meinen Körper über die Straße, sodass meine ohnehin ruinierten Sportschuhe hinter uns über den Asphalt schrammen. Ich bin überrascht, dass sie nach dieser wilden Jagd überhaupt noch stehen kann, aber sie schafft es.

»Ich habe ein Adrenalinhoch«, erklärt sie. »Ich könnte die ganze Zeit lachen. Selbst als ich rennen musste. Es kam mir alles so witzig vor. Wie ein schlechter Witz. Verstehst du?«

»Eigentlich nicht.«

Als wir die Straße schon halb hinter uns haben, kommt jemand aus seinem Haus – zu spät, um uns helfen zu können. Ein alter Mann, den die Alarmanlage des Autos aufgeschreckt hat, steht auf der Stufe vor seiner Haustür. Er sagt nichts, sieht nur schnaubend zu, wie Elza meinen Körper wegschleppt. Ham trottet neben ihr her.

»Zu viel getrunken«, blafft Elza in seine Richtung, wobei sie Mühe hat, mit ihrem falschen Grinsen die Schmerzen zu überspielen.

Der Mann schnaubt erneut und schüttelt den Kopf. In seinem Garten segeln flammende Blätter in Spiralen zu Boden.

Mein Körper liegt auf dem Rücken auf der Bettdecke in Elzas Gästezimmer und ist mit Kunstfaserseil gefesselt, von dem ihr Heimwerker-Dad mindestens fünf Kilometer in der Garage herumliegen hat. Die Seilwindungen schlingen sich umeinander wie ein Schlangennest und sind mit absolut sicher aussehenden Knoten befestigt. Meine Arme und Beine sind zusammengebunden und dann an den Bettpfosten festgezurrt. Ich schwebe unter der Decke und blicke auf mein eigenes Gesicht herab.

»Ich kann nur hoffen, das hält«, sagt Elza. »Ich habe nie versucht, eine von einem Dämon besessene Person als Geisel zu nehmen; ich habe keine Ahnung, welche Kräfte so jemand besitzt.«

»Und was tun wir jetzt?«

»Eine Dämonenaustreibung versuchen, würde ich sagen.«

»Sollen wir die Macht Christi anrufen?«, frage ich.

»Wenn du willst. Wir können es ja probieren.«

»Nein. Da würde ich mir blöd vorkommen.«

»Ich wette, es steht was darüber im Buch. Wenn wir es nur lesen könnten, würde uns bestimmt was einfallen ...«

»Vielleicht ...«

Der Raum fängt an zu beben. Zuerst klingt es, als hätte jemand im Zimmer unter uns einen Wäschetrockner eingeschaltet, aber der Lärm hallt und verstärkt sich, bis der Raum wackelt wie bei einem Erdbeben und die Möbel scheppernd in Bewegung geraten.

Ham heult in der Küche. Die staubigen Bücherregale stoßen krachend gegeneinander, Taschenbücher plumpsen zu Boden. Die Decke schlägt Wellen, die Nachttischlampe fällt um und wirft riesige, wilde Schatten. Mein Körper fängt an, zu schreien und wild um sich zu schlagen. Er zerrt an den Seilen wie ein Tier und kreischt los. Ein Chor schrecklicher Stimmen dringt aus seiner Kehle, eine Klage ohne Worte.

Schwarzer Rauch steigt aus Mund und Nase meines Körpers. Jeder Streit, der jemals ausgebrochen ist, die Stimme jedes Besoffenen, dem der Wirt das nächste Glas verweigert hat, tost mit der Lautstärke eines Orkans um uns herum. Der Lärm ist unerträglich. Elza hält sich die Ohren zu und verzieht vor Schmerz das Gesicht. Der Rauch wabert und wird immer dichter, die Stimme wird lauter, tobt und kreischt. Die Furie erhebt sich über dem Bett, ihre Augen brennen wie Türen zu einem Hochofen, ihr Mund lodert wie eine Magmaspalte.

»Raus hier!«, schreit Elza. »Raus aus meinem Haus! Verschwinde!«

Das Ding wird immer größer. Der Raum verdunkelt sich, als würde der Dämon das gesamte Licht an sich ziehen. Er muss zweieinhalb, drei Meter groß sein und ist so breit wie das Bett. Eine gierige, orange leuchtende Flamme lodert auf und der Dämon schwingt seine Peitsche. Schneller als der Schwanz eines Skorpions holt er mit dem Handgelenk aus und lässt die Schlinge auf Elzas Körper zusausen.

Mir bleibt keine Zeit zu überlegen, was ich tun soll. Ich werfe meinen Geisterkörper zwischen den Dämon und Elza und stelle mich der Peitsche in den Weg. Ich rechne damit, dass sie mich in zwei Hälften zerschneidet, wie sie es beim Vasallen getan hat, aber stattdessen beschreiben die Flammen einen Kreis um mich, ohne mich zu berühren. Ich spüre keinen Schmerz, die Peitschenschnur versengt mein Geisterfleisch nicht. Ich sitze fest. Die Furie röhrt noch lauter und zerrt an der Peitsche, um sie freizubekommen.

»Sie können mir nichts tun!«, brülle ich. »Mein Gefolge kann mir nichts tun! Nimm den Stein!«

Elza stürzt vor, weicht dem züngelnden Ende der Feuerpeitsche aus und drückt dem Dämon ihren Hexenstein ins Gesicht. Ein gleißender Blitz zuckt, wie ein winziger Stern, und dann wird der Dämon von dem Stein weggeschleudert, quillt in einem schwarzen Rauchpilz spiralförmig in die Luft und rast in offenkundiger Panik zum Fenster, wo er durch einen Spalt im Rahmen ins Freie entweicht.

»Elza!«

»Das lief besser, als ich gedacht hätte«, sagt sie und blickt auf ihre rechte Handfläche. Der Hexenstein in ihrer Hand ist zu grauem Staub zerfallen.

»Was ist mit deinem Stein passiert?«

»Einen Geist wie den hier zu bannen, war zu viel für ihn. Aber dieses Ding, die Furie, ist weg. Die kommt hier nicht mehr rein. Und wir haben deinen Körper wieder.«

Ich mustere meinen Körper eingehend. Mein Haar klebt nass und strähnig an meiner Stirn. Meine Beine und Füße sind schlammverkrustet, das Gästebett ist ebenfalls voller Schlamm. Es kommt mir komisch vor, dass ich plötzlich merke, was für ein Chaos wir in dem Zimmer angerichtet haben. Das ist wirklich das geringste Problem. Wenn es ums nackte Überleben geht, vergisst man leicht, dass es sich nicht gehört, Dreck in anderer Leute Haus zu schleppen. Das Gesicht meines Körpers wirkt ziemlich lädiert und mitgenommen und an der Stelle, wo meine Stirn gegen die Seite des Autos geschlagen ist, bildet sich eine hässliche Beule.

»Warum hat das Ding meinen Körper überhaupt verlassen?«, frage ich mich laut.

»Weil es sich so am leichtesten befreien konnte«, erwidert Elza. »Erst mich erledigen, dann die Fesseln durchtrennen.«

Ich schwebe über meinem Körper, der immer noch ans Bett gefesselt ist. Aus meinem Mundwinkel sickert Blut. Ich war nur gut einen Tag lang von ihm getrennt, aber es ist ein merkwürdiges Gefühl, in die Welt der Lebenden zurückzukehren. Ich habe mich daran gewöhnt zu schweben, unsichtbar zu sein, durch Wände zu gehen.

Mein Gesicht kommt immer näher, riesengroß, blass, dreckverschmiert. Ich bin mir nicht sicher, wie das funktioniert. In Hams Körper zu schlüpfen, war einfach, ich bin einfach durch seine Haut gegangen wie durch einen Vorhang, aber bei Menschen ist das vielleicht anders. Ich bin meinem eigenen Gesicht ganz nah. Ich falle durch mein Auge.

Dann bin ich im Mittelpunkt der Erde.

Im Mittelpunkt der Erde sitze ich auf der Rückbank eines Autos; es ist das Auto, das wir hatten, als ich sechs war, und mein Dad fährt. Ich erkenne ihn an seinem weißen Anzug und dem langen Haar, das ihm über den Kragen hängt, und wir fahren durch einen Wald düsterer Bäume mit endlosen Ästen, die sich verzweigen und teilen, und ich kann die Baumwipfel nicht sehen, weil die Bäume zu hoch für mich sind. Wir fahren und fahren und biegen immer wieder ab, wenn sich der Weg gabelt, schlingern nach links oder rechts und auf den Straßenschildern sehe ich Zahlen in Dads Handschrift und jedes Mal, wenn wir nach links abbiegen, sind die Zeichen seitenverkehrt und ich bekomme zunehmend das Gefühl, dass es ein Muster gibt, das ich nicht ganz verstehe. Ich lausche auf Dads Stimme, die klingt wie ein fernes Echo *(dieses Buch ist nicht durch bewusstes Denken entstanden),* und die Baumstämme fliegen an uns vorbei und die Bäume haben helle Blätter und ich sehe, dass es Seiten sind, ja, dünne gelbe Seiten, ein unendlicher Wald von Seiten, und da ist noch was bei uns im Auto, etwas Dunkles, Blutiges, das zusammengekauert neben mir auf der Rückbank sitzt, aber ich kann den Kopf nicht drehen, um es anzusehen, ich habe zu große Angst, aber ich kann es atmen hören, und wir fahren immer weiter und *(die Sequenz weist den Weg)* ich sage, Dad, ich verstehe das nicht, er gestikuliert mit einer üppig beringten Hand, sagt *(dafür ist keine Zeit)* und ich tue die ganze Zeit so, als könnte ich den Dritten im Auto neben mir nicht atmen hören, und schaue aus dem Fenster, weil etwas Furchtbares passieren wird, wenn sich einer von uns anmerken lässt, dass wir wissen, dass noch jemand bei uns im Auto ist. Das weiß ich einfach. *(Meine Sequenz weist den Weg),* sagt Dad und zeigt auf die Verkehrszeichen mit ihren Ziffern, *(verstehst du),* und als er spricht, kann ich hören, wie sich das Ding neben mir bewegt und sich zu mir beugt und flüstert *Kennst du mich nicht,* und Dad kann es nicht hören und scheint gar nicht zu merken, dass es da ist, und ich bin wie gelähmt, ich kann mich nicht umdrehen *(das Buch gehört jetzt dir) (beweis ihnen, dass du der Meister bist),* und der Wald ist endlos, hohe, verzweigte Bäume, überall um mich herum, hier kommen wir nie wieder raus, und ich sage: Kenne ich dich? Und das Ding neben mir flüstert: *Du solltest mich kennen, du müsstest mich kennen, denn ich bin dein Bruder.*

»Luke!«

»…«

»Alles in Ordnung?«

Elza und der Dämon haben mir ganz schön zugesetzt. Jede einzelne Faser tut mir weh. Mein Körper fühlt sich an wie ein Sack wimmelnder Schmerzen, von denen jeder einzelne hungrig und wütend auf den anderen einhackt, um König der Schmerzen zu werden und die Alleinherrschaft zu übernehmen. Sogar meine Zähne pochen. Auch wenn ich froh bin, meinen Körper wiederzuhaben, gibt es Dinge, die ich nicht vermisst habe.

Ham stürzt ins Zimmer und steckt mir beruhigend seine Nase ins Ohr. Ich ringe mir ein Lächeln ab.

»Du hattest Krämpfe«, sagt Elza. »Ich habe mir Sorgen gemacht.«

»Ich habe geträumt«, sage ich.

»Du steckst erst seit fünf Minuten wieder in deinem Körper. Was war das für ein Traum?«

»Ähm … es war grauenhaft. Aber es war wichtig. Wenn ich mich nur erinnern könnte … mein Vater …«

»Dein Vater kam in dem Traum vor?«

»Ja … da war noch was.«

Der Traum entgleitet mir immer wieder, wie Träume es so an sich haben. Dad hat versucht, mir etwas zu sagen. Ob das wirklich er war? Ich frage mich, was mit ihm nach seinem Tod passiert ist. Warum habe ich seinen Geist nirgends gesehen? Ist er schon auf der anderen Seite? Hält das Gefolge ihn irgendwie fern?

Ich beschließe, mich auf die konkreten Tatsachen zu konzentrieren. Heute ist der Sechsundzwanzigste. Vier Tage bis Halloween. Wir haben das *Buch der Acht*. Der Siegelring steckt wieder an meinem Finger. Wir haben eine Chance. Ham grummelt vor sich hin und macht es sich im Türdurchgang des Gästezimmers gemütlich.

»Okay«, sagt Elza, die auf dem Bett sitzt. Ihr Knie berührt meins. »Ich habe gute Neuigkeiten.«

»Spann mich nicht auf die Folter.«

»Es gibt Puten-Dinos und Baked Beans zum Abendessen.«

»Klingt köstlich.«

»Nimm's mir nicht übel. In unserem Gefrierschrank herrscht gähnende Leere.«

»Du hast keine Ahnung, was für ein mieser Koch ich bin, Elza. Ich kann mir echt kein Urteil erlauben.«

»Also«, sagt sie. Sie hat immer noch ihre Regenjacke an. Sie greift in die Innentasche, holt das *Buch der Acht* heraus und legt es vor mir auf die Laken. »Körper wieder in der Obhut des rechtmäßigen Eigentümers. Wir haben erfreuliche Fortschritte gemacht, damit steht alles wieder auf Anfang. Wir haben das Buch und das Siegel und den komischen Zahlencode von deinem Vater. Und keine Ahnung, wie alles zusammengehört.«

Ich fahre mit dem linken Daumen über den kalten achtkantigen Stein, der in meinen Siegelring eingelassen ist. Ich erinnere mich an Dads Hände am Lenkrad, hohe, sich gabelnde Bäume, die uns von allen Seiten umgeben, etwas, das sich auf dem Sitz neben mir bewegt. *(Dieses Buch ist nicht durch bewusstes Denken entstanden.)* Wo habe ich das her? Hat Dad mir das gesagt?

»Wir müssen wissen, was im Buch steht«, sage ich. »Ich habe gesehen, wie der Hirte es benutzt hat. Das Gefolge hätte es nicht an sich genommen, wenn es nicht wichtig wäre. Wir wissen, dass es nicht nur leere Seiten enthält. Ich habe gesehen, dass dort etwas geschrieben steht.« Ich bin aufgestanden und gehe nachdenklich auf und ab, obwohl mein Körper schmerzt.

»Aha«, sagt Elza. Sie wirkt erschöpft, ausgelaugt. Sie sieht so aus, wie ich mich fühle. Der scharfe Verstand, der mir an ihr aufgefallen ist, als wir auf dem Friedhof zum ersten Mal über das Gefolge gesprochen haben, ist ermattet. Wenn wir die Sache nicht bald zu Ende bringen, wird uns beiden die Energie ausgehen.

»Der Hirte ... als ich zum ersten Mal mit ihm geredet habe, hat er gesagt, das *Buch der Acht* hat keinen Anfang und kein Ende. Er hat gesagt, selbst erfahrene Geisterbeschwörer würden dort Seiten finden, die sie noch nie gesehen hätten.«

»Das ist ja wohl unmöglich«, sagt Elza. »Wie kann ein Buch weder Anfang noch Ende haben? Sieh es dir doch an. Es ist nur ein paar Zentimeter dick.«

»Es ist Zauberei, Elza. Ich weiß gar nicht, ob das überhaupt ein richtiges Buch ist. Wie es für uns aussieht, spielt keine Rolle. Wenn er nun recht hat? Wenn es wirklich weder Anfang noch Ende hat? Dann könnte es bis in alle

Ewigkeit leer aussehen. Es gibt mehr Platz für leere Seiten, als man sich vorstellen kann. Wir könnten unser Leben lang die Seiten umblättern und nie eine finden, auf der etwas geschrieben steht.«

»Und wie finden wir eine Seite mit Text? Der Hirte hat das offenbar geschafft.«

»Nicht, indem wir beliebig blättern. Wenn man das tut, bleiben die Seiten immer leer, glaube ich. Aber es muss einen Weg geben.« Jetzt erinnere ich mich wieder an den ganzen Traum, an die Weggabelungen, den Wald, die Bäume mit den endlosen Ästen, die mit Seiten bedeckt waren. *(Meine Sequenz weist den Weg.)* Welche Sequenz? Sind die Zahlen eine Sequenz? Hat er das gemeint?

»Was für einen Weg, Luke? Wovon redest du?«

»Das Buch ist ein Labyrinth. Es ist ein dunkler Wald. Bei normalen Büchern führt Seite eins zu Seite zwei und die zu Seite drei. Aber nicht bei diesem hier.«

»Das *Buch der Acht* ist ein ›dunkler Wald‹? Geht's dir wirklich gut?«

»Du musst mir einfach ... vertrauen.« Ich laufe in Elzas Zimmer und komme mit der Aktenmappe mit Dads Notizen zurück. Ich breite sie vor ihr auf dem Gästebett aus. »Ich glaube, das ist unser Weg«, sage ich und deute auf die Zahlenreihen. Elza greift nach einem Blatt und starrt es mit zusammengekniffenen Augen an.

»Wie?«, fragt sie. »Willst du sagen, das sind Seitenzahlen? Das Buch hatte keine Seitennummerierung.«

»Nein«, sage ich. Ich denke an das Auto, das sich durch den Wald schlängelt, an Dad, der mich fährt, und an das andere Ding, das neben mir ... Nein. Daran will ich jetzt nicht denken. Ich denke daran, wie das Auto abbiegt, an die Zahlen, die auf die Verkehrszeichen geschrieben sind. »Es kommt darauf an, *wie* man umblättert. Wenn man zum Beispiel drei Seiten auf einmal umblättert, landet man woanders, als wenn man dreimal eine Seite umblättert. Der Weg gabelt sich.«

»Na gut«, sagt Elza, »wir können deine Theorie ja ruhig ausprobieren. Ich kann nicht sagen, dass ich dir hundertprozentig folgen kann, aber ... was anderes fällt mir auch nicht ein.«

Wir bleiben einen Augenblick im Schneidersitz auf dem Bett sitzen. Auf dem Boden grummelt Ham und bewegt sich im Schlaf. Wir blicken auf das *Buch der Acht,* das mit seinem grünen Einband und den beiden Schließen so harmlos, wie ein Buch nur aussehen kann, zwischen uns liegt.

Ich nehme es hoch und bei der Berührung meines Siegelrings springen die Schließen auf. Ich lege das Buch wieder ab und die Seiten flattern, bis sie offen und vollkommen leer vor mir liegen bleiben.

»Okay«, sage ich, »hilf mir. Was sagen die Zahlen?«

»Sieben«, liest Elza. Ich blättere mit einer einzigen Bewegung sieben Seiten weiter und halte inne. Immer noch leer.

»Gut.«

»Eins«, fährt Elza fort, »aber diesmal in Spiegelschrift.«

Ich stutze und überlege einen Augenblick. Der Traum ... Ich erinnere mich an das Auto, das sich durch die hohen, endlosen Bäume im Wald schlängelt. Wenn wir links abgebogen sind, erschien das Zeichen in Spiegelschrift. Ein gespiegeltes Buch wäre von rechts nach links zu lesen ...

Ich blättere eine Seite zurück, zum vorderen Einband hin. Dabei bemerke ich einen winzigen Punkt, ein Siegel, das auf meins reagiert und verblasst, als ich näher hinsehe.

»Es funktioniert!«, sage ich. »Hast du das gesehen?«

»Ich habe gar nichts gesehen«, sagt Elza. »Na, von mir aus. Vier. Dann eine spiegelverkehrte Drei.«

Ich blättere vier Seiten vor, dann drei zurück. Auf der leeren Seite blitzt erneut für einen Augenblick schwarze Tinte auf, wie ein gedrucktes Räuspern. Ich bin wie elektrisiert. Das ist es, wir haben es geschafft.

»Weiter«, sage ich zu ihr. Sie liest mir die Zahlen vor, Dads Sequenz, und ich blättere die Seiten des Buchs um. Bald haben wir unseren Rhythmus gefunden, sie liest schneller, ich spüre, wie die Seiten umblättern, bevor ich sie auch nur berührt habe, das Buch fließt wie ein tiefer Fluss aus Papier und Druck, mein Siegel prickelt kalt, Elzas Stimme liest schneller und schneller, ihre Stimme klingt noch nicht einmal mehr wie ihre, sondern wie meine eigene, nur der Singsang meiner eigenen Stimme, und das Buch wird mir sein Geheimnis enthüllen, gleich ist es so weit, jede Sekunde muss der Durchbruch kommen und Elzas Gesicht ist direkt vor meinem. Sie liest mir die Sequenz nicht mehr vor. Sie hockt mit angespannter, unglücklicher Miene vor mir. Ich halte immer noch das *Buch der Acht.* Elza holt aus und schlägt mir fest ins Gesicht. Ich lasse das Buch fallen und jaule auf.

»Was soll *das* denn?«

»Ach, Luke ...«

Elza legt die Arme um mich und drückt mich ganz fest. Ham stürzt ins Zimmer und fängt an, mich zu stupsen, knabbert an meinen Ohren.

»Was ... Elza, was ist los? Warum haust du mich? Und wieso umarmst du mich? Bist du durchgedreht? Was ist mit dir los?«

Mir dreht sich der Kopf, meine Augen brennen, als hätte jemand Sand hineingestreut. Elza lässt mich los. Ich merke, dass sie völlig verstört ist.

»Was ist los?«, frage ich. »Hat es funktioniert?«

»Luke ... du liest seit drei Tagen im Buch.«

»Ich ... was?«

Ich glaube es einfach nicht. Wir haben doch erst vor ein paar Sekunden angefangen. Ich fühle mich nicht, als hätte ich seit drei Tagen nichts gegessen. Ich bin überhaupt nicht richtig hungrig. Ich sehe mich im Zimmer um. Als wir unser Experiment begonnen haben, war das Gästezimmer von einer milchigen Nachmittagssonne erhellt. Jetzt ist es komplett dunkel, nur die Straßenlampe draußen wirft ein hartes orangefarbenes Lichtrechteck auf die eine Wand. Elza und Ham werden von einem weicheren weißen Licht hinter ihnen angestrahlt, das vom Flur ins Zimmer fällt. Wieso mir diese Veränderung gerade eben erst aufgefallen ist, weiß ich wirklich nicht.

»Du liest seit drei Tagen«, wiederholt sie. »Wir haben am Sonntagnachmittag angefangen. Am Sonntag, dem Sechsundzwanzigsten. Jetzt ist es halb neun abends und Mittwoch, der Neunundzwanzigste.«

»Du machst Witze«, sage ich.

»Das ist kein bisschen komisch«, sagt Elza. »Ich dachte, ich ... ich wusste nicht ... Ich dachte, ich hätte dich verloren. Du hast immer nur umgeblättert und dabei vor dich hin gemurmelt, ich konnte dich nicht dazu bringen, mich anzusehen ... oder mit mir zu reden. Oder dich zu bewegen. Du warst wie eine atmende Statue. Du hast weder getrunken noch gegessen. Die Seiten waren leer, aber du hast sie trotzdem gelesen. Was war mit dir los?«

»Wie kann ich drei Tage lang weder getrunken noch gegessen haben? Da wäre ich schon tot, das geht gar nicht.«

»Ich sage dir nur, was passiert ist. Du ... Luke, du bist ganz weiß. Alles in Ordnung?«

Ich antworte nicht. In meinem Kopf passiert irgendwas, meine Ohren schrillen wie eine Klingel, wenn der Knopf hängt. Mein Blut rauscht, mir ist schwindlig, alles dreht sich, als hätte ich zu viel Champagner getrunken, die Dunkelheit im Zimmer füllt sich mit leuchtenden Formen: Kraftlinien, ganze Heerscharen von scharf geschnittenen Dreiecken, Kreisen und Pentagrammen und achtzackigen Sternen, die allesamt ständig ihre Gestalt verändern und sich ausdehnen, bis sie von jeder erdenklichen Oberfläche Besitz ergriffen haben, wobei die Symbole Wellen schlagen wie Luft über heißem Asphalt. Elzas Gesicht schwimmt plötzlich in diesem Schwarm mit, es sieht aus wie eine Maske, ein Schneetreiben leuchtender Punkte flackert um ihre Augen. Ich schüttle energisch und abwehrend den Kopf und es lässt nach. Was auch immer in dem Buch ist, was immer ich gelesen habe, es ist nun ein Teil von mir.

»Ich erinnere mich«, sage ich. »Es ist, als würde man sich an Dinge erinnern, die man gar nicht wusste.«

»Ich habe meiner Mutter gesagt, wir studieren gemeinsam ein Theaterstück ein«, sagt Elza, »aber ich glaube nicht, dass sie das auch nur ansatzweise überzeugt hat. Nur gut, dass mein Dad unterwegs ist und Mum viele Schichten übernommen hat. Ich habe es geschafft, sie von hier fernzuhalten. Außerdem haben wir Glück, dass Herbstferien sind, sonst hätte ich kaum erklären können, warum wir nicht zur Schule gehen. Sie denkt, du hättest nur Montag hier übernachtet ... falls sie fragen sollte. Aber sie hat die Nase voll von Ham und ich wusste wirklich nicht, was ich ihr sagen sollte. Es war ein Albtraum. Keine Ahnung, was ich getan hätte, falls du bis Halloween nicht zu dir gekommen wärst. Ich war immer wieder hier drin und habe versucht, mit dir zu reden ...«

»Alles in Ordnung«, sage ich. »Ich bin wieder da. Ich bin hier.«

Elza greift nach dem *Buch der Acht,* entreißt es mir und schiebt es unter das Bett.

»Ich will nicht, dass du das Ding noch mal ansiehst«, sagt sie. »Du musst was essen und trinken. Und am besten gehst du mal nach draußen. An die frische Luft.«

Ich schließe die Augen. Die Siegel und Symbole sind noch da, beschreiben in meinem Gesichtsfeld Spiralen und schlagen Purzelbäume. Sie sind zitronengelb, neongrün, lila wie unerträgliche Kopfschmerzen. Sie sind in mir, Teil der Dunkelheit hinter meinen Augen. Sie werden für den Rest meines Lebens da sein.

Der Mond ist fast voll und späht durch eine Lücke in den dunklen Wolken wie ein suchendes Auge. Der Regen fällt leicht, aber beständig. Ham kann sich nicht entscheiden, welche Stellung er einnehmen soll. Er sieht aus, als würde er sich hinhocken wollen, tut es dann aber doch nicht. Er sucht sich eine andere Position. Der Wind lässt seine Ohren flattern wie Blätter, vor und zurück. Sein dünner Schwanz reckt sich in die Höhe wie eine Fahnenstange, aber es kommt nichts. Drei Tage lang habe ich das *Buch der Acht* gelesen ... das will mir immer noch nicht in den Kopf. Das Buch ist gefährlicher, als ich mir je hätte träumen lassen. Drei Tage habe ich in Elzas Gästezimmer gesessen und ich kann noch nicht einmal erklären, was ich gelesen habe, was ich gesehen habe. Das Wissen, das ich brauche, ist da, aber ich kann mich nicht genau erinnern, woher ich es habe. Ich erinnere mich nicht, die Seiten des Buchs gesehen zu haben, weiß nicht mehr, was dort tatsächlich stand. Ich spüre nur, dass ich *weiß*. Ich weiß, was wir zu tun haben. Ich weiß bloß nicht, wie ich das Elza erklären kann. Ich kann es mir selbst kaum erklären.

Ham fängt an, sein Geschäft zu verrichten. Er wirkt dabei immer, als wäre es ihm peinlich, und sieht mich vorwurfsvoll an, weil ich mich unhöflicherweise im Garten aufhalte, wenn er beschließt, auf die Toilette zu gehen. Elza hatte kein Hundefutter, also hat sie ihm Brote geschmiert.

Hinter der Hecke links von mir rührt sich etwas.

»Boss?«

Ich spüre den eisigen Hauch der Toten. Ich sage gar nichts.

»Ich weiß, dass du da bist, Boss.«

Das hört nie auf. Es wird erst aufhören, wenn ich sie bezwinge.

»Was willst du, Richter?«

»Nur 'n paar Worte. Diplomatie.«

»Du musst dich für eine Seite entscheiden.«

»Hör dir erst an, was ich zu sagen habe, Boss. Ich hab gehört, du hast möglicherweise ein gewisses Buch, das ich hätte bewachen sollen. Der Hirte ist nich' zufrieden mit mir.«

»Kann ich mir vorstellen.«

»Er hat deine Mutter weggebracht, Boss, an dem Tag, an dem du das Buch geklaut hast. Hat sie irgendwo versteckt. Nur für den Fall, dass du wieder einen Rettungsversuch starten willst. Sie is' nich' mehr im Haus.«

»Wo ist sie?«

»Der Hirte traut mir nich', Boss. Hab sie nich' gesehen.«

Es wird immer schlimmer. Was auch für Halloween geplant ist, Mum muss eine wichtige Rolle spielen. Hätten wir sie doch nur am Sonntag aus dem Haus geholt ... Ich hätte wissen müssen, dass so etwas passieren würde.

»Warum bist du hier, Richter? Um mir das zu sagen?«

»Ich bin nur hier, weil ich dich dran erinnern will, wer Wache hatte, als du im Haus warst. Wer dir geholfen und keinen Alarm geschlagen hat und so.«

»Das wärst wohl du, was?«

»Kann schon sein, Boss. Ich will nur sagen, was immer an Halloween passiert, lass den guten alten Richter aus dem Spiel. Ich wollt nie, dass es so kommt.«

»Willst du mit mir verhandeln?«

»Der Hirte hat mit uns allen geredet, Boss. Er sagt, du willst uns zur Hölle schicken. Das würdest du mir doch nich' antun, oder?«

Ich denke an Mum, wie sie über dem Bett schwebt, in sich selbst gefangen. Ich denke an Holiday, ihre Familie, an ihre Katze Bach mit dem aufgeschlitzten Bauch.

»Du hast keine Ahnung, was ich tun würde. Ich habe das *Buch der Acht* und das Siegel. Ich habe das Buch gelesen, war drei Tage lang im Inneren des Buches. Das Buch ist jetzt ein Teil von mir. Du hast keine Ahnung, was ich tun könnte.«

»Ich kann's mir vorstellen, Boss«, sagt der Richter schließlich. »Aber der Hirte und seine Leute, der Gefangene und die Furie, sind gut vorbereitet. Der Hirte war selbst Geisterbeschwörer, viel länger als du. Drei Tage im Buch lesen, ist für ihn gar nix. Was du hast, reicht nich'.«

Ham hat sein Geschäft erledigt und inspiziert jetzt den feuchten Komposthaufen an der Seite des Schuppens. Der Wind klingt wie das Ausatmen eines Riesenwesens.

»Warum konntet ihr mich nicht einfach in Ruhe lassen?«, frage ich.

»Boss?«

»Warum konntet ihr nicht einfach mit mir reden? Ich wollte euch freilassen, ohne dass so was passiert. Wir hätten uns einigen können. Ich *will* kein Gefolge. Ich bin nicht mein Vater.«

»Keine Ahnung. Dein Dad war kein sehr umgänglicher Mensch. Es gab keinen Grund, von dir was anderes zu erwarten. Außerdem ticken wir nich' so. Wenn wir uns was nehmen können, fragen wir nich' erst.«

»Soll das heißen, keiner von euch hat mal was von verzeihen gehört? Sterben und leben lassen?«

»Hör zu, Boss«, sagt der Richter, »du willst mit der Sache doch eigentlich gar nix zu tun haben. Du willst nich' wie dein Dad werden. Du bist nich' er. Ich weiß, dass du nich' willst, was er hatte.«

»Eigentlich nicht.«

Er raschelt hinter der Hecke herum. Die Lichter in Elzas Wohnzimmer gehen an und wieder aus.

»Warum stirbst du nich' einfach?«, sagt er.

»Was?«

»Es ist nur ... weißt du, der Hirte sagt zu mir, du verstehst das *Buch der Acht* nich'. Egal was du dir einbildest, du verstehst es nich'. Dein Dad war ein übler Geselle. Wenn du machst, was in diesem verdammten Buch geschrieben steht, is' das vielleicht schlimmer als alles, was wir je tun könnten. Gib auf, lass los und wir sind frei. Wir wären alle frei. Du könntest dich ins Jenseits absetzen. Gehen, wohin du willst.«

»Machst du Witze? Hat er dich angestiftet?«

»Bestimmt nich', Boss. Das is' ganz allein auf meinem Mist gewachsen. Dafür bin ich da: für die ungeschminkte Wahrheit. Der Fluss is' nich' weit, wir gehen beide zusammen hin, ein paar Steine in den Taschen und schon isses vorbei. Deine Mutter bleibt außen vor, das Mädchen, das hier wohnt ...«

»Nein. Kommt gar nicht infrage. Ich bin sechzehn, ich

habe mein ganzes Leben noch vor mir. Warum sollte ich für einen von euch irgendwas opfern?«

»Ein berechtigter Einwand«, sagt er.

»Ich weiß nicht, was du dir vorgestellt hast, aber es ist Schwachsinn.«

»So schlimm isses nich', das Sterben, weißt du ...«

»Verschwinde einfach.«

Ich kann spüren, wie er herumsteht und überlegt, was er noch sagen könnte, und dann ist da nichts mehr. Ham kommt zu mir und ich strecke die Hand aus, um ihm den Kopf zu tätscheln, aber er trottet schnaubend an mir vorbei. Als ich mich umdrehe, sehe ich, dass Elzas Mutter in der Tür zum Garten steht.

»Ich wollte dir nur sagen, dass ich dir eine Gästezahnbürste ins Bad gelegt habe«, sagt sie, ohne Ham zu beachten, der auffordernd gegen ihre Beine stupst.

»Danke«, sage ich. Wie lange steht sie schon da?

»Führst du oft Selbstgespräche?«, fragt sie.

»Ich habe für das Theaterstück geübt, Mrs Moss.«

»Ach ja, das Stück mit den Geistern. Elza hat mir davon erzählt.«

»Ich habe ganz schön Lampenfieber, aber bei der Premiere wird's schon klappen.«

»Nur komisch, dass meine Tochter noch nie bei einer Probe war und vor dieser Woche die Theatergruppe nicht einmal erwähnt hat. Und ihren Text lernt sie immer nur in unserem Gästezimmer, mit dir.«

»Wir haben lauter gemeinsame Szenen, Mrs Moss.«

»Und ich weiß, dass deine Mutter krank ist, aber ich wäre

gern gefragt worden, bevor du deinen Hund sechs Tage bei uns übernachten lässt.«

»Das war nicht so geplant, Mrs Moss.«

Es schüttet wie aus Eimern. Meine Regenjacke ist ganz glitschig vom Wasser und von der Kapuze fallen silbrige Tropfen mit winzigen Bewegungen vor meinem Gesicht herab.

»Elza ist mir sehr wichtig«, sagt sie nach einem Augenblick.

»Wie bitte, Mrs Moss?«

»Meine Tochter ist ein sensibles, einzigartiges Kind.«

»Wir sind bloß Freunde. Ehrlich.«

»Ich weiß nicht genau, was da läuft«, sagt Elzas Mutter, »aber ich kenne Elza gut genug, um zu wissen, wenn sie mir nur die halbe Wahrheit erzählt. Angeblich hast du Probleme zu Hause. Du kannst gern heute Nacht noch hierbleiben, aber dann möchte ich, dass du nach Hause gehst. Und falls ich herausfinde, dass sie deinetwegen in Schwierigkeiten gerät ...«

Wenn die wüsste ... Zum Glück hat sie keine Ahnung.

»Ich kann mich einfach nur glücklich schätzen, solch eine Freundin zu haben«, sage ich.

»Mhm. Ich habe das Bett in eurem Probenzimmer frisch bezogen.«

»Danke, Mrs Moss.«

Der Wind zerrt an den Bäumen, wie eine Hand, die Nähte trennen will. Elzas Mutter starrt an meinem Gesicht unter der Kapuze vorbei auf irgendwas hinter mir. Schließlich tritt sie von einem Fuß auf den anderen und sagt: »Elza hat mir von deinem Vater erzählt. Mein Beileid.«

»Das ist schon in Ordnung, Mrs Moss. Wir hatten kein gutes Verhältnis. Danke.«

»Also schön«, sagt sie. »Ist es dir hier draußen nicht zu nass?«

»Ich komme gleich«, sage ich und halte die Plastiktüte hoch, die ich mir um die Hand gewickelt habe. »Ich muss noch was aufsammeln.«

Ham hat mich offenbar vermisst, während ich im Buch gelesen habe, und will mich nicht mehr aus den Augen lassen. Ich versuche dreimal, ihm Gute Nacht zu sagen und ihn in der Waschküche zu lassen, aber jedes Mal rammt er den Kopf gegen die Tür, bevor ich sie auch nur schließen kann. Schließlich schnappe ich mir eine Scheibe Brot und werfe sie in die Waschküche, und während Ham frisst, mache ich schnell die Tür zu. Wenn ich Glück habe, heult er nicht los, wenn er merkt, dass ich ihn ausgetrickst habe.

Ich gehe nach oben und putze mir mit der Gästezahnbürste die Zähne. Als ich die Tür zum Gästezimmer öffne, sitzt Elza auf dem frisch bezogenen Bett. Die Leselampe taucht sie in ein honigfarbenes Licht und wirft einen hohen Schatten auf die Regale an der hinteren Wand. Elza hat für mich am Sonntag viel riskiert. Einen Augenblick genieße ich, dass Elza ganz Elza ist, gesund und munter, bewundere ihren scharfen Blick, die dunkle Wölbung ihrer Brauen. Sie hält das *Buch der Acht* auf dem Schoß und blickt auf den Stern auf dem Einband herab. Ich setze mich neben sie.

»Wie ist es draußen?«, fragt sie.

»Kalt. Dunkel. Ich habe Ham ins Bett gebracht. Deine Mutter denkt also, ich bin dein Freund.«

»Bei mir übernachtet nicht so oft jemand. Wundert mich nicht, dass sie das denkt.«

Wir sitzen einen Augenblick schweigend da.

»Ich weiß, wie ich das Gefolge loswerden kann«, sage ich.

Elza atmet kräftig aus, als hätte sie das nicht zu hoffen gewagt.

»Bist du sicher?«

»Ja. Die Informationen habe ich jetzt hier drin«, sage ich und tippe mir an den Kopf. »Ich weiß, was wir an Halloween tun müssen.«

»Da bin ich aber froh«, sagt Elza. »Das ist super. Zumindest hat die ganze verlorene Zeit was gebracht. Wenn du ganz umsonst da gesessen hättest ...«

»Ich habe, was wir brauchen. Unfreie Geister wie das Gefolge wird man nur schwer los. Das Buch sagt, ein komplettes Gefolge von acht zu entlassen, kommt praktisch nicht vor, vor allem nicht alle auf einmal. Eigentlich sind es jetzt ja nur noch sieben, nachdem der Vasall ... auf jeden Fall ist es schwierig, wie man es auch nennen will. Es gibt ein Mondritual, mit dem es möglich ist. Das reinigt ganze Gebiete von den dort hausenden Geistern – wenn ich das Ritual vollziehe, wäre das Gefolge gebannt. Das Problem ist, dass sich der Mond noch eine Woche lang in der falschen Phase befindet. Uns bleibt keine Zeit. Außerdem braucht man für das Ritual acht Menschen, die alle jungfräulich sein müssen.«

»Das geht also nicht«, meint Elza grinsend.

»Die sumerischen Zauberer haben unfreie Geister im Körper eines Tiergefährten vernichtet. Das Buch erklärt das nicht weiter. Es sagt nichts dazu, wie man einen Tiergefährten findet, wie der Prozess funktioniert und so. Es gibt Dinge, die es nicht weiß oder mir nicht sagen wollte.«

»Warum erzählst du mir zuerst, was alles nicht funktioniert?«, sagt Elza.

»Ich will nur, dass du weißt ... dass wir keine Wahl haben. Es ist die einzige Option. Was wir tun, ist schwierig und gefährlich und ... ich meine, das weißt du selbst. Es ist jetzt zehn nach zwölf und wir haben den 30. Oktober. In nicht einmal vierundzwanzig Stunden ist Halloween und das Gefolge ist auf dem Höhepunkt seiner Macht. Wir haben nur eine Alternative, um es zu bannen.«

»Alles klar«, sagt Elza, »eine Alternative. Verstanden. Was ist es?«

»Der sogenannte Ritus der Tränen. Damit wird die Verbindung zwischen mir und dem Gefolge durchtrennt und das Gefolge bleibt für immer in der Totenwelt gefangen, sodass es weder mir noch sonst jemandem schaden kann. Das funktioniert an Halloween besonders gut.«

»So weit, so gut«, sagt Elza. »Wie geht dieser Ritus der Tränen denn?«

Ich schließe die Augen. Ich sehe die Beschwörungsformeln des Ritus vor mir, die sich in die Dunkelheit hinter meinen Augenlidern gebrannt haben, wie Nachbilder, wenn man zu lange in die Sonne gesehen hat. Magische Kreise drehen sich in der Dunkelheit wie eine Million Dämonenplaneten. Ich sehe die Anordnung des Rituals, könnte es zeichnen, ohne die Augen zu öffnen. *Einer, der den Kreis schließt, einer, der das Tor öffnet ...*

»Wir müssen den Teufel beschwören«, sage ich ihr.

Elza legt das *Buch der Acht* auf dem Boden ab. Einen Augenblick lang ist sie ganz still. Sie steht auf und ich denke einen Moment lang, sie geht, aber dann setzt sie sich wieder.

»Bist du sicher?«, fragt sie leise.

»Wobei soll ich mir sicher sein?«

»Das ist der einzige Weg?«

Ich denke daran, was der Richter vorhin zu mir gesagt hat. *Wenn du machst, was in diesem verdammten Buch geschrieben steht, ist es vielleicht schlimmer als alles, was wir je tun könnten.* Aber warum soll ich dem Kerl trauen? Was auch immer der Ritus erfordert, der Hirte und die Furie wollen meinen Tod, so viel ist klar, und sie tun alles, damit ich Halloween nicht überlebe. Sie haben Mum. Sie lassen mir keine Wahl.

»Ja«, sage ich, ohne ihrem Blick auszuweichen, »es ist der einzige Weg. Ich bin Dads Notizen gefolgt, seinem Weg durch das Buch. Und das ist dabei herausgekommen.«

»Dem Weg deines Vaters ... Weißt du, Luke, dein Vater war nicht gerade der Vater des Jahrzehnts. Woher wissen wir, ob seine Notizen überhaupt ...« Ihre Stimme erstirbt.

Ich antworte nicht.

»Tut mir leid«, sagt Elza. »Das hätte ich nicht sagen sollen.«

»Du hast doch darauf gedrängt, dass wir Dads Code knacken, dass wir das Buch lesen. Jetzt habe ich es gelesen und dir gefällt nicht, was ich herausgefunden habe.«

»Ich meine ja nur ... Luke, der *Teufel.* Das personifizierte Böse.«

»An manchen Tagen erfüllt er den Sterblichen gewisse Wünsche. Halloween ist einer davon«, sage ich und rede gleich weiter. »Wenn wir ein Opfer bringen, wird der Teufel das Gefolge aus meinem Dienst entlassen und es mit sich in die Totenwelt nehmen. Das Buch sagt ...«

»Warte. Ein Opfer? Was für ein Opfer?«

»Blut«, sage ich. »Der Teufel erscheint nur, wenn Herzblut vergossen wird.«

»Du meinst einen *Menschen* ...?«

»Nein. Das Buch spricht nur von Herzblut. Es muss von einem lebenden Wesen stammen und frisch sein. Aber es ist egal, von was für einem Wesen. Wir können ein Tier nehmen.«

»Luke ...«

»Was, bist du etwa Vegetarierin, Elza? Wie viele Puten mussten ihr Leben für diese blöden Puten-Dinos lassen, die du gemacht hast? Ist es wirklich so schlimm, wenn ich ein Tier opfere, um mich selbst zu retten, um Mum zu retten, um vielleicht die halbe Stadt zu retten? Wer weiß, was diese Geister anrichten, wenn sie ohne Herrn und Meister in die Lebendwelt entkommen? Du hast es selbst gesagt. Wir haben keine *Wahl.* Mir wäre es anders auch lieber. Der Ritus der Tränen ist jetzt unsere einzige Option.«

»Ich bin keine Vegetarierin«, sagt sie leise. »Damit hast du recht. Aber ich will auch nichts von schwarzer Magie wissen. Ich bin ein Mädchen, das das zweite Gesicht hat und versucht, das Richtige für jemanden zu tun, den es kaum kennt.«

»Ich habe auch nichts mit schwarzer Magie am Hut. Ich habe mir das nicht ausgesucht«, behaupte ich, obwohl ich in meinem tiefsten Inneren weiß, dass das nicht ganz stimmt. Das Gefolge wollte ich nicht, aber ich wollte Dads Geld und ich habe etwas unterschrieben, das ich nicht hätte unterschreiben sollen. Ich habe mich darauf eingelassen. Und selbst wenn ich im Augenblick noch jede Verbindung zur schwarzen Magie abstreite, wird mir das nach vollzogenem Teufelsopfer keiner mehr abnehmen.

»Von mir aus«, sagt sie, so leise, dass ich sie kaum hören kann. Sie weicht meinem Blick aus. »Ich mach's. Wenn du meinst, es ist das Beste. Aber du musst vorsichtig sein. Du hast dich verändert.«

»Was soll das heißen?«

»Du bist plötzlich ... ach, ich weiß nicht, wie ich es beschreiben soll. Du hast dich dem Tod genähert. Allein die Tatsache, dass man ein Gefolge besitzt, zieht einen zur Totenwelt hin, so viel weiß ich. Aber bei dir ist es mehr. Du hast deinen Körper verloren, ein Dämon hat von dir Besitz ergriffen ... und fünf Minuten nachdem du deinen Körper zurückhattest, wusstest du, wie man das *Buch der Acht* liest. Du sagst, du hattest einen Traum oder so? Du warst der Totenwelt ganz nah. Der Traum könnte eine Botschaft aus dem Jenseits gewesen sein. Das hat dich verändert.«

Ich rutsche unruhig auf dem Bett hin und her. Ich fahre mit den Fingern über den achteckigen Stein in meinem Siegelring. Tatsächlich fühle ich mich anders, aber wenn man so was durchmacht wie ich, verändert einen das eben.

»Ich will einfach nur das Gefolge loswerden. Ich kann an nichts anderes mehr denken. Wir bringen dem Teufel ein Opfer und er entlässt es aus meinem Dienst. Dann passiert meiner Mutter nichts, mir passiert nichts und dir und deiner Familie passiert auch nichts.«

Wieder Schweigen. Ich höre draußen etwas im Wind klappern, vielleicht eine Tür, die nicht richtig geschlossen ist, oder ein Teil der Dachrinne. Elza sieht zu Boden.

»Hat das Buch gesagt, wie er ist?«, fragt sie.

»Wer? Der Teufel? Nein. Es nennt ihn ›Vater der Finsternis‹. Es sagt, er erfüllt jeden Wunsch, wenn es in seiner Macht steht. Das ist alles.«

»Wir reden morgen früh weiter«, sagt sie. »Wir werden viel zu organisieren haben.«

»In Ordnung«, sage ich.

Sie umarmt mich flüchtig und verlässt das Zimmer. Ich schalte das Licht aus und lege mich auf das Bett, mit dem Gesicht zur Türöffnung. Sie wird immer noch von dem weichen gelben Licht erhellt, das aus Elzas Zimmer ein paar Türen weiter dringt. Für einen Augenblick sehe ich ein Fantasiebild vor mir, das erstaunlich realistisch wirkt: Ich träume nicht wie sonst von Holiday, sondern von Elza, wie sie in der Tür steht und auf nackten, weichen Füßen über den Teppich auf mich zukommt, zu mir ins Gästebett schlüpft ...

Das Licht im Gang erlischt. Sie hat ihre Zimmertür geschlossen. Ich liege auf der Seite im dunklen Zimmer, lausche auf den Wind und stelle mir vor, wie sie dasselbe tut. Ich liege ganz still und blicke auf die leere Türöffnung.

TEUFELSTRITT

Donnerstag, dreißigster Oktober. Das Licht, das von draußen durch die Jalousie ins Gästezimmer sickert, ist rauchgrau. Die Schatten sind kaum dunkler als dieses staubige Licht. Die Zentralheizung läuft zischend warm. Ich fühle mich, als wäre ich vor hundert Jahren in diesem Raum eingemauert worden.

Das Ende ist nah, so oder so. Heute um Mitternacht werden wir mit dem Ritus der Tränen beginnen, und wenn er zu Ende ist, werden wir den Einunddreißigsten haben – Halloween. Wenn unser Plan fehlschlägt, wird das Gefolge mich töten und sich befreien. Meine Mutter befindet sich immer noch in seiner Gewalt und ich habe keine Ahnung, was sie mit ihr vorhaben. Vielleicht wollen sie in ihren Körper fahren, vielleicht soll sie geopfert werden, alles ist denkbar. Wenn heute Nacht irgendwas schiefgeht, bin ich tot, Mum ist tot, Elza ist tot. Wenn alles nach Plan läuft, begegne ich dem Teufel. Und wie das ist, kann ich mir noch nicht einmal vorstellen.

Ich streiche mit dem Daumen über mein Siegel. Es fühlt sich mittlerweile geradezu tröstlich an. Ich frage mich, wie Dad all die Jahre gelebt hat, als Herr und Meister von Geistern und Dämonen, die ihm mit allen Mitteln nach dem Leben trachteten. Hat er auch wach gelegen, ist mit den

Fingern über das Siegel gefahren, um sich zu vergewissern, dass es noch da ist, dass er seine Macht noch besitzt? Warum hat er ein Gefolge an sich gebunden? Warum hat er uns verlassen? Ist er ebenfalls dem Teufel gegenübergetreten? Was für ein Mensch war er überhaupt?

Unten rührt sich was, ich höre ein schrilles Pfeifen: Das Wasser kocht. Ich schiebe mich aus dem Bett und zucke unwillkürlich zusammen, als sich meine schmerzenden Muskeln widerwillig in Bewegung setzen. Am liebsten würde ich einfach liegen bleiben und eine Woche lang schlafen, aber wir haben zu tun. Der Teufel wird sich nicht selbst heraufbeschwören.

Unten in der Küche sitzt Elza am Tisch und beschmiert dicke Brotscheiben mit Butter und Marmite. Ham, der so groß ist, dass sich sein Kopf auf Tischhöhe befindet, versucht, das Marmite-Glas abzulecken, sodass Elza ihn mit dem Ellbogen abwehren muss, während sie die Brote schmiert.

»Wenn du willst, bringe ich ihn raus«, sage ich.

»Der stört mich nicht«, sagt sie. »Ich wusste nur nicht, dass Deerhounds Marmite mögen.«

»Ham ist ganz verrückt danach.«

Ich setze mich ihr gegenüber. Elza gehört zu den Leuten, die den Aufstrich auf jedem Zentimeter ihres Sandwichs verteilen. Sie bearbeitet jede einzelne Scheibe, bis sie komplett bedeckt ist. Sie sieht zu mir auf, das erste Mal, seit ich nach unten gekommen bin. Das dunkle Haar hat sie zu einem widerspenstigen Knoten aufgesteckt. Ich betrachte ihre Sommersprossen, die scharf geschnittene Nase, die kleinen Ohren, die normalerweise durch das herabfallende Haar verdeckt sind, und denke: Wann ist *das* denn passiert? Seit wann finde ich es faszinierend, Elza beim Sandwichschmieren zuzusehen?

»Was ist?«, fragt sie.

»Nichts.«

»Mum ist schon ins Krankenhaus. Doppelschicht, zum Glück. Es ist übrigens fast Mittag; ich habe dich schlafen lassen, weil ich dachte, du hast es nötig. Wann findet dieses Ritual statt? Und wo?«

»Wir müssen heute um Mitternacht anfangen. Wenn wir fertig sind, ist längst Halloween. Was das Wo angeht ... das Buch sagt, der Ritus muss an einem Durchgangsort durchgeführt werden, wo die Geisterwelt ganz nah an unserer liegt.«

»Verstehe«, sagt Elza. »Und wo genau ist das?«

»Ich kenne zumindest einen in Dunbarrow. Den Steinkreis, den Teufelstritt.«

»Ich dachte, da wäre das Gefolge am Werk. Da hast du doch deinen Körper gefunden, als der Dämon ihn sich gekrallt hatte. Hast du nicht gesagt, am Teufelstritt ist irgendwas im Gange?«

»Wenn der Hirte für Halloween sein eigenes Ritual plant, wird er vermutlich auch den Teufelstritt dafür nutzen. Durchgangsorte besitzen Macht. Der Steinkreis wird also doppelt belegt sein. Das Gefolge wird sich da sicher auf uns stürzen, keine Frage. Es ist gefährlich. Aber wir haben keine ...«

»Wir haben keine Wahl«, unterbricht Elza müde. »Ich

sage ja gar nichts. Was brauchen wir für das Ritual? Kräuter, irgendwelche Utensilien?«

Als sie das sagt, taucht der Ablauf des Ritus unaufgefordert hinter meinen Augen auf, die Beschwörungsformel schreibt sich in mein Gehirn. Ich schüttle den Kopf und versuche, sie loszuwerden.

»Wir brauchen zwei verschiedene Kräuter«, sage ich, »und Öl. Wir brauchen irgendwas, um einen magischen Kreis um die Menhire zu ziehen, am besten wohl Wandfarbe, weil wir auf Gras malen. Wir brauchen ein Siegel. Und wir brauchen ... ein Messer und wir brauchen ein Tier. Etwas, das rot blutet. Ich kann nicht einfach eine Spinne zerquetschen und erwarten, dass der Teufel erscheint.«

Elza schneidet ihr Sandwich in ordentliche Dreiecke. Ich sehe zu, wie das Messer durch das Brot sägt, und stelle mir vor, wie ich einer sich verzweifelt wehrenden Kreatur die Kehle durchschneide. Ich habe keinen großen Hunger.

»Es kann nicht so schwer sein, sich das alles in Dunbarrow zu besorgen. Die Kräuter müsste es in dem New-Age-Laden geben, in dem meine Mutter Kundin ist«, fahre ich fort.

»Ist es nicht gefährlich, den Schutz unseres Hauses zu verlassen?«, fragt Elza. »Jetzt, wo ich keinen Hexenstein mehr habe.«

»Heute bist du sicher. Das Buch sagt, Gefolge können sich am Dreißigsten nicht manifestieren. Die Sterne stehen nicht richtig. Wir werden keinen von ihnen sehen, selbst wenn ich sie rufen würde. Das ist die Ruhe vor dem Sturm. Wenn die Uhr heute Mitternacht schlägt ... ändert sich das.

Aber es bedeutet, dass wir einen Vorsprung haben und ihnen am Teufelstritt zuvorkommen können.«

»Luke ...«, sagt Elza. »Wenn sie heute schwach sind, dann können wir ... vielleicht ... deine Mutter ...?«

»Nein. Das haben der Hirte und die Furie schon bedacht. Der Richter sagt, sie wird versteckt gehalten. Sie ist nicht bei uns zu Hause.«

»Hm. Und der Richter würde dich nie anlügen?«

»Natürlich würde er. Aber ich glaube, er war ehrlich, im Rahmen seiner Möglichkeiten ... Er sagt, er weiß nicht, wo sie ist. Ob das stimmt ... wer weiß das schon? Er hat Angst vor der Furie. Kann ich ihm nicht verübeln.«

»Das ist also unser Plan«, sagt Elza. »Einkauf, Vorbereitung, Ritual. Heute um Mitternacht stehen wir oben am Teufelstritt und opfern Satan ein Tier.«

»Mir gefällt das auch nicht. Das weißt du. Aber wir sind durch schwarze Magie in diese Sache geraten und durch schwarze Magie kommen wir wieder heraus.«

»Hoffentlich«, sagt sie.

Ich esse ein paar Bissen von einem Sandwich, dann spülen wir ab und um eins machen wir uns auf den Weg in die Stadt. Überall im Ort werden Masken aus den Schränken geholt, haarige Werwolfhandschuhe hinten aus der Sockenschublade gefischt. Morgen Nacht werden Monster Straßen und Nachtclubs füllen, grün geschminkte Gesichter, Kunstblut, Katzenohren und Plastikfänge und missgestaltete Gummimasken. Bis dahin ist es in der Stadt still. Kürbisse warten auf Regalen darauf, ausgehöhlt und mit einem Gesicht versehen zu werden.

Wir kaufen im New-Age-Gesundheitsladen und im Eisenwarengeschäft ein und statten auf Vorschlag von Elza dem Black River Outdoor Shop einen Besuch ab, einem merkwürdigen Flachdachbau in der Nähe des Parks. Schließlich tätigen wir nach fast einer Stunde hitziger Diskussionen unseren letzten Einkauf: bei Paws 'n' Pals, einem Zoogeschäft neben dem Süßwarenladen am Marktplatz.

Am späten Nachmittag sind wir auf dem Rückweg zu Elzas Haus. Wir nehmen eine Abkürzung durch das heruntergekommene, ungepflegte Ende des Parks, weit weg von Spielplatz und Konzertpavillon. Die freundlichen Enten, die auf Brotkrusten hoffen, wagen sich nicht so weit in dieses Unterholz, das von Zigarettenkippen und leeren Ciderflaschen übersät ist. Wir hasten über einen schmalen Pfad, ich trage Rennmaus und Farbeimer, Elza die Kleidung. Der Transportkoffer mit der Maus ist sperrig und der Eimer mit der gelben Farbe reißt mir fast den Arm aus dem Gelenk. Als ich gerade überlege, ob ich eine Pause einlegen muss, brüllt eine Stimme *»Manchett!«* in einem Ton, den ich sonst nur vom Rugby kenne.

Mark Ellsmith stürzt auf uns zu, gefolgt von Kirk, Holiday und Alice. Mark hält eine Bierdose in der Hand und an Kirks Hand baumelt der Rest eines Sechserpacks. Sieht so aus, als würden sie die Herbstferien in vollen Zügen genießen.

»Mark«, sage ich.

In seinen Augen liegt ein beängstigendes Flackern.

»Wer hat dir erlaubt herzukommen?«, fragt er.

»Wohin, in den Park?«, frage ich zurück.

»Du brauchst Hilfe«, sagt Kirk. »Mit dir stimmt was nicht, Luke.«

»Lasst uns einfach in Ruhe«, sagt Elza, ohne sich groß umzusehen. »Wir haben zu tun.«

Holiday wirkt besorgt, Alice aufgeregt.

»Du hältst die Klappe«, sagt Mark. »Bleib uns vom Leib.«

»Was?«

»Wir wollen dich hier nicht«, sagt Kirk.

»Wo?«, fragt Elza. »In Dunbarrow? Ihr könnt uns nicht aus der Stadt jagen.«

»Halt die Klappe«, sagt Mark, »mit dir rede ich gar nicht.«

»Hört mal zu«, sage ich, »ich war krank. Ich weiß, dass ich nicht ... ich selbst war.«

»Mir kommt's vor, als wärst du gar kein Mensch mehr«, sagt Mark.

»Mark, bitte«, sagt Holiday.

»Du hast das mit den Vögeln nicht gesehen!«, fährt Kirk sie an.

»Und wieso treibst du dich mit der da rum?«, fragt Alice mit Blick auf Elza, als wäre das mein schwerstes Verbrechen.

»Ich kann es nicht erklären«, sage ich. »Es hat sich einiges verändert. Ich bin nicht ich selbst. Ich bin krank. Bald ist alles wieder normal. Versprochen.« Noch während ich rede, weiß ich, dass mir keiner zuhört.

»Wen interessiert's überhaupt?«, sagt Elza. »Super, alles paletti. Viel Spaß noch und ein tolles Leben!«

»Warum hast du das zu mir gesagt?«, fragt Mark.

»Ich habe nicht ... Ich habe nichts gesagt ...«, protestiere ich.

»Am Pavillon«, sagt er. »Auf dem Hügel. Warum hast du das zu mir gesagt?«

»Ich weiß nicht, was ich dir gesagt habe. Das war nicht ich ...«

Mark lässt mich nicht ausreden. Er stürzt vor und schlägt mich auf den Mund. Es ist noch nicht einmal ein anständiger Kinnhaken, eher eine Klatsche aus dem Handgelenk. Mein Kopf schnellt zurück und meine Lippen fühlen sich zugleich süß und warm und riesig groß an. Mein Gesicht puckert. Was hat mein Körper – die Furie – zu ihm gesagt? Er ist außer sich.

»Mark!«, höre ich Holiday schreien. Ich taumle rückwärts, wobei ich schützend die Hand vor das Gesicht halte. Den Koffer mit der Maus habe ich fallen lassen. Dafür halte ich den Farbeimer noch in der Hand und überlege, ob ich damit ausholen soll, aber es folgt kein weiterer Schlag.

Noch mehr Gebrüll. Ich nehme die Hand vom Gesicht. Elza hält Alice im Schwitzkasten und versucht, sie mit einer Art Ringergriff zu Boden zu zwingen. Alice schreit, vielleicht weint sie auch. Elzas Gesichtsausdruck kann ich nicht sehen. Holiday steht zwischen mir und Mark und redet sehr schnell ganz dicht an seinem Gesicht. Mit den Händen hat sie ihn an den Schultern gepackt. Kirk rennt brüllend zu den Mädchen und zieht Elza von Alice weg, die hustend rücklings ins Gebüsch plumpst. Elza stößt Kirk weg und rammt ihm den Kopf ins Gesicht. Er taumelt rückwärts und helles, geradezu künstlich wirkendes Blut sickert aus seiner Oberlippe. Elza weicht schwer atmend zurück und nimmt Mark ins Visier. Wut und Angst liegen in seinem Blick, als er den Kopf schüttelt und Holiday unterhakt. »Lass uns gehen.«

»Sie hat mich gehauen!«, sagt Kirk.

»Alle aufhören!«, schreit Holiday. »Lasst das ... Das bringt doch nichts!«

Kirk zieht Alice auf die Beine.

»Sie hat mich *gehauen!«*, mault er wie ein kleines Kind.

Elza sieht aus, als würde sie gleich wieder zuschlagen. Ich habe Angst, dass er sich ernsthaft zur Wehr setzen wird. Kirk ist ein gefährlicher Gegner und ich weiß nicht, was mein Körper noch verkraften kann.

»Du wirst dich doch nicht mit einem Mädchen prügeln«, sagt Holiday. »Lass es gut sein.«

Kirk reibt sich schnaubend das Blut von der Lippe.

»Ist mir viel zu blöd«, sagt er.

»Es tut mir leid«, sage ich zu Holiday.

In ihren Augen lese ich nichts als Mitleid.

»Mir auch«, sagt Holiday und dann gehen sie.

Mark und Holiday wanken ein wenig unsicher davon. Kirk muss Alice von Elza wegziehen wie eine mit Sand gefüllte Puppe. Ich blicke auf das zertrampelte Gras. Die ganze Sache hat vielleicht ein oder zwei Minuten gedauert. Ich habe das Gefühl, dass etwas mit ihnen geht, eine andere Ausgabe meiner selbst. Das werden sie mir nicht verzeihen. Die Sache wird mich in Dunbarrow verfolgen wie ein zweiter Schatten. Jeder wird davon erfahren.

»Das wollte ich schon seit *Jahren* machen«, sagt Elza, »du kannst dir nicht vorstellen ... Alles in Ordnung?«

»Ich werd's überleben.«

»Tolle Freunde.«

»Ich habe vor ihren Augen einen ganzen Vogel roh verschlungen. Wer weiß, was mein Körper getan hat, als wir nicht dabei waren.«

Ich greife wieder nach Farbeimer und Transportkoffer. Elza beißt sich auf die Lippe und fängt an, die widerspenstigen Haarsträhnen langsam wieder in ihren Knoten einzuflechten.

Um Viertel vor elf ist es Zeit, sich auf den Weg zum Teufelstritt zu machen. Wir stopfen unsere Ausrüstung in eine Sporttasche, warten, bis Elzas Mutter in einen alten Horrorfilm vertieft ist, und zerren Ham in die Dunkelheit hinaus. Ich trage meinen Siegelring, das *Buch der Acht* steckt in der Innentasche meiner Jacke. Der Ablauf des Rituals hat sich mir ins Gehirn gebrannt, sodass ich das Buch hoffentlich nicht wieder zurate ziehen muss. Schließlich haben wir nicht noch einmal drei Tage Zeit. Es ist so weit. Mein Gesicht puckert. Ich kann gar nicht mehr unterscheiden, welche Spuren die Schlägerei hinterlassen hat und welche Schmerzen und Leiden ich mir in den vergangenen beiden Wochen eingehandelt habe. Es fühlt sich an, als würden zwei verschiedene Blasorchester gegeneinander anspielen. Elza, die mir gestanden hat, dass sie »nicht viel praktische Kleidung« besitzt, trägt eine neu gekaufte wasserdichte Hose und eine Bergsteiger-Regenjacke in leuchtendem Orange und Grün. Ihr wildes Haar wird von einer Strickmütze nur mit Mühe im Zaum gehalten.

»Kannst du mir sagen, warum er dabei ist?« Ich deute auf Ham.

»Ich weiß nicht«, sagt Elza. »Es kommt mir einfach richtig vor. Als du abgetaucht warst, habe ich mich sicherer gefühlt, wenn er bei mir war. Ich wollte ihn nicht bei Mum lassen.«

»Meinst du nicht, es ist gefährlich für ihn? Sollen wir ihn wirklich mitnehmen?«

»Vielleicht. Sind wir nicht alle in Gefahr? Ich weiß auch nicht, es ist nur ein Bauchgefühl. Ich verlasse mich auf mein Bauchgefühl.«

Wir sitzen im Bus, Elza hat den Transportkoffer auf dem Schoß. Ham interessiert sich sehr für die Rennmaus und die Seite des Koffers beschlägt von seinem Atem.

»Sie freunden sich an«, sage ich und deute auf die Szene.

Elza verzieht das Gesicht. Sie kann sich immer noch nicht damit abfinden, dass wir die Maus opfern wollen.

»Da wir gerade beim Thema sind«, sagt sie, »ich wollte nur sagen, dass ich dich mittlerweile wirklich anders sehe. Ich meine, wir sind inzwischen echt Freunde geworden, oder?«

»Kann man wohl sagen.«

»Ich bin mit unserem Plan nach wie vor nicht glücklich. Aber ich vertraue dir. Am Anfang hatte ich überhaupt keine Lust, dir zu helfen. Die Entscheidung ist mir wirklich schwergefallen. Du hast in der Schule immer so getan, als wärst du was Besseres, und deine Freunde sind echte Idioten ... Aber ich finde, du schlägst dich ziemlich gut.«

»Danke, Elza«, sage ich. »Ich habe dich immer für eine eingebildete Besserwisserin gehalten. Und mir ist bewusst geworden, dass ich vollkommen recht hatte.«

»Halt die Klappe«, kreischt sie und stößt mich in die Seite. »Ich nehme alles zurück. Du bist das Letzte.«

»Eigentlich will ich nur sagen«, setzt sie nach einer Weile hinzu, »ich hoffe, dass du durchkommst. Ich mache mir Sorgen um dich. Um das, was du tun musst.«

»Ja«, sage ich. »Ich mache mir auch Sorgen.«

Als der Bus die Anhöhe hinauffährt, bricht ein Sturm los. Die Welt draußen besteht nur noch aus farbigen Blitzen und verschwommenen Formen. Zum Glück gibt es eine Straße von der Dunbarrow High entfernt einen Tante-Emma-Laden, der nicht zu übersehen ist, und nach einer Weile fahren wir an dem Ladenschild vorbei.

»Ich glaube, wir sind da.«

»Wirklich?« Elza presst das Gesicht an die Scheibe, vor der das Wasser niederrauscht. »Es ist so dunkel, ich habe keine Ahnung. Bist du sicher?«

»Ja, hier muss es sein.«

Meine Kehle ist wie zugeschnürt, als wir aus dem leeren Bus aussteigen und uns in den Wolkenbruch stürzen. Wir rennen durch die Straße. Mit einer Hand schleppe ich den Koffer mit der Maus, mit der anderen ziehe ich Ham hinter mir her. Ham klebt das Fell am Körper und er rollt unter den Zotteln die Augen. Elza trabt mit ihrem Rucksack und dem Farbeimer vor mir her.

»Der Teufelstritt ist da oben«, sage ich und zeige auf die undurchdringliche Finsternis hinter dem schwachen Umriss der Schule. Die Kapuze meiner Regenjacke ist völlig durchweicht und drückt gegen meinen Kopf.

Ich ziehe an Hams Leine und wir kämpfen uns durch den Regen – mit gesenkten Köpfen, damit uns das Wasser nicht ins Gesicht schlägt. Abgesehen vom orangefarbenen Licht der Straßenbeleuchtung am Lehrerparkplatz liegt die Schule vollkommen im Dunkeln. Wir gehen um den Sekretariatsbau herum, wo wir für einen Augenblick vor dem Wind geschützt sind, treten nach draußen in den Hof, laufen an den Containern vorbei, in denen Englisch und Mathe unterrichtet wird, und hinten um die Schulküche herum; dann passieren wir die Umkleiden und sind draußen auf dem Rugbyfeld, halten uns am Rand, wo uns das Wasser von den ächzenden Bäumen auf den Kopf tropft. Der Wind tost wie ein wilder Fluss, der über die Ufer getreten ist und uns Äste, Blätter und Farne direkt ins Gesicht spült.

An der Nordseite gehen die Rugbyfelder in raueres, ungemähtes Gras über, das mit Sträuchern und kleinen, abgestorbenen Bäumen durchsetzt ist. Hier liegt der Abfall von Jahren herum, der Wind hat bunte Verpackungen und Dosen von den Schulhöfen herübergeweht und klatschnasse Plastiktüten, die wie kränkelnde Quallen in den Bäumen wabern. Elza zückt eine dicke, zylindrische Taschenlampe, als wir in den Wald vordringen. Ich stolpere über Äste und trete in die lästigen winzigen Löcher im Waldboden, die anscheinend nur als Stolperfallen gut sind. Meine Jackenärmel sind so nass, dass sie im Licht der Taschenlampe glänzen. Der Waldboden ist von Dornengestrüpp überwuchert.

»Zehn Minuten vor Mitternacht«, sage ich zu Elza. Wir müssen uns beeilen.

Weiter, bergauf. Unsere einzige Lichtquelle ist jetzt die Taschenlampe, selbst der orangefarbene Schein über der Stadt am südlichen Horizont ist verschwunden, verdeckt von der Krümmung des Hügels. Der Hang ist steinig, der Boden von einer federnden Schicht dunklem Moos überzogen. Wir erklimmen die Kuppe, kämpfen uns durch zähes Gestrüpp und überqueren einen schmalen Feldweg, auf dem das Regenwasser durch die Rillen schießt, die Reifen in die Erde gegraben haben.

»Ist es hier?«, fragt Elza.

»Ja. Den Abhang da hinunter.«

Wir schlittern den flachen Hang hinunter auf den Teufelstritt zu. Die Steine haben sich nicht groß verändert: ein höherer, zwei, die flacher und breiter sind. Die Eichen wölben sich über der Lichtung wie ein Kuppeldach. Als wir näher kommen, sehe ich, dass die Menhire Vertiefungen aufweisen, die mir vorher nicht aufgefallen sind, ovale Abdrücke wie von Hufen, die nicht natürlichen Ursprungs zu sein scheinen. Die Steine sind hellgrau und mit schuppigen gelben Flechten überzogen. Wir sind vor den schlimmsten Windböen geschützt, aber der Regen fällt immer noch ziemlich heftig durch die Bäume. Mir klappern die Zähne.

Jetzt, wo wir direkt am Teufelstritt stehen, sehe ich den aufgewühlten Boden inmitten des Steinkreises, wo der Dämon meinen Körper hat graben lassen: ausgerissenes Moos, dunkle, festgestampfte Erde, die im Regen zu Schlamm wird.

»Liegt hier was begraben?«, zischt Elsa.

»Gut möglich. Sieht frisch aus«, sage ich. Ich weiß, dass sich mein Körper hier zu schaffen gemacht hat, aber warum?

»Was kann hier vergraben liegen?«, fragt Elza. »Etwas für ihr eigenes Ritual? Ich habe kein gutes Gefühl bei der Sache.«

Ich sehe mich um, mustere die dunklen Bäume, die raunende Finsternis des Waldes dahinter und weiß plötzlich, dass wir in eine Falle getappt sind. Aber obwohl ich meinen Körper hier beim Graben beobachtet habe, blieb uns keine Wahl. Das Ritual muss an einem Durchgangsort vollzogen werden. Es gab keine Alternative.

»Darüber können wir uns jetzt keine Gedanken machen, dafür ist keine Zeit. Es ist gleich Mitternacht. Wir müssen uns beeilen«, sage ich zu Elza. Sie nickt, greift in ihre Sporttasche und holt eine kleine Plastiktüte mit Kräutern heraus.

»Also gut«, sagt Elza. »Hexenpetersilie und Bannkraut. Stell dich mitten zwischen die Steine, dann ziehe ich den Kreis.«

Ich nehme die Kräuter. Es sind bunt gemischte Blätter, manche sind braun und vertrocknet, andere dick und pelzig, wie eine mit winzigen Härchen bedeckte Zunge. Ich stelle mich mit dem Rennmauskoffer unter dem Arm mitten auf den Teufelstritt. Direkt auf dem aufgewühlten Boden setze ich den Koffer ab. Ich streue die Kräuter über mich. Manche werden vom Wind weggerissen, andere setzen sich in meine Haare oder kleben an meiner Regenjacke.

Ich komme mir vor, als würde ich mich selbst zum Mahl anrichten. Elza bindet Ham an einen jungen Baum, nimmt den Farbeimer, öffnet ihn einen Spalt und fängt an, rückwärts – im Widersinn hat das Buch es genannt – um den Teufelstritt zu gehen, wobei sie die Farbe auf das Moos tropfen lässt. Der Zauberkreis ist nicht sehr kompliziert: Man braucht nur einen Ring um den Durchgangsort, mit einem Kraftzeichen im Norden des Kreises. Genau dieses Zeichen scheint Elza Probleme zu bereiten.

»Es ist schon Mitternacht! Es ist Halloween!«, schreie ich ihr zu.

»Hier steht der Regen in Pfützen. Da hält die Farbe nicht.«

Elza beugt sich vor und macht sich auf dem Boden zu schaffen, schaufelt die Farbe mit den Händen auf den Boden. Die Taschenlampe liegt neben ihr auf der Erde und strahlt sie von unten an, sodass ein riesiger unförmiger Schatten auf die Wand aus Bäumen hinter ihr fällt. Ham fängt an zu bellen und zerrt an der Leine. Ich hole mein Messer aus der Hosentasche und klappe die Klinge aus. Wenn es nicht in Strömen regnen würde, könnte ich die Südseite der Mulde besser im Auge behalten. Ich weiß, dass sie im Anmarsch sind; die Luft ist kälter geworden und das liegt nicht nur an Wind und Regen. Ham zieht aus Leibeskräften, um mit dem schmalen Kopf aus dem Halsband zu schlüpfen.

Elza steht auf und wischt sich die Farbe von der Hose.

»Geschafft!«

»Gut, und jetzt mach, dass du wegkommst.«

»Spürst du was? Hat es funktioniert?«

»Ja. Ich spüre es.«

Äußerlich hat sich nichts verändert. Ich stehe immer noch in Wind und Regen in einem abgelegenen Waldstück in der Nähe von Dunbarrow, stelle mich dem Tod mit einem Taschenmesser und einer Rennmaus aus dem Zoogeschäft entgegen. Aber ich fühle mich anders, wichtiger. Ich habe das Gefühl, auf einer Bühne zu stehen, und gerade eben wurde ein Scheinwerfer eingeschaltet. Was ich innerhalb des Zauberkreises tue, ist wichtig; Wesen außerhalb unserer Welt werden mich wahrnehmen, auf mich aufmerksam werden. Das Siegel an meinem Finger lodert vor Kraft, brennt stärker denn je, schickt kalte Schauer durch meinen Arm und in meine Brust.

Ham befreit sich von der Leine und rennt jaulend in den Wald.

»Ham! Oh verdammt ...«

»Elza, weg hier! Sie kommen!«

In den Bäumen bewegt sich etwas. Ich kann meinen Atem in der Luft sehen. Frost legt sich auf den Plastikkoffer mit der Rennmaus, über die Menhire selbst.

»Nur noch eins!«, ruft Elza.

Sie wirft mir eine Flasche mit Speiseöl zu, schultert unsere Tasche und rennt in den Wald, in die Richtung, aus der Hams Bellen kommt.

Etwas fliegt aus dem Wald im Süden des Teufelstritts auf mich zu. Der Gefangene schwebt mit ungeheurer Geschwindigkeit über Moos und Farn, die ausdruckslosen milchigen Augen verdreht. Er ignoriert mich und hat die Mulde augenblicklich überquert, sein Blick ist auf die Lücke zwischen den Bäumen gerichtet, in der Elza verschwunden ist. Der Richter folgt ihm, ohne auch nur einen Blick an mich zu verschwenden, die Jeans hat er halb hochgerollt, sodass die roten Stiefel zu sehen sind. Beide Geister sind größer und heller als normal, leuchten von innen heraus, wie Wesen, die am Grunde des Ozeans leben. Heute Nacht ist jede Verwechslung mit lebenden Menschen ausgeschlossen. Sie verschwinden in Regen und Dunkelheit – auf der Jagd nach Elza. Zu sagen, dass mir das Herz bis zum Hals schlägt, wäre die Untertreibung des Jahrhunderts; ich habe das Gefühl, jedes einzelne Organ meines Körpers pocht in meiner Kehle. Ham bellt immer noch im Wald, aber das Geräusch verklingt allmählich im Tosen des Sturms.

Ich hole die Rennmaus aus ihrem Koffer, halte sie über den flachsten Stein und gieße Öl auf ihren Kopf. Sie windet sich in meiner Hand. Das Öl läuft über ihren glatten braunen Rücken auf meine Finger. Ich sehe Bewegung im Wald. Mein Siegel summt vor Kraft und strahlt eine Kälte aus, als wäre ich in einem Gletscher begraben. Ich schließe die Augen, die Seiten aus dem *Buch der Acht* erscheinen mir im Geiste, so klar und deutlich, als stünden sie vor mir. Ich sehe die Worte, die ich brauche, die Worte, durch die mein Töten zu etwas Höherem wird, Worte, die meinem Messer Macht verleihen. Die Maus zappelt, fast gelingt es ihr, sich aus meinem Griff zu befreien.

»Tut mir leid, Kleine. *Hiermit widme ich dieses Opfer Satan, unserem Vater in der Finsternis. Ich bitte dich, dieses gesalbte Tier anzunehmen und das Blut, das ich für dich vergieße. Komm jetzt zu mir, in der Stunde der größten Finsternis.«*

Mein Opfer quiekt in meinem Griff. Ich blicke in das panische Fellgesicht. Ich habe noch nie getötet, zumindest nicht bewusst. Natürlich habe ich Insekten zertreten und so, aber das ist etwas anders. Ameisen haben kein Gesicht.

»Hör mal, es tut mir leid. Du oder ich. Nimm es nicht persönlich.«

Die Maus windet sich. Ich ziele mit dem Messer auf die Unterseite ihres Körpers. Ich fahre mit der Spitze über ihren Bauch und sie sieht mich aus hilflosen schwarzen Augen an. Das ist nur eine Rennmaus, Luke. Du kannst sie töten, um dich selbst zu retten. Vielleicht stirbt Elza in diesem Augenblick. Es gibt kein Zurück mehr. Was ist mit den Tieren, die Tag für Tag im Schlachthaus ihr Leben lassen? Burger isst du doch auch, ohne groß darüber nachzudenken. Was ist anders daran, selbst ein Tier zu töten?

Das übrige Gefolge gleitet in die Mulde, außerhalb des Steinkreises, der von dem hastig gemalten Zauberkreis geschützt wird. Der Hirte ist größer und bleicher denn je, die Brillengläser funkeln wie Laternen. Es folgt das Orakel, das den Unschuldigen in den Armen hält. Der Ketzer taucht zwischen den Bäumen auf, stimmt einen leisen Singsang an, während Flammen ohne Wärme aus seinem verschrumpelten Körper schlagen. Ich kann weder die Furie noch meine Mutter irgendwo entdecken.

»Und nun begegnen wir uns hier am Ende deines Weges«, sagt der Hirte.

Ich halte die Rennmaus und das Messer, das Siegel verbrennt meine Hand, mein Blick begegnet dem seinen. Er steht nur wenige Schritte von mir entfernt direkt am Rand des Zauberkreises. Er fährt sich mit der Hand durch den Bart.

»Der Ritus der Tränen, wenn ich mich nicht irre?«, fährt er fort.

Ich sage nichts. Ich weiß, dass er die Grenze des Kreises nicht überschreiten kann. Ich kann jederzeit mein Opfer bringen und den Ritus vollenden. Ich habe immer noch die Kontrolle. Aber ich will wissen, wo Mum ist.

»Ich muss dir einen gewissen Respekt zollen, wenn auch nur widerwillig«, sagt der Hirte. »Du hast die Herrschaft über dein irdisches Gefäß zurückerlangt, was mehr ist, als ich erwartet hätte. Dass du den Ritus auch nur versuchst, zeigt, dass du den Zugang zum *Buch der Acht* entdeckt hast. Beeindruckend. Zum Scheitern verurteilt, aber beeindruckend.«

»Zum Scheitern verurteilt? Ich kann den Ritus jederzeit vollziehen. Ich lasse dich überhaupt nur reden, weil ich wissen will, was mit Mum passiert ist.«

»Deine Mutter ist am Leben, das kann ich dir versichern. Sie wird demnächst bei uns sein. Und ich glaube nicht, dass du den Ritus vollziehst, sonst hättest du es nämlich schon getan.«

Mein Opfer wehrt sich nicht einmal mehr. Es bebt in meiner Hand, das winzige Herz rast wie eine Stoppuhr.

»Völlig absurd«, fährt der Hirte fort. »Ich habe gelernt zu töten, sobald ich laufen konnte. Du hast Mut und Willenskraft, aber dir mangelt es an Rücksichtslosigkeit. Während wir hier reden, stirbt dein Hexenmädchen und du kannst dich nicht überwinden, Blut zu vergießen, selbst wenn es nur das eines Tieres ist. Ganz im Gegensatz zu deinem Vater. Es gab wenig, das Horatio nicht geopfert hätte.«

»Sie können nichts dafür«, sage ich mit Blick auf die Rennmaus und denke an Ham und Elza und Holiday und Mum. Ich habe meine Unterschrift auf Berkleys Vertrag gesetzt. Ich habe diese Mächte in mein Leben geholt. »Das haben sie nicht verdient.«

»Nein«, sagt der Hirte. »Aber für den Geisterbeschwörer ist die Frage, wer was ›verdient‹, irrelevant. Menschen verdienen, worauf sie sich einlassen.«

Schneid ihr die Kehle durch. Es ist nur ein Tier. Wenn Elza da draußen im Wald stirbt …

»Du hast keine Ahnung, wozu ich fähig bin«, sage ich zum Hirten.

»Nein. Das weiß man wohl nie. Deswegen haben wir nichts dem Zufall überlassen.«

Eine kalte Hand schließt sich wie eine Schraubzwinge um mein linkes Bein. Vor Entsetzen verschlägt es mir die Sprache. Ich werfe mich nach vorn, falle hart gegen den niedrigen Stein vor mir. Dabei lasse ich Messer und Rennmaus los und die Maus ist sofort in der Dunkelheit verschwunden, spurlos verschwunden. Ohne Opfer ist das Ritual unmöglich. Ich habe versagt. Mein Gewissen hat mich bezwungen und ich habe versagt. Ich kralle mich an den Stein vor mir, versuche, mich hochzuziehen, trete nach der Hand, die mein Bein gepackt hält. Das ist ein richtiger Mensch, kein Geist, aber wie …

Ich reiße mich los, rapple mich auf, drehe mich um, um herauszufinden, was mich attackiert. Zuerst kann ich gar nicht einordnen, was sich vor meinen Augen abspielt. Ein menschlicher Kopf, Schultern, ausgestreckte Arme ragen aus der aufgewühlten Erde mitten auf dem Teufelstritt. Die Gestalt ist vollständig von dickem schwarzem Lehm bedeckt, nur die weißen Augen sind ganz zu sehen. Das Haar klebt platt am Kopf. Die Person zieht sich weiter aus der Erde, der Rumpf löst sich aus dem Schlamm, ihr Blick durchbohrt mich.

»Das Gefolge eines Menschen kann ihm nichts anhaben, noch nicht einmal an einem Tag der Macht für die Toten. Aber wenn die Frau, die ihm das Leben geschenkt hat, unter dem richtigen Einfluss steht, kann sie dazu benutzt werden, ihn zu töten und das Gefolge aus der Knechtschaft zu befreien. Das ist ein alter Zauber, der kaum jemals angewandt wird. Ein Geisterbeschwörer tötet üblicherweise seine Mutter, wenn er volljährig wird, um zu verhindern, dass sie zu einem solchen Werkzeug wird. Du siehst also, Luke, wir können deinen Zauberkreis nicht betreten. Aber du wirst ihn nicht verlassen.«

Mum ist nun vollständig der Erde entstiegen. Von Kopf bis Fuß mit Erde bedeckt, steht sie aufrecht da. Die Furie funkelt mich aus ihren Augen triumphierend an. Der Regen prasselt auf uns beide herab, Mutter und Sohn. Sie so zu missbrauchen ...

Ich drehe mich zum Hirten um, in dem Bewusstsein, dass ich gleich sterben werde, und meine Empörung rauscht durch mich hindurch, durch das Siegel, das meinen Finger versengt, und der schwarze Ring verleiht meiner Empörung Gestalt und Macht und sie wird zu einer Kraftwelle, die den Hirten in die Brust trifft. Der Geist entzündet sich, weißes Feuer explodiert aus Augen und Mund, weiße Kraftlinien durchschneiden sein Geisterfleisch und er schreit vor Schmerz und für einen Augenblick denke ich, ich habe ein Mittel gefunden, mit dem er nicht gerechnet hat, eine Kraft, auf die sie nicht vorbereitet waren, und dann verpasst Mums Körper mir von hinten einen heftigen Schlag, sodass ich auf den flachen Menhir stürze. Die Macht, die durch meinen Siegelring strömt, ist so schnell verschwunden, wie sie gekommen ist. Ich versuche, sie erneut auszurichten, versuche, die Kraft gegen den Dämon in Mums Körper zu wenden, aber während ich noch darum ringe, fühle ich einen heftigen Schlag in der Magengrube. Zuerst denke ich, sie hat mich geboxt, aber dann spüre ich einen Schmerz, der brennt, als hätte ich die Sonne verschluckt, und mir wird klar, dass sie mich niedergestochen hat.

Mums schlammiger Körper beugt sich über mich, die weißen weit aufgerissenen Augen voller Freude und irrer Wut, zähnefletschend packt sie mich mit der Hand an der Kehle, hält mich fest. Der Regen prasselt auf uns beide herab. Sie hält das Messer, das ich für die Rennmaus verwenden wollte, und als ich nach ihrem Gesicht schlage, aber meine Finger im Dreck abrutschen, sticht sie noch dreimal auf mich ein, diesmal zwischen die Rippen.

Ich werde schwächer. Der Schmerz ist so heftig, dass er bedeutungslos wird. Ich will mich nur noch ausruhen. Ihr

Körper tritt zurück und lässt mich auf dem flachsten der Steine liegen, sodass mir der Regen hart und kühl ins Gesicht fällt.

Der Hirte und das Orakel beugen sich über mich, Mums Körper steht neben ihnen. Ich möchte gern die Augen schließen. Ich liege wirklich im Sterben. Ich fühle mich wie in einem Flugzeug, das gleich abhebt. Der Hirte wird immer blasser und schwächer, glüht nicht mehr mit derselben Intensität. Ich will mein Siegel heben und ihn erneut verbrennen, aber ich kann noch nicht einmal den Arm bewegen.

»Es ist, wie ich es vorhergesehen habe«, sagt das Orakel hinter seinem Schleier. Es klingt traurig. Der Hirte sagt nichts. Er starrt mich mit gieriger Faszination an. Ich frage mich, was für ein Gefühl es ist, seine Rache bekommen zu haben.

Der Himmel, der vor wenigen Augenblicken noch pechschwarz war, scheint sich mit Sternen zu füllen.

DAS UNENTDECKTE LAND

Ich bin sechs Jahre alt und Dad zieht aus. Ich sitze auf dem Treppenabsatz und sehe zu, wie er mit seinen Koffern kämpft. Mum ist im Schlafzimmer. Es ist merkwürdig, dass er uns auf diese Weise verlässt, mitten am Tag, wenn ich wach bin. Als ob er will, dass ich mich daran erinnere.

Dad kommt halb die Treppe herauf und verabschiedet sich, hält mir seine Hand hin. Er trägt ein blaues Hemd und eine rote Krawatte mit Punkten. An einem Finger steckt ein großer schwarzer Ring. Seine Hand legt sich um meine, die Handfläche rau wie Baumrinde.

»Werde was Gutes«, sagt er, dann wendet er sich ab. Er geht die Treppe hinunter und schließt die Tür hinter sich. Ich höre das dumpfe Röhren seines Autos, als er aus der Einfahrt fährt. Ich habe nie verstanden, was er mit seinen letzten drei Worten gemeint hat.

Mein Name ist Luke Manchett und ich bin sechzehn Jahre alt. Ich glaube, ich bin tot. Ich stehe am Teufelstritt und sehe auf meinen Körper herunter, der auf dem flachsten der drei Steine ausgebreitet liegt. Alles ist ruhig. Ich bin von grauem Nebel umgeben und ich kann weder den Hirten noch sonst einen Geist entdecken. Ich bin ganz allein hier.

Als ich mich selbst, mein Geister-Ich, inspiziere, stelle ich fest, dass ich unverletzt bin und nicht blute. Das einzig Ungewöhnliche ist eine dünne weiße Schnur, die fast unsichtbar aus meinem Nabel kommt und zu dem Körper führt, der auf dem flachen Stein liegt. Sie sieht aus wie eine Spinnwebe oder vielleicht ein loser Baumwollfaden. Ich nehme den Faden in die Hand. Er ist warm.

»Davon kann ich nur abraten.«

Ein Mann steht neben dem höchsten der drei Steine. Er ist groß, mit scharfem Kinn und strahlender Sonnenbräune. Sein Haar ist weiß wie Eis und mit Pomade aus dem Gesicht gekämmt. Er trägt einen adretten kleinen Bart und einen wolfsgrauen Anzug, dazu ein Hemd in tiefstem Mitternachtsblau.

»Mr Berkley?«

»Er ist hauchdünn«, fährt Dads Anwalt fort, »und wenn er reißt, könnte das für dich ernste Folgen haben.«

»Wo sind wir?«

»Das hier ist ein Durchgangsort«, sagt Mr Berkley. »Sozusagen eine Grenze zwischen dem, was ihr, wenn ich mich nicht irre, als ›Lebendwelt‹ und ›Totenwelt‹ bezeichnet.«

»Dann bin ich diesmal also wirklich tot.«

»Du bist noch nicht tot, mein Junge. Dein Schicksal ist offen. Diese dünne Schnur verbindet deinen *animus* mit deinem *soma*. Auf einer geplanten Astralreise würde das Band wie ein dickes Seil aussehen, nicht wie ein Faden.«

»Sind Sie auch tot, Mr Berkley?«

»Die Frage hat sich mir nie gestellt.«

»Aber was tun Sie hier? Arbeiten Sie für den Hirten?«

Berkley lacht. »Sein Untergebener bin ich sicher nicht.«

»Sind Sie mein spiritueller Führer?«

»Ich bin gewiss nicht dein spiritueller Führer. Also bitte. Ich weiß, dass du ein traumatisches Erlebnis hattest, aber du begreifst bemerkenswert langsam. Versuchen wir es mit einem Gedankenspiel. Ein paar kritische Überlegungen. Frage eins: Bei welchem schwarzmagischen Ritus wurdest du tödlich verwundet?«

»Dem Ritus der Tränen.«

»Richtig. Und jetzt meine zweite Frage: Was ist Art und Zweck des von dir vollzogenen Rituals?«

»Damit wollte ich den Teufel beschwören. Aber ich habe versagt.«

»Versagt trifft es nicht ganz.«

»Aber ich habe nicht ... oh. Oh.«

Mr Berkley grinst ein weißes Haigrinsen.

»Du hast mich gerufen, hier bin ich.«

»*Sie sind* der Teufel?«

»Der bin ich: Satan, Luzifer, Asmodeus, Beelzebub, Abbadon, Vater der Finsternis, Der-in-Geheimnissen-spricht und viele andere weniger bekannte Namen gibt man mir; ich will dich nicht damit langweilen, sie alle wie einen großen schimmeligen Teppich auszurollen. Wir haben zu tun.«

»Aber das Ritual ist fehlgeschlagen. Mein Opfer ist entkommen.«

»Hast du mit dem Öl nicht das Tier und deine eigene Hand gesalbt? Wurde nicht dein eigenes Blut innerhalb der Grenzen des Kreises vergossen? Ich bin nicht kleinlich, was die genaue Art des Opfers angeht.«

»Ich ... oh.«

»Ich glaube, du hast einen Wunsch, den ich dir erfüllen soll.«

Der Teufel streicht sich das Haar mit der Hand glatt.

»Ich will ... Mr Berkley, ich möchte Sie bitten, das Manchett-Gefolge aus meinem Dienst zu entlassen. Bitte nehmen Sie es mit zu sich in die Totenwelt.«

Wir sind gar nicht mehr am Teufelstritt, merke ich plötzlich. Wir stehen an einer gewaltigen Mauer aus bröckelndem Stein, die sich erstreckt, so weit das Auge reicht. Der Boden unter meinen Füßen ist verdorrte, leblose Heide. Kühler Nebel umgibt uns von allen Seiten. Seitlich in der Mauer sehe ich eine Holztür mit hellgrünem Anstrich. Der Teufel zupft an seinen Nägeln.

»Und bist du sicher, dass das der Wunsch ist, den ich dir erfüllen soll? Von all den Dingen, die ich dir gewähren kann, wählst du dies?«

»Ja. Ganz sicher.«

»Ich werde tun, was du verlangst, Luke Manchett. Dafür werde ich keinen Preis von dir fordern.«

»Danke.«

»Schüttle mir die Hand und es soll geschehen.« Mit leicht gelangweiltem Ausdruck streckt er eine langfingrige Hand aus. Ohne zu zögern, greife ich zu und wir schütteln uns die Hände. Seine Haut fühlt sich ganz normal an, aber als er den Händedruck löst, sehe ich, dass seine Handfläche keine Linien hat.

»Ist das alles?«, frage ich.

»Sie kommen.«

Ich verstumme und warte. Die Tür seitlich in der Mauer ist aufgeschwungen und gibt den Blick auf einen dunklen, engen Durchgang frei. Ein Wind weht aus der Öffnung.

Minuten oder vielleicht auch Stunden vergehen, dann taucht eine Gestalt aus dem Nebel auf, ein stiernackiger Mann latscht auf uns zu. Der Richter hält den Kopf gesenkt. Die zertrampelte Heide knackst leise unter seinen Stiefeln. Vor mir bleibt er stehen, ohne den Blick zu heben.

»Boss«, sagt er.

»Was hast du mit Elza gemacht?«

»Nix, Boss, das musst du mir glauben!«

»Was ist mit ihr passiert?«

»Nix. Weiß ich nich'! Hab doch nur so getan, als würd ich sie jagen!«

»Ist sie noch am Leben?«

»Weiß ich nich'! Du musst mir das glauben. Schick mich nich' auf die andere Seite, Boss, ich hab nix getan. Ich hab dir geholfen, so gut ich konnte.«

»Du hast ›so getan‹, als würdest du Elza jagen ... aber soviel ich weiß, ist es durchaus möglich, dass sie schon tot ist. Du hast mir nicht geholfen. Du hättest zugelassen, dass sie mich umbringen«, sage ich, »wenn ich nicht herausgefunden hätte, wie man das Buch liest. Du hättest ihnen dabei geholfen. Du bist ein Opportunist, du schlägst dich immer auf die Seite des Stärkeren, wen auch immer du dafür hältst. Stimmt's?«

»Würd ich nie tun, Boss, das schwöre ich bei meiner Seele. Ich bin kein dreckiger Opportunist. Ich bin einfach 'n ganz gewöhnlicher Typ.«

»Tut mir leid«, sage ich.

»Wohin schickst du mich?«, fragt er. »Wohin geh ich?«

»In die Finsternis natürlich«, sagt der Teufel.

»Nein! Boss, Luke, das darfst du mir nich' antun! Ich will nich' ...«

»Aber du musst.« Der Teufel seufzt. »Du gehörst mir. Das Manchett-Gefolge ist aufgelöst, der Handel ist beschlossen und deine Strafe erwartet dich bereits. Über die Schwelle mit dir.«

»Du hast's versprochen«, sagt der Richter zu mir. »Du hast mir versprochen, dass ich nich' in die Hölle komme. Genau wie dein Vater. Nix als leere Versprechungen. Du bist genau wie er.«

Er dreht sich um und verschwindet nach kurzem Zögern in der dunklen Türöffnung. Der Klang seiner Schritte verstummt.

Dann folgt eine Zeit grauen Schweigens. Das Orakel kommt in seinem weißen Kleid aus dem Nebel geschwebt, bleibt stehen, um die dünnen kalten Arme um meinen Hals zu legen und mich durch den Schleier auf die Wange zu küssen. Wortlos verschwindet es durch das dunkle Tor. Jetzt tritt der Ketzer vor, mit flammenden Knochen, Funken sprühend, singt er seine idiotische Litanei. Er geht zwischen uns hindurch und sein Feuer erlischt.

Wir stehen da und warten. Der Hirte erscheint, sein Anzug scheint in dem grauen Licht verblasst, eher anthrazit als schwarz. Er hält seinen breitkrempigen Hut in den Händen und schlurft, als würde er hinken. Ich merke, dass er panische Angst hat.

»Octavius«, sagt der Teufel, als der Hirte näher humpelt, »schön, dich wiederzusehen. Ich habe deine Gesellschaft vermisst.«

»Ich werde nicht betteln«, sagt der Hirte zu uns. Die verspiegelten Brillengläser sind verschwunden. Ich sehe ihm in die teerschwarzen Augen.

»Das hat auch keiner verlangt«, sagt der Teufel.

»Luke«, sagt der Geist und tritt näher an mich heran. »Du bist ein Idiot. Ich habe mit diesem Geschöpf einen Handel geschlossen und das hat mich in die Verdammnis geführt. Du kannst dir nicht vorstellen ...«

»Du hast mir keine Wahl gelassen«, sage ich. »Ich wollte kein Gefolge. Wenn du nicht so von deiner Rache besessen gewesen wärst, hätte ich euch alle freigelassen. Aber du hast Mum dazu gebracht, mich niederzustechen, und hast zugesehen, wie ich gestorben bin. Du hast deine Rache gehabt. Das hier ist meine.«

»Du denkst, der schwarze Ziegenbock ist deinem Ruf aus reiner Nettigkeit gefolgt? Das glaubst du doch wohl selbst nicht! Du machst dir was vor. Alles hat seinen Preis. Das ist das Ende – für uns beide«, höhnt der Hirte.

Ich antworte nicht. Vielleicht hat er recht, vielleicht will er mir nur ein letztes Mal Angst einjagen. So oder so kann ich den Lauf der Dinge nicht ändern.

»Wenn wir jetzt weitermachen könnten«, sagt der Teufel.

Der Hirte bleibt am Rand der Türöffnung stehen, murmelt vor sich hin und dann räuspert der Teufel sich und der Hirte stolpert in die Dunkelheit. Sein langes, weiß gesträhntes Haar bleibt einen Augenblick lang sichtbar, ein heller

Punkt, und verschwindet dann. Als er weg ist, wird mir klar, dass ich gewonnen habe. Das Gefolge ist weg, es ist vorbei. Der Hirte ist auf dem Weg in die Hölle und ich bin noch da.

Wir warten weiter. Der Teufel spielt mit seinen Nägeln, fummelt an seiner goldenen Taschenuhr herum. Schließlich taucht die rauchige Gestalt des Dämons aus dem Nebel auf, der den Unschuldigen in seinen schwarzen Armen trägt. Er lässt den Furcht einflößenden Schakalkopf hängen wie Ham, wenn er sein Geschäft auf dem Teppich erledigt hat. Der Teufel stellt sich vor die Tür, als die beiden näher kommen, und hält die langen Hände mit den vollkommen glatten Handflächen in die Höhe.

»Höchst enttäuschend, mein Kind.«

Die Furie duckt sich.

»Hast du doch tatsächlich versucht, in die Lebendwelt zu entkommen und mit den Sterblichen wiedergeboren zu werden«, sagt er, »obwohl du genau weißt, was ich davon halte. Ganz genau weißt du das ...«

Sie zieht den Kopf ein.

»Wir wollen das nicht vor Außenstehenden besprechen. Aber bitte ... Das ist ja keine Art, die eigenen Familienmitglieder zu begrüßen. Du sollst wissen, dass ich dir verzeihen werde, wenn die Zeit gekommen ist.«

Der Teufel legt seine Hände auf den schwarzen Kopf des Dämons und streichelt ihm mit dem Finger die Schnauze. Dann tritt er beiseite und die Furie stapft in den Durchgang, wobei sie das Baby sanft in ihren Klauenarmen hält. Sie muss sich bücken, um durchzupassen.

Die Furie sieht mich noch nicht einmal an.

Kennst du mich nicht?, fragt der Unschuldige, als er in den Tunnel getragen wird.

Die grüne Tür schließt sich mit einem leisen Klicken. Der Teufel reibt sich die Hände und blickt in die Ferne. Ich räuspere mich.

»Ähm, das sind nur sechs ...«

»Ich weiß.«

»Aber ...«

»Dein Vasall ist aufgezehrt. Den gibt es nicht mehr.«

»Können Sie nicht ...«

»Wenn ich Ton aus der Erde hole und zu einem Gefäß brenne, dir dann das Gefäß gebe und frage, wo mein Ton ist, was würdest du mir sagen?«

»Er war ein guter Kerl ... Er hat so ein Schicksal nicht verdient.«

»Du würdest mir sagen, dass mein Ton verwandelt ist, dass er zu etwas anderem geworden ist. Das Brennen im Ofen hat ihn für immer verändert.«

»Und der Gefangene?«

»Über diesen Hungerleider habe ich keine Kontrolle. Er ist nicht länger an dich gebunden, aber ich kann ihn nicht zwingen, auf die andere Seite zu kommen. Er war außerhalb der Reichweite deines Rituals.«

»Was soll das heißen? Was ist mit ihm passiert? Was ist mit Elza?«

»Ich kenne diese ›Elza‹ nicht. Du verwechselst mich wohl mit meinem Gegenspieler. Ich führe nicht Buch über jeden Sperling, der vom Himmel fällt. Mich interessieren nur die mit gutem Unterhaltungswert.«

»Alles klar«, sage ich. Wenn ich das Gefolge los bin, aber dafür Elza und Ham und Mum verloren habe, dann ... Ich will gar nicht daran denken. Sie müssen einfach am Leben sein. Wenn ich zurückkehre, sind sie da, ganz bestimmt.

Die Mauer ist verschwunden und ich stehe mit dem Teufel an einem einsamen grauen Strand. Auch hier umgibt uns dichter Nebel, der das Meer verdeckt. Ich kann das leise Plätschern von Wellen hören. Ich sehe auf meine Schuhe herunter.

»Und was passiert jetzt?«, frage ich ihn.

»Das liegt in deiner Hand.«

»Kann ich zurück?«

»Du stirbst heute nicht, Luke.«

»Danke.«

»Ich kann weder für morgen noch für die Tage danach sprechen. Aber nicht heute.«

»Dann *kann* ich also zurück?«

»Natürlich«, sagt er und dreht sein weißes Lächeln auf maximale Strahlkraft, »aber da wäre noch eine kleine Sache, die du vorher für mich tun müsstest. Ein winziger Gefallen.«

»Sie haben gesagt, Sie fordern keinen Preis.«

»Ich bin der Teufel. Ich bin ein Lügner. Luke, ich verlange nur eins: Es gibt jemanden, der mit dir sprechen möchte. Mit dem wirst du reden. Das ist alles.«

Eine Gestalt kommt durch den Nebel auf uns zu.

»Wen haben wir denn da?«, sagt Berkley wie zu sich selbst. »Wer kommt denn da?«

Langsam taucht eine Gestalt auf, die den Blick auf den

grauen Sand gerichtet hält. Ein Mann, der einen weißen Anzug und ein fliederfarbenes Hemd trägt. Oben auf dem Kopf wird er kahl, aber das übrige Haar reicht ihm bis über die Schultern. Seine Hände sind üppig mit Ringen geschmückt.

Ich bin fünf Jahre alt und sehe von unserem alten Haus in den Schnee hinaus. Die Küche ist in warmem Kürbisorange gefliest. Es ist Winter und ich stelle mich auf die Zehenspitzen, damit ich über die Arbeitsfläche sehen kann. Der Garten hat sich in eine schneeverwehte Landschaft mit kleinen Hügeln und Schluchten verwandelt. Der Himmel ist so weiß, dass er gar nicht zu sehen ist, und die Flocken fallen in dicken Klumpen. Ich schlurfe in meiner grünen Schneehose nach oben in Dads Arbeitszimmer und er grinst und legt sein Buch weg, ohne dass ich fragen muss, und wir laufen in den Schnee hinaus.

Unsere Schneemänner waren immer ungleichmäßig. Ich war für den unteren Teil zuständig, er für den oberen. Meine Technik war nicht so ausgefeilt. Ich rollte immer eine große schiefe Kugel und klatschte dann schwere Schneeklumpen an die Seiten, wo es mir sinnvoll vorkam. Dagegen war Dad ein meisterhafter Schneemannbauer. Er tüftelte endlos am Kopf, bis er perfekt war und aussah, als wäre er in der Fabrik in Form gegossen worden.

Er setzte Kohleaugen und -mund liebevoll ein. Dann wollte er Mütze und Schal und eine Karotte als Nase holen und eilte mit langen Schritten durch den Garten davon. Ich weiß noch, dass er in dem schweren weißen Schnee verschwunden war, bevor er auch nur halb durch den Garten war, und dass ich Angst hatte, er würde nicht wiederkommen.

Dad bleibt direkt vor uns stehen und richtet sich zu voller Größe auf. Er sieht mir in die Augen und bringt es tatsächlich fertig, mich anzulächeln und mit ausgestreckter Hand auf mich zuzugehen. Ich mache hastig einen Schritt rückwärts und Dad lässt verunsichert den Arm sinken. Der Teufel bleibt, wo er ist, und sieht gespannt von einem zum andern.

»Luke ... mein Sohn.«

»Nicht«, sage ich, »versuch bloß nicht ...«

»Mein Sohn.«

»Fass mich nicht an!«

»Wie du willst.« Dad rückt den Kragen seines fliederfarbenen Hemds zurecht. »Ich hatte gehofft, wir könnten das wie Erwachsene regeln, Luke, aber wenn du dich aufführen willst wie ein Kind, kann ich es auch nicht ändern. Nur wenige Menschen haben Gelegenheit, mit ihrem Vater nach dessen Tod zu sprechen. Ich musste meine ganzen Beziehungen spielen lassen, um dieses Treffen überhaupt zu ermöglichen. Da könntest du schon ein wenig Dankbarkeit zeigen.«

Der Teufel zieht eine weiße Augenbraue hoch, sagt aber nichts.

»Nur wenige Menschen haben Gelegenheit, mit ihrem Vater zu sprechen?«, sage ich. »Und was war zu deinen Lebzeiten? Wieso haben wir da nicht miteinander gesprochen? Wo warst du? Willst du nicht wenigstens so tun, als täte es dir leid?«

»Es tut mir leid, Luke. Es tut mir leid, dass ich nicht für dich da war. Es ließ sich nicht vermeiden.«

»Zehn Jahre lang höchstens mal eine Karte zum Geburtstag und dann finde ich heraus, dass du tot bist, und dein Anwalt, der sich mittlerweile als der wahrhaftige *Teufel* mit dem Pferdefuß erwiesen hat, haut mich übers Ohr und hängt mir ein Gefolge gefährlicher Geister an, die stinksauer auf dich sind und alles dafür tun, mich, deinen einzigen Sohn, ebenfalls über die Klinge springen zu lassen, und jetzt bist du hier, um ein paar letzte Worte mit mir zu wechseln, und sagst mir, ich soll *dankbar* sein? Machst du Witze?«

»Ich kann nicht leugnen, dass verschiedene Entwicklungen in meinem Leben nicht ganz so verlaufen sind, wie ich das beabsichtigt hatte. Vor allem in den letzten Wochen. Ich habe mein Bestes getan, Kontakt mit dir aufzunehmen, nachdem du dich in die Sache verstrickt hattest. Das war nicht leicht. Meine Möglichkeiten, mit dir zu kommunizieren, waren eingeschränkt.« Er unterbricht sich, wirft einen Blick auf den Teufel. »Du wirst noch merken, dass auch du Fehler machst, Luke. Das ist Teil des Erwachsenseins. Man muss das Leben nehmen, wie es kommt, selbst wenn es nicht das ist, was man sich gewünscht hätte.«

Irgendwo im Nebel rauscht und atmet die unsichtbare Flut. Also das im Traum ... das war wirklich er. Er hat tatsächlich versucht, mir zu helfen.

Dads Gesicht sieht furchtbar aus, bleich und völlig verschwollen, Nase und Wangen sind von roten Flecken übersät. Seine Augen sind tiefrot blutunterlaufen und sogar seine Falten sind zerknittert. Er gibt sich Mühe, wütend zu klingen, aber ich habe den Verdacht, dass er Angst vor mir oder dem Teufel oder vor uns beiden hat.

»Und was genau war dein Leben, Dad? Was war das Leben, das du dir gewünscht hättest? Wer bist du überhaupt?«

»Ein Geisterbeschwörer«, sagt Dad. »Ich bin ein Geisterbeschwörer. Und dass du so weit gekommen bist, dass du das *Buch der Acht* und das Siegel zumindest ansatzweise benutzt hast ... das zeigt, dass du ebenfalls die Veranlagung dazu besitzt. Eigentlich schade, dass du mein Gefolge aufgelöst hast. Wenn du es bezwungen hättest, hättest du es damit weit bringen können.«

»Das glaube ich nicht«, sage ich. »Die hätten mich höchstens ins Grab gebracht. Der Vasall war der Einzige, der versucht hat, mir zu helfen, und den hat dein Dämon gefressen. Wie lang hast du das Gefolge gehabt? Warum hast du es beschworen?«

»Wirklich schade«, sagt Dad. »Ich konnte den Vasallen immer gut leiden. Wenn du nur ... egal. Ich habe neun Jahre vor deiner Geburt angefangen, das Gefolge an mich zu binden. Du verstehst ja sicher, dass ich nicht acht komplette Geister mit einem Schlag in meinen Dienst stellen konnte. Die richtige Besetzung für die einzelnen Rollen zu finden, erfordert Zeit. Warum ich überhaupt damit angefangen habe ... Haben wir Zeit dafür?«

Dad sieht den Teufel an, der in den Nebel hinausstarrt.

»Zeit genug«, erwidert der Teufel.

Dad atmet schwer aus. Er fährt mit dem Daumen über den größten schwärzesten Ring an seiner Hand, den ich als das Siegel erkenne, als den Ring, den auch ich trage. Ich nehme an, es ist nur das geisterhafte Abbild des Rings, Teil seines Geists, so wie sein Anzug und die Schuhe es sind.

»Passenderweise fing alles mit der Entdeckung eines Grabes an«, sagt Dad. »Ich war damals ein paar Jahre älter als du jetzt und hatte einen Sommerjob auf einer Baustelle. Wir hoben die Grube für das Fundament eines neuen Einkaufszentrums aus und ich hatte ... das Pech, mit dem Bohrer auf etwas zu stoßen, dessen Ruhe ich besser nicht gestört hätte. Ein Grab, eine merkwürdige Kammer, die ein einziges, in eine schwarze Kutte gehülltes Skelett enthielt. Seine Hände umklammerten ein grünes Buch mit silbernen Schließen und einen Ring mit einem schwarzen Stein. Du kennst diese Gegenstände. An den Sachen war etwas ... ich nahm sie an mich. Ich weiß immer noch nicht, warum. Ich versteckte sie und dann rief ich den Vorarbeiter und danach wurden Archäologen hinzugezogen ... Es war ein eigenartiges Grab. Jede einzelne Wand war mit Schriftzeichen, mit merkwürdigen Symbolen bedeckt, in einer Sprache, die niemand vom Museum verstand.

Von diesem Augenblick an nahm mein Leben eine unerwartete Wendung. Es gelang mir nicht, das merkwürdige grüne Buch zu öffnen, und der Antiquariatsbuchhändler, den ich kontaktiert hatte, weigerte sich, sich näher damit zu befassen. Als er den geprägten Stern auf dem Einband sah, ließ er mich ohne jeden weiteren Kommentar stehen. Nach diesem merkwürdigen Zwischenfall bekam ich das

Gefühl, als hätte sich ein schreckliches Leichentuch über mich gelegt. Ich fröstelte ständig, mir wurde überhaupt nicht mehr warm. So flüchtig, dass ich es nur halb wahrnahm, tauchte vor meinen Augen ein Gesicht in dunklen Fensterscheiben auf, ein totes Antlitz in den Wolken, ein Schatten, den nicht das Licht warf, sondern noch tiefere Finsternis. Wenn ich aus dem Schlaf schreckte, waren die Fenster meines Zimmers von Eis bedeckt und unsichtbare Hände hatten seltsame Zeichen an die Wände gemalt ... ich hatte noch nie solche Angst gehabt. Ich suchte Hilfe bei einem professionellen Spiritualisten, aber als er merkte, welches Wesen mich da heimsuchte, lehnte er jede Zahlung ab und weigerte sich, mir weiterzuhelfen. In dieser verzweifelten Lage erhielt ich Besuch.

Der Besucher stellte sich als Anwalt, als ein gewisser Mr Berkley vor. Er behauptete, ebenfalls Experte für Übernatürliches zu sein, und sagte, der Antiquariatsbuchhändler, an den ich mich gewandt hatte, habe ihn auf meinen Fall aufmerksam gemacht. Er lud mich zum Essen ein und wir redeten über die Sache.«

»Furchtbar schlechter Wein, wenn ich mich recht erinnere«, wirft der Teufel ein.

»Er überzeugte mich davon, dass die Geisterwelt tatsächlich existiert und dass ich eine furchtbare Macht dieser Welt in ihrer Ruhe gestört hatte. Das Grab sei ein für alle Mal geschändet und der Geist würde sich nicht dadurch versöhnen lassen, dass ich den Körper wieder zur Ruhe bettete. Meine einzige Hoffnung sei, ihn meinem Willen zu unterwerfen. Er zeigte mir, wie ich das Buch, das ich gefunden hatte, und den schwarzen Ring, mein Siegel, einsetzen musste. Mit Berkleys Hilfe nahm ich den Geist trotz aller seiner Macht gefangen und spürte, wie diese Macht auf mich überging.« Zum ersten Mal wirken Dads Augen lebendig, geradezu wehmütig. »Der Geist wurde mir nun vollständig enthüllt, als ein verschrumpelter alter Mann mit Augen so schwarz wie Öltümpel. Berkley sagte mir, der Geist sei einst ein mächtiger Geisterbeschwörer gewesen, der sich selbst Octavius nannte. Ich glaube, ihr seid euch begegnet.«

»Ja«, sage ich schaudernd.

»Octavius wurde mein Hirte, der Erste in meinem Gefolge. Für ihn war das eine furchtbare Beleidigung und zwischen uns gab es weder Vertrauen noch Zuneigung. Zuerst hielt ich ihn in strenger Knechtschaft. Ich konnte ihn nicht freilassen, weil ich um mein Leben hätte fürchten müssen, und ich nehme an, der Geist besaß seinerseits Macht über mich.«

»Du hättest ihn bannen können, indem du ihn in den wahren Tod schickst«, sagt der Teufel. »Im *Buch der Acht* hättest du die Mittel dazu gefunden, wenn du nur danach gesucht hättest.«

»Ich weiß«, sagt Dad. »Ich gierte nach ... Ich spürte seine Macht. Ich war kein gewöhnlicher Mensch mehr. Der Gedanke, wieder als Bauarbeiter zu schuften und Ziegelsteine zu schleppen, um mir meinen Lebensunterhalt zu verdienen ... Ich wusste, dass ich zu Höherem berufen war.«

»Und deswegen habe ich dich gewählt«, sagt der Teufel leise. »Darin bestand dein Unterhaltungswert.«

Ich setze mich in den grauen Sand. Ich weiß nicht, was ich von Dads Geschichte halten soll. Ich nehme eine Handvoll Sand, er ist kalt und irgendwie lichtlos, die Farbe einer Winterdämmerung. Dad ist auf etwas gestoßen, dessen Gefährlichkeit ihm nicht klar war, und hat zu verzweifelten Maßnahmen gegriffen, um aus der Sache wieder herauszukommen. So weit kann ich das nachvollziehen. Ich hätte auch nie gedacht, dass ich je eine Rennmaus kaufen würde, um sie Satan zu opfern. Was ich immer noch nicht verstehe, ist, wie er zum Fernsehstar wurde und warum seine Ehe in die Brüche ging.

»Was ist mit mir und Mum? Wie passen wir ins Bild?«, frage ich.

»Ein Jahr verging. Ich begann, mit dem Hirten zu sprechen, lernte ihn besser kennen und beherrschen. Wir fingen an, gemeinsam im Land herumzureisen. Zuerst arbeitete ich als Exorzist. Der Hirte ... wusste, wie man mit spukenden Geistern umgeht. Oft ließen sie sich von ihm überreden, sich ins Jenseits zu verziehen. Ich wurde bekannt. Deine Mutter ... Persephone war schon immer sehr spirituell. Was sie nicht sehen konnte, interessierte sie vielleicht mehr als das Sichtbare. Wir haben uns auf einer Esoterikmesse kennengelernt. Es war die große Liebe, eine Ehe im besten Sinne. Ich bin sicher, das hat sie dir selbst schon erzählt.«

»Ja«, sage ich. Mum hat nie viel über ihn geredet, aber ich weiß, dass sich ihre Blicke begegnet sind, als er ihre Aura las. Ich muss daran denken, wie sie sich am Teufelstritt aus der Erde erhoben hat, an das Messer, das sie mir in den Bauch gestoßen hat.

»Sie hatte natürlich keine Ahnung vom wahren Wesen der Toten. Das zweite Gesicht besitzt sie nämlich nicht. Ich beschrieb den Hirten als wohlwollenden spirituellen Führer. Das trieb ihn natürlich zur Weißglut. Unterdessen wuchs mein Ansehen – und mein Gefolge. Ich hatte begonnen, mit einem skandinavischen Geisterbeschwörer, Magnus Ahlgren, zu korrespondieren, der mir von Mr Berkley empfohlen worden war. Unter Ahlgrens Leitung durchstreifte ich die Friedhöfe Europas, band Heilige und Mörder an meine eigene Seele. Gleichzeitig machte ich meine Taten zu Geld, unterzeichnete ein Jahr vor deiner Geburt den Vertrag für meine erste Fernsehserie. Das war ein kreativer Einfall, auf den ich besonders stolz bin. Ich fing an, gutes Geld zu verdienen, wobei Geld zu diesem Zeitpunkt gar nicht mehr meine oberste Priorität war. Der Hirte hatte angeblich tausend Jahre gelebt und behauptete, ein komplettes Gefolge mit acht Geistern würde seinem Meister eine Lebensdauer verschaffen, die weit über die natürlichen Grenzen hinausging. Ich war wie besessen. Deine Großmutter starb an Krebs, als ich noch klein war ... und mein Vater starb in gewisser Weise mit ihr. Ich war fest entschlossen, das zu überwinden, den Tod zu überwinden. Ewig zu leben ... Deine Mutter wusste natürlich nichts davon.

Ich freute mich über deine Geburt, Luke, aber ich hatte auch Angst. Ich hatte Feinde. Geisterbeschwörung ist eine alte Kunst, die nur von wenigen ausgeübt wird, und es kam nicht gut an, dass ein Neuling Exorzismus vor der Kamera betrieb. Das wurde als ungebührlich, als unwürdig empfunden. Wenige Jahre nach deiner Geburt brach unter den Beschwörern Krieg aus. Ahlgren, mein einziger Verbündeter, unterlag. Die alten Dynastien Russlands, Rasputins Kinder ... Ich musste euch verlassen. Ich konnte nicht riskieren, unter einem Dach mit meiner Frau und meinem einzigen Kind zu leben. Nach dem Ende des Kriegs wollte ich zurückkehren. Das schwöre ich dir.«

»Und du hast sie nicht provoziert?«, frage ich. »Schwörst du, dass es nicht deine Schuld war? Du bist nur weggegangen, um uns zu schützen? Wie bist du gestorben? Hat dich ein anderer Geisterbeschwörer erwischt?«

»Ich wollte zurückkommen. Das schwöre ich«, sagt er wieder. »Die Gelegenheit bot sich nie. Wie gesagt, man muss das Leben nehmen, wie es kommt.«

»Aber ... du wusstest, dass ich nach deinem Tod das Gefolge erben würde? Wann wolltest du mir das sagen?«

»Ich war davon überzeugt, dass ich dich überleben würde. Ich dachte, ich würde meine eigenen Urenkel zu Grabe tragen. Der Hirte schwor, er hätte Roms Aufstieg und Fall erlebt. Ich dachte, ich wäre unsterblich, mein Testament hielt ich für eine reine Formalität. Mein Tod ... war nicht durch einen Feind verschuldet. Ich habe ihn nicht vorhergesehen. Ich saß allein beim Essen und bin an einem Bissen Steak erstickt. Das Gefolge hat mir nicht geholfen. Ich konnte meine Stimme nicht erheben, um es zu befehligen. Mein Orakel hatte mich nicht gewarnt. Der Hirte sah zu, wie ich starb, und schwor, sich an meinem Sohn rächen, und dann ... fielen Berkley und seine Handlanger über mich her.«

»Ein elender Tod«, bemerkt der Teufel. Das unsichtbare Meer seufzt. Mir gefällt nicht, was ich in den Augen des Teufels sehe, sie strahlen heller als zuvor und das Leuchten in ihnen hat wenig mit Freude oder Sonnenlicht zu tun.

»Fehler«, sagt Dad, »die ich zutiefst bereue. Ich dachte, ich hätte jede Menge Zeit, um alles dir und Persephone gegenüber wiedergutzumachen, aber das war ein gewaltiger Irrtum. Ein paar Augenblicke an diesem grauen Ufer sind alles, was uns bleibt.«

Der Teufel reinigt seine Taschenuhr mit einem kleinen Tuch. Soweit ich sehen kann, ist sie blitzblank und makellos sauber, aber er poliert das Glas mit gleichmäßigen, kreisförmigen Bewegungen.

»Ich habe eine Frage«, sagt der Teufel, ohne von seiner Tätigkeit aufzusehen.

Dad schluckt.

»Deine Erzählung entspricht im Großen und Ganzen der Wahrheit, Horatio, bis auf gewisse Einzelheiten. Der Krieg zwischen dir und den östlichen Geisterbeschwörern war viel kürzer als von dir beschrieben. Verzeihlich, dass du die Tatsache übergehst, dass dein guter Freund Magnus Ahlgren auf deinen Befehl hin starb, du hattest Angst vor Verrat und mit Recht. Manche Feinde kommen nicht mit Dolchen, sondern mit einem Lächeln bewaffnet. Allerdings hast du einige wichtige Details weggelassen. Du und ich, wir sind uns *zwei*mal begegnet und die zweite Begegnung fand bei euch statt, während Luke schlief. Ich glaube, der Junge verdient zu erfahren, welchen Handel wir geschlossen haben und warum der Krieg der Geisterbeschwörer in jener Nacht endete. Sag uns: Warum ging der Krieg zu Ende? Wie hast du die östlichen Dynastien überwunden? Und warum hast du kurz darauf deine Frau und deinen kleinen Sohn verlassen?«

Dad wird aschfahl, seine Wangen sind so bleich wie der Sand.

»Nein«, sagt er.

»Horatio.«

»Ich werde nicht, Sie können nicht ...«

»Vergiss nicht, mit wem du sprichst, Horatio. Du willst mir bestimmt nicht sagen, was ich kann und was ich nicht kann. Das wäre höchst unklug.«

»Bitte«, sagt Dad.

»Horatio. *Horatio* ... hör sofort damit auf ... Dich auf die Knie zu werfen, bringt gar nichts. Vergiss nicht, du gehörst mir. Deine Wünsche spielen keine Rolle. Mein Entschluss steht fest. Dein Junge hat es verdient, die Wahrheit zu erfahren.«

»Ich will bloß noch nach Hause«, sage ich. Dad presst die Stirn in den grauen Sand. »Ich habe genug. Ich will nach Hause, zu Elza und Mum.«

»Geduld, Luke. Der Zauberer hat noch eine Geschichte auf Lager. Sag ihm die Wahrheit, Horatio. Sonst tu ich es.«

»Bitte ... bitte ...«

»Sag deinem tapferen erstgeborenen Sohn die Wahrheit.«

»Luke ... es tut mir so leid.«

»Bitte sagt mir einfach, was los ist. Ich habe es satt, dass ihr beide in Rätseln sprecht«, sage ich. »Sagt mir die Wahrheit oder lasst mich gehen.«

Dad kniet zitternd im Sand. Der Teufel hebt eine weiße Augenbraue und Dad räuspert sich und spricht.

Ich bin vier Jahre alt. Wir sind auf dem Mittelmeer, in einem Boot, und er hält mich über den Rand, damit ich nach unten ins Wasser sehen kann. Mum taucht und er erklärt mir, der schillernde lila Fleck, den ich unter der Wasseroberfläche sehe, ist Mummy. Ich weiß nicht, ob ich ihm das glauben soll. Um Mum herum schwärmen Fische, die an ihren Haaren knabbern wollen, und der gleißende Ozean unter mir ist ein Kaleidoskop roter und grüner und oranger und gelber Formen, die wie Blätter im Sturm durcheinanderwirbeln.

Wenn man in den Nebel dieses Grenzorts blickt, kann man so tun, als würde man schweben. Man kann so tun, als wäre man irgendwo anders – bloß nicht hier. Dad hat sich jetzt aufgesetzt, mit den Fußspitzen zum wolkenverhüllten Ozean. Der Teufel beobachtet uns ganz genau.

»Ahlgren war schlau und gewieft«, beginnt Dad. »So stark wie unsere Feinde. Er besaß ein komplettes Gefolge mit acht Geistern, während mein Gefolge damals nur sechs umfasste: den Hirten, den Vasallen, den Ketzer, den Richter, das Orakel, den Gefangenen. Unser Krieg zog sich in die Länge; keiner Seite gelang es, die Oberhand zu gewinnen. Ein Krieg zwischen Geisterbeschwörern ist zäh und bitter und erbarmungslos. Wir waren wie Pythons, die einander in den schwärzesten Tiefen des Ozeans zermalmten. Jede Bewegung konnte Jahre dauern und ein einziger Fehler konnte mein Ende, dein Ende, das Ende deiner Mutter bedeuten ... Ich begann zu fürchten, dass Ahlgren mich verraten könnte. Bei meinen Studien des *Buchs der Acht* und seiner Geheimnisse war ich seinem Rat gefolgt; Ahlgren wusste, wie meine Verteidigungszauber aufgebaut waren, kannte die Rituale, mit denen ich mein Gefolge an mich gebunden hatte. Er konnte mich verraten und den Ausgang des Kriegs beeinflussen, um sich erneut die Gunst der östlichen Familien zu sichern. Diese Furcht verzehrte mich. Der Hirte und der Richter rieten zu entschlossenem Vorgehen.

Zu diesem Zeitpunkt hatte ich ›Mr Berkleys‹ wahre Natur bereits erkannt und so rief ich ihn an Halloween deines fünften Lebensjahrs herbei, Luke. Im Vollbewusstsein meiner Handlungen ließ ich mich in meiner Verzweiflung auf ein Geschäft mit ihm ein und er enthüllte mir Geheimnisse, die außerhalb der Reichweite meiner Studien tief im *Buch der Acht* verborgen lagen. Ich war in der Lage, einen Dämon in meinen Dienst zu zwingen ...«

»Die Furie«, sage ich.

»Ja, *ein Schatten wie das Abbild einer rasenden Bestie*. Solch eine Maßnahme hatte seit Jahrhunderten kein Geisterbeschwörer mehr gewagt. Als ich den Dämon endgültig an mich gebunden hatte, hetzte ich ihn auf Magnus Ahlgren, meinen alten Verbündeten. Er starb noch in derselben Nacht. Der Rest meiner Feinde fiel binnen Tagen. Ich war die neue Macht unter denen, die die Toten knechteten. Keiner wagte es, mich herauszufordern.«

»Ich denke, du hast uns verlassen, um uns nicht in Gefahr

zu bringen? Aber du hattest den Krieg gewonnen, bevor du mich und Mum verlassen hast?«

»Deine Mutter und ich hatten bereits unsere Differenzen ... Ich wollte den Tod selbst überwinden, ewig leben. Persephone wollte ein Kristallheilzentrum in den Midlands eröffnen. Wir hatten eine sehr unterschiedliche Einstellung zum Leben und ...«

»Nein«, sagt der Teufel. »Erzähl ihm alles.«

Dad springt auf. Er steht direkt vor mir, sein Gesicht ist nur Zentimeter von meinem entfernt. Ich könnte eine Karte der Blutgefäße in seinen Augen zeichnen.

»Es musste sein!«, ruft er. »Ich hatte keine Wahl! Ich musste es tun! Ahlgren hätte mich verraten können! Wir wären alle ums Leben gekommen!«

»Fass mich nicht an, habe ich gesagt!«, brülle ich zurück.

»Luke ... die Sache hatte ihren Preis. Berkley hat mir den Preis genannt und ich habe ihn bezahlt und bezahle seitdem dafür. Ich zahle seit mittlerweile einem Jahrzehnt dafür, dass ich die Furie in meinen Dienst genommen habe, und auch du bezahlst dafür.«

»Was für ein Preis ist das?«

»Um eines meiner Kinder zu binden«, sagt der Teufel, »muss ein Gleichgewicht hergestellt werden. Für die Toten muss mit einem Leben bezahlt werden, aber meine Kinder waren nie lebendig und sind daher auch nicht tot. Der Tausch muss gegen einen ungeformten, potenziellen Geist erfolgen. Ein Opfer von äußerster Reinheit ist erforderlich.«

»Das verstehe ich nicht«, sage ich.

»Du ...«, beginnt Dad. »Du solltest einen Bruder bekommen. Ich hatte einen zweiten Sohn. Niemand wusste davon, noch nicht einmal deine Mutter. Berkley, der Teufel, erzählte mir von der Existenz des Kindes und erklärte mir, wie ich den ungeborenen Geist binden und als Gegenleistung für den Austausch verwenden konnte. Und da wusste ich, warum Dämonen so selten geknechtet werden. Wie hoch der Preis war. Aber es war kein Mord. Ich habe nur den frisch entzündeten Geist extrahiert. Dein ungeborener Bruder blieb ungeboren und wurde zum Unschuldigen. Und du hast dein Leben in Sicherheit gelebt. Es gab keine andere Möglichkeit ...«

Ich wende den Blick ab und sehe in den Nebel hinaus.

»Es sind nicht unsere Sünden«, sagt der Teufel leise, fast zu sich selbst, »die uns knechten, es ist unsere Schuld.«

»Ich habe den Preis bezahlt«, sagt Dad. »Was ich getan habe, war nicht in Ordnung, aber ich musste es tun. Zumindest habe ich mir das eingeredet. Ich fühlte mich allein in meiner eigenen Familie, war mit den Toten vertrauter als mit den Lebenden. Jedes Mal, wenn ich dein Gesicht sah, Luke, wurde ich daran erinnert, was ich getan hatte. Persephone ... deine Mutter litt sehr unter unangenehmen Folgen, die ich nicht vorhergesehen hatte. Melancholie, Kopfschmerzen, hartnäckige Lustlosigkeit. Den Geist des Kindes aus ihr herauszuziehen, hatte ihr dauerhaft Schaden zugefügt. Ich fühlte mich beengt, furchtbare Schuldgefühle plagten mich ... Ich hatte den Krieg gewonnen, aber ich hatte mich selbst dabei verloren. Bei dir und deiner Mutter war kein Platz mehr für mich. Ich musste gehen. Ich hatte euch nicht verdient ...«

Dads Stimme ist plötzlich weg, als hätte jemand ein Radio stumm geschaltet. Er steht immer noch bei uns am Strand, aber jetzt sieht es aus, als würde er die Pantomime eines Gesprächs aufführen. Als er merkt, dass wir ihn nicht hören können, gestikuliert er heftiger. Seine Augen treten hervor und er hämmert gegen eine unsichtbare Wand. Ich trete zurück. Der Teufel grinst mich an, völlig ungerührt, der wolfsgraue Anzug ist so adrett, als wäre er einem Katalog entstiegen. Er sieht auf seine goldene Uhr.

»Er redet gern, dein Vater«, bemerkt der Teufel. »Meine Zeit hier ist nicht unbegrenzt. Ich habe zahlreiche Bittsteller, denen ich mich widmen muss. Ich habe ihn etwas ruhiggestellt, damit wir reden können. Also: die Wahrheit ist jetzt heraus, würde ich sagen. Verderbter Vater nutzt ungeborenen Sohn in finsterem Pakt, um lebende Familie zu schützen. Letztendlich wird er von seiner Schuld verzehrt und verliert obendrein auch noch seine lebende Familie. Alles sehr unterhaltsam. Und ich will dir nichts vormachen: Du hast mich in den vergangenen Wochen ebenfalls bestens amüsiert, Luke. Mit welcher Verbissenheit du dich zu dieser Begegnung mit mir durchgekämpft hast! Das Gefolge deines Vaters war dir nicht gewachsen.«

»Sie wollten, dass das passiert«, sage ich. »Stimmt's?«

»Natürlich. Dein Erbe verdankst du ausschließlich mir. Ich wollte sehen, wie du damit zurechtkommst. Ob du die Sequenz meisterst, in die Tiefen des *Buchs der Acht* vordringst – was dir gelungen ist, mit etwas Hilfe von Horatio, die er dir in einem Augenblick der Unachtsamkeit meinerseits hat zukommen lassen. Ich wollte wissen, ob du mich rufen würdest, wollte wissen, zu welchen Mitteln du greifen würdest, wenn du mit dem Rücken zur Wand stehst. Der Hirte hätte dich fast erwischt, aber schließlich hast du es doch bis hierher geschafft. Ich musste die Regeln nur ein wenig großzügig auslegen, um dir erscheinen zu können.«

»Sie haben all das getan, um Dad zu zwingen, mir die Wahrheit zu erzählen?«

»Amüsant, was? Man nennt mich den Vater der Lügen. Dabei kann die Wahrheit viel schmerzlicher sein.«

»Ich will zurück«, sage ich. »Schicken Sie mich zurück. Ich will Elza und Mum und Ham sehen. Ich habe mit Dad gesprochen. Ich habe getan, was Sie wollten. Schicken Sie mich zurück.«

»Natürlich.« Der Teufel grinst. »Aber zuerst musst du eine Entscheidung treffen. Ich habe einen Vorschlag für dich, mein Junge. Hör ihn dir an.«

Ich blicke in seine entsetzlichen blauen Augen. In ihnen liegt nichts Menschliches mehr. Ich weiß nicht, wie ich diese Kreatur jemals für einen Menschen halten konnte.

»Dein Vater Horatio gehört aufgrund unserer langjährigen Vereinbarung mir. Ich nehme an, er ist davon ausgegangen, dass er noch ein paar Jahrhunderte mehr haben würde, bis ich seine Schulden eintreibe, aber die Dinge laufen nicht immer, wie man es geplant hat, wie er uns beiden so ausführlich erklärt hat. Er ist ein Sünder und ich habe jedes Recht, ihn mit mir in die Finsternis zu nehmen. Die kältesten Tiefen des Todes.«

Dad hämmert mit einer Faust gegen die unsichtbare Wand und brüllt mir etwas zu. Ich sehe weg.

»Sie ...«, beginne ich.

»Ich überlasse das ausschließlich dir. Du bist sein Sohn, sein Erbe, derjenige, für den er gesündigt hat, behauptet er zumindest. Da scheint es nur gerecht, wenn du über seine Strafe entscheidest. Ich kann ihn mit mir in die Dunkelheit nehmen und dafür sorgen, dass er seinen gerechten Lohn erhält. Wenn du mir das gestattest, wird meine Großzügigkeit keine Grenzen kennen. Das Vermögen deines Vaters wird dir gehören. Ich kann dir Reichtum und Macht schenken, ich kann dich zum größten Zauberer der Welt machen. Horatios Nachlass, seine Autos, und das wäre nur der Anfang. Holiday, Elza, jedes Mädchen, das du begehrst, gehört dir, wenn du deinen Vater in die Finsternis schickst. Dafür kann ich sorgen.«

»Ich ...«

»Oder ich gebe ihn frei. Das werde ich tun, wenn du es willst. Dann hat er die Wahl, jedes Leben nach dem Tod aufzunehmen, das ihn haben will, oder bis in alle Ewigkeit in der Welt der Lebenden herumzuspuken. Das wäre nicht mehr meine Sache. Aber dies musst du wissen: Wenn ich ihn freigebe, hat das seinen Preis. Deinen Wunsch habe ich dir bereits erfüllt. Du müsstest ein für alle Mal auf Horatios irdische Güter verzichten. Von mir würdest du nichts bekommen. Um diesen Mann freizugeben, der mir von Rechts wegen gehört ... es wäre ein Handel. Eine Hand wäscht die andere.«

»Und wenn ich ihn freilasse ... welchen Preis würden Sie dafür fordern?«

»Entscheide selbst, was dein Vater wert ist.«

»Keine Ahnung«, sage ich. »Ich weiß ja nicht, was Sie im Austausch dafür fordern.«

»Wenn die Zeit kommt, wirst du es wissen.«

Ich weiß nicht, was ich sagen soll. Ich will in den Nebel hineinlaufen und nie mehr zurückkommen. Ich will keinen von beiden je wiedersehen. Ich bin so wütend, dass ich kaum einen klaren Gedanken fassen kann. Mein eigener Bruder ... ich hatte einen Bruder. Man misst sich selbst am Wert eines anderen und was kommt dabei heraus? Was ist mein Dad wert? Und ich? Was bedeutet mein Leben irgendwem außer mir selbst? Was kann ich dem Teufel geben ... Ich hatte einen Bruder. Ich denke an das Gefolge, an das wächserne, kalte Gesicht des Hirten, das nur Hass und noch mehr Hass kannte. Ich denke an tote Finger, die sich um einen nackten Ast klammern. Ich denke an den Sonnenaufgang über Dunbarrow, einen rosa flammenden Sonnenaufgang. Ich denke an den Nebel und die Heide und die dunkle Öffnung hinter der grünen Tür in der Steinmauer. An das, was dahinter liegen mag. *Kennst du mich nicht?* Ich kenne dich – jetzt. Ich versuche, an Elza zu denken, und sehe nur einen schwachen Abklatsch, wilde Mähne und dramatisches Augen-Make-up, und was der Teufel ... Solch eine Entscheidung kann niemand von mir verlangen. Wer hat was verdient? Es ist zu schwer. Dad hat es verdient, in die Finsternis zu gehen. Ich denke an sein Geld, die Träume von Autos und Häusern sind plötzlich wieder da, so intensiv wie ein Faustschlag gegen die Brust. Er hat seine Wahl getroffen. Niemand kann von mir verlangen, dass ich für ihn zahle. Aber wer bin ich, dass ich über ihn richten könnte? Er hat es verdient, zur Hölle zu fahren oder wohin auch immer der Teufel ihn schickt.

Nur.

Nur dass er mein Vater ist.

Ich muss loslassen.

»Er ist frei«, sage ich zum Teufel.

Er hebt die Brauen.

»Und ich hätte gedacht, du weißt es besser, Luke. Wieso willst du deinen Vater retten? Womit hat er das verdient?«

»Weil ... er ist mein Vater. Ich kann ihn nicht Ihnen überlassen.« Ich ziehe den Siegelring vom Finger und schleudere ihn in den Nebel hinaus. Ich nehme das *Buch der Acht* aus meiner Jackentasche und werfe es ebenfalls weg, sehe, wie das grüne Buch im Grau verschwindet. Ich blicke dem Teufel in die Augen. »Ich wollte das alles nie haben. Ich will mich nicht an meinem Vater rächen, falls Sie das erwartet haben. Ganz gleich, was er getan hat. Der Hirte wollte Rache und wohin hat ihn das geführt? Ich muss loslassen. Ich will kein Geld, ich will keine Macht. Ich will kein Geisterbeschwörer sein. Ich will, dass Sie uns beide gehen lassen.«

Dad weint unhörbar.

»Ich muss loslassen ...«, sagt der Teufel langsam, als er sich meine Worte auf der Zunge zergehen lässt. »Ich weiß nicht, wie du das verdient hast, Horatio.«

»Mein Sohn ...« Dad stürzt vor, die Wand zwischen uns ist verschwunden und er umarmt mich. Er fühlt sich kalt an und riecht nach Erde. Ich bleibe einen Augenblick lang stehen, dann schiebe ich ihn weg.

»Ich muss loslassen«, sage ich. »Aber ich habe dir nicht verziehen. Vielleicht werde ich das nie tun. Wenn du frei bist, geh, wohin du willst, das ist mir egal, aber halt dich bloß von Mum und mir fern.«

»Selbstverständlich«, sagt er und starrt auf den Sand vor seinen Füßen. »Ich weiß, dass ich euch beiden unrecht getan habe. Ich hoffe, mit der Zeit wirst du das besser verstehen und mir verzeihen ...«

»Erwähn das Wort mir gegenüber nicht«, sage ich zu ihm.

»Bist du sicher?«, fragt der Teufel. »Schüttle mir die Hand und der Handel ist besiegelt. Dann gibt es kein Zurück mehr.«

»Ich kann ihn nicht ausliefern.«

»Sehr schön. Du stehst in meiner Schuld, Luke Manchett. Ich kehre wieder«, sagt der Teufel. »Eines nicht allzu fernen Tages komme ich zurück und fordere meinen Lohn. Meine Bezahlung dafür, dass ich ihn freigebe. Denk nicht, dass ich vergesse, das tue ich nie.«

»Einverstanden«, sage ich.

»Bis dahin hast du Zeit«, sagt der Teufel.

»Luke, danke, vielen, vielen Dank, mein Junge ...«

»Sprich nicht mit mir«, sage ich zu Dad und sehe weg.

Der Teufel streckt seine vollkommen glatte Handfläche aus. Dad sieht aus, als hätte er einen Kloß im Hals, diesmal vor Glück. Ich kann es selbst nicht fassen, dass ich ihn davonkommen lasse ... aber ich habe meine Wahl getroffen. Ich bin an einem Scheideweg angelangt und dies ist mein Weg. Ich strecke die Hand aus und nehme die des Teufels in meine.

»Vergiss nicht, was du mir schuldest, Luke«, sagt der Teufel und drückt zu. Einen Augenblick lang passiert nichts, dann spüre ich einen Schmerz, der sich wie Feuer in meine Handfläche brennt. Ich beiße die Zähne zusammen und stampfe mit den Füßen auf den Sand, um nicht laut loszubrüllen.

Vergiss nicht, flüstert seine Stimme erneut und dann explodiert die menschliche Gestalt von Mr Berkley und der Strand ist weg und Dad ist weg und ich umklammere eine Art Tatze, eine Hand mit sengenden Klauen, und höre Musik wirbeln, eine Geige, die schneller und schneller spielt, und ich sehe mit Napalm übergossene Kühe unter einem von Krähen wimmelnden Himmel, Gesichter werden von schwarzen Stiefeln zermalmt, Schlangen kriechen aus tiefen Pfuhlen und diese Pfuhle sind wie Augen, ja, lidlos starrende weiße Augen, und ich sehe die Gestalt einer Bestie in die Höhe quellen wie Rauch und zum ersten Mal verstehe ich, was es bedeutet, das Wort Hölle auszusprechen.

Ich kehre wieder.

Meine Augen stehen offen.

Etwas Klebriges, Warmes hängt über meinem Gesicht, haarig und nah und unscharf, und als ich es packen und wegschubsen will, grummelt es. Ich verschlucke mich. Hams Gesicht löst sich über meinem auf; mein gesamtes Gesichtsfeld ist von seinen irre blickenden bernsteinfarbenen Augen und seiner riesigen Schnauze ausgefüllt. Er schleckt mich erneut ab. Der Himmel hinter ihm hat eine unglaubliche Farbe, violett und rosa, mit Wolken wie Kleckse aus geschmolzenem Gold.

»Wo ist Elza?«, frage ich meinen Hund. »Wo ist Mum?«

Er stupst mich mit der Nase ins Gesicht. Langsam und vorsichtig setze ich mich auf. Der eine Arm ist wohl eingeschlafen, aber ansonsten ist offenbar alles in Ordnung. Der Teufel scheint sein Wort gehalten zu haben. Ich bin heute nicht gestorben. Ich liege mitten auf dem Teufelstritt, mit den Füßen zum größten Stein. Beine und Rücken sind schlammverkrustet. Auf Hemd und Hose klebt eingetrocknetes Blut. Der Zauberkreis, den Elza gezogen hat, ist noch da, eine krakelige gelbe Linie im Moos, die an manchen Stellen schon weggewaschen ist. In den hufförmigen Vertiefungen an dem hohen Stein entdecke ich frische Spinnweben, in deren Fäden der Tau funkelt.

Mum liegt zusammengerollt neben dem flachsten Stein, mit getrocknetem Schlamm bedeckt. Sie sieht aus, als würde sie schlafen, was gegenüber den letzten vierzehn Tagen keine Verbesserung darstellt. In der Hand hält sie noch immer das Messer. Für einen Augenblick habe ich Angst, sie auch nur anzufassen, Angst, dass sie sich so kalt anfühlt wie der Stein neben ihr, aber die Hand am Messergriff ist warm und weich und an ihrem Handgelenk spüre ich einen schwachen Puls. Ich stehe auf, atme durch und dann schleudere ich das Messer so weit wie nur möglich ins Unterholz.

»Im Ernst, wo ist Elza?«, frage ich Ham erneut. »Hast du dich die ganze Zeit in einem Loch versteckt? Was ist mit ihr passiert?«

Ham grummelt, dreht sich um und trottet los, weg von Mum und dem Teufelstritt. Ich nehme meine Regenjacke und breite sie über Mum aus, obwohl es wahrscheinlich nicht viel bringt, dann folge ich ihm. Ich will sie nicht allein lassen, aber ich muss Elza finden. Ich versuche, mich auf die goldenen Wolken zu konzentrieren: eine hoffnungsvolle Farbe, finde ich. Ham scheint ein Ziel zu haben und ich versuche, den Gedanken zu verdrängen, dass ich unter einem Baum eine Leiche finden könnte, zermalmt und leer wie ein aus dem Nest gefallener Vogel. Ich folge Ham durch rostfarbenen Farn und über eine steinige Anhöhe, vorbei an einer verfaulenden Birke und zurück zu dem schlammigen, unebenen Pfad, auf dem wir letzte Nacht im Regen hergekommen sind. Ich laufe hinter ihm her, um die nächste Kurve, und dann sehe ich Mums gelbes Auto unter einem Baum stehen. Vermutlich hat der Dämon sie dazu gezwungen, sich selbst herzufahren. Ham läuft zum Auto und bellt los.

Die Beifahrerseite öffnet sich und Elza steigt grinsend aus. Ham springt um sie herum. Ich umarme sie ganz fest.

»Ich dachte, du schaffst es vielleicht nicht«, sage ich zu ihr.

»Ich auch«, sagt Elza.

Sie sieht ziemlich mitgenommen aus. Ihr Haar hat jede Form verloren, sofern es jemals eine hatte, ist am Hinterkopf völlig platt gedrückt, während der Rest nach allen Seiten absteht. Oben am Kopf hängen orange Blätter in ihrem Haar. Beine und Jacke sind mit getrocknetem schokoladenbraunem Schlamm überzogen, an Händen und Ärmeln klebt die gelbe Farbe, die sie für den Zauberkreis benutzt hat. Ihr Blick ist verschlafen und geht ins Leere, sie muss gerade erst aufgewacht sein.

»Was ist mit dir passiert?«, fragt sie.

»Du zuerst. Ich weiß gar nicht, wo ich anfangen soll.«

»Bist du ihm begegnet?«

»Wem? Dem Teufel?«

»Ja, natürlich meine ich den Teufel. Wie war er?«

»Also, rot war er nicht ... und Hörner hatte er auch keine. Es war Dads Anwalt.«

»Was war er?«

»Dads Anwalt. Mr Berkley.«

»Der Anwalt deines Vaters war der Teufel ...«, sagt Elza kopfschüttelnd. »Stell dir vor, das wundert mich schon gar nicht mehr. Du musst mir mehr darüber erzählen ... Aber – es ist vorbei? Du bist frei?«

»Ja«, sage ich. Ich sehe zum Himmel hinauf, der sich zart eisblau färbt. Ich werde ihr erzählen, was wirklich passiert ist, ganz bestimmt, aber nicht jetzt. Ich will nicht über Dad und den Unschuldigen und meinen Handel mit Mr Berkley sprechen, nicht unter einem Himmel, der so aussieht wie jetzt.

»Das Gefolge ist weg«, sage ich zu ihr.

»Kaum zu glauben«, sagt Elza, »das ist fantastisch. Wir haben es geschafft.«

»Was ist mit dir passiert? Als ich dich das letzte Mal gesehen habe, war der Gefangene ...«

»Oh, den hat Ham gefressen«, sagt Elza.

»Was hat Ham? Reden wir vom selben Hund?«

»Hat er wirklich! Ham hat mich gerettet. Ich bin gerannt, Luke. Ich hatte keine Ahnung, wohin ich laufen sollte. Dir helfen oder herausfinden, was los war, konnte ich nicht. Die Taschenlampe ist mir schon in den ersten fünf Minuten bei einem Sturz kaputtgegangen, danach war ich im Regen und in der Dunkelheit ganz auf mich allein gestellt. Ich konnte Ham irgendwo hören, aber ich wusste nicht genau, wo, und wahrscheinlich war ich im Kreis gelaufen, wieder zurück in Richtung Teufelstritt, als sie mich erwischten. Der Gefangene kam aus den Bäumen heruntergeschossen und packte mich. Er hat mit seiner Heckenschere an mir herumgeschnitten, irgendwas aus mir herausgeschnitten. Das Leben oder die Hoffnung oder so. Ich weiß nicht, wie ich es erklären soll. Ich wurde immer schwächer, alles schien plötzlich ganz weit weg, bis ich aufgeben wollte, und das Letzte, was ich gesehen hätte, wäre seine hässliche verschrumpelte Apfelfratze gewesen. Und als ich gerade … hat Ham ihn gefressen! Ham kam wie eine Kanonenkugel angedonnert und hat den Gefangenen gefressen.«

»Ich kann mir das nur schwer vorstellen.«

»Fällt mir auch schwer und ich war dabei. Er hat den Geist gepackt und der hat geschrien und mit der Heckenschere nach Ham gestochen, aber die ging einfach durch ihn durch und Ham hat nicht losgelassen und der Geist wurde dünner und kleiner, dünner und kleiner, wie Rauch, der zurück in einen Schornstein gesaugt wird. Und dann war der Gefangene verschwunden.«

»Hast du den Richter gesehen? Den Skinhead?«

»Der war da, aber er hat nichts gemacht. Er hat nur zugesehen, wie ich im Sterben lag, und als Ham kam, um mich zu retten, ist er verschwunden. Und dann zog der Nebel vom Teufelstritt herauf und danach habe ich keine Geister mehr gesehen. Warum fragst du?«

»Nur so. Guter Junge«, sage ich zu Ham, der neben uns wartet, »tut mir leid, dass ich dich feige genannt habe. Du bist ein kluger Hund.«

»Wahrscheinlich ist es, wie das *Buch der Acht* sagt«, meint Elza, »Geister können im Körper eines Tiergefährten vernichtet werden. Ich hätte nur nie gedacht, dass Ham zählt.«

»Er hätte also den Hirten die ganze Zeit fressen können? Wie funktioniert das denn?«

»Vielleicht hat er sich verändert, nachdem du in seinen Körper gefahren warst? Ehrlich gesagt, kenne ich mich mit Tiergefährten nicht aus.«

»Ich würde das Buch befragen«, sage ich, »aber ich habe es weggeworfen.«

»Ehrlich?«, fragt Elza.

»Ich habe es Berkley zurückgegeben. Es ist weg.«

»Gut so«, sagt Elza lächelnd, »das ist wirklich gut. Das Ding war mir unheimlich. Aber ja, dein Hund hat mich gerettet.«

»So, so«, sage ich zu Ham, »dann wissen wir für das nächste Mal Bescheid.«

»Auf jeden Fall habe ich mich wieder bis zum Teufelstritt durchgeschlagen«, sagt Elza, »aber da war niemand mehr. Überall war Nebel, der dichteste weiße Nebel, den man sich vorstellen kann, der quoll irgendwie mitten aus dem Teufelstritt. So was habe ich noch nie gesehen. Die Geister waren weg und dich konnte ich auch nicht sehen und da … ich muss mich im Nebel verlaufen haben. Irgendwie habe ich dann zum Auto gefunden und bin eingestiegen, aber mit der Zeit stimmte was nicht. Die verging so merkwürdig, es hat sich angefühlt, als würde eine ganze Nacht verfliegen, während ich da saß. Ich konnte selbst durch den Nebel die Sterne erkennen, aber sie bewegten sich schneller, als ich es je erlebt habe. Und ich glaube, dann bin ich wirklich eingeschlafen, und dann hat Ham gebellt und ich bin aufgewacht.«

Ich sehe Elza an, das wirre dunkle Haar und die goldenen Streifen, die die Morgendämmerung auf ihr Gesicht malt. Wir haben es beide geschafft. Wir sind noch am Leben. Die Geister sind weg und wir sind noch hier, gemeinsam in einem sonnigen Wald. Sie hört auf zu reden und sieht mich nachdenklich an. Einen besseren Augenblick wird es nicht geben.

Ich beuge mich vor und ihr Mund begegnet meinem. Ihre Lippen sind warm und weich und ich drücke Elza gegen die Seite des Autos, fahre mit einer Hand über ihren Nacken. Elza zieht mich näher zu sich heran, ihre Fingernägel kribbeln auf meiner Kopfhaut, ihre Zunge …

Ham springt an mir hoch und wirft mich fast um. Ich gerate ins Stolpern und lasse Elza los, die lacht, als Ham immer wieder an mir hochspringt und mich mit der Pfote betatscht.

»Ich glaube, er ist eifersüchtig«, sagt Elza. Ham läuft ein paar Schritte, dann wirft er einen Blick über die Schulter und winselt.

»Er will, dass wir mitkommen«, sage ich.

»Wo ist deine Mutter?«, fragt Elza.

»Der Dämon hat sie benutzt, um ... das ist ja jetzt egal. Sie hat neben mir im Steinkreis geschlafen. Sieht so aus, als ob es ihr gut geht.«

»Ich bin ja gern mit dir allein«, sagt Elza, »aber wir sehen besser nach, ob sie wach ist!«

Elza zupft sich ein Blatt aus dem Haar, als sie das sagt, und grinst mich an und wieder studiere ich ihr Gesicht im Morgenlicht, das zarte orange verfärbte Blatt in ihrer Hand, die perfekte Wölbung ihrer Augenbrauen und das meisterhafte Arrangement von Sommersprossen auf ihren Wangen und denke mir, dass es sich manchmal lohnt, sich in die Dunkelheit zu stürzen, dass es sich lohnt, sich an das Leben zu klammern, wenn einen ein kalter Fluss mit sich reißen will, weil am anderen Ufer Augenblicke wie dieser warten.

Mit Ham an der Spitze gehen wir zurück zum Teufelstritt. Alle drei sind wir todmüde und völlig verdreckt. Wenn wir nach Hause kommen, esse ich eine doppelte Mahlzeit und dann schlafe ich eine Woche. Ham führt uns durch die Bäume, den struppigen Schwanz in die Höhe gereckt wie ein Banner. Die Pfauenfarben der ersten Morgendämmerung verblassen, die Sonne geht über den heidebedeckten Hügeln hinter dem Wald auf. Die obersten Äste der Eichen sind in gleißendes Gold getaucht. Tauben fliegen schimpfend aus dem Farn auf, als Ham vorbeiläuft, und jagen Elza und mir einen ordentlichen Schrecken ein.

»Was wollen die da unten überhaupt?«, fragt sie. »Können sie nicht auf Bäumen schlafen wie normale Vögel?«

»Wahrscheinlich suchen sie nach Würmern oder so.«

»Ziemlich rücksichtslos, finde ich. Mir ist fast das Herz stehen geblieben. Ich bin immer noch ein nervliches Wrack.«

»Das Gefolge ist weg, Elza. Sie kommen nicht wieder.«

»Ich weiß. Ich stehe bloß unter Strom. Am liebsten hätte ich einen Sandsack, an dem ich mich abreagieren kann.«

»Sehen wir uns noch, jetzt, wo all das vorbei ist?«, frage ich.

»Was soll das heißen?«

»Sind wir immer noch ...«

»Ich habe gehört, was du gesagt hast.« Elza sieht mich belustigt aus ihren grünen Augen an. »Du denkst ja wohl nicht, wir könnten weitermachen, als wäre nichts gewesen, und du schießt mich gelegentlich auf dem Schulhof mit dem Fußball ab. Natürlich sehen wir uns noch.«

»Gut. Ich weiß nämlich nicht, ob ich überhaupt noch andere Freunde habe.«

»Das ist aber schmeichelhaft. Gut zu wissen, dass ich deine einzige Wahl bin.«

»So habe ich das nicht gemeint ...«

»Ich weiß«, sagt Elza mit diesem Grinsen, das einen zur Weißglut treiben kann. »Du springst aber auch auf jeden Zug auf. Jedenfalls ... das ist sie doch, oder? Auf dem Stein da.«

»Ja«, sage ich, »das ist sie.«

Als wir die Lichtung überqueren, nimmt Elza meine Hand.

Mum sitzt auf dem flachsten Stein des Teufelstritts, dort, wo sie mich niedergestochen hat. Weißes Gesicht, blondes Haar, meine Regenjacke um den Körper gewickelt. Ham ist schon bei ihr, drückt seinen Kopf an ihre Brust, damit sie ihm Schultern und Hals kraulen kann. Sie starrt geistesabwesend in die golden schimmernden Äste und sieht nur nach unten, als wir in den Steinkreis treten.

»Luke«, sagt sie.

»Mum.« Ich schließe sie in die Arme. Ham stupst uns beide an und knabbert an uns herum. Als ich mich aus der Umarmung löse, sehe ich, dass sie ein bisschen weint.

»Was ist passiert?«, fragt sie. »Wo sind wir?«

»Wir sind oben am Teufelstritt. In der Nähe von Dunbarrow High. Du warst krank.«

Mum nickt und blickt in die Bäume. Ich weiß wirklich nicht, was ich ihr sonst sagen soll. Wie soll ich die ganze Geschichte erklären? Wie kann ich sagen, dass ich sie vermisst habe? Dass ich tagelang dachte, sie würde auch sterben? Dass sie mich getötet hat? Dass ich ihrem anderen Sohn begegnet bin? Ich wüsste nicht, wie ich ihr das erzählen könnte. Ich weiß nicht, ob ich es je tun werde. Ich entscheide mich für eine Vorstellung.

»Das hier ist Elza Moss, Mum. Eine Freundin.«

»Hallo, Mrs Manchett«, sagt Elza und streckt die Hand aus.

Mum schüttelt Elza die Hand, wobei sie mit offenkundiger Neugier die getrocknete Farbe an Elzas Armen und Handflächen mustert. Ham stöbert am anderen Ende der Mulde in einem Busch. Der Wind schlägt Wellen auf der glänzenden Oberfläche der nächsten Pfütze. Elza stellt sich dicht neben mich und ich spüre ihr Bein an meinem.

»Was machen wir hier?«, fragt Mum. Sie verkraftet die Sache viel besser, als ich es getan hätte. Ihr Gesicht wirkt verwirrt, als wüsste sie nicht, ob sie wirklich wach ist. »Ich hatte furchtbare Träume. Ich habe geträumt ... dass ich begraben bin. Ich lag unter der Erde und dachte, ich komme nie wieder heraus ... Und dann habe ich dich gehört und deinen Vater ...«

»Darüber müssen wir noch reden«, sage ich behutsam. »Als du die Nachricht gehört hast, hast du sehr heftig reagiert. Es ging dir nicht gut. Und gestern Nacht hast du versucht wegzulaufen ...«

»Was ist passiert, Liebes?«, fragt Mum. »Was für eine Nachricht? Was habe ich getan?«

Ich hole tief Luft. Ich lüge sie nur ungern an, aber ich sehe keine andere Möglichkeit. Zumindest kann ich ihr teilweise die Wahrheit sagen, ihr erzählen, was ich ihr schon vor Tagen hätte sagen sollen.

»Mum, Dad ist gestorben. Er ist tot.«

»Ach, Luke.«

Sie fängt an zu weinen und ich weine auch, und als ich die Arme um sie lege, spüre ich überrascht, dass Elza uns ebenfalls umarmt, und so bleiben wir lange Zeit sitzen, drei warme Körper und drei schweigende Steine.

Das Letzte, was geschieht, ist nicht der Augenblick im Steinkreis, es ist nicht die Fahrt zurück zu uns nach Hause und auch nicht das riesige Mahl, das ich mir einverleibe und nach dem ich tatsächlich einen ganzen Tag lang schlafe. Das Letzte, was geschieht, ist nicht Mums Behandlung im Krankenhaus und auch nicht meine Aussage bei der Polizei wegen des »grotesken Vandalismus« in unserem Garten, bei der es mir gelingt, eine Verbindung zu der Meldung herzustellen, die ich gemacht habe, als der Vasall und der Richter zum ersten Mal in unserer Küche aufgetaucht sind. Das Letzte, was geschieht, ist nicht, dass ich aus der Rugbymannschaft fliege, weil ich zwei Wochen lang nicht zum Training erschienen bin (verdientermaßen, obwohl ich mir sicher bin, dass Mark dahintersteckt). Und das Letzte, was geschieht, ist auch nicht, dass Ham plötzlich Magenprobleme bekommt und geröntgt werden muss, wobei der Tierarzt bei der nachfolgenden Operation eine rostige Heckenschere und einen kompakten Stein entfernt, der aus einem bestimmten Winkel gesehen einem altbekannten Schrumpfgesicht ähnelt.

Das Letzte, was geschieht, trifft drei Wochen später ein, als ich nach der Dusche zum Frühstück herunterkomme. Ich habe besser geschlafen, als ich erwartet hätte: keine Albträume, nicht im eigentlichen Sinne. Meine Träume sind kalte Nachthimmel voller Siegel und Sterne.

Als ich herunterkomme, ist Mum schon auf und sitzt in ihrem Morgenponcho am Küchentisch. Sie hat das Haar zusammengebunden und betrachtet eine kleine dunkle Urne mitten auf dem Tisch. Ich setze mich ihr gegenüber. Ich frage sie nicht, was darin ist. Das brauche ich nicht. Aus ihrem Becher mit grünem Tee steigen Dampfwölkchen auf.

»Das wurde heute Morgen abgegeben«, sagt Mum.

»Also ist er ...«

»Er wollte wohl keine Beerdigung. Seinen Anweisungen zufolge sollte er ohne Feierlichkeiten eingeäschert werden und wir sollten die Asche bekommen. Ich verstehe das nicht ...« Mum schüttelt den Kopf. »Aber er wollte es so. Wir haben unsere Erinnerung, nur du und ich.«

»Okay«, sage ich. Ich denke an Dads Körper, wie er verbrannt und verdichtet wird, bis er in ein Gefäß von der Größe einer Thermosflasche passt, während sein Geist über seine irdische Gestalt hinauswächst und an einen Ort geht, den ich mir auch jetzt kaum vorstellen kann.

»Es tut mir leid«, sagt Mum. »Ich hatte gehofft, du würdest ihn noch einmal sehen können, wenn ihr beide so weit seid. Aber das ist alles, was uns geblieben ist.«

Ich merke, dass sie denkt, ich müsste jetzt weinen.

»Ist schon in Ordnung«, sage ich.

»Es tut mir leid«, sagt Mum wieder. »Die Dinge sind nicht so gelaufen, wie ich gehofft hatte. Man glaubt, eine Richtung einzuschlagen, und endet woanders.«

»Mum«, sage ich. »Wir schaffen das schon.«

»Ich weiß«, sagt sie und schnieft. »Ich habe ihn so furchtbar vermisst. Ich war nicht ... ich selbst, viele Jahre lang. Ich habe nur herumgesessen und gewartet, dass er zurückkommt. Und jetzt ... nun ...«

Sie wedelt mit der Hand in Richtung Urne.

»Ich sehe das als Zeichen«, fährt Mum fort. »Es muss sich etwas ändern. Ich habe mich viel zu lange selbst bemitleidet.«

»Traurig zu sein, ist völlig in Ordnung«, sage ich.

»Ja, natürlich, Schätzchen. Und du hast ein Recht auf deine Gefühle, wie auch immer sie sind. Ich wollte nur sagen ... dass ich dich lieb habe und weiß, dass es bei uns nicht gut gelaufen ist. Offenbar hat dein Vater sein gesamtes Vermögen gemeinnützigen Organisationen vererbt. Das ist sehr großzügig von ihm, aber für uns beide wird es jetzt eng. Ich muss mir eine Arbeit suchen. Es wird sich etwas ändern.«

»Ich finde, das ist eine tolle Neuigkeit.«

»Na ja.« Sie sieht die Urne an. »Es ist wirklich merkwürdig. Ich fühle mich geradezu ... befreit. Als hätte man mir eine Last abgenommen. Er kann nicht mehr zu uns zurückkommen, also kann ich etwas Neues anfangen.«

Ham streckt sich in der Morgensonne aus, die durch das Fenster hereinströmt. Seine Naht scheint gut zu verheilen.

»Wo willst du die Asche verstreuen?«, frage ich.

»Ich dachte, vielleicht am Meer«, sagt sie. »Am Strand in der Nähe der alten Burg. Da war er nie, aber ich glaube, das hätte ihm gefallen.«

Ich nicke. Ich will schon gehen und meine Schuluniform anziehen, als sie noch etwas sagt.

»Dads Anwalt hat mir auch was für dich gegeben.«

»Dads Anwalt?«

»Ja. Er hat die Urne selbst vorbeigebracht. Du hast ihn gerade verpasst. Eine sehr attraktive Erscheinung.« Mum lacht. »Er wollte mir persönlich sein Beileid aussprechen. Und er hatte auch etwas für dich, Luke. Etwas von Dad. Ich habe es oben in dein Zimmer gelegt.«

»Wow«, sage ich. »Dann sehe ich besser nach, was es ist.«

Ich gehe langsam die Treppe hinauf und mir wird ganz übel, wenn ich an die Bilder denke, die ich gesehen habe, als ich Berkley die Hand geschüttelt habe. Und nun war er bei mir zur Hause, vor nur zehn Minuten ... Irgendwie hatte ich gehofft, der Teufel sei nur Einbildung, nur ein Trugbild gewesen. Und schon erinnert er mich daran, dass meine Schuld bei ihm nur allzu real ist.

Das Päckchen liegt auf meinem Bett und trägt in sauberen kleinen Buchstaben die Aufschrift »Luke«. Ich reiße es auf. Darin finde ich, wie erwartet, ein grünes Buch mit Metallschließen und einen alten Ring mit einem achteckigen schwarzen Stein. Ich lege das *Buch der Acht* und Dads Siegel auf meine Bettdecke. Es ist eine Nachricht dabei, mit Tinte auf eine Karte geschrieben.

Mein Junge,

anbei erhältst du ein paar Kleinigkeiten aus dem Besitz deines Vaters. Sie sind sehr wertvoll und es wäre höchst bedauerlich, wenn sie dir abhandenkommen sollten. Bewahre sie in deiner Nähe auf.

Ich habe unsere Begegnung letzten Monat sehr genossen. Ich kann es kaum erwarten, dass sich unsere Wege erneut kreuzen.

Dein Freund
Mr Berkley

Als ich die letzte Zeile lese, verfärbt sich das Papier braun und zerfällt, als wäre es uralt. Nach einem Augenblick sind nur noch ein paar Flocken übrig, die wie Asche in der bewegungslosen Luft meines Zimmers schweben.

Am Nachmittag gehe ich in den Geräteschuppen, leere einen Werkzeugkasten aus und lege das Buch und das Etui mit Dads Ringen hinein. Dann verpacke ich den Kasten in einem Müllsack, den ich mit Klebeband wasserdicht verschließe, und mache mich auf den Weg zu den Weiden hinter unserem Garten. Wenn Berkley unbedingt will, dass ich die Sachen behalte – von mir aus. Ich will sie nur nicht in meinem Zimmer haben.

Ich nehme mir den nördlichsten Zipfel vor, der am weitesten von unserem Haus entfernt ist, und fange an zu graben. Der Boden ist kalt und hart, und obwohl ich nur ein kleines Loch aushebe, geht die Sonne schon unter, als ich fertig bin. Ich versenke den in Plastik gewickelten Werkzeugkasten in der Erde.

Ich begrabe nicht Dads Körper und sein Geist ist längst fort, aber was ich hier mit Erde bedecke, das Buch und sein Siegel, sind die Essenz seines Wesens. Das, was er am meisten geliebt hat, mehr als mich oder Mum oder meinen ungeborenen Bruder. Mit jeder Schaufel dunkler Erde errichte ich eine Mauer zwischen ihm und mir. Ich will alles hinter mir lassen. Als ich den Kasten vergraben habe, glätte ich den Boden und markiere die Stelle mit einem flachen Stein aus unserer Gartenmauer.

Manchmal weiß ich nicht, warum ich Dad habe davonkommen lassen. Verdient hatte er es nicht. Was er mir und Mum angetan hat, war nur der Anfang. Ahlgren und dessen Familie, all die anderen Menschen, die Dad getötet haben muss ... Vielleicht hätte er zur Hölle fahren sollen. Vielleicht hatte der Teufel recht. Letztendlich habe ich ihn wohl gerettet, um ihm zu zeigen, dass er im Unrecht war. Dass es falsch war, mich zu verlassen, falsch war, sich nicht einzugestehen, wer er wirklich war, falsch, den einzigen Menschen im Stich zu lassen, der ihn nicht aufgeben konnte, obwohl er die Wahrheit kannte. Wo auch immer Dad ist, ich hoffe, er hat Zeit, darüber nachzudenken.

Der Himmel färbt sich tiefrot und die Bäume am anderen Ende der Wiese strecken ihre Schatten nach mir aus. Da ist ein Vogel, zwei, ein ganzer Schwarm: Acht Krähen kabbeln sich über mir und nehmen schließlich Kurs auf das Moor hinter unserem Tal. Der sanfte Wind klingt wie das Rauschen meines eigenen Blutes, das durch meinen Körper fließt. Ich sehe den Vögeln nach, bis sie außer Sicht sind, dann wende ich mich ab und gehe zurück zum Haus.

DANKSAGUNG

Es ist keine einfache Angelegenheit, aus dem anfänglichen Samen einer Idee einen ganzen Roman heranzuziehen, und ich hätte es ohne Hilfe ganz bestimmt nicht bis hierhin geschafft.

Als Erstes danke ich meiner Agentin Jenny Savill, die an die Geschichte geglaubt hat und ohne die Luke und Kompanie heute noch in einem lange vergessenen Word-Dokument hausen würden. Ich danke auch meinen Lektorinnen: Jessica Clarke, Kate Fletcher und Kristina Knöchel, die unermüdlich daran gearbeitet haben, diese Geschichte in ihre bestmögliche Form zu bringen.

Ich danke allen, die frühere Fassungen des Romans gelesen und kommentiert haben, unter anderem Emily Burt, Tristan Dobson, Victoria Dovey, Sammi Gale, Lewis Garvey, Alex McAdam, Danny Michaux, Oliver Pearson, Jenn Perry, Eleanor Reynard und Daniel Winlow.

Und schließlich danke ich meiner Familie für ihre unerschütterliche Unterstützung und Zuneigung während der letzten fünf Jahre.

Ted Staunton

WHO I AM NOT

Von Lügen und anderen Wahrheiten

Er weiß nicht, wie er wirklich heißt. Seit Neustem nennt er sich Danny Dellomondo. Er ist 15 und von Geburt an auf der Suche nach sich selbst. Doch er hat ein Talent: von der Mutter verstoßen, aufgewachsen ohne Identität, kann er in jede Rolle schlüpfen. Als es mal wieder brenzlig wird, gibt er sich für den seit drei Jahren vermissten Danny aus. Sie sind im gleichen Alter, sonst ähneln sich die Jungen kaum. Dennoch glaubt die Familie Dellomondo sofort, in ihm ihren Sohn wiedergefunden zu haben. Ist seine Täuschung wirklich so echt oder hat auch die Familie etwas zu verbergen? Als er begreift, was hier gespielt wird, ist es fast schon zu spät.

Auch als E-Book erhältlich

Arena

232 Seiten • Arena Taschenbuch
ISBN 978-3-401-50872-6
www.arena-verlag.de
www.who-i-am-not.de

Mark Frost

Paladin Project

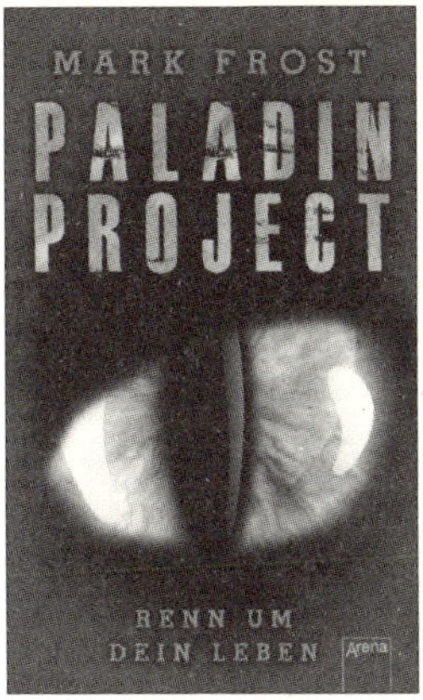

Renn um dein Leben

Will West gerät von einem Tag auf den anderen mitten in den epischen Kampf der guten Mächte dieser Welt gegen das ultimativ Böse. Sein Vater ist spurlos verschwunden, die Frau, die zu Hause auf Will wartet, sieht zwar aus wie seine Mutter, aber sie agiert wie eine Fremde. Zum Glück hat Will Helfer an seiner Seite, deren Kräfte weiter reichen als menschliche Vorstellungskraft, und vier großartige Freunde, die keine noch so ungeheure Gefahr scheuen. Es beginnt eine dramatische Jagd …

576 Seiten • Klappenbroschur
ISBN 978-3-401-50794-1
Auch als E-Books erhältlich

Im Auge des Feindes

Will und seine Freunde verbringen die Sommerferien auf dem Campus. Sie wollen ihre neu erlernten Fähigkeiten perfektionieren und der geheimnisvollen Verschwörung, die sie entdeckt haben, auf die Spur kommen. Happy Nepsted, der seltsame Sportgerätewart, scheint etwas zu wissen. Doch er will erst reden, wenn Will und die anderen ihm einen Gefallen tun. Der Auftrag führt die Freunde tief unter die Erde. Was sie dort entdecken, lässt ihnen das Blut in den Adern gefrieren.

Arena

392 Seiten • Klappenbroschur
ISBN 978-3-401-50795-8
www.arena-verlag.de